乡夜话

张文 著

朴实平和而又亲切的语言，
串连成一段段直白而又简洁的文字，
承载着积极向上乐观的生活精神和人文世界。

天津出版传媒集团
百花文艺出版社

图书在版编目（CIP）数据

雪乡夜话 / 张文著 . -- 天津 : 百花文艺出版社 ,
2023.1
ISBN 978-7-5306-8367-5

Ⅰ . ①雪… Ⅱ . ①张… Ⅲ . ①散文集－中国－当代
Ⅳ . ① I267

中国版本图书馆 CIP 数据核字 (2022) 第 194245 号

雪乡夜话
XUEXIANG YEHUA
张文 著

出 版 人：薛印胜
责任编辑：郑 爽
装帧设计：百悦兰棠
出版发行：百花文艺出版社
地址：天津市和平区西康路 35 号 **邮编：**300051
电话传真：+86-22-23332651（发行部）
+86-22-23332656（总编室）
+86-22-23332478（邮购部）
主页：http://www.baihuawenyi.com
印刷：廊坊市海涛印刷有限公司
开本：787 × 1092 毫米 1/16
字数：305 千字
印张：19.25
版次：2023 年 1 月第 1 版
印次：2023 年 1 月第 1 次印刷
定价：88.00 元

如有印装质量问题，请与廊坊市海涛印刷有限公司联系调换
地址：河北省廊坊市安次区码头镇金官屯村海涛印刷有限公司
电话：（0316）2516002 邮编：065000

东隅已失　桑榆非晚（自序）

看前看后，看左看右，在我周围的文学创作圈子里，怎么看我都属于另类。所谓另类，说来也挺简单：起步晚，时间短。

那是1998年的夏天，县里要召开第一届莲花节，县文联要出一本莲花节的专集，我就试探着写了两首诗，有幸被收录在莲花节的专集里。事也凑巧，没过几天，县文联又筹办了莲花岛赛诗会，我又被派去做了评委，这一下可激发了我的写诗热情，一写而不可收。说了也不怕人见笑，当年我48岁。

住在县城里的文友们互相联系，经过一年的筹备，2000年1月13日，我和两位文友为发起人，组建了“三联文学社”。我们用文学社会员交的会费作为经费，创办了《世纪风》社刊，及时发表会员们的散文、诗歌、诗词、短篇小说等文学作品。还经常组织大家搞采风，搞笔会，搞同题诗，文友们写作水平提高得都很快，我也受益匪浅。

当年4月，我们三位副社长写了同题诗《四月》。完稿后，我们三人走进酒店，边喝酒边朗诵自己的诗歌，互相进行对比。当时，志国说出了评比的结果，他说树岐的“四月”比我的“四月”写得好。他对自己的“四月”没作任何评价。

虽然自己年龄大，起步晚，但在心底也有几分不服输的劲头儿。回去之后，我决心要改好自己创作的诗，于是，我重新审视了“四月”，逐字逐句地琢磨，记得是用了半个月的时间，修改了十多遍，打印完，就寄给《黑龙江日报》副刊“天鹅”版编辑张艳丽老师。当时，只是投石问路，不敢奢望着发表，也就没当回事儿。

四月下旬的一天上午，突然接到志国兄的电话，他说我的诗歌《四月》在4月24日的《黑龙江日报》上发表了。我半是惊喜，半是猜疑，赶紧叫楼下门卫把那天的报纸送上来，翻开“天鹅”版一看，哇！我的“四月”真的发表啦！

我把这张报纸铺在办公桌上，看了一遍又一遍，直到把这首诗全背下来了，还不肯撒手，又把这一版上的其他文章也看了一遍。心想，终于能在省级报纸上发表作品了，终于能和一些著名作家在一个版面上发表诗歌了。太难得了，太不容易了。

我兴奋了一个多小时之后，才醒过神儿来，于是，赶紧给在县机关工委工作的三弟打去电话，把这个意想不到的好消息告诉他。三弟听说后，也高兴得不得了。紧接着又给几个知心的文友打去电话，告知此事，从话语里听得出，大家都为此高兴。同时，有几位文友立马逼我请客，并说，在省报上发表文章的一定稿酬很多，你可不能太抠门儿了，光知道自个儿高兴。我当即表态，一定请客，一定请客。放下电话，心里琢磨，这请客的事儿真就不能操之过急，不是咱抠门儿，今天发了一首诗，明天就喳喳哄哄的请客喝酒，这不明摆着是臭显摆吗？于是提醒自己，越是有点儿进步，越是喜兴的时候，就越是要多几分冷静，“叫唤雀（qiǎo）儿，没肉吃”。

过了两天之后，我搜集了好几张2000年4月24日的《黑龙江日报》“天鹅”版，家里放一张，单位办公桌上放一张，随时都能看到它。这让我想起高中读书时，看过的一篇叫《铁流》的苏联小说，里面介绍作者绥拉菲莫维支，在流放地写了一篇叫《浮冰上》的散文，在国家的大刊物上发表了，他乐得不能自已，并把这篇作品贴在他桌子对面的墙上，每天都读几遍，一直读了一个多月，后来，竟能把这篇散文全都背诵下来了。看来，能发表作品，不光是喜悦，是欢乐，更是对一个写作者的最大的激励，激励着他向更高峻的文学巅峰攀登呢！

从此后，我把读书和写作，当成晚年人生四件大事之一，每天除吃饭睡觉和工作之外，一律是看书写作。又过了半月以后，我又写出一首叫《江岸》的诗歌，修改了五六遍之后，再一次寄给《黑龙江日报》的张艳丽老师。

这时，我接到了《黑龙江日报》汇款单，到邮局取回40元稿费。在文友们玩笑般的追问下，我还是把大伙儿请进了饭店。我对服务员说：“40元的稿费，请十来个人吃饭，你看都点什么菜？”服务员和老板都乐了。结果，一顿饭花了二百四十多元，差点儿成了“傻子数”。我开玩笑地说，这吃稿费可是个赔本儿的买卖。大伙儿笑哈哈地离开了饭店。

我寄出第二首诗歌《江岸》，已有一个月了，也没见动静，正当我以为没指望时，一天中午下班，在街里遇见了三弟单位的张书记，他说：“大哥的诗写得不错，我在今天的《黑龙江日报》上又看到了一首。”看我愣神儿，他又说，“你回单位翻翻报纸就看见了，是6月12日发的。”我忙告别他，顾不上回家吃饭，返回单位门卫室，找出报纸一看，果不其然，这首《江岸》也发表了。

从那以后，在五六年的时间里，我贪黑起早地写呀写呀，先后在《黑龙江日报》《诗林》《小说林》《岁月》《大庆社会科学》《大庆日报》《诗刊》等报纸杂志上发表诗歌和散文作品，以此不断地得到鼓励和慰藉。

“东隅已失，桑榆非晚”。文学创作，是我在以往的失衡中找到的平衡，也确非易事，它给予我踏实的人生、充沛的激情、泅渡晚年人生的勇气。

2011年2月26日

目　录

第二辑　江村瑞雪

第三辑　地域风情

第六辑　人物序跋

DI YI JI | 第一辑

节／日／风／俗

听东北大鼓的岁月

每当寒冬腊月年味儿十足的时候，我就想起遥远的童年，想起农村故乡那些多姿多彩的故事，想起那时总也听不够、越听越入迷的东北大鼓。

童年的农村故乡，是松花江支流八家河旁的一个小村落。在过去衣食紧缺的年代里，原本就偏僻荒凉的小村，更是雪上加霜。尽管如此，憨厚善良的村民们，也总是想方设法，把这个传统节日过好。刚过腊月初八，村里就来了个说东北大鼓的盲人先生，他背着三弦，吹着竹笛，由一个中年男人领着一路走来。经过一番商量，把要说的节目和具体条件定好，便安顿了说书先生。晚饭后，男女老少你传我、我传他，带着节日的欢乐，三五成群地聚集到村东头儿刘姓大户的家里。南北两铺大炕坐得满满的，后来的人只好站着。说书先生靠西墙面朝东坐，前面放一张长条地桌，桌上放一架小鼓，旁边放一块油黑锃亮的长方形小木块。说书先生虽然是个盲人，却十分幽默，他介绍说："这块木头，放在县衙的大堂上，那就叫县太爷的'惊堂木'，放在我这说书人手里，那就叫'穷摔'。"说着，便向桌上"啪"的拍了一声，引起众人一场大笑。借这个机会，那领路的中年人怀抱三弦，调弦定音，准备伴奏。接着，说书先生咳嗽一声，说了几句江湖上的开场话，这才引出正题。先是朗诵一首"西江月"，内容我还大致记得："远看动弹动弹，近看飘摇飘摇，不是葫芦不像瓢，咕噜往起一冒。这个说是狗肚，那个说是水瓢，二人打赌河边瞧，是个秃子洗澡。"这时，不知是谁，在孙老爷子的秃头上撸了一把，嚷道："秃子在这哪。"于是，观众一阵哄笑，连说书先生也被逗笑了，忙说："不知者不怪，我是无意的。"他还想以幽默赢得笑声，接着说："说书不说西江月，保证要长疥，一年长两回，一回六个月。"又是满屋大笑。这时，说书先生又念了一段谦虚的道白，大致是："进了腊月，欢欢乐乐，各位明公，压言落座。听我失目之人，白字具多，水词具广，笨刮掉字，喉咙哑嗓，恭敬一段哪！"于是，三弦弹出前奏，接着，说书先生就唱起了书帽儿“黄狼段”。后来上小学读书时我才知道，这个“黄狼段”就是根据《东郭先生和狼》这篇课文改编的。再后来，读书多了、见得多了才知道：东北大鼓是民间说唱艺术，说与唱结合，说书人还要化出化入，随着故事情节的变化和故事里人物的性格特征，一会儿演男的，一会儿演女的，一会儿演老的，一会儿演小的，虽说是个盲人先生，描绘三教九流、五行八作、人情世故、喜怒哀乐，无所不能，无所不像。真就让这些实实在在的农村人，看得两眼发呆，听得入神。说书人还特别会卖关子、吊胃口，当说唱到故事情节高潮最热闹的地方，观众的心都提到嗓子眼儿的时候，便来个“急刹车”，惊堂木“啪”的一声，且听下回分解。这时，村里主事的人便下来收钱，一角两角、三角五角的都行，多交的不限。我们小孩子们兜里没钱，便偷偷地藏在大人们身后，侥幸躲过一回。有时，我们也会被清除到屋门外，也只好扒在屋外的窗台上，在窗纸上抠个小洞，偷听偷看，有时被冻得哆哆嗦嗦也要咬牙坚持着。

在饥荒最重，粮食最缺的那一年，听东北大鼓书的价格也打了折，无论大人小孩儿，不用交现钱听书，只记名字，过后，每人交上两把黄烟，每户招待说书先生吃一顿饭即可。我虽然还是个孩子，因受父亲影响，却早已成了听书迷，自然被记在名单之内，当说书人到我家吃饭时，父亲不但没有责怪我，反倒对说书人格外热情，这无疑是为我以后听书开了方便之门。东北大鼓书在我幼小的心灵里，刻下了深深的烙印，他让我从小就懂得啥叫忠臣啥为奸相，啥叫英雄啥为贼寇，教我区分着正义与邪恶。时至今日，我与东北大鼓书的情缘始终不能割舍，只是再也找不到童年听东北大鼓书的那种机会，再也找不到那种心情和感觉了。

（刊发于《黑龙江日报》2006年2月6日副刊“北国风”）

（获2010年全国散文作家论坛大赛三等奖）

童年的五月节

那些陈年往事，随着岁月的烟云已飘逝得越来越远，变得暗淡模糊了，有些已被遗忘，唯有童年的五月节，虽然是在清贫和苦涩中度过，却依然那么清新，那么真亮。

小时候的农村生活，以填饱肚子为主，那些细粮和鸡鱼肉蛋只能在过年过节时才能见到一些。在童年的记忆里，每年吃鸡蛋最多的一天便是五月节。

每当农历五月初五这一天，父亲和母亲都起得特别早。父亲拿了镰刀去野外割嫩树枝和采艾蒿；母亲趁着我们兄弟几人还在熟睡，把昨晚贪黑配好的五色线，分别系在我们的脚踝、手腕和脖子上。接着，又把精巧的、带着五颜六色飘带的小香荷包，缝系在我们衣服的胸前，于是，我们这些孩子的脸上就有了节日的光彩，母亲的脸上就有了喜悦。我知道，香荷包里装的香草是我家前院小园子里种的。去年秋天，母亲把每一棵香草都连根拔下，珍藏起来，到节前缝香荷包时，才小心地拿出来用了。闻着那香草的香味儿，真让人喜兴。时至今日，仍能回忆起那种香味儿，只是用文字不好表述，说不准确，只是感觉到那香味儿是不浓不淡的香；是不熏人，不刺激人的朴朴实实的香。

太阳刚冒红，父亲已采回了灰绿色的艾蒿和嫩树枝。他把母亲叠好的五彩纸葫芦，拴系在青枝绿叶的树枝上，然后踩着凳子，一根根地插在屋檐上。晨风吹拂，树枝轻摇，纸葫芦飞舞，使原本清贫干净的小院，顿时充满了节日的喜庆。在外屋门框上端，又拴了一把用红线缠绑的像蝴蝶翅膀一样大的小笤帚，旁边还有两个红布飘带。母亲说这是驱邪保吉祥的，能保全家太平。这时，各家各户的屋脊上，一缕缕争先恐后的炊烟，正托举着五月节的欢乐，也托举着农村人的祝福，向着高远的蓝天，袅袅升腾。

母亲打完洗脸水，把艾蒿的细叶揪下来，放在温热的水盆里，顿时，艾蒿那特殊的清香味儿，就弥散在屋里。母亲告诉我们，五月节用艾蒿水洗脸，就不会招蚊虫叮咬。接着，母亲又把煮好的鸡蛋端来，挑出带记号的，给我们一人先发一个。她说，这是五月初一下的鸡蛋，吃了能管肚子疼。然后，又把平常下的鸡蛋每人分了五个。

在我童年的记忆中，那时五月节我家的早饭大多是煮面片加荷包蛋。母亲总是把荷包蛋多盛一些给长年劳累的父亲，然后再盛给我们这些小孩子吃，等轮到她吃的时候，只能是有少就少吃，或是没有就不吃了。如果赶上年景稍好些，生产队能杀一口大肥猪，每口人分上二两猪肉，我家八口人，能分一斤六两猪肉，再割回小园子里的头刀韭菜，就能吃上一顿猪肉韭菜馅的饺子，这可是童年时五月节最好的伙食。可惜，这样的年份太稀少了。

当年，五月节的这一天，放猪的小猪倌特别兴奋，嗓门儿又高，“松猪啦——”喊的格外响亮，各家各户松猪的时候，都要拿出两个熟鸡蛋，塞给小猪倌，意思是让小猪倌好好照看自家的猪。家家都送鸡蛋，小猪倌的衣袋和背兜里，装得满满的，足够他享用十天半月的了。同样是过五月节，相比之下，放马放羊的可就没这个福份了。因为当时放猪的多是贫穷人家十多岁的小孩子，放的又是个人家的猪，自然会得到大家的同情和照顾；而马倌羊倌放的是生产队的马牛羊，且又是成年人，没人赏鸡蛋是很自然的事儿。多少年了，当地农村就是这个习气，谁有看法也没用。

在20世纪60年代的东北农村，根本就见不到南方人吃的“粽子”，甚至连“粽子”这个名字，也很少听人说过。那时候的农村生产队活计特别紧，五月节从来就不放假，出工晚一些，收工早一些，就算是对节日最大的照顾了。晚饭后，父亲斜依在靠墙的被垛上，摸出抽匣里的老唱本，用我们熟悉的东北地方戏那简单的腔调，哼哼呀呀地唱上两段，什么《孙二娘开店》《小王打鸟》《密建游宫》《禅余寺》《伍子胥过江》《五家坡》《双销山》等等。父亲唱得津津有味儿，我们趴在炕上听得入神儿，这便是童年五月节时，我们全家最好的娱乐了。

童年的五月节，虽然是在困苦中度过，今日回想，却依然觉得美好。

（刊发于《黑龙江日报》2009年5月28日“北国风”，题为：吃鸡蛋最多的一天）

（刊发于《散文百家》2012年第一期“记忆与叙事”，题为：童年的五月节）

八月十五月儿圆

在松嫩平原上，过了二十四节气的“秋分”，风也清了，天也凉了。农谚说：秋分无生田，到了“三春不如一秋忙”的收庄稼时节了。每年的这个时候，都要赶上过“八月节”。

咱中国的节日多，一些节日的名字也有好几种叫法儿。如：元宵节，又叫“上元节”，或叫“灯节”。“八月节”的叫法儿是我们当地农村人叫的土名，书上和台历上写的叫“中秋节”。

童年的故乡是个小村庄，虽说当时生活很清苦，但是那时的过年过节却觉得有滋有味儿。每当节日来临之际，盼节的劲头儿像一股暖流，使周身充满了无形的力量和汹涌的激情。有几回过八月节，现在想来，依旧是不可多得的精神大餐。在记忆里刻下了深深的印痕。

记得那一年我家盖新房，家里的钱花光了，还借了一些外债。眼看就要过八月节了，父亲急得团团转，最后，还是母亲想出了办法，把腌好的咸鸭蛋拿到城里卖了，然后，只买了四块月饼，为的是省下钱来买块新花旗布，给刚上学的弟弟做件新衣服。

到了八月节这一天，母亲用生产队分回的猪肉包了猪肉芹菜馅饺子。半年多没吃饺子了，冷不丁吃一顿可真解馋。我家八口人，父亲母亲和我们兄弟姐妹六人，对于我们六个孩子来说，那四块月饼的吸引力实在是太大了。但是，我们都能忍住，母亲不发话，谁也不去动一下月饼。

八月节这一天，生产队不放假，只是收工早一些，父亲回来得也早。吃过晚饭，我们就趴在窗台上，盯住东南边的小山岗，盼着月亮早点儿出来，可谁知道呢？我们心里越急，就觉得月亮出来的越慢。当我们把又大又圆的月亮盼出来的时候，母亲早已把饭桌放在院子中央，在桌上摆放了几个盘子，分别装了月饼、西红柿、黄太平果。然后点上一炷香，旁边放着一碗清水。父亲母亲跪在桌子后面，朝着月亮磕了三个头。母亲还小声在嘴里叨念着什么，我们谁也没有听清。紧接着，母亲催促我们兄弟四人去给月亮磕头，之后，我们才如愿以偿地每人得到了半块月饼。

多少天的盼望终于到手了，只是可怜巴巴的太少了点儿，吃两口，刚尝出滋味儿来，半块月饼就没影了。这时，心里也暗暗发狠，等到将来有钱的时候，非得多买些月饼，一次吃个够。

进城上中学读书的时候，住在姑姑家里，姑父是工人，月月开工资，生活比我家富裕许多。有一年在姑姑家过八月节，吃八样菜，鸡鱼肉蛋全都有，我还吃了两块月饼和一些水果，这是我少年时期过得最丰盛的一次八月节。

记得当时姑姑家的小妹妹，捧着月饼不撒手，不满10岁的小孩子，竟然一顿吃了三块月饼，终因消化不良得了胃肠感冒，呕吐不止，两天之后才见好转。从此以后，姑姑家的小妹妹再也不喊要月饼了，每当见了月饼就躲得远远的，看来，这月饼吃多了，还真是会伤人的。

当我在县城里参加工作之后，遇到的事物多了，看的书也多了，才真正地了解了一些关于中秋节和月饼的来历。据史料记载，我国的月饼已有三千多年的悠久历史。殷、周时期的江浙一带，就出现了纪念太师闻仲的“太师饼”，这是我国月饼的发端。相传，我国古代帝王有秋天祭月的礼制，那时的民间百姓，每逢农历八月十五这一天，就有祭拜月亮的风俗。月饼是当时用做祭拜月神的供品，到了后来，人们才把祭月、赏月和品尝月饼结合起来，象征着全家人的幸福团圆。由此，才逐渐把月饼变为中秋节的首选礼品。

其实，最让我铭诸肺腑的是一个别开生面的中秋节，那是2000年的中秋节。我们召集了县城的16位文友，按事先约好的，于八月节晚上七点半，在松花江边的港务局门前集合，并且每人都从自家带来一份好吃喝。租好的游船已停靠岸边。大家都是头一回来江边过节，比起平时，总觉得今晚的江水格外平静，夜空格外晴朗，真是风清气爽，月涌大江流。此时，伫立船头，我便想起唐人张若虚的著名诗句：“江天一色无纤尘，皎皎空中孤月轮。”正当深陷诗境之中，“笃——”一声悠扬的汽笛声划开夜空，游船翘首起航。船后拖起渐次向两侧徐徐展开的扇形涟漪，月光立即被荡成细碎的银泊，向远处粼粼散去，渐渐消逝在岸边。

大约只用了20分钟的工夫，游船靠了南岸，我们在菱角泡旁边的沙滩上，开始了别开生面的“江边中秋篝火晚会”。

因为是过节，江边的渔民们都是停船歇网，回家过团圆节去了，菱角泡的江滩上，留给我们的是一片空旷的静谧与安详。此时，中秋皓月，高悬夜空，抚恤千家，光耀万户；江水平缓如镜，沙滩细腻柔和，天上明月妩媚，江中光影皎洁；天地互映，江河牵手，在这苍茫辽远的大背景下，烘托出一派优美天然、和平富庶的盛世图景。我们这群充满创意的人，男士们在拣干柴点燃篝火，女士们在沙滩深处采摘野花；有的人在江边玩水赏月，有的人在滩顶铺开塑料布，摆放野餐的酒宴。当一切准备就绪时，大家围住篝火，唱歌、跳舞、现场赋诗、朗诵……使荒凉静谧的江滩，爆发出一阵阵从未有过的一波高过一波的节日浪涛。

时近午夜，两个多小时的江边中秋篝火晚会，不得不在大家都没过足瘾的情形下宣告结束。登上回程的游船，大家还在恋恋不舍地回头张望，似乎令人心醉的欢声笑语仍在那堆熊熊燃烧的篝火上空缭绕；悠扬的歌声，仿佛还在江滩上久久地回荡……

（刊发于《黑龙江日报》2018年9月20日副刊“北国风”）

腊八节与黄米粥

小的时候想年盼年。刚进腊月，每天早上天刚蒙蒙亮，老早的就醒来了。父亲最先起来，从外面拿回一小捆麻秆儿，放在屋地上的火盆里点着，把冷屋子熏暖和；再把我们兄弟几人的棉袄棉裤翻过来，架在火盆上烤一会儿，省得我们穿的时候凉着。每当这时，我就缩在被窝里，掰着手指头算，还剩多少天过腊八，还剩多少天过年。

咱东北的谚语有“腊七腊八，冻掉下巴”这一说，可是，不管天气怎么冷，咱东北人总把“腊八”这一天当个节令过。

每年腊八临近，母亲总爱重复那句老语：“谁家烟筒先冒烟儿，谁家高粱先红尖儿。”母亲用这句话提醒自己要勤劳，也在告诫我们长大要勤奋。她早早起来，在厨房里忙活着我家每年腊八早晨必吃的黄米粥。

前些年，生产队种糜子，每年秋收后各家各户都能分到百八十斤的糜子，到碾房里碾压去皮，就成了黄米。黄米粒比小米粒大一些，颜色微黄，所以人们叫它黄米，那年头大米白面之类的细粮奇缺，因此，在农村，黄米就成了稀罕物，每年只有到了腊八，才能吃上一顿黄米粥，平时根本就难得一见。

黄米粥的做法也很简单，先在铁锅里放进适量的水，再把洗干净的红芸豆放进锅里煮，当芸豆煮到七八分熟的时候，把淘洗好的黄米下进锅里一同煮，锅烧开以后，每隔几分钟，就要用铁铲子翻动一遍，避免锅底上茬，烧煳窜烟。烧开锅二十多分钟之后，盖严锅盖，再用温火烧二十分钟，这一锅热腾腾、黏糊糊、香喷喷的黄米粥就煮好了。

母亲把黄米粥一碗一碗地盛好，端到桌子上，又端来一碗平常舍不得吃的白花花的荤油和攒了大半年的一包白糖，用小勺把荤油和白糖盛到我们每个人的碗里。我们用筷子一搅拌，荤油和白糖立马就融化在热腾腾的黄米粥里。夹一筷子放进嘴里，那是又香甜，又黏糊，又筋道，吃了这碗想那碗，真是吃得解馋，吃得过瘾。我家八口人，一铁锅黄米粥一顿饭吃下来之后，只剩下锅上粘的一层锅巴。这时，母亲在灶堂里又填一把火，那锅上的黄米粥锅巴被烤得焦黄，母亲忙用锅铲子铲下来，分给我们每人一块放在嘴里，一咬咯嘣咯嘣的，那真是稀酥嘣脆满口香。

每年腊八，母亲做黄米粥的时候，都要多放些大红芸豆，她说“腊八”这天多吃芸豆能多长心眼儿，省得长大以后傻乎乎的不聪明，我们小时候可真的相信了。

眼下，又要到腊八了，现在的腊八与早些年的腊八没法相比。就拿我居住的小县城来说，不管春夏秋冬，每天走在街上，都会看见推着车子的人吆喝着：大碴粥、黄米饭。只要你花上两三元钱，就能买一碗黄米饭吃，既便宜，又方便。只不过是现在的人们更注重营养和健康，对油腻的荤油和白糖，早已躲得老远。如今腊八的黄米粥，早已失去了原有的身价，早已失去了对孩子们的吸引力。

童年最盼办年货

童年小村的腊月，家家户户的孩子们总是心急火燎地盼过年。虽说年头到年尾也挣不了几个大钱，日子过得艰难清贫，却丝毫没影响孩子们盼过年、盼着父母早点儿进城办年货的心情。

腊月的头一个节令是腊月初八，也叫过腊八，东北农村的习俗是早饭必吃黄米粥，也叫“腊八粥”。过完腊八就该淘黄米了，用黄米面蒸豆包、撒年糕。这些食品的统称叫“年干粮”。忙完这些年干粮，就该进城办年货了。

在那些艰苦的岁月里，每到说起办年货，在父母们的喜悦心情里，总是潜伏着几缕不易被人察觉的忧愁。大帮哄的生产队，根本就挣不了几个钱，一年到头，扣除全家人的口粮钱，就所剩无几了。遇到灾年，反倒要欠生产队的钱，办年货的钱就更没着落了。尽管全年的口粮并不充足，也只好忍痛卖掉一些家里值钱的粮米，有时甚至不得不把自家留着过年吃的猪肉砍下一大半，再拎上几只大公鸡，到城里的集市上卖掉，才能换回些办年货的钱。

父亲起了个大早，坐着生产队的大马车到城里办年货去了。天刚过晌午，我们这些孩子在屋里就坐不住了，一趟趟地往外跑。一会儿爬上院墙，站在墙头上张望；一会儿又攀上柴草垛顶，不错眼珠儿地盯着通往县城的大道。一直折腾到太阳快落山了，临吃晚饭的时候，还不见那辆赶集的大马车的影子，急得我们火冒钻天的。

其实也难怪，在一年当中，吃的、穿的、用的，很难见到新的东西，只有到了办年货的时候，才能见到花花绿绿的物品，才能吃到两块儿带馅的“大虾糖”和硬梆梆的“糖球儿”。饱受煎熬的孩子们，对于难得的年货，谁能不盼，谁能不急呢？

薄暮时分，本来安静的院子里，冷不丁响起了我们迎接办年货的父亲那欢乐的喊叫声。接着，成包、成捆、成箱的年货，被搬进屋子里，在柜上和炕上一样样地摆开了。我和弟弟手快，抢先挑选着一百响的小挂鞭、炮仗、双响子、麻雷子、刺花、钻天绺等喜庆品。妹妹忙专捡她用的东西，有胭粉、腮红、雪花膏、花花绿绿的绫子和绒头绳。接着，又帮母亲拾掇给我们做新衣新鞋用的一块块布料、一双双袜子、新鞋带，还有毛巾、香皂、肥皂等日用品。还有些年货是我们这些小孩子不敢乱摸滥动的，有“灶王爷”“天地牌”和供奉祖宗上坟祭祀的黄纸、香、腊烛等祭祀用品。有些厨房用品，花盘子、花碗、大红筷子和做菜用的各种调料我们也是不沾边的，只有等着大人们去收拾归拢。有时，父亲也会买回带有圆筒形玻璃罩的小灯笼，外带一包小拇指一样大小的小腊烛，我们都叫它“磕头了”，点燃“磕头了”，放进小灯笼里，年三十晚上好去给亲属们磕头拜年。

年货里，糖果也是我们不能随意去动的，这要等母亲为我们分发。每个孩子两块糖，一块是带馅的，另一块是硬“糖球儿”。余下的母亲全包起来留着过年时再分。母亲很会节俭过日子，分完糖块时还要嘱咐几句，让我们先吃一块，留下一块明天吃，吃糖块时不要嚼，要放在嘴里含着，这样能吃的时间长。我们很听话，把硬糖块含在嘴里，有时能挺半个小时。现在想来，倒有几分好笑。

在年货堆里，我们全家人都爱看的是生动有趣、色彩鲜艳、图文并茂的一幅幅年画。母亲最喜欢的年画是“四扇屏”，就是一套年画分四个条幅，每个条幅分四节，每节图案下面都有故事情节的文字说明。母亲虽说不识字，却很爱让别人把画上讲述故事情节的文字念给她听。念的人不以为然，可母亲却听得津津有味儿。

在那些年代里，年货堆里比较贵重的要数水果，我们能买得起的、见得到的也只是十多个冻得硬梆梆的黑梨蛋子，橘子、苹果之类却很难见到。稍有余钱，父亲也会再买上几个橘红色的大冻柿子，又能使我们多一层兴奋，多一阵欢喜。烟、酒、茶是年货里的奢侈品，是大人们用的，我在姑父家的年货里见过，可是，习惯于过节俭日子的父亲从来不买，偶尔也买过半斤散白酒，那只是为了供奉祭祀之用。

岁月流转，童年盼年货的情景，如烟云一般已飘向遥远，唯有那份苦难中的欢乐，却显得格外珍贵，早已融进记忆，沉积于心底，总也挥之不去。

难忘当年接财神

小时候，家住农村，每到大年三十这一天，我们小孩子就别提有多高兴了。早饭后，母亲为我们套上了新外套，然后，就忙着为供老祖宗准备供品，还要为下午两点多钟的晚饭，准备好各种菜肴；父亲忙着领我们贴对联、贴门神、贴天地牌，立灯笼杆儿。这些事忙完后，就该吃晚饭了。在晚饭前，要为老祖宗上好供烧上香，晚饭后天刚擦黑，母亲就开始准备年夜饭，父亲就收拾东西准备去接财神。

财神是有方位的，每年的历书上都写着财神的方位。记得有一年，财神的方位在正西，晚饭后，天刚黑下来，父亲就找出我家惟一的玻璃罩灯笼，把玻璃罩擦得透明瓦亮，又拿出一根红蜡烛，插在灯笼底座的木台上，然后点上，让我提着，又带上一卷黄仙纸和几根香，领着我去接财神。

推开屋门，向村里望去，有不少人家已经在灯笼杆儿上挂起了红红的大灯笼。村子里比往常静了许多，连各家各户的猪狗都像是懂得过年似的，不咬不叫。只是偶尔有一两声爆竹在夜空中炸响，声音显得格外清脆。我家住村子紧西头，我们走出院门后，父亲领我一直朝西走，他边走边小声数着步数，当数到百步开外以后，他才停下来，让我把灯笼放在地上。父亲在地上用手收拢一堆土，点上三根香，插在土堆里。四周黑洞洞的，灯笼显得格外明亮，香火也燃得格外旺盛。接着，父亲点燃了黄仙纸，把四周照的红彤彤的。这时，父亲面朝西跪在地上，让我跪在他身后，他口中喃喃地念叨着："请财神回家过年，保佑我家年年发财。"磕了三个头之后，我们站起来，提着灯笼往回走。父亲还告诉我，不许回头，不许说话。我想，怕是惊了财神吧。只觉得当时有些发瘆，心里毛楞楞的也不敢说，紧贴着父亲，一步不落地往家紧走。到家之后，父亲还在供老祖宗的香案前烧了一炷香，这样，财神就算接回家了。

家家接财神，年年接财神，可还是家家穷日子，年年不丰收。困难时期的最后一年，新换的生产队长是个驴脾气，敢作敢当，年底开大会时，他就告诉社员：“今年大年三十晚饭后，社员都到生产队来，咱们套上大马车，全体社员集体接财神。”话音刚落，社员们一阵哄堂大笑，都说，这可是开天辟地头一回。

大年三十晚饭后，社员们齐聚在生产队，四挂马车拉着六十多个社员和香烛纸码，直奔村南，走出离村一里多地远的地方，就停下来，开始接财神。先用铁锹攒三个土堆，插上三捆香点燃，又烧了一大捆黄纸。六十多号人齐刷刷跪地磕头，保佑生产队年年大丰收，祭拜之后，又放了一挂“十响一麻雷”的大鞭炮。没成想，一挂马车受惊，惊马尥蹶子拉车往村里跑，自己跑回生产队。幸亏当时村里人少，才没出啥事儿。可是没过多久，大队领导知道了此事，把生产队长好一顿数落。事也凑巧，在转年秋天，生产队真的获得了大丰收，有的地块亩产“上纲要”，有的地块亩产“过黄河”，还有的地块亩产“跨长江”了，达到亩产五百多斤，每个劳动日值分一元两角钱，比上一年翻了十倍。驴脾气队长整天乐得合不拢嘴，社员们的高兴劲儿就别提了，哼哼呀呀的整天唱小曲。大伙儿都说，这驴脾气队长领着咱们真把财神给接回来了。

（刊发于《黑龙江日报》2010 年 2 月 11 日副刊“北国风”）

当年那些老对联

现如今过年贴对联，都是临近过年的前几天，到集市上去买那些印得花花绿绿的现成的对联，品种多、样式新，长的短的、宽的窄的都有。对联规格齐全不说，而且内容也相当丰富。有写农业丰收、六畜兴旺的，有写国家繁荣昌盛的，有写家庭和睦的，有写企事业单位兴旺发达的……林林总总，凡所应有，无所不有。可是，在四十多年前，不管是在城市里，还是农村，家家户户过年贴对联，都要自备红纸和笔墨自己写。自家不会写的，就拿上红纸去求别人写。

从我记事儿时起，就知道父亲是村中写对联的好手。我家原本是村里的大家族，祖上有个规矩，兄弟排行无论哪股人，只要是生了男孩，到八岁时就可以念私塾，由整个家族出钱，供书三年。父亲是念了三年私塾的，写起对联来自然是得心应手，常得到村里人的夸赞。

20 世纪 50 年代中期，我家居住的村子里，认字的人很少，能写对联的人更是寥寥无几，每当春节前几天，父亲就把饭桌放在炕上，拿出买好的大红纸，按照对联、横批、春条、大小福字等不同规格，一样样叠好，再用刀子裁开。然后，把砚台放在桌上，倒进少许清水，把一根墨块交给我，让我研墨。我最爱看父亲写对联了，所以，也爱给父亲研墨。墨研好了，父亲也把毛笔泡开了，于是，把一条条红纸摆放在桌子上，就开始写对联了。

父亲一般时候是不用照着书本写对联的，他写的全是记在脑子里的老对联。至今回想，我还能背诵下来。外屋门对联：三阳开泰从地起／五福临门富贵春，横批：春回大地；里屋门对联：父子协力山成玉／兄弟同心土变金，横批：家庭和睦，或是：一夜连双岁／五更分二年，横批：新春快乐；院子大门对联：地增五谷人增寿／春满乾坤福满门，横批：人寿年丰；仓房门对联：年年仓中满／月月有余粮，横批：五谷丰登；鸡架和猪圈横批：金鸡满架、肥猪满圈。还有院墙贴的小条幅：出门见财；里屋墙上贴的小条幅：抬头见喜。

间壁墙上竖着贴的又窄又长的春条，上面是这样写的：宜入新年乐，财神上边坐，金子堆成山，元宝垛成垛，不管今年好，来年也不错。大吉大利大发财源！以上这些写完之后，还要写又宽又大的“老祖宗”对联：金炉不断千年火／玉盏长明万岁灯，横批：祖豆千秋、本枝百世、慎终追远、先人在上。最后，还要写个大“福”字，是贴外屋门中央的。

每年春节，都要到亲戚家拜年，每到一家，我都要细心看那些对联，尤其是贴在老祖宗上的对联，看了之后，我都要默默地背诵几遍，时至今日，还能背读下几联。如：敬祖宗三杯玉酒／孝父母金玉满堂、祖豆千秋永／本枝百世长。这些对联并不深奥，看了几遍也就懂了。我 13 岁那年，到本村老闫家拜年，他家的新对联让我觉得新奇，又有些似懂非懂。上联是：乔木发千枝岂非一本，下联是：长江流万派总是同源。不管懂与不懂，我当时还是把它背诵下来了，后来，书读多了，自然也就懂了。

有时，生产队的对联也要找父亲写，如，马车上的对联：车行千里路／人马保平安；贴在水井上的条幅：井泉大吉；碾磨房里，贴在碾子和磨上的条幅是：青龙大吉、白虎大吉。

父亲总是乐于助人，东邻西舍找他写对联的人也越来越多。每个春节前，父亲都要起早贪黑写上两三天。尽管写的腰酸腿痛，也从无怨言，从不拒绝。要过年了，家里很多活儿都堆给母亲一个人，于是，母亲便唠叨父亲：“家里的事儿一点儿不管，整天写对子，打官差，全村就你一个能人？”每到这时，父亲只是笑，官差照样打，对联照样写。

后来，我和弟弟都到县城参加了工作，业余时间都喜欢读书，都爱好写些诗歌、散文之类。现在想来，许是因为当年受了父亲的熏陶，也许是受了那些老对联的影响吧。

（刊发于《黑龙江日报》2007 年 2 月 12 日副刊“北国风”）

东北时令小吃“豆面卷儿”

早些年，在咱东北农村，每年春天家家户户都要做酱。做酱主要是用黄豆。先把黄豆放在铁锅里炒熟，再拿到碾房碾压成黄豆面，然后用温水和好，攥成如小碗大的圆圆的面团，摆放在阴干处发酵，等到农历四月初八或十八就可以下酱了。在这个过程中，炒完黄豆压成面之后，正是每年春季做豆面卷儿吃的最好时节。

做豆面卷儿单有黄豆面还不够，还要有腊月里蒸黏豆包用的黄米面。先用黄米面蒸出油光锃亮的“黏窝窝头”，再用擀面杖把粘窝窝头擀成一张薄饼，这时，再把黄豆面均匀地撒在薄饼上，然后，从一端开始把薄饼卷起来，卷好后，用刀横着分段切开，以每段约五六厘米长为宜。这样，既好吃又好看的豆面卷儿就做成了。

吃豆面卷儿并不是件容易的事，如果不是春天做酱炒黄豆，就碾压不出黄豆面，就做不成豆面卷儿；要是单有黄豆面，而没有黄米面蒸粘窝窝头，那还是做不成豆面卷儿。好多人家吃不成豆面卷儿，就是因为没有黄米面蒸黏窝窝头。至于黄豆面，春天做酱家家都有，户户必备。

传说在很久以前，满族人的祖先住在黑龙江以北地区，天寒地冻不长五谷，只能以打猎为生，生活艰苦。后来，听老人们说，南边很远的地方有座长白山，山上能打猎，山下能种庄稼，那里的日子好过多了。于是，在年轻人的带领下，一路向南，跋山涉水，历经艰辛，在这年秋天，终于来到长白山脚下。可是带的东西全吃光了，大家又累又饿毫无办法。这时，一位老人指着山脚下的两片地说：“那上面长的也许是可以吃的庄稼。”大家找来当地人一问才知道，原来，那长得火红火红的叫“苏苏步达”，长得金黄金黄的叫“突粒”，都十分好吃。于是他们按着当地人的说法，贪黑忙了一夜，把两样东西都磨成面，翌日是农历十月初一，他们把“苏苏步达”磨的面做成饽饽当饭，把“突粒”磨的面当菜；当时没有桌子，他们都蹲在地上，用手拿着饽饽蘸“突粒”面吃。这是他们头一回吃五谷杂粮，特别香甜。为了纪念这一天吃五谷，满族就留下了每年农历十月初一不放桌，不吃菜，不用筷子，手拿饽饽蘸豆面吃的习惯。这就是豆面卷儿的由来。后来，人们把饽饽擀成薄饼，再把豆面撒在饼上，卷起来吃，这便成了真正的东北时令小吃——“豆面卷儿”了。

记得我小时候头一回吃豆面卷儿，是五姑家二表哥给的。二表哥大我两岁，经常领着我在村子里到处玩耍。有一天他把我领到他家院子里，让我等在门外，他钻进屋里后，几分钟就出来了，两手背在身后，走到我面前时冷不丁伸手过来，猛然摊开双手时我才发现，他每只手上各有一个豆面卷儿。他先递给我一个，我俩就躲到院外，悄悄地吃了起来。那豆面卷儿既有黄米面的甜味儿，又有黄豆面炒出的煳香味儿，嚼起来劲道，好解馋哪。那年月生活贫穷，又是青黄不接的苦日子，能吃上一个黄澄澄的豆面卷儿，就算是最好的美食了。因此我舍不得快吃，只是小口咬，慢慢地嚼。二表哥三下五除二地吃没了，我还剩了半块豆面卷儿呢。于是揣进兜里，留着过一会儿再解馋。

回家后我问妈妈，我家咋不做豆面卷儿呢？母亲长出一口气说：“吃豆面卷儿太浪费了。吃一顿豆面卷儿的黄米面，再掺些苞米面，做出黏豆包来够吃四五顿的。”从那以后，我再也不问做豆面卷儿的事了。在我童年的记忆里，我家只吃过两顿豆面卷儿，而且，我们兄弟姐妹六个，每人只分得可怜巴巴的两三个豆面卷儿。当时好羡慕二表哥家：他爷爷三天两头的就拿出肚大脖细、嘴像小喇叭口的锡酒壶，在泥火盆里热酒喝。有时来了远方亲戚，酒后还要泡茶喝。我有生以来头一回尝到茶水的滋味儿，就是偷喝了二表哥家客人喝剩的茶水。更让人眼馋的是，二表哥家年年春天都做豆面卷儿吃。在我心中，二表哥家是全村最富，吃得最好，谁也比不起的人家。

长大后到县城里读书，接着又在县里参加工作，见到豆面卷儿的机会就更少了。今春，老伴儿在农贸市场买了些黄豆面回来准备做酱，发现家里还有剩余的黏大米面，于是她心血来潮，为全家做了一顿豆面卷儿吃。毕竟隔了好多年没吃豆面卷儿了，冷不丁吃到就觉新鲜。细细品味着，口感还觉不错，只是味道远不及当年黄米面做的好吃。当年家里种的糜子和它碾压出的黄米面，今天根本见不到了，只能留在记忆里。

2014年3月11日

（刊发于2014年4月24日《黑龙江日报》副刊“北国风”）

过年祭祖习俗

小时候家住农村，最盼年节，盼着有好吃的和有平日里很难见到的荤腥；盼着有好穿的，有新做的衣服、鞋子和新买的袜子；盼着有打扫粉刷得干干净净、亮亮堂堂的屋子，有擦拭一新的柜柜箱箱；盼着有好看的年画，有只到过年才供奉的颜色鲜艳的“老祖宗”（家谱）。

每当过了腊月十五以后，家家户户无论贫富，都要到县城里的集市上去办年货，老辈子人把办年货叫做“打年纸”。去一趟集市，把过年用的东西尽量买全了。生活困难时，吃的、穿的、用的可多可少，只是祭祖用的纸码香烛要买得齐全，缺一不可。

每年过年祭祖，要从腊月二十前后的上坟烧纸开始。事先，把买回的“黄仙纸”每张叠成均匀的八份（即八开纸大）裁开，有的人家用木头刻制的“印版”印纸钱；也有的人家用毛笔写出伍佰圆、壹仟圆、伍仟圆、壹万圆不等的纸钱。上坟烧纸时还要备下香和白酒。

“过了小年是大年”。除夕这一天，大人们特别忙，早饭后，男人们在贴对联、贴“挂钱”，要立“灯笼杆”；妇女们要给孩子梳洗干净，换上新衣服、新鞋、新袜子。这些零活儿琐事完成后，就该供“老祖宗”了。

其实，人们所说的“老祖宗”，就像一张三尺多宽四尺多长的杨柳青挂画，最上端的中间部分，是端坐着穿官服的一男一女，两人前面的桌案上，摆放着猪头等供品。下面的中缝是一条画有花纹的彩带。彩带两侧画着一排排长方形的格子，从格子的上端向下排，书写着一辈辈死去的祖先们的名字，右侧是男人们的名字，相对的左侧记女人的名字，左右对称的是夫妻关系。格子的下面画的是一道琉璃瓦封顶的砖墙，中间开着两扇大门，大门上有一副对联，上联是“祖豆千秋永”；下联是“本枝百世长”。门前有两个小童在燃放爆竹。小童两侧是几位穿着鲜艳官服的长者。整张“老祖宗”的两侧，还配有两个条幅，条幅上各画有一个花瓶，瓶里插有鲜花。

平日里，“老祖宗”都是卷起来用黄布包着，挂在屋里墙上较高的地方。每年大年三十的中午时分，才由本家长辈的主事人把“老祖宗”请下来，小心而又庄重地悬挂在墙上，前面放上桌案，桌案上铺上包装用的黄布，上面整齐地摆放着香烛和各种供品。主要的供品有四种：一是两摞印了红点的大馒头；二是扣在一起的两碗米饭，每碗米饭上放一个红枣；三是两盘油炸小鲫鱼，上面放着炸好的、染了红绿颜色的粉条；四是两碗猪肉片，把白菜心切削成塔型，放在小碗里，然后，把熟猪肉切成长条片状，均匀地贴附在塔型的白菜心上，再把炸好的染了红绿颜色的粉丝放在顶端，形状好看，又十分鲜艳。摆放上这四种供品就可以了。如果家里有糖块和水果，也可以各摆上一盘，那样，供品就显得更加丰盛。木制的香筒、蜡台和烧香用的香炉碗是必不可少的，准备随时烧香，夜晚要点燃蜡烛，照得“老祖宗”堂前香烟缭绕，满屋光亮辉煌。

摆放过供品之后，大约就到了下午两点钟左右，先倒满两盅白酒，放在供桌上点燃，再烧上三炷高香，全家人长辈在前，晚辈在后，依次排开，跪在地上给“老祖宗”磕头。祭拜已毕，到屋外燃放鞭炮，之后，全家人开始吃丰盛的晚饭。屋里屋外都十分热闹，厨房和饭桌上热气腾腾，满院满屋都是喜庆祥和，男女老少的脸上都充满了节日的喜悦。

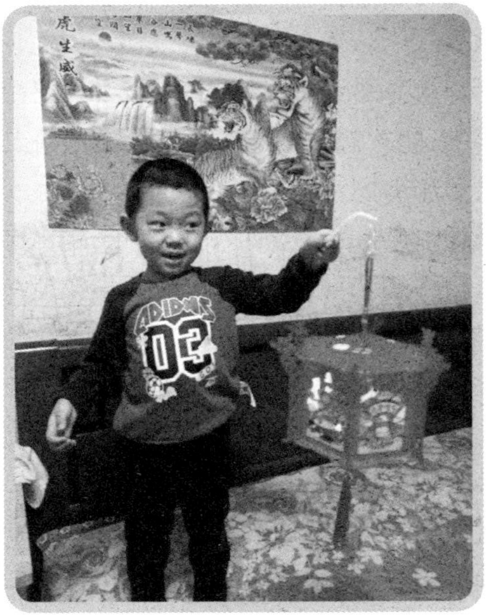

稚童提灯过大年

从供上“老祖宗”开始，大人孩子说话都要十分注意，要说就说过年话，吉祥的话，谁也不许说难听的、扫兴的话和犯忌讳的话。

从大年三十下午供上“老祖宗”之后，有的人家在正月初二傍夜把“老祖宗”请下来，有的人家供到正月初三傍晚。人们把“老祖宗”请下来叫做“送神”。送神之前要烧最后一遍香，然后是全家人给“老祖宗”磕头，接着要烧几张纸，为“老祖宗”带上些“盘缠”（即路费）。

然后，摘下悬挂了两三天的“老祖宗”，照样是卷起来收好。还要打开屋门和院门，让“老祖宗”返回仙山或天堂。

过年祭祖习俗，在东北农村比较盛行，尤其是在20世纪五六十年代的农村，家家如此。60年代初，有的生产队还赶着大马车去接财神。到了60年代中期，供“老祖宗”被强行禁止了，从那以后，过年的祭祖活动，就淡薄了许多。

大年三十忙一天

童年的农村生活，家家都不富裕，孩子们最盼的就是过年过节。盼过五月节能多吃鸡蛋；盼过八月节能吃到月饼；盼过年的劲头是最大的，能吃很多平常见不到的好东西，还能穿新衣新鞋，有时还能得到几毛或一元的压岁钱。在我的记忆里，小时候在农村过年，最忙的是大年三十这一天。光是大人们忙还不算，我们这些十来岁的小孩子，也欢蹦乱跳地跟在大人的后头，屋里屋外的乱跑乱忙。

一、粘“挂钱”贴“对子”

总算盼到大年三十这一天了，早晨起得很早。吃过小米稀粥、黏豆包和鸡肉炒咸菜之后，母亲先在热锅里给我们打了一小盆白面浆糊，然后就领着妹妹洗洗擦擦的搞卫生去了。父亲领着我，先是把昨天写好的对联裁开，摆在炕上，再放上炕桌，拿过来浆糊盆，一联一联地往背面抹浆糊。抹好一联，他就拎到屋外，我给父亲开门、拿凳子，父亲就站在凳子上往外屋门上贴。贴完对联，又在门中央贴那张最大的“福”字，然后，是贴带三张“挂钱”的横批。贴完外屋门，又贴仓房门和院门的。最后把窗户上、鸡架上、猪圈上的横批全贴完时，我和父亲的手都被冻得猫咬似的。虽说是又冷又忙乎人，但看着用鲜红的对联和五彩挂钱装饰一新的土平房，映照出满院喜庆时，心里还是乐滋滋的。

二、立“灯笼杆”

我家院里有个小园子，园子门旁有根粗粗实实的立柱，是安园子门用的，借着这根立柱，才能立起灯笼杆。父亲找出一根两房多高、碗口粗的木杆当灯笼杆，在顶端绑住几根枝枝杈杈的细树枝，树枝上粘贴些花花绿绿的细纸条，并在树枝上拴一个铁环，系一根长绳子，用来吊灯笼。这些都准备好了，才用铁丝把灯笼杆拧在园子门旁的立柱上，这样，灯笼杆就立起来了。为了防止大风把灯笼杆刮倒，我们还从土井沿旁拉回两筐冰块，埋住灯笼杆底部，再浇水冻住，灯笼杆就更牢固了。从年三十傍晚开始，我家便把彩纸糊的花灯笼里点上大蜡烛，高高地悬挂起来，照得满院亮堂堂的。年三十晚上，我们这些孩子到亲戚家拜年时，老远就能看见我家的大灯笼。这盏大灯笼一直要挂到正月十五的元宵节之后才能撤下来。

三、供“天地牌”

在外屋门后的墙垛子上，是供天地牌的地方。把买来的一张杨柳青画的天地神图像，贴在外屋门后的土墙上，下端钉在土墙里的两根小木桩上，木桩上搪一块长条小木板，木板上摆放馒头等供品，还要放上一个烧香的小香碗，就算齐备了。每年年三十傍晚供奉，烧香祭拜，到了正月十五晚上，才能把“天地牌”火化升天。供奉“天地牌”是祈求天地神灵保佑农家，一年四季风调雨顺，五谷丰登。

四、供“灶王爷”

每年的腊月二十三，人们都称为“过小年儿”。这一天的傍晚，我家也和村里人一样，要把供奉一年的灶王神请下来，放在灶坑门前，上香烧纸，把灶王爷牌位火化升天。此时，要磕头祷告，让灶王爷回到天庭后，只说好话，不讲坏话；保佑全家人口平安，保佑明年交好运、发大财。灶王爷上天之后，究竟要汇报些什么，人们从来就不得而知。不管怎么说，新买的灶王爷还是要照样供上，灶王爷的对联还是要贴的，上联：“上天言好事”；下联：“下界保平安”。横批年年是“一家之主”。

供好灶王爷之后，就该吃除夕的晚饭了。这是一年当中的最后一顿饭了，不管平日生活怎样清苦，全家人的这顿团圆饭，要想尽一切办法做得丰盛。晚饭后，还要去接财神呢。

大年三十这一天，是一年的最后一天，每年的这一天都是如此，一年来的事情和过年的准备，都必须抢在这一天办完。虽说是从早到晚忙了一整天，但是大人们从不觉得累，我们这些跟着大人前蹿后跳的孩子们，更是觉得大年三十这一天，越忙越高兴，越忙越有年味儿。

清明祭扫

眼看就到清明了。清明是节气，也是节日。

清明，作为节气，它有物候变化、时令顺序的属性，在二十四节气中，占有比较重要的位置。在北方，清明时节才是真正意义上的春天的到来。在二十四节气歌中有“清明忙种麦，谷雨种大田”，农谚有“二月清明麦在头，三月清明麦在后”之说；在北方，冰雪覆盖了一个冬天的江河湖泊，在清明前后，就要冰雪消融，开江开河，日暖风清，碧波荡漾，草长莺飞，亮眼亮心，正是吃开江鱼的好季节。

清明，作为节日，具有浓郁的风俗活动和明确的纪念意义。清明，据传始于古代帝王将相“墓祭”之礼，后来传入民间，广为效仿，于此日祭祖扫墓，历代传承，成为中华民族根深蒂固的一种风俗；清明，还有另一个传说故事：晋文公重耳，入绵山请介子推出山辅政未果，致使介子推母子被烧死，为怀念和祭祀他，便把此日定为清明节，也称寒食节。清明节的习俗除了讲究禁火、祭扫，还有踏青、插柳、拔河、放风筝、荡秋千等活动。

在我小的时候，家住农村，每年的清明节这一天，都要跟着父亲去村北一里半地远的坟地，祭扫祖坟。当时的祭扫也很简单，用铁锨铲一铲坟前的杂草，填一填鼠洞，在四周清扫一遍，然后，跪在祖坟前磕头，就算祭扫完毕。但是，隔上三年五载的，看坟上的土少了，或因塌陷，坟头不高了，就要叫上几个本家族人或亲属，带上三五把铁锹和土篮子，往祖坟上填土，把坟头堆砌得高大一些，以壮祖上的神威。后来，也听父亲说过，清明祭扫是年年必办的事情，但是，往坟上填土可要选准年头。如果碰上闰年（农历出现闰月的年份），就不宜往坟上填土，这也和人世间一样，也是农村的老规矩：闰月年不修缮房屋。

到了20世纪60年代初，我考入县城里的中学，进城读书了，到清明节的时候，班主任老师就组织全班同学，到城东四方山的烈士墓和烈士纪念塔前，为革命烈士扫墓、献花圈。在塔的北面，用红砖修了一座圆顶的烈士墓。

自从建塔修墓之后，每年清明节都有小学五六年级和初中一二年级的学生，在老师的带领下，前去祭扫烈士墓。1985年，县民政局又筹款维修了革命烈士纪念塔，并请原省长为该塔题写了“革命烈士纪念塔”七个大字，下面刻有碑文。同时，又在塔西北50米处修建了三间“精英祠”和祠西边的烈士墓。之后，县里决定，把抗联解放肇源前后的韩玉书、徐泽民、张文廉、王化清、庞振武等烈士墓先后挪到四方山上，把这里建成了“东山烈士陵园”。

改革开放以后，尤其是近几年，有许多县城里的机关干部和企事业单位，以及社会各界人士，都在清明节这天来到烈士陵园，参加祭扫活动。更有意义的是，有些单位、学校的共青团和少先队组织，还在清明节这一天，在烈士陵园的烈士墓前，举行庄严隆重的入团、入队仪式，以此教育青少年，缅怀先烈，继承遗志，奋发有为，振兴中华。

在20世纪80年代末，在肇源县城东9公里的二站镇新发村敖木台屯前的国堤旁，建起了一座高大的石碑，上刻“东北抗联十二支队敖木台战迹地”。石碑的北面，还修建了一座合葬的烈士墓。这是纪念1940年7月，抗联十二支队计划夜袭肇源城的途中，在此地与日伪军打响遭遇战，抗联十二支队牺牲44人。此处战迹地是为牺牲在这里的抗日先烈们所建立，是省级的爱国主义教育基地。每年清明节，当地的中小学生和村民们都来祭扫烈士墓，并献上花圈，缅怀英烈，勿忘国耻，爱我中华。

去年清明节，我和三个弟弟来到敖木台战迹地，祭扫烈士墓之后，我为弟弟们简要讲述了这场战役的经过，尤其是从大庆回来的两个弟弟，深受感动，并表示再有机会，一定要把孩子们也带来，好好接受爱国主义教育。接着，我们回到四方山烈士陵园，祭扫之后，有感而发，在回程的车上，我作了一首古体诗，题目是：“丁酉清明拜谒抗联烈士墓”

清明长忆九一八，烈士陵园执祭花。
抗日战歌犹震耳，千秋壮我大中华。

五月节的艾蒿

在东北农村，五月节采艾蒿，几乎是每户人家必不可少的一件事。在20世纪六七十年代，每逢五月节，农村生产队是不放假的，顶多是晚一点儿上工，早一点儿收工，便是节日的优惠了。五月节的早晨，家家户户都起得格外早，天刚麻麻亮，大人们便起身张罗起来了。磨快镰刀，带着捆艾蒿的绳子，匆匆忙忙赶往野外采艾蒿。

其实，在临近五月节的前几天，大人们到农田里铲地蹚地路过的草甸子上、地隔子上，或是沟沿塄坎上，就已经瞅好了，哪儿的艾蒿多，哪儿的艾蒿长得粗壮，早已是心里有谱了。有下手早的，五月初一就动手采艾蒿了。村里人都说，五月初一采的艾蒿能治肚子疼。

小时候在农村老家过五月节，常跟父亲起早去采艾蒿。有一年五月节，起得特别早，走得特别远，到三里多地外的西河边去采艾蒿。河边草地土质肥沃，又有河水滋润，艾蒿和野草野花都比别处长得繁茂。父亲先在河边割了一捆柳树墩上的嫩柳条，就去割艾蒿了。我薅了几把艾蒿，就去采马莲花，接着又去河边打水漂。这个五月节的清晨露水很大，一会儿的工夫，我和父亲的裤腿都被露水打湿了。我正玩的起劲儿呢，突然，从父亲那边传来"扑棱"的响声，我抬头一看，哇！是两只野鸭子，就在父亲眼前的草丛里，惊叫着飞了起来，直蹿上天空，转眼间消失在茫茫的天际。这时，父亲也不割艾蒿了，弯着腰在四周的草丛里找来找去，最后，他终于找到了野鸭子窝，喊我过去看。我跑到父亲身边一看，在密密匝匝的草丛里，有一个一尺多宽的圆形的草窝，里面装有六七个野鸭蛋。野鸭蛋要比鸡蛋稍小一些，是大头圆小头尖的椭圆形，蛋壳是淡淡的浅绿色。看了就让人眼馋。父亲拿起一个野鸭蛋贴在脸上，转头对我说："还有些温热，也许是抱窝了。"然后，便小心地把蛋放回窝里。我有些着急了："这窝蛋得拿回去，我还没吃过野鸭蛋呢。"我边说边摘下帽子，托在手上，把野鸭蛋从窝里捡出来，放进帽兜里。父亲虽说有些不忍心，但也没拦挡我。他把割下来的好多艾蒿捆成一大捆，扛在肩上，便领我往家走。有了意外收获，一路上喜滋滋的，就连那橘红的早霞，也理会人意，着意点缀我家屋顶的炊烟，袅袅升腾着五月节的喜兴。

回到家后，父亲忙着在屋檐上插嫩树枝，挂纸葫芦。母亲把刚采回的艾蒿嫩叶揪下来，放在脸盆里，又倒进温热水，这时，随着蒸腾的热气，一股清香醒脑的艾蒿味儿，顿时弥漫了整个屋子。沏好了艾蒿水，母亲喊弟弟妹妹们赶紧过来，用艾蒿水洗脸。并说，用五月节艾蒿水洗脸不招蚊虫叮咬，还能消灾祛病有精神。接着，母亲又把五月初一采来的艾蒿，同五月初一下的鸡蛋一起煮好，分给我们兄弟姐妹，说吃了能治肚子疼。

父亲把大捆的艾蒿搬上仓子房顶，摊开来晾晒，准备日后搓成艾蒿绳。其实，搓艾蒿绳也是一件挺简单的事：把艾蒿晒干后，用木榔头把干艾蒿中间的硬梗子砸绵软，之后，再往砸好的艾蒿上稍稍喷点儿水，淋了水的艾蒿还要摞在一起，闷上个把小时，使每根艾蒿都变得柔软，且有韧性，这时，便可以搓艾蒿绳了。搓成的艾蒿绳每根至少要十几米到二十几米长，用一根擀面杖粗细的木棒做轴，像缠线团一样把艾蒿绳缠在木棒上。用时，把轴棒两端系上绳子，吊在屋里炕边的檩子上，艾蒿绳团悬在半空，抽出一头，抻一尺多长，用火点燃，艾蒿绳就开始整天整宿地燃着，农村人叫它“火绳”。家里来了客人，要吸烟的用它点火，灶台上做饭做菜可用它引火；夏日夜晚，艾蒿绳烧出的烟味儿，有特殊的驱蚊功效，农村人爱闻它，闻着舒坦。在困难时期，火柴紧缺，农村供销社卖火柴要凭票供应，这时的艾蒿火绳可有了大用，帮了大忙。

艾蒿还是一味中草药，中医针灸常用到它，民间验方里也有它，可以说艾蒿有着无可替代的特殊功效。后来，我参加工作搬进城里，远离了农村故乡，远离了童年的五月节；但是，故乡老屋上五月节的炊烟，却依然在我记忆里升腾；艾蒿火绳的烟味儿和五月节艾蒿的清香，依然在我嗅觉里浓郁芬芳。现在想来，缺少艾蒿，五月节的气味儿就变得寡淡。艾蒿的清香，才是咱东北人认可的、真正的五月节的气味儿。

2018 年 5 月 24 日

正月十五雪打灯

在北方，冬天不下雪，人们像丢了魂儿似的，心里急着呢。

“八月十五云遮月，正月十五雪打灯。”这句谚语，是我童年家在农村过八月节或元宵节时，父亲常说的一句话。父亲当时只是随便说说，可在我幼小的记忆里却印得很深。这句谚语的意思很明了，就是说，如果中秋节的晚上是阴天，不见月亮，那么，来年的元宵节，毕竟会是下雪的天气。

在我从小到大，又从大到老的几十年里，有关“八月十五云遮月”的天气，倒是经历过几次。可是，这“正月十五雪打灯”的景观，在我的记忆里，不管怎样搜肠刮肚，也找不出丝毫印象。

今年春节刚过，年味稍稍见淡，一晃，又到了正月十五元宵节。吃过晚饭，煮元宵，三弟打来电话，说要去农村老家给祖坟送灯，并把汽车开到楼下等我。于是，叫上两个儿子，买上几个带电池的塑料小灯笼，便乘车出发了。刚到城北转盘道，就发现窸窸窣窣的小雪下了起来。望着路面上被风踅起的一股股白烟似的小雪，我是脱口而出的惊喜：“快看，下小雪啦！”是啊，2011年的整个冬天没下一场雪，这在东北的松嫩平原上，是几十年来少有的异常天气。没有雪的干冷冬天，让人们心里发毛，恐慌今春必闹瘟疫，必有大春旱。因此，刚刚过完年的正月十五，就来了个“雪打灯”。出乎意料的雪，下了个出乎意料的惊喜；怎奈，人心不足，下了雪又嫌小，盼着雪下得大些，最好能把去年一冬没下的雪补回来，那样的话，人们的心里就平衡多了。

顶着一路小雪，汽车开进了家乡的小村落。在村中岔路口，两个堂弟和他们的两个儿子，早已等在路边。我想，这准是三弟事先用电话通知了他们。大家上车后，汽车就一直向村北的坟地驶去。下雪天黑得早，坟地里早有人点起了小灯笼。那微弱的灯光，在下小雪的天气里，烘托出几分安静；一向让人觉得荒凉发瘆的坟地，此时也透出几许祥和与温暖。有的人家不仅送灯，而且还有放鞭炮、烟花、“双响子”的。于是，我们也赶紧把小塑料灯笼摆在每座祖坟的坟头上，接着，又放了几个“双响子”，让节日的喜庆在天空中炸响，去通报列祖列宗，回人间来过元宵节。来保佑我们家族的平安与兴旺发达。

在回程的车里，我饶有兴趣地给大家讲起童年时，父亲领我去给祖坟送灯的情景……

20世纪的五六十年代，那时日子过得清贫。每年正月十五送灯，都是自家做的。当天下午，母亲用和好的黑面团，捏成一个个圆圆的小酒盅型的小灯碗儿；父亲用秫秸秆劈开三瓣编好，再用黄纸围裹上，就做成了灯罩。早早地吃了晚饭，父亲就领着我，并带齐了灯油、火柴、黄纸等用品，便向夜幕初上的村北“乱葬岗子”走去。所说的“乱葬岗子”，就是全村的公共墓地，村里大多数人家的已故亲人，都被埋葬在这里。父亲领我来到“乱葬岗子”东南角的祖坟前，先把面做的小灯碗儿放好，再拿出小瓶装的麻籽油倒进去，然后，捻一根细棉花绳放进灯碗里，做灯捻子，点燃后用灯罩给罩上，以防被风吹灭。弱小昏暗的灯光，照不出多远，那才是真正的“灯火如豆”哪。尽管如此，却丝毫不减父辈们对祭祖的虔诚和由衷的敬畏。

后来，为正月十五给坟地送灯方便，又发明用小玻璃瓶或钢笔水瓶做灯；再后来以蜡烛代替灯。改革开放以后，日子富裕了，人们就买一节4号的电池，再焊上一个小电泡做灯（如手电一样），节省了灯罩，风吹雪打都不灭，亮的时间又长；尤其是近几年，商家发现了这个商机，赶制了许多形状各异、色彩缤纷的塑料小灯笼。有元宝型的、莲花型的、宝塔型的、宫灯型的等等，花样繁多的小灯笼，供人们选用。这还不算，又把鞭炮、烟花等，拿到送灯的坟地去燃放，来了个“阴阳同庆”，让那些孤独寂寞的在天之灵，也能享受到节日的快乐。真可谓想得周到，办得齐全。

当汽车回到村里时，家家户户屋檐下、院门上、灯笼杆上，都高挂起各式各样、五彩缤纷的灯笼；还有的人家竟然搞起了“洒路灯”。在一串串长龙似的洒路灯的灯光里，似乎映现出父亲和我当年的身影……父亲把拌好柴油的谷糠用大铁锨端出屋门外，点燃后，从屋门口开始，一小堆一小堆地一直撒到大门外的大道上。我紧跟在父亲身后，看着院里院外亮亮堂堂的一片，乐得又蹦又跳。那可是一年当中最亮堂的一个夜晚，就连年三十晚上的灯火，也比它逊色几分呢。

正月十五雪打灯

这次看到多年不见的“洒路灯”老习俗，还在延续，先是高兴，之后又有几分担忧：如果将来村里搞起小城镇建设，乡亲们都住上楼房，过上和城里人一样的生活，这洒路灯的习俗岂不是要断绝了吗？

是啊，那些古老的民俗的形成，自有其形成的因由与根源，在浩瀚的历史长河中，有些习俗已被淹没或遗弃；但仍有些习俗以其旺盛的势头，经几千年的打磨，一直流传至今，足以证明它们有较强的现时的文化活力。

一代教给一代，代代薪火相传，奠基着神州大地悠久灿烂的历史文化，传承着炎黄子孙礼仪之邦不朽的文明。

2011 年 2 月 25 日

（刊发于 2018 年 3 月 2 日《黑龙江日报》副刊“北国风”）

清明时节吃开江鱼

眼看就要到清明了。

太阳热起来了，天也暖了，一股股小风一吹，冰雪就渐渐地融化了。

在北方，有这样一句农谚：“二月（农历）清明麦在头，三月（农历）清明麦在后。”说的是，如果二月里的清明，就要在清明前种麦子，三月里的清明，就要在清明后种麦子。在松嫩平原上，开江也是一样，二月清明，就在清明前开江，三月清明，就在清明后开江，农村人管这叫“迎节气”。

每年开江之前，都要刮几场较大的西南风。江上的冰由冬天时透明的浅蓝色，逐渐变成不透明的乳白色，并且，江边已有一米多宽的“沿流水”。在开江前的一两天里，经常会下上一场零星小雨，久住江边的人会告诉你：春雨点点，冰就酥软，大风一刮，江就会开了。

其实，江边打鱼人是最盼开江的，他们早有准备，在半个月前，就开始忙活着修船，该拼的、该补的、该腻的、该刷油漆的，一样都不能少。修完渔船还要织补鱼网，一切都准备好了，就等着开江了。

船在下江之前，渔民们要祭祀河神，在江岸上用土坯或砖，搭一个简易的小庙（即河神庙），在庙前烧香、叩拜，求河神保佑行船平安、开网快当。然后，杀一只大公鸡，把鸡血滴进江里，就算敬了河神。

开江时，江上的冰排如一群野马，奔腾着、冲撞着，顺着江道蜂拥而下，如雷霆万钧，势不可挡，江边人管这叫“跑冰排”。当大面积冰排跑过后，江上仍有少量浮冰时，渔民们就急不可耐了，纷纷划动小船，左绕右躲，在浮冰的空隙间穿行，撒下旋网，盼望着今年有个好的兆头，能在头趟船上，打捞到上好的开江鱼。

当旭日东升，阳光洒满江面时，渔民们收了渔网，渔船箭一般地驶回码头，在岸边一字排开。这时从城里奔来的鱼贩子和买鱼的人，争先恐后地涌到船上，在船舱里，挑选自己看中的江鱼。最近两年，清明时节买开江鱼的，大多数爱买鲫鱼。经仔细打听才知道，他们说江中的开江鲫鱼，是春季食补的佳品，开江鲫鱼的特点是营养全面，含糖分多，含脂肪少，而且含有丰富的蛋白质、多种维生素、微量元素及人体所必需的氨基酸，所以吃起来既鲜嫩，又不肥腻。常吃鲫鱼，不仅有助健康，还可降血压、降血脂，使人延年益寿。如果是产妇食用开江鲫鱼，不仅可增加营养，还能有效催乳。当然，新鲜的开江鲫鱼最好是清蒸、清炖、红烧或用农村的酱炖，这样，能保持开江鲫鱼的原汁原味，吃起来格外新鲜。

清明时节的开江鱼最好吃，是因为鱼们临近产卵期，体内积攒了较多的营养。此时的江鱼身体肥硕而坚实，各种氨基酸含量增多，又营养均衡，因此，味道无比鲜美。

近两年来，在清明开江以后，有的鱼贩子为了挣钱使出了不少损招儿。他们把从南方运来的淡水活鱼，偷偷运到松花江边的码头，租只木船，把鱼倒进船舱里，加些江水，硬是冒充本地的开江鱼，结果是从大庆和肇州来买开江鱼的人会经常上当，把南方鱼当做北方开江鱼买了回去，有些人吃了以后，还没发现自己上当，始终认为自己是在肇源江边码头买的鱼，定是本地开江鱼无疑。其实，这也很好分辨，松花江里的开江鱼，有大有小，而且有鲫鱼、鲶鱼、白漂子、小麦穗等杂鱼；南方运来的鱼品种单一，个头都一般大。肇源人常吃本地的江鱼，一眼就能看出来，绝不上当。去年春天，带两位大庆市的朋友在江边游玩，他们在买开江鱼时险些上当。后来，在江边的江鱼馆里吃江鱼宴的时候，才给他们解释明白，他们边吃鱼，边高兴地说："要不是和你们肇源人在一起，准要上当。"

（刊发于《黑龙江日报》2009 年 4 月 2 日副刊"北国风"）

DI ER JI | 第二辑

江／村／瑞／雪

雪乡夜话
打冬网
三岔河畔看开江
看冰上翻鱼
雪夜看封江
冬季捕鱼“打滚杠”
冰上鲤鱼跃龙门
雪落重阳
又是大庆飘雪时
开江前后捞臭鱼
肇源沿江的鳇鱼圈
锡伯族与“鳇鱼差”
下须笼
江　虾
松花江边钓王八
挂　鱼
挂在门楣上的鱼和葱
鱼亮子
隐秘在荒原的三岔河
品读湿地
领着儿孙看封江
贴大饼子炖开江鱼

雪乡夜话

在东北，“大雪”节气之后，辛劳了大半年的江河，合拢了它疲倦的眼帘，应季的飞雪，也趁着夜幕的掩护，洋洋洒洒，无所顾忌地下了起来。在我儿时，晚饭后，母亲点亮了那盏昏黄如豆的煤油灯；父亲冒雪从院里的苞米楼子里，端回一筐筐的苞米穗子，倒在屋地上。大笸箩就放在屋地中央，父亲找来苞米镩子，母亲找来小板凳，把我和妹妹们都叫过来，全家人围在一起搓苞米。搓着搓着，只过了一个时辰，母亲见我们手里拿着苞米穗子，上眼皮和下眼皮直“打架”，便干咳一声，给我们一个知会，便讲起了她从外婆那里听来的老故事……

很早很早以前，冬天不下雪，下的全是白面（即现在的面粉）。那时的人们不种庄稼，也不愁吃的。每当天上下白面的时候，家家户户都拿着笤帚和簸箕出来，把下在地上的白面收回去，装进面袋子里存起来，天天吃白面馒头，或是烙大饼。话说有一年冬天，刚刚下完白面，村里就来了一个白胡子的老头。他拄着拐杖，颤颤巍巍地走到一户人家的门前，敲门讨要吃的。这家主妇不满周岁的孩子正在拉屎，又见有老头前来要饭，就有些气愤，拿了一张铺在炕上被孩子拉上屎的大饼，赌气昂昂地塞在白胡子老头的怀里。当她转身关门时抬头一看，只见那白胡子老头驾起云端，升上半空，大饼已扔在了地上。这个主妇见此光景，大吃一惊……从那以后，天上再也不下白面了，只是一个劲儿地下大雪；从那以后，每年冬天都在下雪，一场接着一场；从那以后，人们开始挨饿，饿死了好多人。村里有一条大白狗，很有灵性，见人们遇到灾难了，就想法子搭救。于是，大白狗顶风冒雪跑向西天，到如来佛祖那里求救。佛祖念它忠诚侍主，为解民众饥荒，吃尽千辛万苦，就赐予它五谷粮种。临走时，佛祖才如实相告：“我派神仙下凡私访，见人间竟如此糟蹋粮食，必须受到惩罚。从今后，叫狗吃饭，人吃屎。”大白狗带着五谷粮种，急忙赶回东土，它救人心切，一路劳累，竟把佛祖的嘱咐记反了，它告诉人们说：“佛祖说了，从今后人吃饭，狗吃屎。”从那以后，人们才开始种植五谷杂粮，才有了饭吃。狗就只有吃屎的份儿了。

当母亲讲完了“下雪的故事”之后，我们也在边听故事、边搓苞米的困乏之中，搓完了当晚的苞米。这时，外面的大雪，像母亲故事里讲的一样，依旧纷纷扬扬地下着，风也一阵紧似一阵。房前园子里的老柳树，甩动着长发，呜呜作响，像伤心的女人在哭诉着。那声音带着阴森的恐怖。尤其是母亲吹灭了油灯之后，吓得我们小孩子赶紧钻进被窝里，蒙着脑袋一动不动，连大气儿也不敢喘。在这漆黑的雪夜里，我们带着几分惊恐，进入了甜甜的梦乡。

早晨起来才发现，昨夜的这场大雪，在西北风的席卷下，吞噬了村里许多人家的房子。父亲早起竟然推不开房门了。实在没有办法，只好打开封好的窗户，钻了出去，用大铁锹挖开阻门的大雪包，这才打开房门。接着，又听东院邻居敲着窗子喊帮忙，父亲又到邻居家挖雪开门。大家伙互相帮衬着，才把全村被雪埋的房门全打开了。这时，村里的鸡鸣狗叫和欢声笑语，才伴着缕缕喜气腾腾的晨炊，向着高远的蓝天升腾。

在一个又一个漫长而又静谧的冬夜里，在父母亲一段又一段娓娓动听的故事陪伴下，我们搓完了全家人一年口粮的苞米；又扒完了一捆捆用来纳鞋底捻细绳儿的麻秆儿；那些入耳入心的故事，尽管有喜乐也有哀怒，有善良也有恶丑，但总是像春天细细的雨丝，带着永远的清澈和光鲜，簌簌地润泽着我们幼小的心灵。现在回想起来，同样是那么真切，同样是那么甜蜜美好。

2013 年 3 月 22 日

打冬网

进入农历冬月，东北大地冰封雪飘，正是松嫩两江沿岸泡子或渔业养殖场冰下捕捞、开始打冬网的最佳时节。

追溯松嫩两江左岸肇源境内有文字记载的冰下捕捞历史，也有一千多年。《辽史》记载：辽代天祚帝天庆二年（公元1112年）的春天，天祚帝耶律延禧亲临混同江行宫（肇源县新站镇乌拉尔基古城），凿开冰眼垂钩钓鱼，并设头鱼宴，招待群臣和各部落首领。

冰下捕鱼的工具，由当初的鱼叉、鱼钩、抄捞子、捋钩，最后发展到使用挂网和大拉网。据《肇源县志》记载：在肇源县的永利乡殷家亮子，“有一块刻着乾隆二十三字样的牌匾。可见，十八世纪中叶（1736年至1793年）定置亮子捕捞生产已相当有规模……”

前些年打冬网，是在江河冰面上进行，属于自然环境里的冰下捕捞。现在，江河的自然环境里，早已无鱼可捕，只有在江边养鱼的泡子里，或水产养殖场的大鱼池里，才能进行冰下捕捞，也就是打冬网。

能到冰下捕捞现场亲眼看到打冬网，实在是机会难得。这多亏肇源电视台《走遍肇源》栏目的两位记者，也是我的两位朋友加文友的盛情相邀，才有了到省直企业茂兴湖渔场的机会，在打冬网的现场大饱眼福。

冬至这天，虽然不冷，但在冰面上，小风一吹，也是凉飕飕的。也许是事先就找人算好了日子和时辰，大约是八点多钟，车辆拉着大网和其他渔具，还有几十号渔工们，都汇聚在三岔河分场的冰面上。在“渔把头”的指挥下，点燃两堆篝火，熊熊燃烧；插几杆渔旗，迎风猎猎。放好祭祀的供桌，摆好供品。这时，只听“渔把头”高声喊道：“吉日良辰，祭祀开始。”

首先是鸣放鞭炮；接着是李场长给河神上香、叩拜河神、给河神敬酒、祭渔旗；最后是从车上抬下一口黑猪，放在事先打好的冰眼旁，由杀猪人在猪脖子底下捅上一刀，让鲜红滚热的猪血淌进冰眼里，就算是河神已经享用了。祭祀仪式结束后，“渔把头”一声响亮：“开网啦！”渔工们齐喊：“快当、快当、快当！”紧接着，在“渔把头”的指挥下，在一米宽两米多长的冰眼里开始下网。有“走钩”的、有“扭锚”的、有“跑水线”的、有“看绦”的，这些都是有一定技术和经验的高级渔工，其余的人有“打冰眼”、有“跟网”的，共有五十多人，摆弄这张一千多米长、七八米宽的冰下大拉网。在六七道工序的默契配合下，“大绦”被拽出冰眼，系在绞盘上。

随着绞盘的转动，大网被缓缓拉出冰面，活蹦乱跳的各种鲜鱼，被接二连三地拖出冰面。“二把头”挥着手中的小旗高喊着：“快当、快当！出大鱼啦！”这时，跟网的渔工扯起网，把鱼抖落在冰面上，然后，再把网收敛到四轮车上。

我和两位记者兄弟，还有买鱼的客商，早已围在出网的冰眼旁边，摄像机左调右转，照相机“咔嚓咔嚓”不断地闪动。

随着大网不停地拉出冰面，鱼的种类越来越多，个头越来越大，有胖头、草根、鲤鱼、鲫鱼、鲶鱼，最让人兴奋的是竟然捕捞到了多年不见的绝种鱼——“鳡条鱼”和“噘嘴岛子”。还有人们最爱吃的鳌花，共有十多个品种。“渔把头”乐得直劲喊：“快当、快当！”李场长乐得合不拢嘴，直嚷嚷：“红网、红网！”

打冬网

白花花的鱼源源不断地随着大网从冰眼里拉上来，在冰面上瞪着惊恐的眼睛，扭动着肥胖的腰身，翻滚着、蹦跳着，这种热热闹闹十分壮观的场面，唯有打冬网才能看到。相比之下，其他任何捕鱼方式，都显得呆板、单调。正像李场长说的：“看着打冬网的喜兴劲儿，真比吃鱼还香。”实在不错。

这五十多人忙忙活活，干了三

个多小时，一万四五千斤大鱼在冰面上堆成了一条长龙。这时，“渔把头”叫大家稍事休息，缓缓劲儿，抽支烟。然后，大家用铁锹把鱼装到拖拉机上，收拾各种渔具，满载着“红网”的收获，满载着打冬网旗开得胜的喜悦，“渔把头”领着渔工们哼唱着古老的东北小调儿，坐在车上，向渔场驶去。

谢绝了李场长的一再挽留，我们踏上归途。小汽车里，我为杨旭、程加昌的电视节目摄制和苏润生老师的摄影收获感到兴奋，实在憋不住了，发了几句感慨：“渔场打出了‘红网’，你们来它个‘热播’，这道鱼文化大餐，要是吊高了观众的胃口，今后的电视节目就难办喽。”说得大家哄堂大笑，那笑声冲出车外，传向空旷苍茫的原野。

（刊发于《黑龙江日报》2008 年 2 月 21 日副刊“北国风”）
（刊发于《大庆日报》2010 年 11 月 1 日副刊“记忆发现”）

三岔河畔看开江

好长时间没写什么东西了，这和今春的天气不无关系。

我想说，应该把今年的春天叫做“冷春”，这突如其来的“冷”，让人迷茫，让人恐慌。所以称之为“冷”，也正切合今春天气的实际：降雪多、气温低、冷空气入侵、倒春寒等，是今春天气预报的常用词。

十年九春旱的松嫩平原西部的大庆地区，竟然一反常态地出现了春涝。在人们惊异的眼神儿里，你会感觉到今春气候的反常、另类，另类得有些叫人不可思议：怎么会是这样呢？

今春是农历二月二十四日“清明”。“二月清明开江在前”这是流传了多年的老农谚，如今却没有丝毫作用。清明已过十天了，我习惯性地打听了一下，还是没有开江的迹象，令人充满疑虑：今春这是怎么啦?

农历三月初五这一天，加昌打来电话，要我和他同陪《大庆晚报》五位记者去茂兴镇的三岔河看开江。他说，昨天气温高，又刮西南风，很可能是开江了。我正想解开晚开江的疑团呢，于是便满口答应，欣然陪同前往。

前些年，在松花江上跑客船的时候，每年的 4 月 15 日是肇源通往省城哈尔滨的首航日。然而，今年已将近谷雨节气，江面冰封依旧，纹丝没动，反常，太反常了。

透过车窗望去，大地依旧慵懒在残冬的荒凉里，原野四周仍然静谧着漫无边际的高远与空旷；嗖嗖的冷风奋不顾身地扑向车窗的玻璃，发出阵阵低鸣，像是节外生枝的画外音，撩拨起我们对开江的企盼与猜想。仅用十几分钟，我们就来到了八家河边。一眼扫过去，厚重的冰层顽固地覆盖在河面上，这种预兆让我们对三岔河的开江平添了几分失望。转瞬间，又向坝外扫了一眼，突然发现，八家河的“外皮子”（与八家河隔一道大坝，靠近松花江一侧的大水面）竟然已经化开了，一泓春水正碧波荡漾。刚才失望的阴霾被一扫而光，像充了电一样的思绪顿时活跃，汽车如被感染一样也加快了速度。

相对于开江的是封江。松嫩两江沿岸，是平原上有名的雪乡，每年“小雪”节气后，寒流滚滚，气温骤降，江面上开始跑冰排。在神秘而又诡谲的夜晚，漆黑得伸手不见五指，突如其来的寒冷锁住江面，那些桀骜不驯的冰排，神不知鬼不觉地碴在一起，这就是每年冬季的封江。

今天，不管汽车开到哪里，我们只关心开江，只说与开江鱼有关的话题。盼开江，是盼着能让候鸟们早日飞回江边，为松嫩平原的春天歌唱；是盼着能让灌渠早日开闸放水，以利江畔农家栽稻插秧；是盼着能让渔民们早日驾船下水捕鱼，让人们及时品尝到鲜美无比的开江鱼……

约莫 9 点 30 分，我们来到茂兴镇南 15 公里的三岔河。

一路上，虚幻的企盼和猜想，在三岔河岸边被结结实实地踩了刹车。向南看，第二松花江照旧是冰封江面；向西看，嫩江江面也覆盖着厚厚的坚冰。只有这两条江汇合后形成的松花江，化开了三四百米宽的江段，这是局部开江。不管怎么说，这难得的松江春水，耐不住春的诱惑，终于展露了她尊贵幽雅的容颜。荡起清秀之美，荡起鲜亮之美，荡起温润之美。让我们心生喜兴，顿觉宽慰，总算是不虚此行了。

五位《大庆晚报》记者，各抄相机，冲出车门，直奔江边，咔嚓咔嚓拍个不停。加昌忙把摄像机拎下车，找来湿地监测站看房的老渔民出镜，来了一段同期声：“我们这里是三岔河，每年清明就开江了。今年到现在，第二松花江没开，嫩江也没开，只有松花江开了一小段。今年这天气，足足晚了半个月的节气。”接着，记者们都围了过来，边给老渔民拍照，边询问起有关开江和开江鱼的事。老渔民如数家珍，讲起了多年来的“文开江”和“武开江”；讲起了开江前后拣臭鱼；讲起了江面上连绵几十里的壮观景象——“跑冰排”；讲起了三岔河分水线——“阴阳界”的奇观和传说……一出一节，我们听得十分过瘾。突然有人喊：“快看，江面上有水鸟。”大家的目光不约而同地瞄向江面，随之，相机调转镜头，又是一通拍照。老渔民说：“那是野鸭子。”加昌补充说：“春江水暖鸭先知。”对呗，在种类繁多的候鸟中，最先飞到松花江上的，也许正是这几只野鸭子。

江边的风硬且冷，我们全然不顾，跟着热心肠的老渔民直奔上游岸边，去看昨天跑冰排堆积在岸边的“小冰山”。原来，这江边的一溜小冰山有四五十米长，它的成因是：昨天气温稍高，西南风较大，三岔河开始跑冰排。

风高浪起，激流奔涌，冰排在起伏之间，互相倾轧，互相撞击，并受阻于岸边，叠加堆积，陡立成峭壁，耸立起两三丈高。把个去年封冻在江里的千余斤重的铁船，硬是推举到“小冰山”的顶峰。偏赶上夜里急剧降温，迅速封冻，形成了这个百年不遇的壮美奇观。面对此景，一位记者随口咏出：“惊涛拍岸，卷起千堆雪。”是啊，意外收获开了眼界。五位记者和加昌连拍带录，完成了“小冰山”托举铁船的珍贵图像。

面对依然沉睡的三岔河，我在想，如果汇集在这里的三条江同时开江，那将是一番何等的盛况啊。开江啦！一声吆喝，贯通三江，似一声炸响的春雷，猛然间钻进耳朵，轰隆隆地滚过心头。那厚厚的冰层，像是被利剑劈开，轰然崩塌，断裂成一块块奇形怪状的浮冰，顺流而下，起伏着，冲撞着，野马群般的跳跃奔腾着；身临其境，定会情绪激昂，心潮澎湃，不能自已。

大自然，只有大自然，任凭什么魔力都无法将其完全掌控，都无法将其完全摧毁；然而，它却可以孕育一切，养育一切，包容一切；自然界的万物都是有灵性的，而这些流经大地的江河，正是哺育万物灵性之母。江河，身处最低洼的底层，但它们的精神与品格，却是令人仰慕的高入云端。

三岔河畔看开江，开启了我对大自然的深度敬畏，开启了我对江河真挚虔诚的顶礼膜拜。

2013 年 4 月 25 日

看冰上翻鱼

我童年的时候，叔叔在肇源县城东四方山的果树示范场工作，爷爷奶奶都在叔叔家，因此，每当我冬天放寒假，就带上寒假作业本，忙三火四地赶往叔叔家。那里，有我经常想念的爷爷奶奶；有我混熟了的许多小伙伴儿；有我爱看的四方山景色；有爷爷奶奶和叔叔婶婶的溺爱和娇宠；有在自家看都看不到的好东西吃；还有机会跟叔叔去江湾大泡子，看冰上翻鱼。

冬天的果树示范场，工作有些闲散，叔叔的业余时间也多了起来。他抽空儿拿出从街里买来的四五米长的竹片和铁钩、细铁丝，又找出镰刀、手锯、钳子和锉刀、刨子等工具，摆放在院子里，然后，就开始做“捋钩”了。我正闲得没事儿，就凑到叔叔身边看他做“捋钩”。他先用镰刀把竹片削成一寸多宽，用刨子刮成一至半厘米厚，使它又绵软又有弹性。之后，把一根二尺多长、擀面杖粗、一头带弯的榆木“钩枪”（即“捋钩把手”），接在一小段柳木杆上，再与捋钩片子（即削好的竹片子）镶在一起，用稍粗些的铁丝缠好拧紧。最后，再把五个铁钩排均匀，用细铁丝紧紧地缠在捋钩片子的一侧，这样，一盘捋钩就做成了。不过，在使用之前还要用铁锉把五个钩尖都要锉一遍，好让钩子更快更锋利些。

一切都准备好了之后，叔叔自己用自行车驮着渔具，到附近江边的泡子翻了两次鱼，我总要跟着去，可叔叔说，没法驮我，又没工夫管我，这两次我都没去成。不过，这两次翻鱼钩的都是小鱼，有“鲫瓜子”和“小黑鱼棒子”，加到一起也只不过三四斤重。

刚进腊月，正是冬闲时节，父亲在生产队请了假，也来到叔叔家里。这回叔叔可高兴了，让父亲和他一起去翻鱼，并对父亲说昨天听的信儿，江边的“赵光武村”南边的大泡子出鱼了，明天咱们起早去，占个好“卧子”。父亲答应着，我憋不住了，央求叔叔也要跟着去。叔叔没办法，只好答应了我。

顶星星戴月亮的就被父亲和叔叔叫醒了，我急忙穿上事先奶奶为我备好的狗皮棉帽子、棉大衣、大棉裤、胶皮乌拉和棉手套，并系紧帽带，只露两只眼睛，顶着“鬼龇牙”的寒风上路了。

走大道、穿小路、过大坝、绕塔头沟……约莫走了两个小时，眉毛和帽子上全是霜雪，当太阳刚冒红的时候，我们就来到了一大片晶莹明亮的大泡子冰面上。从自行车上卸下捋钩、冰镩和抄捞子、铁锹，叔叔选好打冰眼的位置，父亲开始用冰镩打冰眼，叔叔用铁锹从冰眼里向外豁冰块，父亲干什么活都有门道，仅用十来分钟，一个直径一米宽、冰层一尺半厚的冰眼就打好了。父亲又用抄捞子把冰眼里的碎冰块捞净，叔叔抄起捋钩，从冰眼里顺下去，试探着，一伸一拉，来回窜动着捋钩，一会儿的工夫，就钩上来四五条一尺多长的“大黑鱼”。我瞪大了惊喜的眼睛，看那黑鱼从钩上摘下来以后，淌着鲜红的血水，在冰面上窜蹦几下，就渐渐的被冻死了，也觉得有些可怜。最终，我还是把这些可怜的鱼们都装进了麻袋里。当时，我怎么也想不明白，那鱼在冰下的水里，是怎么被捋钩钩住的；钩住鱼的时候，叔叔又是怎么知道的呢？这也许就是翻鱼人的技术了。

太阳已经升起很高了，冰面上，来翻鱼的人越聚越多，如果有一处冰眼出鱼了，其他人都赶紧拎着冰镩凑过来，在周围三四米远的地方打冰眼，都把捋钩探过来，抢钩这一崴子鱼。正应了老百姓平时说的一句话：“鱼红眼”。激烈的时候，双方的捋钩在冰下钩在一起，有拽掉钩的，有拽断捋钩片子的，也经常因此吵架。

看冰上翻鱼

冰上翻鱼是件辛苦活儿，光挨累不说，还要弄脏衣服，总是溅一身泥水。钩不到鱼的时候，无精打采，又累又饿又挨冻；钩到鱼的时候，鱼越多越有精神头儿，累得大汗淋漓也不肯罢手。回家的路上可就惨了，真是又饿又累，出过汗的衣服又冷又硬，浑身发凉。好在翻鱼的都是些能吃苦的人，只要能翻着鱼，这一切辛苦劳累也就无所谓了。

那年腊月，叔叔和父亲共翻了五天鱼，我只跟去一次。其余四天，他们都到四五十里以外的大泡子去翻鱼，虽说路途远，多挨些累，但收获却不小，翻到了鲫鱼、黑鱼、鲶鱼，共计一百多斤，还用抄捞子为我捞到了许多能在火盆里烧着吃的“水老鳖”。

那年月生活都很困难，父亲和叔叔每人留下一些鱼过年用，其余的鱼全卖了，父亲和叔叔各分得四十多元钱，到了年根儿，父亲背了鱼，领我到街里办了年货，便高高兴兴地回家过年。那年春节，我们全家吃到了从未吃过的苹果和橘子，这都是父亲和叔叔翻鱼的功劳。

一晃，将近五十年过去了，童年看父亲和叔叔在冰上翻鱼的情景仍旧历历在目，仍旧十分清晰。

雪夜看封江

住在离松花江仅有三公里的小县城里已有三十多年了，春天怎么开江，冬天怎么封江，竟然一次也没见过。每当提起这个茬儿，总是听别人神采飞扬又津津乐道地讲给自己。何必呢？又不是遥不可及的事儿，为啥自己不能去一趟，亲眼看一看，亲自经历一回这大江封冻的神秘呢？

入冬以后，一天比一天冷了。听说就在这两天封江，可千万别错过时机。黄昏时分，还没下班呢，就下起了小雪。那雪是沙粒状的，像是筛子筛下来一样均匀。我赶紧回家吃了晚饭，并告诉老伴儿说我要到码头看封江去。老伴儿满脸狐疑："这么冷的天儿，又下着雪，还黑灯瞎火的，你看哪门子封江啊？"我可是琢磨两三天了，既然是打好的主意，自然是很顽固的，仅凭她的三两句话哪能拦得住我呢？老伴儿见我非去不可，也只好认同了，劝我多穿点儿，捂得严实点儿。她心里明白，我要是冻感冒了，遭罪的还得是她。

小雪依旧唰唰地下着，在这清新的空气里骑自行车，真的很惬意。车轮碾压在雪地上，发出一连串咯咯吱吱的脆响声，听起来会让你有一种久违了的愉悦和亲切。出城之后，路灯稀少，穿过淡黄的灯光，驶向昏暗，驶向码头。

冬天，雪夜的码头格外清冷，我把自行车放在江堤上，转身向江上一望，嗬，白茫茫的一片。那平展展的江面，像一条宽阔的银灰色的马路，蜿蜒地伸向远方。那些春的生机、夏的葱茏、秋的绚烂，根本就没留下一丝一毫的痕迹；岸边堆放的一堆堆木材和元煤全都安睡在雪下面，只有看守货物的小木屋，闪烁着昏黄而又微弱的灯光，给冷默孤独的码头留一派肃穆沉静。要不是在沿江居住的人，根本就分不清，哪是陆地哪是大江了。我在岸边捡了一块儿小石头，用尽全身的力气朝江上撇去，顿时发出石头敲击冰面的一连串由近及远、从强到弱，噔噔噔噔的清脆悦耳的响声，最后的余音好像就消失在对岸那茫茫的荒滩旷野之中。这时，我清醒地意识到，江已经封好了。我还是来晚了。

江边货场打更的老大爷，听到响动走过来与我搭话：“江已经封好了，是昨天夜里封的，今天早晨还过去一帮骑自行车到对岸割柴火的人。”看来，老大爷把我也当做要过江割柴火的人了。我边应合着边道了谢，怅然地站在护坡石上，看那些封冻在江里的大船，还有那些被拖上江岸的小船并排躺着，安谧地睡在这雪夜里。是啊，它们都经历了一轮春夏秋的风风雨雨，也该好好地歇一歇了。也许它们和我一样，只有等待明年了。

返回的路上，小雪还在下着，但云层却已薄了很多。月亮那晕圆淡黄的光亮已透出云层，均匀地洒在灰白色的雪上。在路灯的照射下，我感到有些孤冷。我在想，除我之外，还会有人在这凄冷的雪夜里到江边来吗？我在想，人的一生，已经错过的时机，有多少是能等回来的呢？……就这样，带着沉思，带着一股凉气推开了家门。老伴儿已被惊醒。当我钻进被窝时，老伴儿让我把脚伸到她的被窝里，说要为我捂捂脚。她这话可说到了节骨眼儿上，让我从心里往外暖和。

闭了眼，满脑子里沸沸扬扬的全是雪。渐渐的雪花变得模糊了，这时，我仿佛又回到了江边，惊喜地看见，从上游漂下来好多好多冰排，形状各异，像一群野马，奔腾而下，冲突着、撞击着、撕咬着……不时发出一阵阵轰轰隆隆闷雷般的响声。我如孩子般雀跃着跑向江岸，还没站稳呢，突然，“轰”的一声，一块儿冰排窜出江面，冲着岸上的我砸了过来。我惊叫着往后一闪……这时，老伴推了我一把，嘟囔着：“喊啥呀？”我翻身醒来，走出梦境，自然也就离开了江边。

其实，大可不必计较真假，在梦里看一回封江也挺有意思的。

冬季捕鱼“打滚杠”

在松花江和嫩江沿岸，每年十冬腊月江河封冻之后，要想吃到鲜鱼，只能靠冰上捕捞。冰上捕捞也有许多种方法，一般常见的有打冬网、放亮子、用捋钩翻鱼等等，其中，最鲜为人知的就是“打滚杠”。

“打滚杠”首先要“踩点儿”，就是到江湾里有河汊或沟泡的地方去查看。看一看河汊或沟泡里水有多深，水面有多大，根据经验判断水里能否有鱼，是否适合“打滚杠”。特别是放完鱼的鱼亮子，里面坑坑洼洼的还存水，并且水里有鱼，可以“打滚杠”，还有那些大一点儿的泡子里有水有鱼，水又不是太深，也是“打滚杠”的理想场所。

“打滚杠”大多是三至四人为一组。在选好地点的冰面上，用冰镩打冰眼。先在冰面一端打一个 2 米多长、30 多厘米宽的长方形的冰眼，做进出网口子，然后，根据冰面的大小，每隔 3 米左右（捋钩能钩得着）的长度，打一溜冰眼。打好冰眼后，先在进网口的冰眼里垂下一根带有铁坠儿的绳子，然后，在邻近的下一个冰眼里，把捋钩（在丈余长的竹片子上，用铁丝绑上带尖的铁钩，在冬季的冰眼里，是翻鱼的用具）插进去，伸过来，钩住带铁坠的纤绳，拉到第二个冰眼提上来，接着，用同样的方法，把纤绳拉到第三个冰眼、第四个冰眼……以至最后一个冰眼。网纤绳串通全部冰眼之后，就开始下网了。

“打滚杠”下的网，就是平时春夏秋三季，在江河岸边，或是在船上，张网捕鱼时，撒向水面的圆圆的“旋网”。具体作法是：把旋网带网坠儿的网口抻开，上面的网口挂在“滚杠”（即一丈多长，碗口粗的圆木杆，杆上带有固定好的铁钩子）上，下面的网口放进水里，使网口大大的张开。在“滚杠”上挂旋网捕鱼，渔民和江边的村民们就叫它“打滚杠”。这在“滚杠”上就要有一些说道：先要在“滚杠”的圆木杠上安装几个必须朝同一方向的铁钩子，留作挂旋网用。然后，在“滚杠”上还要拴系好两根绳子，一根是拉动旋网前进的拉网纤绳；另一根是使旋网脱离“滚杠”的落网纤绳。

这两根纤绳都要朝相反的方向在“滚杠”上缠绕一圈儿。“滚杠”和挂着的旋网前进时，铁钩朝上；当拉到最后一个冰眼，需要落网扣住鱼时，就要拉动落网纤绳，使铁钩朝下，“滚杠”上的旋网立即脱离“滚杠”，迅速地扣住入网之鱼。然后，拽起随“滚杠”一起带过来的网纲绳，把一网鱼从原路拖回进网口的冰眼，提出水面，鱼就被顺顺当当地捕获了。

在近百平方米的冰面上，镩出一溜冰眼来，用打“滚杠”的方法，可以反复捕捞三至五次，甚至更多一些。这是松嫩两江沿岸的渔民和村民们每年冬季常用的一种捕鱼方式，这种“打滚杠”的方式捕鱼，所用的渔具简单，捕捞方便，所用人手也少，而且捕鱼效率很高，因此，很受沿江渔民和村民们的喜欢，至今仍在沿用。

2018 年 9 月 28 日

（刊发于 2019 年 1 月 4 日《黑龙江日报》副刊“北国风”）

冰上鲤鱼跃龙门

寒冬腊月，松嫩平原的江河湖泊，早已在冰封雪覆之下安安稳稳地酣睡了，水中的鱼群，也静谧地安享着冬眠的舒适。突然，机车的轰鸣声和冰镩凿冰眼的清脆响声，打破了冰面上的宁静……

这是茂兴湖渔场冬捕开网的头一天，冒着清晨冰上的严寒，七八十号渔工，在鱼把头的指挥下排开阵势：有凿冰眼的、扭锚的、走钩的、跑水线的、下网的……忙活了一阵子之后，冰下的鱼们在惊恐中还没缓过神儿来，就蒙头蒙脑地被收进一张千余米长的冰下大拉网。转瞬间，就在冰眼中被网拖出冰面，还没来得及多吸几口新鲜空气呢，就在寒风里被冻得连蹦带跳，几欲毕命。唯有鲤鱼，生命力较强，在富足氧气的支撑下，跳得最高，翻腾得最快，大有跳跃龙门一般的劲头。然而，毕竟是零下二十多摄氏度的严冬啊，其他鱼类被冻得僵死之后，鲤鱼们也无可幸免，最后，还是凝成了一件件雪塑冰雕的冬捕艺术品。

我的几位摄影朋友，很有抓拍手段，在鲤鱼跳得最高时，拍了一组照片，我给它取了个名字，叫“冰上鲤鱼跃龙门”。

其实，每年冬天，我最爱看冰上捕鱼打冬网，几乎成瘾，只要有机会，就从不漏过。去年冬天，县电视台资深记者约了我们几位好友去茂兴湖渔场看冬捕，就是我前面提到的场景，并拍下了冰上鲤鱼跃龙门的精彩瞬间。

在松嫩平原的冬季，是冰上捕鱼的黄金季节，这种渔猎文化可追溯到史前文明，盛于辽金，有史料记载的“春捺钵”。清代，沿松嫩两江居住的锡伯人“鳇鱼差”，就是在冬季捕捞鳇鱼，便于保存运输，送进京城，献给清廷做贡品。因此，使得这一冬捕习俗延续至今。

据茂兴湖渔场的老鱼把头介绍，历史上，茂兴湖的冬捕，每年都要搞大型的祭祀仪式。参加祭祀的人员有当年附近寺院的僧人进行诵经；有族人首领和管家两位祭祀者，宣读诵词；有查玛舞者、萨满舞者和吹号击鼓者，进行舞蹈和击鼓吹号；还有鱼把头和渔民代表数人。这些人各有各的特殊装束，各有各的活动内容。祭祀仪式的程序：由族人管家宣布，某某年冬季祭湖醒网仪式开始；由一组僧人（在九人以上），在祭坛前，贡品桌案后站立诵经；族人首领在贡品桌案后站立诵祭湖辞，同时吹奏音乐，敖包前的左侧跳查玛舞，他后面有吹号击鼓者数人，敖包前右侧跳萨满舞；鱼把头诵醒网词，查玛舞和萨满舞继续；两位祭祀诵词者分别向冰窟里和渔网处抛撒贡品；在两位诵词者引领下，僧人和渔民数人，祭祀敖包，按顺时针绕三圈，同时抛散牛奶和奶酒；两位祭祀诵词者分别向渔民代表敬酒，给渔民喝“饱肚”酒壮行；渔民队伍这才赶着数辆马车和爬犁，载着渔网和工具向湖面的下网处驶去。

祭祀仪式结束后，还要进行头鱼拍卖活动。由族人首领引领来宾代表在冰窟内捞鱼，族人管家站在拍卖台上，把捞出的几条较大的头鱼进行拍卖，价格不菲。

时光荏苒，在百年之后的今天，古老的冰上捕鱼方式依然传承，传统的祭湖醒网仪式依然延续；然而，冰上捕鱼打冬网的渔具和用具已发生较大变化：老式的马车、马爬犁和人推马拉的绞盘不见了，取而代之的是汽车、农用车、四轮车和大胶轮拖拉机等先进的机械化的冬捕作业用具。既节省了人力，又节省了时间，大大地降低了捕捞的成本。时至今日，冬捕时的祭湖醒网还是照样进行，但是，参加的人员和具体内容，却有了新的变化：诵经的寺庙僧人和跳查玛舞、萨满舞的舞者们早已退出了祭坛，族人首领和管家也早已不见踪影；现如今，主持仪式唱主角的已是渔业企业的老板、总经理或经理，参与其中的是鱼把头和渔工代表们；各路嘉宾和客商们，便成了主力观众；自然也少不了被特邀来的省、市、县新闻媒体的各路记者们。摄影的、摄像的，他们早已在祭祀现场和出网口的冰眼旁，架起了“长枪短炮”，只待大网裹着鱼群被拖出冰面，最让人异常惊喜的那个片刻。

在咱东北滴水成冰的寒冬里，能见到活鱼就觉得十分新鲜，当人们初次见到从一米多厚的冰下，捕捞出活蹦乱跳的大鱼时，那种围观的盛大场面，那种即惊奇又喜悦的心情，更是可想而知了。于是，围住出网口冰眼的人们，议论着、指点着、惊叫着，大小相机“咔嚓咔嚓”地拍照着，那种火爆热烈，那种喜庆祥和，用我的语言表述，总觉得不给力。

用鱼把头的话说，这头一网鱼是“红网”，打出十多种鱼，至少也有五万多斤。其中，最大的一条是“怀头鱼”，一米多长，足有五十多斤，真让大伙儿开了眼界。

收网之后，我们被茂兴湖渔场王总经理请到午宴上，十几种新打捞出来的野生鱼，经厨师巧手的煎、炖、焖、炝、炸、拌等厨艺，热气腾腾地端上了餐桌，主人盛情，宾客感激，江鱼鲜嫩，满口留香，斛光交错，情深意长……

临别时，我一再嘱咐几位摄影朋友，千万尽快把“冰上鲤鱼跃龙门”这组照片，传进我的邮箱，把它珍藏在电脑里，也珍藏在我的心里。

2015 年 5 月 19 日

雪落重阳

年逾花甲之人，经历的事物也不算太少了，可还是对一些事情觉得新鲜。我想说的就是今年秋冬之交，下在我们大庆油城的第一场雪。这场雪来得早，来得突然，是百年不遇；而且不前不后，不偏不倚，正好下在九九重阳节这一天，可以说，这又是一个百年不遇。谁能不觉得稀奇，谁能不觉得新鲜呢？

那是2010年10月16日的早晨，我醒来时，天刚朦朦亮，走到窗前一看，嗬！窗外是白雪茫茫，街道、楼房、树木等等，全都罩上了一层厚厚的积雪，这突如其来的是惊喜吗？还是迷茫呢？

早上八点多，郑勇先生来到我的办公室，送来了他拍摄肇源二站莲花湖和市区建设风光照片的硬盘。孙总因有事还没来办公室，他等得着急，望着外面雪压绿树的景色，他后悔起来得太晚啦。接着，又赶紧给另一位摄影朋友打去电话，让他把照相机捎来，一起去“城市森林”公园拍雪景去。仅仅是十几分钟的等待，就让他心急火燎，望着窗外的碧树银装，连连赞叹：这简直是太美啦！“城市森林”公园里，说不定去了几拨摄影的呢。终于，他的手机又响了，他忙三火四地告别，赶紧跑下楼去。

紧挨大庆市政府西边的“西苑”公园，离我的办公室也仅有二三百米，面积小些，却也很有特色，“时代广场”和“城市森林”公园里有的名贵树木，西苑公园也一样不少。云随风去，天已放晴，手头工作又不是很紧，也是被落进重阳的初雪所引诱，走出大楼，信步朝西苑公园走去。

雪很白很亮，踩上去才觉得它的柔软。每走过一步，都留下一个深深的脚窝。站下细看，那脚窝底下，已是水渍渍的，不再是雪了，最底层贴着地面的积雪，正悄悄的开始融化。

我没有相机，也不会摄影，只是跟着赏雪而已。其实，不赏倒好，这一赏反倒心里更不痛快。

刚进公园，我先看到的是：一些杨树、柳树和榆树，好多枝杈被落雪压弯，有些不堪重负的，就干脆被积雪折断。杨树枝干较脆，折的利索，白刷刷的伤口，一丝不连；榆柳树枝绵软，有些韧性，枝子折了皮还连着……这些惨状，真叫人目不忍睹。随后又看到，一些绿叶依旧恋着高枝，披着一层白雪之后，是有了几分鲜亮的风景；虽说“火炬树”上有些红得正旺的叶子在白雪的伴衬下，像一串串燃烧的火苗，欢快地跳动着。但是，有了前面那些惨状的铺垫，再好的风景也会让人心里有些酸楚。

我只好悻悻而归了。回来的路上边走边想：今天可是重阳节，假如要登高赋诗，将写出怎样的心境呢？郑勇先生他们去“城市森林”公园摄影，镜头将对准哪一面呢？雪野茫茫，心绪茫茫……

又是大庆飘雪时

今天是2012年11月11日，按三福大哥的说法，应该是“光棍节”。恰巧又逢星期天，早上起得晚些，见天阴得厉害，又是我一个人在编辑部，自然觉得有些憋闷。吃了点儿自备的早餐，呷了几口茶水，便走出编辑部，沿着经三街一直向西苑公园走去。

西苑公园里，一地的枯叶，已由金黄变为灰褐色。有些柳树叶子，含着干枯的灰绿，依然赖在枝头不落。顺着林间石板路，我走进“三木亭”小广场，开始了同往常一样的健身操。然后，还是沿着园中的大环形甬道，甩开膀子，绕园一周，快步健身。

刚刚走完快步健身，抬头一看，“唰啦啦”米粒般的小雪，不慌不忙地就下了起来。我惊喜地自言自语：又是咱大庆下雪的季节了。一路前行，雪粒儿打在脸上，酥酥的、痒痒的，随之，心情也畅快了许多。细听头上，雪粒儿打在枝头枯叶上，发出“沙沙沙”细碎而又均匀的响声，像老年人唠唠叨叨的絮语，温暖人心；留心脚下，踩在一层薄薄的雪粒儿上，“咯吱吱”的响动清脆悦耳。在不紧不慢的时光里，冰雪季节，渐次地向我们大庆人敞开了怀抱。

回到编辑部时，雪还继续下着。走到窗前，听檐雨滴滴，敲打在楼下的彩钢瓦上，才知道，先下的底层雪，已经化成水了。晌午时分，总编叫我一起去吃老味道的砂锅，出门一看，嗬，不知啥时，雪粒儿已变成漫天飞舞的雪花了。地面上，有的地方是一层积雪，有的地方却化成了小水泡。踩上去稀溜溜地滑，不得不慎步慢行。

从下午到傍晚，雪一直下着。在昏暗的夜幕里，站在阳台，闲看灯光里像洒落银屑一样的降雪。万达广场，横亘在二百多米的窗前，那高峻的楼房，华丽的外装，即使在风雪的裹挟中，也格外抢眼。周边原有的楼房和建筑，在它鲜亮的光辉里，显得有些灰头土脸，陈旧了许多。亏的是些钢筋水泥堆砌起来的楼群，若是人群，冷不丁蹿出个高大俊美的帅哥来，说不定会惹来多少妒忌的白眼呢。稍远处，是流光灵动的电视塔，往日夜里，像一支镶金嵌银的大蜡烛，今夜只见下半截儿的辉煌，上半截儿却隐匿在浓浓夜色的风雪之中，大有“神龙见首不见尾”的感觉。

雪花飞扬，思绪飞扬。此时的大庆雪野上，一定会有许许多多的井架，在不分昼夜，不避风雪地钻探着；一定会有许许多多的“磕头机”，在不惧严寒，不知疲倦地劳作着，给沉寂的夜的雪野，带来勃勃生机和活力。

雪越下越大，思绪越飘越远。此时，竟让我想起前几天在《百家讲坛》里播出的“唐宋八大家”中的柳宗元，他的一首《江雪》：“千山鸟飞绝，万径人踪灭。孤舟蓑笠翁，独钓寒江雪。”格调高雅，意境深远，成为千古绝唱。在“永贞革新”失败后，被贬为永州司马的柳宗元，在严酷的政治环境中，不惧严寒，迎风抗雪，孤舟独钓的渔翁形象，也正是诗人孤傲不屈的精神展现和人格化身……

少顷，回过神儿来，见雪夜中的路人行色匆匆，又勾起对中唐诗人刘长卿的慨叹。他在风雪之夜，寻找着芙蓉山主人投宿的情景：“日暮苍山远，天寒白屋贫。柴门闻犬吠，风雪夜归人。”仅用20个字，凝炼自然，含蓄亲切地写出雪夜投宿山中贫苦人家的场面。接着，又想到盛唐边塞派代表诗人高适和他的《别董大》：“千里黄云白日曛，北风吹雁雪纷纷。莫愁前路无知己，天下谁人不识君。”道出了送别友人时的愁人景色，转而又劝友人要开朗、自信，展现了豪迈豁达的胸襟。与一般送别诗相比，意趣独特，堪称上品。与高适齐名，并称“高岑”的大诗人岑参，在轮台送友人归京，依依不舍，惆怅满怀的离别之情，也与大雪紧密相连：“北风卷地白草折，胡天八月即飞雪。忽如一夜春风来，千树万树梨花开。……轮台东门送君去，去时雪满天山路。山回路转不见君，雪上空留马行处。”他此番送武判官归京，也深深地触发了他本人的思乡之情，读来感人肺腑。

再说近代，伟人毛泽东的《沁园春·雪》，通过对北国雪域壮美景色的讴歌和赞颂，彰显了革命家高瞻远瞩的气势，无比豪放的激情和辽远博大的胸怀，是借雪怀古抒情的扛鼎之作。至今，多数人都能烂熟于心，朗朗咏诵……

翌日清晨，雪还在下。忙了一个上午，午饭后稍作休息，又顶雪去了西苑公园，照常快步健身。那雪花顺着西北风的风势，密密地斜织着；进了公园，林密树高，无风一样，雪花就犹犹豫豫地垂直飘落，这园里园外竟是两重天地。走在公园的环形甬道上，除了窸窸窣窣的落雪声，就是我踩着一半积雪一半水的“唰啦唰啦”的脚步声；天晴日朗时，来园里锻炼的每天上百人；天气稍坏时，也有几十人；顶风冒雪的今天却是例外，只有我一人来了，傻乎乎地独享这幽静，独享这雪中清新的气息。走着走着，发现前面的环形甬道上，有园林工人在清理积雪。七八个人分段进行，他们用抢雪板或铁锨，靠甬道一侧先清理出一趟小道。这无疑是给我的健身提供了难得的方便。仔细回想，来此锻炼已有三年，头一遭巧遇七八个人在风雪里为我一人服务，这样奢华的锻炼，也许在我这一生中是绝无仅有的。它将以此文为证，让我铭心刻骨，永怀感恩。

这雪，下在大庆的地界上，让我觉得亲切。回想当年，留在雪野上的大头鞋印痕，让我觉得亲切；浮现在风雪中身穿“杠杠服”和头戴狗皮帽子的石油人身影，让我觉得更亲切……

这雪，偏爱大庆，洋洋洒洒地净化、美化、神化了油城大地；这雪，为大庆铺开了又一个清新祥和的季节。

2012 年 11 月 22 日

开江前后捞臭鱼

春分过后，几场大风刮过，雪化净了，阳坡的荒草里，钻出了不易被人发觉的小草芽。阳光一天比一天暖和，江河与泡子上的冰层，已经由冬天的青绿色，变成了乳白色；冰层由冬天时的横茬儿变成了极易塌陷的竖茬儿。前些年，每到这时候，都是开始捞臭鱼的时候。

所说的臭鱼，是冬天里死在江河或泡子冰底下的死鱼。这些死鱼，大多是因为缺氧憋死的；也有封冻时，被粘在冰底下冻死的；还有的是水泡子小、水浅，上冻时冻干碗儿了干死的……虽说是死了，但是还没有变坏、变臭；等到了春天开化的时候，由于温度的普遍升高，这些冬天里的死鱼就逐渐开始变味儿发臭，这样的鱼被人们捞上来，人们叫它臭鱼。

捞臭鱼时也要带上简单的用具：小铁镩子、抄捞子、小砍钩。也要有大人领着，这样才更安全。若不然，一旦冰层塌陷，掉进水里，轻则挨冻生病，重则被水淹着，就搭上一条性命，可不是闹着玩儿的。

如果是在小河里捞臭鱼，将要化开的冰层比较薄，在上边走时，能看见冰下面粘的鱼。这时，用铁镩子镩开冰，用抄捞子一捞，就可以把臭鱼捞上来了。只是镩冰时要注意，别把周围的冰踩塌了，也就安全了。

如果是在冻泡子里捞臭鱼，泡子里水深的，就同河里的捞法儿一样；要是泡子里水浅，或者已经冻干碗了，那就直接凿开冰层，人下到冰眼里去拣死鱼，那是再方便不过了，可惜的是，这种情形极少遇到。

如果是到松花江边捞臭鱼，大多数的时候都要等到开江以后。因为要开江了，上冰是非常危险的，弄不好就要掉进江里“顶锅盖”，非死不可。为了得到一两条臭鱼，谁也不会去冒这个险。等到江开了之后，风浪把臭鱼推到江岸边来，捞臭鱼的人沿岸寻去，发现了漂在岸边的臭鱼，或用抄捞子捞，或用小砍钩钩，都能把臭鱼顺顺当当地捞上来。

吃臭鱼是很费事儿的，先把臭鱼刮鳞，开腔洗净，用清水泡上几个小时，捞出来后，放在窗外的木板上，然后，在臭鱼上面还要放一块木板，木板上面放上砖或大块儿石头，为的是把臭鱼身体里面的臭水压挤出来，这样能压挤出不少的细菌和臭味儿。

臭鱼压挤了一宿之后，用清水再洗一遍，就可以按照煎普通鱼的方法，把它煎熟。煎熟的臭鱼仍有一股残留的臭味儿，但它不防碍人们的食用了。在那生活贫穷的岁月里，煎臭鱼也是一道难得的好菜。

随着人们生活水平的日益提高，各类副食的逐渐丰富，一年四季总有鲜鱼任你选购，捞臭鱼的事儿早已销声匿迹了。人们注意健康，讲究营养。即使你把臭鱼再摆在餐桌上，也不会有人感兴趣再去伸筷子了。

随着贫困岁月的流逝，捞臭鱼也早已成为历史，离我们越来越远了。

（刊发于《黑龙江日报》2011年5月12日副刊“北国风”）

（《北方时报》2012年4月7日副刊“北方风铃”转载）

肇源沿江的鳇鱼圈

在黑龙江省地图上，你会发现，松花江上游与嫩江下游首尾相连，交汇在肇源县茂兴镇南14公里左右的“三岔河”。肇源县像一条巨龙，横卧在松嫩两江左岸。沿江长256公里。肇源境内的嫩江段，约为110公里，流经六个乡镇；肇源境内的松花江段，约为146公里，以茂兴三岔河为起点，流经超等、古恰、肇源镇、二站、薄合台、三站六个乡镇。就是说，在肇源20个乡镇场中，有11个临江而居，为水稻生产和渔业生产带来了得天独厚的自然条件。江水滋润，江湾地土质肥沃，盛产的古龙贡米名扬国内外；两江交汇，鱼类众多，盛产的“三花、五罗、十八子”等名贵江鱼，早已远近闻名。

在这些名贵的江鱼中，鲟鳇鱼作为贡品鱼之首，尤为珍贵。

据史料记载：“乾隆年间，将松嫩两江特产的鳇鱼定为贡品后，锡伯人充当鳇鱼差。”这些鳇鱼差分住在松花江上游和嫩江下游两岸。住在江南吉林省扶余县（现为松原市）的有达户、双屯子、锡伯屯等地；住在江北黑龙江省肇源县境内的有茂兴镇的西北呼来村（现为当权村）、古恰镇的古恰屯、和平乡的木头西北屯、二站镇的鳇鱼圈屯等多处。

每年春夏秋三季，把捕获的鳇鱼都要养起来，以便到上冻结冰时好运往京城。为了能饲养好这些捕到的鳇鱼，就必须找到较好的饲养场所，于是，鳇鱼差们就在江边寻找适合养殖鳇鱼的泡子，就是所说的“鳇鱼圈”。选择鳇鱼圈的条件并不复杂，只要是靠江的泡子，面积较大，水深在1至2米以上，有通江的进水口子，并能在进水口子里扎箔，防止鳇鱼逃回江里，这就可以了。

据《肇源县志》和有关资料记载，在明朝初年，肇源县的三岔河附近，建起了多处鳇鱼圈，这些鳇鱼圈是由西北呼来村居住的鳇鱼差来经营管理的。西北呼来村归古驿站茂兴镇管辖，位于茂兴镇东南9公里，1984年前，该村有12个生产队，3450口人，以农为主，兼营渔业。村南4公里为三岔河。据文献记载，西北呼来，原名为西伯淖尔门，是清朝初年，为朝廷采集珍珠和捕养鳇鱼的鳇鱼差，在这里定居，西伯淖尔门解释为：一是泡沿上的锡伯人居住地；二是苇塘边上锡伯人的居住地。在1989年秋，调查此村至今仍有锡伯人（鳇鱼差）的后裔居住着。

沿着肇源境内的松花江岸，继续向下游进发，又发现了超等乡的鳇鱼圈。在超等乡南的松花江边的维新村与渔场村之间，有个鳇鱼圈，这个鳇鱼圈始于清朝初年，是为朝廷捕养鳇鱼的鳇鱼差，在这里开发的放养鳇鱼的泡子，因此得名为“鳇鱼泡子”，至今仍在沿用。该泡子岸边有一座土岗子，被叫做“鳇鱼圈岗子”。

离开了超等乡的鳇鱼圈，又来到了古恰村。古恰村是古恰镇的所在地，古恰，原称“瓜尔佳”，由古代女真瓜尔佳氏族居此而得名。清朝初年，锡伯族鳇鱼差到这里定居，没用此名，在民国年间的汉语翻译中，遂流变为“古恰”，沿用至今。

位于肇源县老码头附近的苗家亮子的东南侧，又有一处鳇鱼圈，它是由居住在县城北两公里的木头西北村的鳇鱼差经营管理的。木头西北，原名为“穆格登西伯”，蒙古语为有树的一个村子，与锡伯族梅地有树相一致。此屯是清初充当鳇鱼差的锡伯人到此定居而得名，至民国年间，就语流音变为“木头西北”至今。

继续顺江而下，紧接着是二站镇的鳇鱼圈屯。此屯位于二站镇民主村南7公里，此鳇鱼圈为江南穆格登西伯的鳇鱼差所管辖，松花江南岸的穆格登西伯与北岸的穆格登西伯（今肇源县城北3公里的木头西北屯），是一个家族的锡伯人。

距离肇源县的松花江段130多公里处，连续5个乡镇都有鳇鱼圈，可见当时鳇鱼圈的密集程度之大，竟然不超过20公里，距离最近的甚至不超过10公里。由此可知，当年，肇源江段盛产鳇鱼非同一般；鳇鱼圈之多，鳇鱼差之众，更是可想而知了。随着清王朝的灭亡，鳇鱼差也不复存在了；就连所有沿江的鳇鱼圈，也都变成了鱼亮子或荒凉的芦苇塘。

近几十年来，在松嫩两江里，由于过度捕捞，水质污染，江水逐年减少，在松花江上游和嫩江下游的肇源江段里，鳇鱼早已绝迹，因此，鳇鱼圈和鳇鱼差，只能作为资料，写进渔业生产的史册里。

（刊发于《黑龙江日报》2011年11月17日副刊“北国风”）

（《北方时报》2012年3月30日副刊转载）

锡伯族与“鳇鱼差”

据史料记载，16世纪前，锡伯族人生活在我国的松嫩平原和呼伦贝尔大草原上，1699年（康熙三十八年）南迁至盛京（今辽宁省沈阳市）驻防。60多年后，1764年（乾隆二十九年），锡伯族官兵一部分又从盛京西迁到新疆伊犁屯垦戍边。锡伯族西迁的伟大壮举及200余年屯垦戍边的辉煌业绩，为保卫祖国西部疆土完整、维护祖国统一、开发建设大西北以及保存和发展民族文化等做出了重大贡献，在中国近代史上，谱写了不朽的篇章。

现在，东北的沈阳、开原、义县、北镇、新民、凤城、扶余、内蒙东部以及黑龙江省的嫩江流域仍有锡伯族散居。

锡伯族属阿尔泰语系满——通古斯语族满语支，是在满语基础上发展形成的一种语言，跟满语很接近。1847年，锡伯文在满文基础上稍加改变后形成了。新疆的锡伯族至今保持着本民族的语言文字，兼用汉语、维吾尔、哈萨克语。东北的锡伯族人的语言、衣食、居住等方面和当地汉、满族基本相同。

据《肇源县志》记载：在肇源县白金宝遗址发掘中发现了许多陶网坠和鱼骨，这证明早在三千多年前，在这里生活的肃慎人就已经使用网具了……辽代已经有冰下捕鱼的记载。元明清时代，境内游牧民族因受宗教迷信限制，很少进行渔业生产，只有少数锡伯人和满族人从事渔猎。清代，在肇源县莫格登锡伯（木头西北村）、卦尔佳（古恰村）、菟登（超等村）、西伯胡来（当权村）等地，居住着由朝廷派遣的锡伯人为“鳇鱼差”，专门为朝廷收购、捕养鳇鱼。

清朝年间，松花江下游、乌苏里江内的鲟鳇鱼资源丰富，它们都回游到松花江及嫩江下游或中游。鲟鳇鱼肉嫩鲜美，因数量较少而显珍贵，故清廷将其定为贡品鱼之首。当时鲟鳇鱼（贡鱼）是由专业的锡伯人（官差）经营，因此，被称为“鳇鱼差”。并且，还收捕鲤鱼、鳜鱼（鳌花）、大白鱼等其他贡品鱼。地方渔民如捕获鳇鱼或其他贡品鱼类，也必须按规定交给鳇鱼差，运到附近的鳇鱼圈暂养。

鳇鱼圈，一般设置在松嫩两江沿边的泡沼里，面积较大，蓄水量丰富，并且有连通江河的进水口，以保证圈内放养的鱼类长期存活，乃至安全越冬。这样，才能保障宫廷用鱼连续不断，随用随取。

肇源县境内的鳇鱼圈有茂兴镇西伯胡来村江边的鳇鱼圈。有超等乡江边的鳇鱼圈，肇源码头附近的鳇鱼圈和二站镇江边的鳇鱼圈等。目前，在茂兴镇西伯胡来村和超等乡，仍有锡伯人居住。

锡伯族人忌食狗肉，忌穿戴狗皮制品；不许坐、踩或跨过衣帽、被枕；穿过的裤子、鞋袜子不能放在高处；不许坐踩锅灶，也不许坐或站立在门槛上；不能在室内吹哨，不能用筷子敲桌子和碗碟等；若大门口挂着红布条和一束草，表示家有病人或产妇，外人不得入内。

锡伯族爱吃韭菜合子、南瓜包子、炖鱼等食物，还有发面饼也是锡伯人常吃的主食。

锡伯语称“全羊席”为“莫尔雪克”，意思是“碗里盛着的菜肴”。全羊席是用新鲜的心、肝、肺、大肠、小肠、肾、羊舌、羊眼、羊耳、羊肚、羊蹄、羊血等杂碎做成的。每一种被剁碎要做汤的菜，分别盛在16个小碗里，不盛太满，随吃随添，始终保持热气腾腾。每碗里要撒些切碎的香菜和葱花，看着色泽鲜艳，吃着味道鲜美。其中，用羊肠子做的菜花样最多。他们把大小羊肠洗净后，灌上羊血、血清、羊油、洋葱、肉沫、调料、大米，做成五、六道菜，每道菜的做法都很考究，风味不同。席间，还要添上各种蔬菜泡制的花口菜，吃起来清淡爽口，配合全羊席一起吃，可谓锦上添花。

锡伯族民间许多传统节日，大都与汉族相同。如：春节、清明节、端午节等。每年农历除夕前，家家都要杀猪宰羊，赶做各种年菜、年饼、油炸果子等。除夕夜，全家一起动手包饺子，正月初一时，要在五更下锅煮饺子；初二要吃长寿面。做长寿面时先做好肉汤，然后将面另锅煮熟捞出过水，食用时加肉汤，象征着送旧迎新。

（刊发于《黑龙江日报》2008年12月18日副刊“北国风”）

（刊发于《大庆日报》2010年8月26日副刊“记忆发现”）

下须笼

在松花江上游，有一条支流叫“八家河”，河东三里远有个小村庄，那就是我儿时的故乡。在故乡村北，有一条西连八家河、东接“大白水”苇塘的大水沟子，当地人叫它“顺水壕”，那就是我们童年抓蝈蝈、捉蜻蜓、扦青蛙的玩乐场，也是每年夏天雨季生产队在雨休时，父亲领我去“下须笼”的好地方。

下须笼是一种比较简单的捕鱼方法，适合在咱东北河湾或泡沼附近有水流的沟渠里进行。

父亲是地地道道心灵手巧的农民，不但精通所有的农活儿，还会编炕席、编筐窝篓这种细作活儿。这捕鱼的须笼，就是父亲编的。父亲从河边的柳条墩上，割回一些筷头儿粗的细柳枝，用水浸湿，先编出一个一头儿粗一头儿细的一尺多长的小圆囤子，细的一头儿留出一个大碗口粗的圆口；然后，再编一个直径约一尺宽的喇叭碗式漏斗型的须笼嘴，这样，一个完整的须笼就编成了。

下须笼的时候也有讲究，先在水沟里选个最窄的地方，用铁锹在水沟中间横着叠起一条土坝楞子，挡住两边的水流，然后，在土坝楞中间留下一道与须笼同样粗细的豁口，把须笼嘴儿插进须笼里，嘴儿朝水沟的下游，底朝水沟的上游安放在豁口的水流中，这样，须笼就下好了。为了不让别人发现，偷了鱼或捡走须笼，还要薅些青草来盖在须笼上，把须笼伪装或掩藏起来。

“鱼知水性，人知鱼性”，鱼在水中大多是头朝上游，顶水游动的，所以，须笼嘴朝下游，鱼才能顺顺当当地游进须笼里。再加上须笼嘴是漏斗型的，鱼钻进时是顺茬儿的，很方便，很自然，可是，要想转身出来，就变成戗茬儿的了，是万万出不来的，不管怎样冲撞，也只能是扑扑楞楞地在须笼里瞎折腾了。

下须笼虽说简单，却也是非常遭罪的活儿，当发现哪条沟子有鱼后，父亲都是在晚饭后，顶着蚊子的叮咬，贪黑去下须笼，第二天起大早去起须笼，当我们这些小孩子刚刚爬出被窝时，父亲已是带着满裤子湿漉漉的露水，拎着三五斤小杂鱼回来了。换好衣服后，父亲还要亲自动手刮鱼鳞、开鱼膛、抠鱼腮，并告诉做饭的母亲，怕鱼少不够吃，要在炖鱼时多加些土豆块儿，让全家好好改善一下伙食。

在夏季生产队过雨休时，父亲就让我拎上兜子，扛了铁锹，跟他去村北顺水壕下须笼。

雨后的村北顺水壕水多流急，直劲向八家河里流淌，这时，河里的鱼们便不甘寂寞，摇头摆尾地撒着欢儿，窜进顺水壕，来喝雨后的甜水，这也正是下须笼的好时候。每当此时，也总是下须笼捕鱼最多、品种最全、个头儿也大的最佳时节。有一次竟捕到了五六条一斤多重的大鲶鱼呢。

等我离开家乡到县城里上中学时，村北的顺水壕已半是有水半是干涸了；村西的八家河也已成了“大帮哄”的养鱼场了。河里的鱼越来越少，父亲说再也没有下须笼的机会了。父亲当年编的两个须笼，也只能挂在我家屋门旁的土墙上，成了鸡们下蛋的窝了。

江　虾

原打算写江鱼的，后来一转念，有些江鱼是吃江虾长大的，还是先写江虾吧。我所写的江虾，是松花江里的江虾。

我居住的县城，是松花江上游第一县，离松花江仅有三公里。吃江鱼和江虾都非常方便，这也是我要写一写江虾的缘故。

当地的江虾，多产在松花江里，但也有产在与松花江水系有关的河、泡、沟、渠里的。说起江虾，让我想起江边的一首童谣："大鱼吃小鱼，小鱼吃虾米，虾米啃紫泥。"看来在自然界的生物链里，以大欺小、弱肉强食是普遍现象。江虾是躲不过江鱼们捕食的，吃虾的江鱼种类也不少，主要有鲫鱼、鲶鱼、黑鱼、狗鱼等，一句话，凡是江里的牙鱼类都吃江虾。只是江虾不吃泥，而是吃一些微小的浮游生物而已。

书上介绍：虾是节肢动物，身体弯曲细长，分头、胸部和腹部，身体表面有一层软壳，薄而透明的，脚由多骨节构成，头部有长短触角各一对，胸部的脚第一对最大，末端的形状像钳子。长期生活在水中，会跳跃，种类繁多。

《本草纲目·虾》中记载：皆磔须饥鼻，背有节，尾有硬鳞，多足而好，其肠脑，其子在腹外。《本草纲目》记载："凡虾之大者，蒸曝去壳，食以姜醋，馔品所珍。"

江虾（也叫沼虾），食物营养价值高，无论是蒸煮、清炖，还是烧卤、煎炸，都风味浓香，营养极佳。同时，江虾还具有较高的食疗营养价值。

江虾，肉质松软，可消化，对身体虚弱以及病后需要调养的人是极好的食物。江虾中含有丰富的镁，能很好地保护心血管系统，减少血液中的胆固醇，能防止动脉硬化，能扩张冠状动脉，对预防高血压和心肌梗死有较好的作用。同时，江虾的通乳作用较强，并富含磷、钙等，对小儿、孕妇大有补益功效。中医认为，淡水虾性温味好，入肝、肾。虾肉有补肾壮阳、通乳抗毒、养血固醇、化瘀解毒、益气滋阳、通络止痛、开胃化瘀等功能。

说了一大堆江虾的好处，心气儿很顺，可是，江边渔民说了一句话："现在江鱼少了，江虾更少了，市场上江虾准比鱼贵。"就让人很是懈劲儿。以前过穷日子时，那是穷人吃虾米，富人吃小鱼，当官的吃大鱼，现如今可真颠倒过来了，变成穷人吃大鱼，富人吃小鱼，大款吃虾米。不像从前那会儿，只是为了填饱肚子，现在是讲营养，讲健康。钱多的人惜命，这是真的。

江虾的做法很多，最简单的是炒江虾，炒熟就出锅，时间长了炒硬了吃着扎嘴；再就是炝江虾，把江虾洗净后，放进滚开的开水里焯一下，然后，捞出来拌上各种调料，这种吃法口感鲜嫩，保持江虾的原味儿；稍复杂一些的是炸江虾，把江虾洗好，加拌各种调料，之后撒一些面粉，再放进滚开的油锅里炸，炸熟为止，这样炸出的江虾，吃起来外焦里嫩，鲜香可口；再一种做法是炸虾丸子，把洗好的江虾剁碎，拌上各种调料，抓糊，然后用手挤出圆蛋蛋，放进滚烫的油锅里，炸好后捞出即可食用；也可以重新炸锅加汤，放进各种调料，汤开后，把虾丸子放入汤锅中，这样做出的叫氽虾丸子。

有一年，我被抽调去农村的江边抓防汛，中午就在江边的"网房子"吃午饭。网房子早有准备，在江里插旋捕鱼，可是，鱼没捕到，却捞回一小盆大虾。吃饭时，一盘江虾刚端上桌子，就把我给震住了，那江虾在菜盘子里活蹦乱跳的，怎么吃啊？村长说，这是拌生虾，把虾洗净，用醋泡，然后加盐，加各种调料和辣椒油，吃着鲜嫩，还败火，可以生吃。受了村长鼓动，我吃了两口，嚼那江虾就是一股浆，嫩是嫩了，可是不焦不鲜，还留着满嘴的腥味儿，勉强咽了，喝了两口白酒，解了腥味儿，就再也不吃那拌生虾了。可是村长和那渔民，越吃越香，把两盘拌生虾来了个一扫光，全吃了，真是吃的让我惊讶，吃的让我佩服。

如果你有机会来松花江边，我劝你还是吃呛江虾，不信你就试试。

松花江边钓王八

20世纪50年代，在松花江上游北岸的一个小村里，发生了一件很蹊跷的钓王八的事儿。

早些年就听老人们说过，江里的王八是钓不得的，久居江边的渔民，都把它当成河神来看待。如果用旋网捕到，或是用底钩和滚钩钩到王八，渔民们都会小心地摘下来，当即放回江里。若是年长的渔民，还会叨叨咕咕地向河神说几句道歉的话，并求它保佑“捕鱼快当”。

据说，涨大水的年份，哪里溃堤坝，哪里堆崖（ai）子（江边土崖子被江水冲塌堆进江里），都认为是王八在江水里踅的。在夏秋两季都会涨水。涨水的时候，江水浑浊，江面像是鼓起来一样。在江流的拐弯处，江水流急浪大，直冲岸边，在急流和漩涡的强力冲刷下，又高又陡的土崖子，不断地塌陷到江水里，渔民们便把这种现象叫做“王八踅崖子”。

有些渔民认为，江里的鱼都是由王八掌管，假如王八要向你的渔网里赶鱼，你就会多捕鱼。看来，王八这尊河神，渔民是惹不起的。因此，渔民和江边人，没谁敢钓王八。

啥事都有例外，别人不敢钓的王八，可是，住在江边苗家亮子附近高家屯的李大黑，却偏偏要钓王八，这事还得从头说起……

李大黑是从外地搬到高家屯的．他的体型是五大三粗，为人憨直，有些鲁莽不信邪。他农忙时务农，农闲时也打渔摸虾，三十来岁的年龄，还没说上媳妇。家中只有一个老母亲，还得了“痨病”（既肺结核）。别看李大黑是光棍，对母亲倒很孝顺。有一天，他听别人说，喝王八血可以治痨病，于是，他就准备了鱼钩，来到江边钓王八。他把两盘鱼钩甩进江里，一直守到傍晚，饿得饥肠辘辘，啥也没钓着。正当他垂头丧气往家走的时候，遇见了老渔民吴大爷，得知他钓王八时，吴大爷骂了他一顿；后来听说他是为母亲治病，吴大爷就表示很同情，并详细地告诉他钓王八的方法。

第二天吃过早饭，李大黑就按照吴大爷教的方法，带着自制的“倒钩”（在一个长木杆的顶端绑一个锋快的铁钩），来到了老坎子，爬上陡崖（ái）子抓土燕子。到了东南晌的时候，他带着抓的三只土燕子，来到苗家亮子的江边。他薅了些柳蒿，在江边的泥水里插了半圈做“影墙”，把自己“影”到里面，然后，把土燕子脑袋撕下来，把土燕子淌出的鲜红的血，用力甩进江水里，再把倒钩加好铅坠儿，伸进江底，等待王八上钩。土燕子血在江水里形成一条红线，王八的嗅觉灵敏，闻到土燕子血之后，顺着血迹边吃边喝地向岸边爬来。这时，藏在隐蔽处的李大黑，手疾眼快，握紧隐藏在水下的倒钩，对准王八的肚皮，猛地一钩，那王八就顺从地被钩上岸来。

头一只钩上来时，李大黑乐啦。心想，这招儿真灵。接着，第二只王八又爬上来了，当他把第二只钩上来时，江水里的王八就多了起来，足有十来只。当李大黑刚要把倒钩再伸进江里时，只见江水里的王八已是高粱茬一般，竖茬茬的，黑压压一片。王八的小脑袋，在江面上齐刷刷地晃动着。都瞪着圆溜溜的小绿豆眼睛盯着李大黑。这样瘆人的场景，可把李大黑吓坏了。他两腿发抖，头皮发麻，啥也不顾，拔腿就跑。直跑的上气不接下气，面色苍白，一口气跑进家里，一头扎在炕上，就人事不省。

左邻右舍知道了，忙过来帮忙，掐人中的，往脸上喷水的，呜嗷叭喊的，好不容易才叫醒过来……

村里人知道这事后，都觉得挺蹊跷，没隔多久，就一股风似的传遍东西南北各村。从此以后，附近一带的渔民们，再也没人去钓过王八，这一江段里的王八也因此受到保护；从此以后，渔民和沿江的村民，都更加信奉河神，下待获网的，打冬网的，建渔亮子的……都要在江边搭个小庙，祭拜河神，以求保佑捕鱼丰收。

挂　鱼

松花江上游的第一条支流叫八家河，在肇源县境内，全长约有40多公里。在这条河的中段东岸约三里远的地方，有个百余户人家的小村落——三元窝棚，那便是我童年的故乡。

从小在河边长大，被河水滋养哺育着，被河水体恤爱抚着。离河近，发生在河边的故事就多。春季，引河水种田；夏季，到河里洗澡、学游泳、或是捞河蚌……只是不准捕鱼，在我童年记事时起，就知道八家河是县里的国营养渔场。每年春天，东风送暖，地气升腾，开河之后，渔场工人便经常骑着自行车，在河堤上巡查看河。晚上，也经常驾船偷偷藏进河边苇塘里蹲守，以便随时逮住偷鱼的人。

虽说养渔场的工人们看管的挺紧，可是，俗话讲得好：老虎也有打盹儿的时候。善动脑筋、爱琢磨道道儿的大表哥，是远近闻名的捕鱼高手，还是被他发现了一个空当儿，领着我到八家河里偷偷地挂了一回鱼。

那还是上个世纪70年代初的一个夏天，我还是高中毕业的返乡青年，二十出头，在家乡的生产队里参加劳动。一天上午，在地里种秋菜，临近中午，突然下了一阵大雨，把我们撵回家里过“雨休”，趁这个难得的空闲，大表哥拎了五片挂子，要我跟他到八家河里去挂鱼。

小雨不紧不慢地下着，我俩冒雨来到河边，正如表哥判断的那样，雨天的河边空无一人，只有河边的芦苇在一阵阵的西北风里不停地摇荡，像是对我们的欢迎。苇塘里，冷不丁扑楞楞冷冒出的野鸭子，扇动着惊恐的翅膀，匆匆钻进黑锅底一样的乌云里。此时此刻的我们，为了挂鱼，心甘情愿地被雨浇透。我们把湿漉漉的衣服脱掉，藏进岸边的草丛里。大表哥拎着一片挂子下到河里，在溜腰深的地方，开始沿河边，由南向北下起挂子来。我刚要下河，大表哥急忙摆手示意，让我慢点儿，轻点儿，别把鱼们惊跑了。其实，不论哪种方法捕鱼，我都是外行，大表哥叫我跟了来，就是打个下手，帮个忙。

下挂子、起挂子这些要紧的活儿还得靠大表哥一个人干。

挂鱼的挂子也叫挂网，是用细细的胶丝线织成的网片。挂苗子的高度大约一米，每片挂子长约三五十米，挂网眼的规格大小，要根据要挂鱼的大小而定。挂子上边系一趟有浮力的挂漂子，漂在水面上；挂子下面拴一趟等距离的铁坠儿，把放进水中的挂网抻直，鱼在水中游动钻进挂网眼时，便扑扑楞楞地用力挣扎，被缠裹在挂子上，无法挣脱，等到起挂子时，慢慢地摘下来，装进网兜里，就算把鱼捕住了。

大表哥把五片挂子挨个下完，他从北面，让我从南面，在岸边的浅水里，向挂子包抄过去。在水里一边跑，一边用手使劲地摆弄。鱼们受到惊吓之后，立即向深水里逃窜，正好撞上拦截在深水里的挂网，就无可奈何地被挂住了。起挂子是最过瘾的。大表哥从一头把挂子拎出水面，边走边往手里敛网子。这时，被挂上来的鱼，就扑扑楞楞地挣扎着，大表哥兴奋地摘鱼，我跟在他身后，端着网兜装鱼。对于我们这些一年吃不上两顿鱼的穷孩子，看着眼前挂住的活蹦乱跳的草根鱼，那种喜悦的劲头儿，简直是无法形容，真比吃鱼时还过瘾呢。

虽说是伏天，可是下着雨，又刮着西北风，长时间泡在河水里，也冷得浑身发抖，直打牙崩骨。不管有多冷，也挡不住挂鱼的那股劲头，其实不错，正应了“鱼红眼儿”那句话，越是挂鱼多的时候，就越有精神，什么冷呀、饿呀、累呀，统统抛到九霄云外。

我们挂鱼坚持了两个多小时，挂的净是些筷子长的草根鱼，有二十多斤。这时，雨小些了，大表哥怕巡河船划过来，逮住我们俩，便赶紧收了挂子，由他背着，我拎着鱼，钻过苇塘拿了衣服，匆匆翻过河堤，丢下身后的惊恐，全然不觉泥泞的道路，由心底发出的喜悦赶跑了劳累和饥饿。心想，全家人大半年没吃到鱼了，今天，见我挂到这么多又肥又新鲜的草根鱼，全家人该有多么高兴啊，父亲和母亲保准能夸奖我几句……

从那以后，有人说起与捕鱼有关的事儿，我也能顺便插几句嘴，讲一讲我与大表哥挂鱼的经过。仅仅挂过一回鱼，就有了讲述捕鱼的资格，看来，亲身经历对人的一生该是多么重要啊！

（刊发于《黑龙江日报》2007 年 8 月 23 日副刊“北国风”）

挂在门楣上的鱼和葱

临近江河的城镇或村屯，在平常的生活中，用鱼的说道多，同鱼的关系也紧密得多。

我在乡镇工作的那段时间里，参加过一个同事的婚礼，同事的家也在农村，婚宴就摆在他家的左邻右舍。当我们一行人被引到邻居屋里，坐在餐桌旁的时候，有眼睛尖的人，一眼就发现了挂在门楣上的一条小鱼和一棵干葱。然后，有人问谁知道门楣上挂鱼和葱是啥意思，大家疑惑的目光不约而同地聚焦在门楣上挂的鱼和葱。那是一条鲫鱼，约有三四寸长，干枯的没有一点儿水分；那棵葱只是一个二三寸长的葱头儿，看胀鼓的样子，似乎是还包着些许水分，是根叶干枯心不死的那种。人多嘴杂，七嘴八舌的嚷嚷起来，还没等喝喜酒呢，气氛先热烈起来了：有猜是镇宅的，有猜是避邪的，也有猜是管孩子好养活的……各说各的理，互不相让。也有看热闹的人遛缝儿（东北方言，起哄的意思），借此事打赌，输者回乡时请大伙喝酒。还有人甘愿出来当证人，吵吵嚷嚷的真像演了一台戏。恰巧，支客人过来清点人数，准备放席时，被请来当裁判员，谁知，支客人也不明白这门楣上挂鱼和干葱是咋回事儿，只好把厨房烧大火做饭的本家户主找回来，才有了答案。原来，这门楣上的鲫鱼和干葱是户主人过年时挂的。挂鲫鱼是祝愿新的一年“吉祥有余”之意；挂葱，是企盼在新的一年之中粮、钱、物和吃的用的东西都“充足”之意；把葱和鱼合在一起，就是在新的一年里，用钱“充余”，用东西也“充余”，啥也不缺“充足富余”的意思。

后来，户主又解释说，过年刚挂鱼的时候，是一条小冻鱼，到现在已有三个月了，鱼的水分都已经风干掉了，现在看上去就成了鱼干了。不过，那棵葱是没问题的，现在要摘下来栽到园子里，照样活，照样长，一点儿也不误事儿。

这时，支客人声音洪亮地喊了一嗓子：“开席啦！”端盘子的立马把菜端了上来，大家一看，嗬！还有鱼呢，是一盘浇汁儿鱼。看来，这对儿新婚夫妇将来的生活更是富富有余了。

鱼亮子

嫩江和第二松花江，交汇在肇源县的三岔河，形成了一泻千里的松花江，使肇源境内形成了河沟港汊纵横，湖泊泡沼众多的水系网络，给当地的渔业生产和捕捞带来了得天独厚的自然条件。

在松花江上游和嫩江下游，渔猎文化的历史较为悠久。在6500年的小拉哈遗址（省级文物保护单位），发掘出象牙门齿壁骨磨制的似鱼镖状的文物；在3500年的白金宝遗址（国家级文物保护单位），发掘出以骨、蚌器为主的生产工具，鱼镖、带双翼矛和仿青铜器的镞，制作精良，锋刃锐利，多用于鱼猎。到了辽代，便有文字记载的冰下捕鱼了；明末清初时，捕捞的渔具已有很多；清朝末期，捕捞方法花样繁多，其中规模更大，捕鱼数量较多的当属鱼亮子。

鱼亮子一般都选在江边的小河沟汊或沿江的泡子里。鱼亮子必须要有通江的进水口（也做出水口），江涨水时很容易灌进鱼亮子里；当江撤水时，又能便于插箔堵截。当然，经营鱼亮子必须请一位懂技术、又经验丰富的渔把头，亮子上的业务由他说了算，甚至连包亮子的主人，在技术上都要听他的指挥。江边有句常说的俗话，叫“鱼知水情，人知鱼情”。而鱼把头就是既知水情，又知鱼情的能人。

每年春夏秋三季，松嫩两江开始涨水，鱼把头能预先知道，今年的江水能涨多高，能涨多长时间。特别是每年的夏秋两季，江水涨势迅猛，开始出槽漫甸子，许多河、泡、沟、汊里，都灌进了大量的江水。此时，江里的各种鱼，都顺水奔向有东西吃的河沟或有青草的泡子里采食和交配繁殖（当地鱼民叫“鱼咬汛”）。此时的亮子里，自然也灌进了很多江水，带来了很多江鱼。这时，鱼把头就开始不分昼夜地忙活起来。观水情，察鱼情，丝毫也不敢懈怠。因为鱼对江水的体察，那是有一种极特殊的本能，一旦停水或撤水，鱼能最先察觉，便立即行动，以最快的速度撤离亮子或是河汊沟渠。因此，万一错过了扎亮子的最好时机，鱼会跑个净光，那将是前功尽弃，空忙一场。要截住亮子里的鱼，主要是靠竖箔。所说的“箔”，就是把许多够粗的竹竿，用麻绳一根根并排紧紧地绑在一起，立在进水口亮桩子的横梁里侧，用铁丝拧紧固定好，只能让江水回流，把鱼虾就堵截在亮子里了。竖箔是亮子里的头等大事，也是检验鱼把头水平高低的关键时刻。再说了，前些年光是肇源境内的江边亮子就有上百家，就看哪家的鱼把头眼光准，手段高，哪家的亮子就能多出鱼，出大鱼。这也是每年江边亮子的鱼把头之间最较劲的地方。

江水一停，掐准时间，立马动手竖箔，江水可以回流，可鱼却被严严实实地圈在亮子里。这时，鱼们也都意识到了，返回大江的路已经被堵截，被困在窄小的亮子里了。于是，被堵住的鱼纷纷动员起来，对竖起来的箔，进行一次次的反扑、冲击，企图冲开一个豁口，好逃回江里。鱼对箔的反扑、冲击，当地人叫做“鱼抄箔”。每当这时，鱼把头像是如临大敌，调来亮子上的所有人，不分昼夜地进行死看死守。该溜箔的溜箔、该摸箔的摸箔、该压箔的压箔。干这些活计都要下水，潜到水底摸查箔底根部，有无损坏或漏洞。如果出现一个小洞，一夜之间，亮子里的鱼将全部跑光，一年的收成将化为乌有。因此，每个人都十分细心，不能有半点马虎。此时亮子里的鱼群，不约而同地全都聚集在箔的跟前，一改往常的习性，一不怕人，二不怕动静；挤在箔前，黑压压的一片，简直就像一锅粥，哄不散，撵不走。有的鱼用嘴啃泥土，有的鱼用尾巴扫箔。鱼多力量大，如果箔的旁边泥土松软，就会被鱼群拱开，瞬间跑个精光。在这个人鱼大战的节骨眼儿上，鱼把头带领所有人，顾不上吃饭和睡觉。忙着打木桩，防止新竖的箔被鱼群拱倒；忙着压沙袋，防止鱼群把箔给拱起来；忙着下水底摸箔，防止鱼群在箔下打洞。哪怕是数九寒冬，也照样下水摸箔。就这样，鱼在箔前会闹腾两天一宿的工夫，看看实在没办法冲开这道箔了，只好掉头游回亮子里，另寻出路。每到这时，箔跟前一点儿鱼也没有了，非常肃静。这时，鱼把头和亮子上的人才能松口气，放下心来。但是鱼把头还不能大意，要继续观察水情，在水撤到一定程度时，要立即垒起亮墙子（就是垒起土坝），把水圈住，使亮子里有足够的水。

对于新垒起来的亮墙子，要经常查看，防止漏水。

秋后，江河撤水归流，亮子里的水位高出江面，形成落差，但也不能放亮子，一是天热，捕捞的鱼无法保存；二是江湾的道路泥泞，运鱼困难，并且此时市场鱼多，价格较低。所以，大多数鱼亮子，都选择在江河封冻之后，才开始放亮子。

放亮子这一天，是亮房子最热闹的一天，就像是鱼亮子的盛大节日一样。一般都要杀猪或杀鸡，还要把邻近亮子上的人请来，共同庆祝，这叫做“开口子”。放亮子的祭祀仪式绝不能少，先在亮子旁的高地上放一张桌子，上面摆好猪头和其他供品，猪头上还要蒙一块儿红布，点上香烛，烧上黄纸，并在亮子的冰面上打开一个冰眼，把鸡血或猪血倒进冰眼里，就算河神享用了。供桌前，鱼把头手握一炷香跪在前面，亮子上的所有人都跪在他的身后，三叩头之后，鱼把头举香在手，口中念念有词，祈祷河神保佑，多捕鱼，捕大鱼。仪式之后，开始放亮子。

放亮子通常要放三槽子。放头槽子时，挖开的豁口要小一些，因为亮子里的水位高，一旦豁口大，容易把亮墙子冲倒，跑鱼跑水造成损失。因此，豁口只能开两尺多深，周围要用垡子或编织袋装土砌筑好，防止冲塌。然后，豁口中间放一个跟亮墙子宽度相似的、用柳条编的、二尺多高的长方形槽子，叫做“淌箱”；淌箱的另一头连接着一个柳条编的大圆囤，叫做“鱼囤”。鱼囤和淌箱的敞口要一样大，并要牢固地绑接在一起。亮子里的水从豁口流入淌箱，又流经鱼囤，才能淌到外面。亮子里的鱼们发现亮墙子有水流，马上就会涌过来。当发现亮墙子豁口较窄较浅，又有淌箱在卧时，大一点儿的鱼就起了疑心，到此一看，转头就往回游，经过几次往返，就是不敢进淌箱。所以，放头槽子得到的基本上没大鱼，小鱼较多，而且数量还不少。

从放亮子开始，就黑天白天都不能离人，分班作业。有的人看亮墙子和淌箱（防止出漏洞），其他人从鱼囤里往外捞鱼，放在冰面的雪地上，冻硬实之后，再分大小装袋存放，准备出售。

头槽子放完之后，亮子里的水渐渐地少了，水流与淌箱底部基本平了，这时，就要卧第二槽子。把原来的豁口再向下挖二三尺，把淌箱和鱼囤也相应地往下撤，安好固定之后，开始放第二槽子。

放第二槽子鱼时，是鱼把头和整个鱼亮子的人最看重，也是最有看头儿的。这时亮子里的水渐渐地少了，而且上面的冰层又厚，那些稍大的鱼，再较浅的水里，感到有些困难和危机，于是，就无可奈地顺流而下，流入淌箱，钻进鱼囤被捕获。放第二槽子时，捕的鱼品种多，个头儿大。鱼亮子一年的收成，全看这第二槽子鱼了，你说，这能没看头吗？

放第三槽子鱼时，亮子里的水就更少了，还是要继续向下卧淌箱和鱼囤。第三槽子淌的鱼和第一槽子的鱼相差不多，基本上都是小鱼，还有水老鳖、泥鳅、老头鱼等。当第三槽子放完之后，亮子里的水就所剩不多了，只有亮子底部坑坑洼洼里，还存有少量的水和少量的鱼虾，无法再淌出来，只能靠打冬网来进行捕捞了。

利用放亮子的办法捕鱼，历史悠久，直到今天仍在沿用。鱼亮子最多的时候，是在中华人民共和国成立前后，仅肇源境内的松嫩两江边，就有近百家渔亮子。近几十年来，由于江湾套子里，过度放牧和肆意开垦耕地，造成渔亮子数量锐减，渔民和江边的村民们都在盼望着，在不久的将来，也能出现一场“退耕还水”的行动，使众多的渔亮子得以恢复重生，那将是何等美好的前景啊。

2011 年 9 月 15 日

隐秘在荒原的三岔河

提起松花江，大多数人对它既熟悉又亲切。可是，当问及松花江上游的起点三岔河，知道的人可就寥寥无几了。这还要从三岔河的隐秘与神奇说起。

三岔河在松嫩平原的腹地，被大片大片的苫房草、小叶樟草漫山遍野地围裹，还有大片大片的柳条通、柳蒿塘、水蓬花铺天盖地的遮护，使得第二松花江与嫩江像一对儿私奔的情人，悄然在这人烟稀少的旷野里幽会，形成了烟波浩渺的三岔河。因此，它不得不带有隐秘的色彩。

如果说三岔河的神奇，要从上游的两条江说起。第二松花江发源于吉林的长白山天池，古称“粟末”。它像一个白皙英俊的少年，由南向北，热情奔放地穿行在茫茫的大平原上；嫩江发源于我省境内大兴安岭南麓的伊勒呼里山，古称“黑水”。它像一个黝黑的棒小伙子，从北向南，带着不懈的追求奔腾而来。这两条江像是事先约好了一样，在茂兴镇南十五公里的地方汇合，人们管这个交汇处叫“三岔河”。当地人也有叫“三江口”的，也有叫“阴阳界”的。这里就是松花江上游的起点。

之所以叫“三岔河”，是因为第二松花江与嫩江交汇之后，形成了掉头向东、水流湍急、波澜壮阔的松花江，这里是三条江的结合部，故称“三岔河”。又因为黑色的嫩江水和白色的第二松花江水汇合之后，绵延二里之远仍然界限分明，黑白不混，因此，当地人称之为“阴阳界”。其实流经肇源的两条大江，自古就有记载：南有泾渭，北有粟黑。这粟黑之说指的就是肇源三岔河的两江交汇，江水形成一黑一白截然分流的壮美神奇景观。

但凡与隐秘或神奇沾了边儿的，就会有许多故事或传说，三岔河更不例外，有神仙鬼怪的传说，有爱情悲剧的传说，也有南方蛮子憋宝的传说……老版的越传越远，新版的越传越多，林林总总花样翻新。不过，我更偏信于这是一个悲欢离合的真情佳话。

相传，在很早很早以前，黑龙江中有一条黑龙，生了青龙和白龙两个儿子。

兄弟俩为博得母爱而经常相互嫉妒并引发争斗，龙母为此事很是操心。一来二去两个儿子大了，她也想让自己清净清净，便打发两个儿子到外面单独闯荡三年，经历风雨，见见世面，开阔眼界，学些本事回来，并要求三年后回来时必须为母亲带回见面礼物。

青龙和白龙跪拜了母亲之后，各奔东西。白龙来到了东南的长白山天池，在那里与长白仙子结为夫妻；青龙去了西北的大兴安岭的伊勒呼里山，与松鹤仙子结为夫妻。三年后，他们各自返回故乡时，白龙为母亲带回了长白山天池中的万顷白水，青龙带回了大兴安岭水系中的滔滔黑水作为礼物献给母亲。

这一天，青龙和白龙在三岔河不期而遇，为了争路，都想先到母亲身边，兄弟俩发生了口角，最后打了三天三夜不分胜败。母亲得知消息后，立即赶来，为青龙和白龙立约，在三岔河各行其道，在相遇处立一把分水剑，然后，青龙和白龙各取自己身上一片龙鳞，白龙鳞背向东南，青龙鳞背向西北扣在一起，把分水剑柄扣在其中，使黑白水汇合之后，仍然界限分明。

长白仙子和松鹤仙子得到消息之后，也都腾云驾雾赶到三岔河，以协助各自的夫君。她二人遇后却愣住了，原来二位仙子是同胞姐妹，几年前在一场大难中分手，今日才得相见，真是大喜过望，各自劝丈夫要全家和好，把黑白两股水在下游混合在一起，就形成了我们今天见到的松花江，润泽着两岸的沃土，富庶着两岸人民，护佑一方百姓，从此不再泛滥洪水，风调雨顺。

多少年来，三岔河像一颗璀璨的明珠，镶嵌在秀美的碧野之中，大有“养在深闺人未知”之感，是隐秘于荒凉中的野性之美，是不需雕琢的自然之美。前几年，我同文友们去了一次三岔河，只在北岸黑水的一面洗了洗澡，没有找到渔船，也就没看到黑白分明的分水线，只好怅然而返。

如今，每当回想起三岔河，总有没看到“阴阳界”分水线的挥之不去的遗憾，也总有似曾相识的挥之不去的一种气息，那气息里，似乎弥散着苫房草的清香，潜伏着小叶樟的辣烈，飘浮着草的温润，裹携着柳蒿和水蓬花的醇爽。这些沁人肺腑的气息，像另一种乳汁，滋养着五谷，滋养着乡情，在世态炎凉中给我以熟稔而又亲切的恒定的温暖，盘桓在我的灵魂里。

（刊发于《黑龙江日报》2008 年 3 月 6 日副刊“北国风”）

品读湿地

风风火火，我们又来到湿地。清爽的气息，让我们提神醒脑；湿乎乎的滋润，给我们带来甜丝丝的惬意。

绿色油城的湿地，品牌大庆的湿地；你从远古走来，传承给今天，留一片葱茏诱人的遐想，留一片清洁明朗的启迪……

品读湿地，像走进激情燃烧的岁月。湿地近旁的井架和磕头机，使你深刻而又鲜明地感受到生命的存在、活跃和强盛。润泽出石油人如此刚劲的风骨，坚挺起共和国石油业的脊梁；润泽出大庆人如此博大的胸襟，给新时代的脉搏注入科学发展的不竭动力。

品读湿地，引领你走进母亲的怀抱。当你乘坐竹排，驶进平静的水面，偶尔会传来“啪”的一声脆响，不用问，这是鱼儿兴奋地跃出水面，“打漂”欢迎你。这一“打漂”不要紧，却引来了白额燕鸥，巡趧于水面，发现目标之后，便一个猛子扎进水里，须臾，浮出水面，叼了一条鱼又飞上天空，扇动着高傲的翅膀向同类炫耀。偶有水獭，在湿地水边的洞穴里探出头来，一番东张西望之后，倏忽扎进水里，为幼仔觅食去了。湿地养育了几十种鱼，几百种鸟，还有好多两栖动物，它们都安然祥和地在这个偌大的母亲怀抱里繁衍着。

品读湿地，引领你走进葱茏的梦境。芦苇是湿地的名门望族，一片连着一片，密密麻麻地遮护着湿地的水面；湿地岸边的浅水里，是蒲棒草和三楞草的领地，拥拥挤挤的密不透风，里面似乎藏了些什么，任你猜想，任你迷茫……水鸟的窝巢就搭建在草丛的深处，芦苇荡里裹着繁衍的安详和飞天的理想。一阵清风刮过，层层碧浪前伏后起，像抖动的绿色锦缎，拥向湿地深处。

品读湿地，引领你走进水天一色的清洁世界。当你走进湿地抬头远望，眼前为之一亮，心情为之一振，从未有过的感觉油然而生：心胸会陡然豁朗，思绪会凌空延伸，延伸向苍茫的远方，延伸向水天衔接的际涯。那远离烟尘的清洁透澈，那亮目养神的鲜活碧绿，让你顿生爱慕，让你不忍离去……

说到湿地的清洁，让我想起另一个清洁的故事。《史记》注引皇甫谧的《高士传》，记载了尧舜时代一个叫许由的人。许由因为尧要把王位禅让给他，他便隐姓埋名藏于箕山。尧意已绝，再次追见许由，求他当九州长，许由坚辞不从，并以此为奇耻大辱。于是，他奔至河畔，清洗听脏的双耳。河边有一牵牛老人，听了许由洗耳的原因，不但没夸赞，反而愤然以对：谁让你介入那种世界了，以至弄脏了耳朵，想以洗耳来沽名钓誉。你上游洗耳，我下游饮牛，既然你已知双耳已污，为何又来弄脏我的牛嘴？……听了这段故事，你该怎样理解清洁与污浊的概念呢？

品读湿地，品出湿地的与时更新，与时丰富；品出她是不朽的经典，伟大的书籍。

品读湿地，读出她在寂寞中奉献，在孤独中豪爽；读出她在无奈中接纳，在屈辱中包容。

湿地，以洁为荣，以污为耻，在不断用善和爱滤清我们周边环境的同时，又在不断涮洗我们的心灵。

品读湿地，湿地渴望清洁，人心渴望清洁，世风渴望清洁；愿发端于湿地的清洁之风，永远强劲地荡涤万物和世间的每一个角落。

2011 年 4 月 13 日

（刊发于《新农村》杂志 2011 第六期）

领着儿孙看封江

我所居住的肇源县，离松花江仅有4公里，而且是黑龙江境内的松花江上游第一县。如果没有江堤隔着，必定要被囊括在大江湾里。1931年的“九一八事变”，日本侵占了东北三省，一曲悲歌《我的家在东北松花江上》，让这条全国第四大江，载着深度的悲怆，载着复仇的怒火，激昂澎湃，从此扬名天下。

自小生于江边，长于江边，参加工作的40年里，始终没离开过江边，如今退休，仍守在故土的松花江边。就像一棵饱经沧桑的护堤柳，那盘根错节的根系，早已深深地扎进江边的泥土里。“君是江边人，应知江边事。”久居江边的人，没有理由不关心这条流淌在心中的大江啊！

今年立冬节气后，我常问熟人，松花江是否封冻。他们告诉我今年初冬天暖和，江封冻要晚些。

进入冬月（农历十一月），我有些等不及了，总想找个机会，去一趟江边，惦记着看看这江到底封没封冻。想不到，机会终于来了。一天中午，我的大儿子开着他的轿车，拉着我的大孙子来吃午饭，我问大儿子下午有没有急事，如果没有，带我去一趟江边，看看封没封江。他欣然应许。这时，小儿子接过话茬儿：“上午我坐单位车路过江边，看见江水上涨了，靠岸边一米多宽的冰面上都有‘沿流水’。冰面上，还有人打冰眼，下挂网捕鱼呢。”听了这番话，更增加了我要去江边的欲望。

匆忙吃过午饭，我动员老伴和大孙子一起去江边看看。其实，他们更愿意去看封江。大儿子开着轿车，仅用十分钟，车就停在了滨江大道的东段。这条大道其实也算是一道江堤，南坡临江，用水泥预制板护坡。坡下是紧靠江边的荒草滩，今年夏秋之交的一场大洪水吞噬了草滩，撤水后，已是光秃秃的沙滩了。沙滩细腻得像一幅精美的油画，那一层层的细沙堆起的皱褶，俨然是江水波纹的翻版，又像是老年人额头上细密均匀的皱纹；不管它们像什么，都是江水留下的清晰的足迹，都是大自然精雕细琢的杰作；偶有几棵枯枝镶嵌在沙滩上，冷眼看去，宛如考古学家发现的甲骨文一样，令人颇费猜想。

抬眼望去，眼前的江汊子已经冰封得严严实实。顺着江汊子的边缘，大孙子兴奋地跑在前面，我和老伴儿以及大儿子紧紧追在后面，三代人同来看封江，其情亲亲，其乐融融，这样的天伦之乐其乐无穷。

我陪着大孙子在一处没有沿流水的地方走上冰面，冰层里冻结的各种形状的气泡，让他看着着迷。走出 30 多米后，遇到两个在冰上捕鱼的人。我问他们是否“快当”。捕鱼人说还没下挂网呢。顺着捕鱼人手指的方向看去，在冰镩尖锐的威力下，一排冒着腾腾水汽的冰窟窿已经凿完。我细心数了一遍，共有 8 个冰窟窿，都在一条直线上，每个冰窟窿都如洗脸盆般大小，间距大约 3 米远。在头一个冰窟窿旁边，还放着一团尼龙绳、一根擀面杖粗的长竿，长竿头上绑着一个铁钩，还有一个编织袋装着挂网也放在冰面上……天很冷，又怕误了孙子下午上学，我们没有继续等着看冰下捕鱼。在往回走的时候，只听冰上忽然发出两声“砰”的巨响。站在岸上的老伴儿顿时慌了，忙喊我和孙子：“怎么啦？啥动静？”我说：“是冰裂下沉的动静，你别怕，这里水浅，不到一米深。放心吧，有我这当爷爷的在，保孙子平安无事。”

三五十米远的冰面，我们很快就上岸了。再回头向远处看，只见江汊子南面的正江主航道，在正午的阳光下，依旧是波光粼粼，还没有封冻呢。原来，松花江的封冻也有许多讲究，也有许多不为人知的地方。

在返城的途中，我的脑海里总浮现出那一排冰窟窿，总有那冰窟窿里冒出的水汽，袅袅腾腾地释放着阴森与恐惧。偌大的松花江，在冬季冰面上徒步过江的人，几乎每年都有不慎掉进“青口”（江心水流急，冬天不封冻的地方）或冰窟窿里的溺水者。这也让我想起日伪时期，肇源县的中共地下党和抗日救国会的 19 名志士，被日本鬼子残酷迫害，最后，把他们秘密押往松花江三站镇江段的冰面上，凿开冰层，把 19 位志士用铁丝穿在一起，推进冰窟窿里，英勇就义，为国捐躯。后来人们发现，冰窟窿周边，鲜血染红了冰面，也染红了滔滔东逝的江水。我还记得，我在肇源二中读书时，在图书馆里看到一本名叫《岸上硝烟》的书，看后得知，这是写抗联十二支队解放肇源城的，也包括“敖木台战役”和被推进冰窟窿里的 19 名爱国志士。可惜的是，这本书后来被人借走，再也没有还。今日想来，仍然是后悔不迭，如果此书在手，定能好好珍藏，传给儿孙，让他们永远记住这段被日本鬼子欺辱的历史。知辱而奋发，知辱而报国，一代传承一代，就像这松花江水，后浪推着前浪；既使是这冰封江面的隆冬，冰下的暗流也以势不可挡之势，一股接着一股永远奔腾，日夜不息。

江水滔滔，诉说着千秋荣辱；江风阵阵，摇曳着万载沧桑。严寒挟裹，裹不住浑厚与深沉；冰封覆盖，盖不住凝重与激昂。领着老伴儿和儿孙来看封江，这还是头一遭。当然，有些感悟，也是前所未有。

2013 年 12 月 12 日

贴大饼子炖开江鱼

在东北，每年四月清明节前后，是松花江开江的季节。这时，常来江边或沿江居住的人们最想吃的、也是最讲究的农家风味饭菜，就是贴大饼子炖开江鱼。

农家风味的饭菜，吃着味道特殊，但是做起来却比较简单。如果有条件，还是要到江边的“网房子”里办这种伙食，来个江水炖江鱼，保证你吃了一顿会终生难忘。

做贴大饼子炖开江鱼，首先要把新捞出的活蹦乱跳的江鱼放在水盆里，用刀刮去鱼鳞，开膛取出鱼的内脏，抠去鱼鳃，再用清水冲洗干净后待用。把少许豆油放进热锅里，再放葱、姜、蒜末，加少量的盐和农家酱，最后加适量的水。同时，把洗干净的江鱼放进锅里，还要加几个必不可少的干红辣椒。这时，要用大火把鱼锅烧开。

把苞米面放在盆里，加少量的苏打粉，再把水和苞米面和好，把一块儿和好的面团放在手中，用两手团揉出像小孩儿鞋底儿形状的大饼子，然后均匀地贴在烧沸的鱼锅四周，盖上锅盖，加火烧十几分钟。这时，早已是鱼香满屋，馋得你垂涎欲滴了。

鲜活的开江鱼炖熟之后，吃起来很鲜很嫩，营养十分丰富。江鱼含多种不饱和脂肪酸，对于心血管等许多疾病有辅助治疗作用。并且鲜活的江鱼高蛋白、低胆固醇，含有丰富的维生素和矿物质，可以说是健康食品中的美味上品。

跟农家普通的大饼子相比，在鱼锅里贴熟的大饼子味道很独特。因为有鱼香的熏蒸，大饼子的下半截儿还泡在鱼汤里，所以吃起来既有玉米面的香味儿，又有江鱼的新鲜味儿。

据说，贴大饼子炖江鱼是一对儿住在江边网房子里的逃婚夫妇发明的。他们久住江边，乐善好施，经常接济那些往来于江边的穷人。日久天长，就在江边传开了这个不成文的规矩：每日三餐，无论是哪顿饭，只要你及时赶到，不论贫富贵贱、不论身份高低，也不管是否认识，赶上饭就吃、赶上酒就喝，吃完喝完就走，从来不收分文。为了能让临时赶来的人都能吃顿饱饭，于是就发明了贴大饼子顿江鱼。好处是饭菜一锅出，既省力省事又节省时间，还让你来的满意吃的高兴。吃了这顿饭，你就会永远记住江边人那纯朴善良的火热心肠，你也会记住这顿风味独特的饭菜——贴大饼子炖开江鱼。

（刊发于《黑龙江日报》2006 年 7 月 31 日副刊“北国风”）

DI SAN JI 第三辑

地／域／风／情

珍藏于记忆的北大荒酒

在人的一生中，说不准在什么时候、在什么地方，与什么事物结下情缘，并珍藏进永远的记忆。这里，我要说的是我与北大荒酒，有两段非比寻常的故事。

我出生于1950年7月，屈指算来，比北大荒酒仅年长两岁。其实，我并不是个擅长喝酒的人，每到盛情难却非喝不可时，也实在没有多大酒量；但因工作原因，我喝酒的机会却挺多。刚参加工作时，我在肇源县文工团乐队当伴奏员，那时经常下乡演出或到外地演出，每次演出结束后，自然少不了喝酒，尤其是咱黑龙江垦区盛产的北大荒酒，更是常喝常想，越喝感情越厚，越喝故事越多……

记得那是1976年夏季，县领导带领由文工团组成的慰问团，到齐齐哈尔市拉哈镇北面的嫩江东岸，去慰问北部引嫩工程的肇源民工团。我们是由大客车送到肇东火车站，当天中午上火车，晚上11点多到达拉哈火车站。当时，北引工程肇源民工团的领导早已等在火车站了。大约只用了1小时，我们就到了肇源民工团的驻地。虽说是半夜时分，那驻地依然是灯火通明、彩旗招展，“欢迎亲人慰问团”的标语横幅，鲜艳醒目；高音喇叭里，播音员那亲切感人的欢迎词为我们驱散了夜半的寒冷，心中顿生暖意。进入灯火通明的餐厅，只等了10多分钟，每桌十几种菜肴，便摆放妥当；每桌有啤酒、红酒，还有四种瓶装白酒，可是我们乐队队长大老隋，偏偏就选中了北大荒酒。他可是喝酒的行家，而且酒量又大，他说：“这酒有劲儿，好喝，一不上头，二不上腿，三不上嘴，你们就放开量地喝吧。”随着一阵哄笑声，欢迎宴会在午夜里拉开帷幕。首先是北引工程肇源民工团领导致简短的欢迎辞，接着是慰问团领导简要的发言；一阵阵热烈的掌声之后，推杯换盏，斛光交错，热烈而又亲切的气氛，洋溢在餐厅的每一个角落。再看大老隋提倡的北大荒酒，碰了一杯又一杯，喝干了一瓶又一瓶。会喝酒的“满不在壶”，

珍藏于记忆的“北大荒酒”

能喝一斤的，绝不喝九两九；就连我这不会喝的也有“政策”，要三杯打底儿，然后区别对待，绝不许耍赖。我因受了这种氛围的感染，也喝了四两多北大荒酒。而且是头不眩晕，心不狂跳；只是有点儿脸颊发烧，脸色涨红而已。

后半夜睡觉，本来就发困，大伙儿又喝了很多酒，一觉醒来，日上三竿。

我们头两天的演出很是出色，从工地的领导到全体民工，两场演出都是满堂喝彩，掌声不断。我们隋队长半开玩笑地说，要是没有北大荒酒垫底，哪有这样好的演出效果呢？大伙儿用爽朗的笑声回应了爱幽默的隋队长。

第三天休息，没有演出任务。中午，在餐桌上，乐队的弟兄们又撒欢儿地豪爽了一把，当然，让我们尽兴的还是北大荒酒。酒足饭饱之后，都觉浑身燥热，而且我们住的帐篷离嫩江只有五六十米远，于是，大伙儿就问领导，能否让我们演职人员到嫩江里冲凉。这可是一年多来北引工地坚决禁止的事儿。工地领导很给面子，竟获得批准。但要有人保护着，只能停留在靠近岸边的浅水里洗。中途，我和崇文、建民就凑到一起，互相递了个眼色，就悄悄地溜边儿了。趁着大伙儿没注意，我们三人劈波斩浪，疾速地穿过江心，向对岸游去……当我们三人从对岸往回游的时候，心情爽快，一身轻松，大有酒后横渡，来一次征服嫩江的英雄壮举之感。可是，当游回到岸边，正得意忘形抬头上岸时，顿时一愣，慰问团和单位的领导正等在这里，劈头就问：“谁让你们过江的？”看我们默不作声，接着又问：“谁带的头儿？出现危险怎么办？”这时，我们单位的领导给了一个台阶：“赶快回去写检查。”于是，我们三人见机赶快跑回住处。

检讨书每人写了一篇。还是隋队长给我们出的主意好：你们三个把过江的事儿，全往喝酒上赖。是啊，还是北大荒酒替我们担了罪名。

还有一次，是北大荒酒解的急、救的驾。

那是1998年夏天，松嫩两江突发大洪水，嫩江胖头泡堤段漫堤决口，肇源县西部10个乡镇汪洋一片。于是，在库里泡泄洪干渠的堤坝上，筑起了第三道防线，保住了肇源县城和东部10个乡镇。为尽快泄掉灾区洪水，县委决定，在古恰乡西南老坎子堤段，破开江堤豁口，把上游嫩江的洪水疏导进下游的松花江。当时，我和计量局的兰局长，就住在老坎子指挥部的帐篷里，负责指挥推土机推开江堤10米宽的口子。经过一天一夜的奋战，8台推土机终于完成了破堤泄洪的任务。坝外滔滔洪水，顺着10米宽的豁口，滚滚涌入松花江。至此，抗洪由堵截转为疏导，对保卫大庆油田，保卫肇源的“半壁江山”，起了决定性作用。接着，又传来振奋人心的好消息：国家领导要来肇源县库里泡防洪前线视察慰问抗洪军民。肇源县沸腾了，大庆沸腾了。慰问讲话通过电波传遍灾区，传遍全国，极大地鼓舞了抗洪军民的斗志，对灾后重建产生了强大的动力。这样“双喜临门”的大好事，我们老坎子指挥部自然要庆祝一下。在邻近的大庆头台油田工作的三位肇源老乡为我们送来了北大荒酒，县里后勤送餐汽车也及时送来往日难得一见的菜肴、食品和饮用水。我们把推土机手和防汛备用船的渔民，请到帐篷里，铺上塑料布，摆上菜肴和食品，用剪掉半截的塑料瓶当酒杯，倒上北大荒酒，席地而坐，举杯祝贺这千载难逢的“双喜临门”。碰杯声、劝酒声和爽朗的笑声，融在一起，像一曲抗洪战歌，传出帐篷，在波涛汹涌的松花江上回荡。

酒后的酣睡，实在香甜。临近半夜，被雷雨声惊醒，难以入睡。突然，一道手电光从门帘缝射了进来。接着，是杂乱的脚步声，敲帐篷门帘声。经询问，是迷路的灾民要问路。我赶紧下床，打开门帘，疾风骤雨和三个迷路的灾民一起挤了进来。单薄的衣服，从头到脚，已被雨水浇得如落汤鸡一般，并且冻得浑身颤抖，直打哆嗦。稍稍歇息后，他们讲述了事情的经过。原来，他们是超等乡的灾民，住在安置点儿搭建的帐篷。今天傍晚，一位灾民得了阑尾炎，大家帮助借了一条机动船，送患者去县医院就诊。回来时，因为天黑，又风雨交加，在漫无边际的洪水里，迷失了方向。后来发现了头台油田厂区的灯光，才奔了过来。已是半夜了，可他们还没吃晚饭呢。我和兰局长赶紧找出饼干、面包、火腿肠和榨菜等方便食品，可就是没有热饭热菜让他们立马暖暖身子。最后，还是兰局长想出了办法，立即找出我们晚饭喝剩的两瓶北大荒酒，让他们每人先喝上几大口，一会儿的工夫，他们的脸上就缓出了暖色。紧接着，又狼吞虎咽地吃了些方便食品，这才填饱肚子。临走时，我们又把剩的一瓶北大荒酒给他们带上，以备在船上御寒。三位灾民感激不尽：“是你们献出的北大荒酒，不仅暖了我们的身，更暖了我们灾民的心啊。”

时至今日，每当回忆起与北大荒酒那段铭心刻骨的情缘时，总能感觉到，每到关键时刻，喝了北大荒酒之后，精神头儿那个足，兴奋点那个高。用今天时髦的话讲：北大荒酒，真的“给力”。

北大荒酒，永远珍藏于我的记忆。

2012 年 6 月 4 日

（获 2012 年北大荒酒业集团与《北方文学》杂志社征文大赛优秀奖）

肇源富强乡出土的猛犸象化石

座落在松嫩两江左岸的肇源县，历史悠久，文化灿烂，并且是多种大型古生物繁衍生息之地。1973 年的夏天，在肇源县三站镇中学附近的沙坑里，发现了一具猛犸象化石，骨骼完整，是我国第一具较完整的猛犸象化石。1974 年，在三站镇的另一处地下沙层里，又发现一具披毛犀化石，与猛犸象为同一动物种群。1996 年，在肇源县新站镇 11 万电力基建工地上，发现了王氏水牛化石，它是我国迄今发现的较完整的水牛骨架化石，被命名为“肇源王氏水牛”。以上这些在我县出土的古动物化石，通过新闻媒体和文章介绍，大都已耳熟能详了，可是 1996 年春天，在肇源县西北部边境富强乡出土的一具比较完整的猛犸象化石，却鲜为人知了。因为笔者有机会到了发掘现场，亲历了发掘出土的整个过程。现在回想起来依然清晰如昨，历历在目。

那是 1995 年春天，我从县里被派到离县城 100 公里的西北部富强乡政府工作，任副乡长。到任工作一段时间后才知道，我们办公的富强乡政府大院是历史上辽金时代的一座古城址。遗址周长大约 700 米，古城址呈方形，是夯土版筑，并在遗址上采集到了仿定瓷、轮制灰陶、布纹瓦等文物。我知道这些情况以后，每天业余时间总爱在乡政府院子里打转，也想发现点什么，或找到些残存在地表的文物。一年的时间过去了，仍无丝毫收获。正在我对此失望的时候，突然传来一个振奋人心的消息，在 1996 年春季造林时，在富强乡政府北面两公里处的高岗西坡上，富强乡中学学生在那里栽树挖树坑时，竟然挖出一些又粗又大的动物骨头。当时把学生们吓了一跳，立即报告了老师，老师觉得这骨头很特殊，就通报给乡政府。乡政府得到消息后，立即派人保护好现场，并同县文物管理所进行联系。

翌日，晴空万里，暖风轻拂，一辆新型的小轿货车停在了北岗子西坡的发掘现场。从车上下来的是县文管所所长史景元、文化局业务股长许绍仁，曾经他们和我在一个单位工作，都是文工团的老同事，相见格外亲热。

工作在身，没时间细唠，一到发掘现场就立即忙碌起来。他们请来三位农民，带着铁锨等工具挖土开方。在原来发现骨化石的四周，大约挖开一个4米×5米的方坑，拨去浮土，猛犸象的骨化石便逐渐地显露出来。依次是：头骨、牙齿、肋骨、脊椎骨、脚趾骨等。史所长忙用小刷子清理灰土，许绍仁忙着在方坑附近拍照。我看着这些白花花的猛犸象骨化石，猜想的空间延伸向历史的遥远。我在想，似这等庞然大物是怎么死在这里的呢？是族群内部新老交替时的火拼，使它身败名裂而死呢？还是族群之间的领地争夺，使它战死在沙场的呢？是大泽干涸草木枯萎，使它饥饿毙命呢？还是其他野兽的凶残围袭，使它遇害身亡呢？也许是在族群的迁徙之中，由于它年老体弱，趴在沼泽边缘休息，它的子孙已继续前行，它却很难再支撑着站立起来，只好卧在那里，望着西下的夕阳，眼含泪水，渐渐地断了气息……所长喊了一声："我们装车吧。"这时，我才回过神儿来。猜想终归是猜想，我也深知猜想与实际的距离。

在所长的指挥下，大家把装满六个塑料编织袋的猛犸象骨化石搬上小货车的后斗里。

在富强乡的小饭店里，我们边喝酒边唠，我问史所长："史兄，这个猛犸象的骨化石，是不是很有价值？"他告诉我说："把这些骨化石拉回去，还要请省里的专家们来鉴定。"他接着说："这个猛犸象的骨化石埋得浅了一些，石化程度不好，出土的时候有些已被我们破碎了。"他又解释说："石化程度好的化石比较坚硬，而且还很有重量。"仅几年的工夫，史兄的考古学问就令人刮目相看了，让我赞叹不已。

酒足饭饱之后，送他们返程。汽车拖起的烟尘，腾空而起，渐渐地扩散开来，很像一群猛犸象，奔驰在远古的迁徙途中……

（刊发于《大庆日报》2010年10月26日副刊"记忆发现"）

肇源境内的古代契丹族

松花江和嫩江冲积平原的自然环境和丰富的物产，被“黑水先民”们所看中。历史上，曾有肃慎、秽貊、夫余、靺鞨、契丹、女真等多个民族在此居住。现已查明，在肇源县百余处古遗址中，辽金时代遗址数量最多，已发现53处遗址和11座古城址。其中，辽代契丹族遗址较多，而且型制和规模也较大。

契丹是中国古代北方游牧民族，属东胡鲜卑裔系。世居潢水（今西拉木伦河）和土河（今老哈河）流域，公元四世纪起即见于史书记载。公元916年，耶律阿保机建立了契丹（后改辽）王朝，1125年，辽被女真族建立了金政权所灭，历时二百余年。极盛时期，其疆域南据燕云，北于外兴安岭，东临日本海，西近阿尔泰山。崛起于北方草原的契丹族，第一次将我国北方各民族统一起来，在政治上实行帝后两族共治、南北面官和四季捺钵的制度。第一次打破长城的阻隔，汉人北迁，北方民族南徙，将北方游牧经济与长城以南的农业经济结合为一体，使游牧经济注入新的血液，逐步走上农牧结合的发展道路。契丹族的政治体制以及“因俗而治”的民族政策，为后世各朝统治者留下一份珍贵的遗产，丰富了祖国的灿烂文化。

唐元和十年（公元815年），契丹遥辇耶澜可汗总兵四十万伐北，肇源县始属契丹。

辽王朝设五京，下辖一道、府、州。肇源县当时属上京道。其部族在太祖二十部时（907年—925年），属捏剌拿古部。圣宗三十四部时（983年—1010年）属术哲达鲁虢部，为“戍境内，居境外”之地。在今新站镇古城村址，建辽代四大行宫之首的“混同江行宫”，亦称“韶阳川行在所”。今民意乡他什海古城为“春搜城”，亦称“皇后店”，是辽代皇后族主要居所。其部族有三：一是契丹族的兀速猛安，今肇源县头台镇仁合堡古城；二是契丹属国女真族的纥石烈部，今肇源县二站镇土城子古城；三是契丹属国女真族的跋忒部，今肇源县福兴乡梅伦古城。

然而，契丹族在北方大漠轰轰烈烈地拓创了无数辉煌之后，突然消失在历史的洪流之中。尽管人们可以从杨家将镇边等历史的只言片语中，对契丹族有了模糊的印象，可是，由于其历史的缺失和文字遗留较少，为我们留下了大量未解之迷。

一、契丹族的起源与“青牛白马”的传说

在北方辽阔的草原上，有两条大河日夜奔流。一条河叫西拉木伦河，古称“潢水”；另一条河叫老哈河，古称“土河”。一天，一位久居天宫的仙女，耐不住天庭的寂寞，偷着来到人间，她驾着青牛车，从平地松林沿潢水顺流而下。恰巧，有一位仙人乘着一匹雪白的宝马，从“马盂山”随土河边一直向东信马由缰，相对走来。两人相遇了，相爱了，结合了，繁衍了。这就是契丹族关于自己始祖的传说。

遥远的原始社会，没有文字或不懂用文字记载历史，只能是口耳相传。这其中虽有虚构成分，但却与这个民族的历史文化息息相关。关于契丹族始祖的传说，我们可以这样理解：

很久以前，在今天的内蒙古赤峰一带的两河流域，有两个原始氏族：一个以白马为图腾，居住在马盂山附近；另一个以青牛为图腾，居住在平地松林一带。后来，白马图腾氏族从马盂山来到木叶山；青牛图腾氏族从平地松林也来到木叶山，他们互为婚姻，生八子繁衍八部，逐渐发展成为契丹部落乃至契丹民族。传说中的契丹祖先生八子八部，当为悉万、丹部、何大何部、具伏佛郁部、羽陵部、曰连部、匹黎部和吐六于部。史称契丹古八部。

这则传说实际上反映的是契丹族的形成过程，耶律氏和萧氏两大部落，原来各自生息于老哈河和西拉木伦河流域，后来，两部落通婚，逐渐融为一体，并重新分成八个部落。这也是契丹两大姓氏世代通婚的原因。云南现存的明代《施甸长官司族谱》中就是一幅青牛白马图，族谱中有“白马土河（今内蒙古老哈河）乘男到，青牛潢河（今内蒙古西拉木伦河）驾女来”的诗。此图为族谱中的插图，山丘象征木叶山，两麓的八棵劲松象征契丹八

个部落。

二、契丹的族称由来

我国历代文献中有关“契丹”的记载，始见于《魏书》《契丹传》云：“登国（386 年—395 年）中，国军大破之，遂逃迸，与库莫奚分背”，即在北魏时期。而汉人记契丹事，以《资治通鉴》为最早，406 年初（晋安帝义熙元年十二月，北魏天赐二年），谓“燕王熙袭契丹”。但是，契丹号称见于朝鲜《三国史记》更早，378 年（高勾丽小兽林王八年，东亚太元三年）已有契丹犯高勾丽“北边、陷八部落”。说明“契丹”一词，不会迟于 406 年，比北魏建国称号早 11 年。所以，契丹人用契丹作族称的时间，应在公元 4 世纪中叶。

目前，有关契丹族的来源主要有两种说法：一说源于东湖或鲜卑宇文部，据《魏书》《通典》《新五代史》《契丹国志》《辽史》等所载；另一说源于匈奴有《旧五代史》《册府元龟》《宋会要》、路振《九国志》等所记。这两说又派生出另两说：一说是匈奴和鲜卑融合的产物；另一说是起源于鲜卑系的别部而不是鲜卑的直接后裔。契丹来源于鲜卑或鲜卑宇文部，出自当时人和稍后唐人之笔；而契丹的“匈奴之种”，则是数百年后宋人的说法。比较而言，契丹出自东胡或鲜卑宇文部的说法是比较可信的。

青牛白马的传说告诉我们，契丹始祖发迹在木叶山，木叶山在鲜卑故地，这个传说可以帮助说明契丹确实源出鲜卑，而非匈奴。

简言之，契丹族源出于东胡源于鲜卑，是东部鲜卑宇文别部之一支。

三、契丹的文字

契丹语是东胡语的一个分支，属阿尔泰语系，与古蒙古语关系密切，应属蒙古语族。契丹建国前并无文字。神册五年（公元 920 年），在辽太祖耶律阿保机的倡导和支持下，耶律突吕不和耶律鲁不古以及一批汉族知识分子开始创造契丹文字。他们仿照汉字隶书（实为楷书）的字形结构或直接借用一些笔画较少的汉字造成，这种文字被称为契丹大字。契丹大字比汉字简单，仅造三千余字即可表达契丹语。后来，辽太祖耶律阿保机之弟迭剌于辽天赞年间，在汉字反切知识的启发下，利用汉字形体与笔画制造音节字母——原字，以之相拼成字，谓之契丹小字。同小字相比，契丹大字较粗陋，不如小字组织精细。但契丹大字笔画少，便于书写。所以自创始之日起，其后虽有小字创制，但大字并没有被取代，仍能与契丹小字并行，并延用于金章宗明昌二年（公元1191年）。

契丹文字使用的时间并不长，金灭辽以后，便下令禁用契丹文字。以后，契丹文字渐渐失传，契丹文书籍也基本没有留传下来，直到20世纪30年代，随着辽庆陵一批哀册的出土，契丹文字才重新引起人们的关注。

（刊发于《大庆社会科学》2012年第3期“文化建设”）

肇源的“小拉哈遗址”

坐落在松嫩两江左岸的肇源县，是大庆市的西南门户，也是黑龙江省在松花江上游进入吉林省的桥头堡。不仅农牧渔业发达，而且历史悠久，古代遗址众多，灿若群星般地散落在沿江的台地或平原上。1983 年 5 月，绥化地区文物普查队在肇源县境内进行文物普查。当时组成 5 个小分队，跋山涉水，探幽索隐，发现古遗址 88 处、古墓葬 6 处、古城址 11 处。通过文物普查，在肇源境内认定各种古代遗址 105 处。

经过近两年的文物普查，古代遗址已增至 130 多处。历史跨度之大，年代之久远，文化内涵之丰富，在大庆地区乃至全省，实属罕见。其中，年代最久远，最具代表性的新石器时期的遗址，非“小拉哈遗址”莫属。

1984 年，小拉哈遗址被肇源县人民政府公布为县级文物保护单位。2005 年，该遗址被黑龙江省人民政府定为省级文物保护单位。2011 年，该遗址已申报国家级文物保护单位，有关专家已来此踏查，只待上级有关部门批复。

一

小拉哈遗址，名字本身就充满着隐匿，充满着神奇；我听到这个名字之后，便产生了顽固的念想，涌动于心，久不释怀。后来，机会终于姗姗而来，让人顿生愉悦……

2003 年的春夏之交是我在县文联工作的第二个年头。为了展示松嫩两江采风的成果，要编辑出版《松嫩放歌》这部大型文集，特邀请大庆作家采风团，来肇源县沿江采风，为文集撰写文章。当时，有宣传部、县文联、县文化馆的领导全程陪同，记得采风的最后一站，就是到了小拉哈遗址。

记得那日是四车出行，出肇源城后，沿着林肇公路一直向北，过大兴乡，穿浩德蒙古族乡，又掉头向西北的义顺蒙古族乡行驶。在乡政府东北5公里的地方，是东义顺村的东北窑屯，在屯东，有一条南北走向的两公里长的堤坝，顶宽8米，底部约20多米。小汽车爬上堤坝后，车上的人顿时眼前一亮，堤坝西面，是一大片水草肥美的沼泽地；堤坝的东面，是水天一色烟波浩渺的洪源湖。此地往西30公里是嫩江，往东7公里是通让铁路。东北窑屯附近有一条南北长约10公里的大泡子，当地人称“乌兰大海”，实为嫩江古河道。中华人民共和国成立初，这里仍有水，后来因嫩江修堤，江水被拦截而渐趋干涸。

沿洪源湖边堤坝一直前行，大约走了两公里之后，堤坝南端便是一处沙岗子，高约10米，岗顶地势较平坦，现已开垦为耕地。在耕地上近千平方米的范围内，地表上裸露着陶片、碎石器、瓦当等遗物，这里就是我们盼望已久的、急于游览的著名的小拉哈遗址。

小拉哈遗址东连耕地，西岗下接大草甸子，南面依傍着小拉哈屯，北面紧靠着碧波荡漾的洪源湖。该湖因临近小拉哈屯，所以当地人也称为“小拉哈泡”。此湖水面约为71平方千米，库容约为1.6亿立方米。湖中有一沙丘孤岛，东南与西北走向，长约300米，高约15米，因该岛从前无人居住，又经常有野狼出没，故当地人称该岛为“狼坨子”。该岛与向南1公里的小拉哈遗址隔水相望。

站在小拉哈遗址这片高高的台地上，环顾四野，有长势喜人葱茏拔节的庄稼、有绿油油的草原和明亮如镜的湿地，还有那水天一色的洪源湖和湖中碧玉般的狼坨子小岛，在周边环抱。这非同一般的景色，不能不让人心生感慨，新石器时期的先人们，竟能有此慧眼，竟能选择如此景致的聚居地，实在是令人称奇，令人叹服。

大庆的作家和我们的心思一样，在遗址的田垅上细心地寻找着，都想有意外的发现和收获。这也许是受到吕广华馆长的影响，前两年她在狼坨子上意外捡到过一块玉佩。谁不想在遗址上捡到更珍贵、更有价值的文物呢？可惜，大家只捡到了残损的石器碎块，还有散布在地表的小陶片和碎瓦当等，均无多大价值，只好又随手丢弃。

一晃，八年过去了。2011年盛夏，《纵游大庆》编辑部要为肇源县编辑出版一本“走进肇源”专刊。小拉哈遗址被选进“肇源十景”之中，必须有该遗址的一组照片，于是，编辑部总编带领摄影师和我一行五人，乘车来到小拉哈遗址。登上遗址后发现，周边已安上界桩，在遗址北端的高处，有省政府设立的“小拉哈遗址”的大石碑，矗立其上。在青草地和近旁绿树的掩映下，更显得壮美端庄。这时，有一位村民模样的五十多岁的人赶了过来，他自我介绍说，他是小拉哈遗址的“看护员”，叫张文海。知道了我们的来意之后，他热情地向我们做了简要的介绍，并告诉我们，如果下次再来时，提前打个电话，他准能捕到湖里的鱼，为我们炖上一锅鲜鱼吃。虽然这次没有吃到鱼，我们都为小拉哈遗址有了界桩、石碑和看护员，而感到高兴。但令人遗憾的是，近在咫尺的狼坨子，还是因为没有渡船，而无法登临，寻宝的机会再次错失了。

2012 年的夏秋之交，为出大庆的《百湖之城》画册，在总策划孙鸣雁的安排下，由摄影家郑勇和撰稿余兆荣以及李连武，来肇源拍摄湖泡的照片，让我带着肇源的文友吕广华、程加昌陪同，又一次来到小拉哈遗址，拍摄水域辽阔的洪源湖。当到湖边时，风也跟了过来，云也跟了过来；天空沉下铁青的脸，湖水呈现出清冷的铅色。郑勇忙架起相机，领着几人拍照，我们两三个陪同的闲人，趁着干旱露出的一片湖底，顺利地登上了盼望已久的狼坨子。其实，狼坨子本身也是一处遗址，该遗址与小拉哈遗址有着密切的关系。狼坨子遗址原是一座大沙丘，南引水利工程引来嫩江水之后，此丘被水环抱，成为洪源湖中的孤岛。岛西约百米，是湖边堤坝，向南 1.5 公里，与台地上的小拉哈遗址隔水相望。20 世纪 70 年代末，修筑水库堤坝时，该遗址遭局部破坏，推土机推土时，曾推出人骨架、玉佩件等。当我们三人登上狼坨子时，在南北长约 60 米、东西宽 40 余米的遗址地表上，仍可见有陶片和零星残损石器，但已无修复价值。苦苦寻觅，怎么也找不到如吕广华那样的玉佩件，最终是一无所获。当我们正急着躲避一场小雨时，突然发现南坡下有一处土平房，于是，赶紧钻进屋里。当主人知道我们的来意后，亮出了他在狼坨子上捡到的三样宝贝：第一件是骨针，约 7 厘米长，直径约 1 厘米粗，尖部锋利，距尖部 2 厘米处钻一小孔，此物光滑精制；第二件是石镞，约 2 厘米长，1 厘米宽，尖部扁平带刃，较为锋利；第三件是一个稍有残损的石器，被打磨的较光滑。拿在手里的每件宝贝，我都翻来覆去的细看，爱惜地摸梭着，猜想着 6000 多年前先人们生活的场景；猜想着那文物背后一段段尘封已久的故事。当我们把三件文物交给主人时，已是风停雨歇了。之后，告别主人，离开了狼坨子，奔向一箭之地的小拉哈遗址。

此时，摄影师郑勇和李连武，已登上洪源湖边放水闸门的高台上，正拍摄湖水和狼坨子。趁此机会，我们又赶到小拉哈遗址上，也想寻到像程加昌得到的那柄石斧，结果还是徒劳而归。

二

小拉哈遗址的看护员告诉我们，最近几年来，到这里旅游观光的人逐年增多。有县里的、市里的，有时省里的客人也来这里游览。该遗址能有如此魅力引人关注，并能赢得各级文管和考古界人士的频频光顾，一定是与它的考古价值有关。比如说，该遗址历史年代之久远；遗址的规模和范围之大；遗址出土的古代遗物之众多，而且文物价值的贵重；以及该遗址在本地区同时代遗址中所处的层次与位置等等，都可证明，小拉哈遗址在考古界有不可替代的重要地位。

那么，小拉哈遗址的发现与发掘的情况是怎样的呢？笔者出于对小拉哈遗址的偏爱，查阅了相关资料，并走访了部分知情人和文博界专业人员。按照发现与发掘的时序，捋出了前前后后的脉络。

1978 年春，肇源县引嫩工程指挥部在修筑水渠时，在义顺乡北面的东北窑附近，发现了一些文物和人类遗骨，并及时上报给县里的文物管理单位，就此，揭开了小拉哈遗址神秘的面纱，首次发现了小拉哈遗址。

翌年夏季，黑龙江省文物考古队会同绥化地区文管站和肇源文物管理所人员，一起前往该遗址进行调查与钻探。初步认定：小拉哈遗址和狼坨子墓葬，均属青铜器时代的文化遗存。在此次调查与钻探中，采集到引嫩工程在此施工推土时发现的一些陶片、石器、蚌壳、兽骨以及人骨等遗物。在岗坡的断层上见到一些灰土堆积和少量陶片、鱼骨等。为了掌握遗址分布范围和了解地层堆积情况，并有选择地进行了实地钻探。根据钻探情况分析，地层堆积较为简单：耕土层下为文化层，再下即原生黄沙土。小拉哈遗址面积较大，在约 6000 平方米的地表上，散布的陶片、压制石器等，较为丰富。当时采集到的石器有压制和磨制的两种。主要物件有：石镞、刮削器、石叶、石片、石斧、石锤；陶器的主要物件有：鬲、罐、钵、碗、壶、器座等，还有羊、马、鱼骨和蚌壳等。可以说，此次考古调查与钻探收获颇丰。同时，也为小拉哈遗址的正式发掘，找到了充分的依据。

1991 年，黑龙江省文物考古研究所再次对该遗址进行详细复查。此时的遗址上，已完全被开垦成农田。在较大的范围内，田垄的地表上，裸露着丰富的古代文化遗物。共采集到石器 37 件，其中，1 件石斧、3 件石镞、2 件石叶、6 件圆头刮削器。此外，还有陶器，多为泥质或细砂黄陶，夹砂黄、灰褐陶也占有一定比例。采集骨器 1 件。从石器的制作技术看，当时的人们已能熟练地掌握石材的选用和加工制作技术，制出的各种工具精致美观，经久实用。

1992 年 7 月至 9 月，为了进一步了解该遗址的堆积状况和文化内涵，黑龙江省文物考古研究所和吉林大学考古学系，联合对小拉哈遗址进行了较大规模的发掘。此次发掘共布 5 米 ×5 米探方 38 个，连同扩方及清理断崖遗迹在内，总发掘面积为一千多平方米。发现墓葬、房址、灰坑等遗迹 165 个，出土各类完整或可复原遗物累计达 450 余件。

从第一期的前部分文物来看，是目前在嫩江流域发现的年代较早的新石器时期遗存。从陶器上刻画的纹饰特点看，与第二松花江流域左家山一期遗存的同类纹饰相近。在很大程度上可能与左家山一期遗存的晚段相当，即处在公元前 4500 年左右，属新石器时代早期偏晚阶段遗存。

从第一期的后部分遗存来看，陶器以施条形附加堆纹为主，另见少量的细石器和骨器。从附加堆纹的特点和骨枪头的造型风格看，该组遗存应纳入本地区已发现的昂昂溪文化范畴。通过科学检测表明，该文化应属本地区年代最晚的新石器遗存。

第二期遗存是这次发掘的主要收获，代表了一种新的考古学文化。这种遗存与本地区已经发现的“白金宝文化”相比，文化面貌存在较大的差异。初步认定，该遗存应处在青铜器时代的早期阶段，早于白金宝文化，年代大致相当于中原地区的夏商时期。

第三期遗存数量较少，但种类齐全。从陶器来看，明显具有汉书二期文化的一般特征。据此，可将小拉哈三期遗存纳入本地区早期铁器时代的汉书二期文化范畴。

三

每当来到洪源湖边，站在风光秀丽的小拉哈遗址上，便会油然而生思古之幽情。看着脚下满目厚厚的黄沙，埋藏下一层层的时光，也埋下了一件件遗物；埋藏下了一段段感人的故事，也埋下了一个个令人费解的疑团，给后人留下了诸多的猜想和追问。

在嫩江之滨的洪源湖畔，是千里沃野的冲积大平原，是世上少有的黑土地。而小拉哈遗址却是新石器时期的遗址，我在想，这些石器来源于何处？是在千里之外的哪座山上打磨的呢？磨制好的石器又是怎样运到这里来的呢？这些追根溯源的事情，该交给哪个业界探讨与研究呢？此其一。

其二，狼坨子遗址的文物内涵比较复杂，既有新石器时代晚期的文化因素，又包含着较晚的青铜器时代的文化因素；1999 年 6 月，在坍塌到湖水中的泥土里，发现一个披毛犀完整的头骨化石。据有关专家分析，小拉哈遗址与一里之隔的狼坨子遗址原来可能为一体，后因南引工程完工后放水，才将这处大遗址冲割成两处。此结论正确与否，还要留待今后进一步发掘考证。

其三，小拉哈遗址年代下限，即第三期遗存，明显具有汉书二期文化的一般特征，因此，可将其纳入本地区早期铁器时代的汉书二期文化范畴；而临近百里之遥的白金宝遗址，是青铜器时期的遗存，又具有汉书二期文化因素。可否据此猜测：小拉哈遗址的部落氏族，能否因为自然环境的原因（比如，当时周边的水源枯竭等自然灾害），为了生存，后来迫不得已，才迁移到白金宝遗址的呢？可否说成白金宝遗址是小拉哈遗址的延续呢？这种猜想，只能留给时间，留给后人找出证据，找到正确的答案。

四

在大庆地区，乃至全省的范围内，肇源的小拉哈遗址以其独有的特征，在众多遗址中脱颖而出，引来专家和业界人士的瞩目。通过进一步的发掘，为研究黑龙江省和松嫩平原新石器时期和青铜器早期的文化内涵、特征、类型及其同白金宝文化的渊源关系，提供重要的实物依据。对已出土的大量文物和发掘的众多遗迹，对研究曾在这一地区居住过的秽貊、夫余、靺鞨、契丹、女真等民族的生存状况，以及研究这一地区的历史沿革与发展，提供了宝贵的实物资料。依据小拉哈遗址的类型与特征，专家们建议，将目前松嫩平原地区发现的年代较早的这种青铜器时代遗存，定名为“小拉哈文化”。这种文化的发现和确认，填补了本地区早期青铜器时代考古研究的空白，具有重大的考古价值。

小拉哈遗址地处小拉哈屯北的沙丘上，遗址北面长年受洪源湖水的冲刷与浸泡，形成大面积的断崖，有一部分遗迹和遗物已堆塌进洪源湖底，无法抢救，使小拉哈遗址造成不应有的损失，令人痛心。更让人忧虑的是，这样下去，用不了十年八载，整个遗址将有 50% 部分坍塌进湖水里，无法恢复。从目前的情况看，对该遗址的最好保护方法，就是在该遗址北侧的断崖上，用混凝土护坡，以抵御湖水的冲刷，保住现有的遗址。

目前，与小拉哈遗址毗邻的狼坨子遗址也岌岌可危。由于该遗址久在洪源湖水中浸泡冲涮，四周逐年崩塌。现在，该遗址只剩一小岗包，可惜大量文物已沉入湖底。最佳的保护措施是：在狼坨子四周垒砌高高的围堰，圈住狼坨子，不让其受到湖水的冲涮，便可保住该遗址。新进发现，狼坨子上已有一户人家入住，这对该遗址的破坏性较大，应予清除，方可无事。

但愿以上两处遗址早日得到保护，安然无恙。

（刊发于《大庆社会科学》2012 年第六期“文化建设”）

千年古榆玉皇辇

前几天回家乡肇源，有几位文友为从南方旅游归来的吴老师摆接风酒宴，我也应邀参加。酒过三巡之后，吴老师有意岔开谈自己旅游的感受，直接把话题转到和平乡欧力马屯东岗坡的千年古榆玉皇辇上。酒桌上的气氛也因此更热闹，你一言我一语，气氛和“鲶鱼沟”高度白酒一样热烈。

吴老师说，他向县文物管理所提过好几回了，应该报大庆市里，给咱肇源千年古榆挂个牌，向文物一样保护起来，使千年古榆玉皇辇既能成为一处有价值的旅游景点，又能对它起到政策性的保护作用，得以延年益寿。

吴老师今年 79 岁，曾担任过县政协副主席。从居民百姓到县领导，大家都非常敬重他的才能和人格。远的不说，前两年大庆搞湿地文化节，到肇源的三岔河取圣水，江边现场的舞台设计和取圣水的陶罐（出土文物），都由他亲自设计制作完成；县里每年正月十五元宵节举办的灯展，也都由他亲自策划和布置。他既有实干精神，又善于动脑筋，县里很多大型文化活动，都请他当高参。今天，他提出挂牌保护千年古榆玉皇辇，也绝非空穴来风，一定是这回走了大半个中国之后，获得某种启示，才出此良策。

在吴老师的感召下，我答应为此写一篇文章，以扩大宣传。我的想法与吴老师一拍即合，他说他有一些玉皇辇的第一手资料可以提供给我。

其实，在“大庆·肇源第一首届莲花节”召开之际，千年古榆玉皇辇就有省市媒体报道过，也引起不小的轰动。但要挂牌保护这个问题，还从未有人提及过。原以为，这棵千年古榆玉皇辇只在县里首屈一指，后来发现，它不但在全市的古榆树中名列榜首，就是在全省乃至全国的古榆树行列里，也是凤毛麟角，可谓独一无二了。因此，才敢放开胆子称之为“华夏第一古榆”。我想，如果报到吉尼斯总部，说不准还能弄个世界之最呢。

这棵千年古榆玉皇辇，生长在肇源县和平乡后欧力马屯的后岗坡上，当年和平乡党委书记发现这棵神奇的古榆树后，就派人为它修起围墙，把五保户刘汉章的房子建到树旁，指派他长年看守，并给予合理报酬。从此，古榆树玉皇辇得以无忧无虑，长势颇为喜人。

吴老师是个细心的人，从 1998 年到 2009 年间，他多次来为古榆树拍照，并用卷尺丈量它的根部、树干、树冠等部位，所得数据都比较精准。古榆树冠南北长 24.6 米，东西长 23.4 米，树冠的枝叶伸展开来，遮阴面积可达千余平方米；树干底部粗 5.85 米，中间粗 5.1 米，上部粗 6.55 米，需 4 人手拉手才能抱住树干，据专家测定约有八百至一千年的树龄。

多少年来，当地村民把千年古榆玉皇辇当做神灵来祭拜。有的为自家孩子好养活，拜古榆为干妈，往树枝上拴红布条；有的为保佑全家平安、无灾无病，前来烧香祭拜；有的为夫妻和睦、早生贵子，前来烧香许愿……一年四季香火不断。

千年古榆“玉皇辇

有关“玉皇辇”名字的由来，还有些美丽的传说呢。相传，玉皇大帝派天兵天将下凡，去捉拿大闹天宫的孙悟空，三天三夜不见回音，于是，他乘着龙辇，带着随从，亲自下凡看个究竟。因途中困倦，便找了一处风光秀美的岗坡，停下龙辇休息，就昏然入梦。睡得正香时，突然阴风四起，飞沙走石大作，原来是天兵天将败下阵来，逃回天宫路过此地。玉皇大帝被惊醒后，丢弃龙辇和仪仗，在天兵天将的护卫下，仓皇逃回天宫。孙悟空追至此地，发现玉皇龙辇，火气大发，一棒打个粉碎。还觉余气未消，又在碎宝盖上撒了一泡猴尿，才扬长而去。说来也巧，没几天的工夫，宝盖底下就长出一棵小小的榆树苗。两三年后，竟长成一棵孤零零的形似龙辇宝盖的大树。后来，闯关东的人看好了这里的风水，在树旁安家，形成村落。他们看这棵大榆树很像龙辇宝盖，因此得名“玉皇辇”。

按树龄推算，还有一个传说比较靠谱。说是北宋年间，金兵南侵，掠走徽钦二帝，押往北国。途经松花江北岸时，在一处高坡上休息，二帝极度思念家乡，偷偷含泪种下这棵榆树，以留作将来回归的路标。谁料想，数年后竟长成了这棵像御辇宝盖一般的参天大树……

又是春回大地，千年古榆玉皇辇又焕发了新的生机，枝头上一串串芽苞已咧嘴微笑，正待窜叶结籽。此时，人们都热切地祈盼着，借助这个春天，能早些给千年古榆挂上“古树名木”的牌子，让它有个理直气壮的“户口本”。也许将来还能创造一个最高树龄古榆的吉尼斯世界纪录呢。

2011年4月9日

北国莲韵

据我所知，世上的莲花有好多种，唯有北国莲花的韵致能令我折腰、令我仰慕。用咱东北人的土话说，北国的莲花“皮实”，能在松花江边这高寒地带生长，能在松嫩平原这荒凉之中扎根，足见其开拓者的风骨和超凡脱俗的博大胸襟。

我是个很古板、又不爱凑热闹的人，就连每年正月十五的广场焰火晚会和各种灯展，我也是只鼓动家人去看，找个理由留我一个人看家。然后沏杯热茶，找本好书，坐在懒散的阳光下，不由自主地被引领进书的意境之中，优哉游哉，享受着“大家热闹我独静”的惬意舒心，很是逍遥自在。

唯有一件事真的让我动了心，再也守不住默守的古板，脚底长草，心里发痒，不参与不行，参与不好更觉丢面子，那就是“大庆·肇源第一届莲花节”。

我这个人没事就想看书，然后，再不知深浅地胡乱写点儿东西，正赶上莲花节，哪能不写几笔？这一写倒认真了，竟被县里的《莲花节专集》收了进去。这还不算，还被县文联筹办的莲花湖诗歌朗诵大赛抽去当了一回评委，这在小县城也算不大不小的露露脸儿，“出息”了一回。这次纯粹是沾了莲花节的光了。

莲花节的开幕式当然隆重热闹，但是，重头戏还是游二站莲花湖赏莲花。

莲花湖在肇源县二站镇南五公里处，北靠国堤，南临松花江。据有关专家认证，是第四世纪冰川形成的新月湖，面积约为2000亩，分为东西两个湖。东湖小些，莲花稠密显得茂盛；西湖较大，莲花似有序地排靠在一米多深的岸边，使湖心露出宽敞的水面，给通向湖心岛的栈桥让出了方便的位置。我们刚下小客车，还没到湖边呢，一阵阵微风裹着莲花淡淡的清香，扑面而来，大伙儿顿添几分精神。

乍到湖边，立即被眼前的景象迷住了，一片片莲叶错落铺开，直接湖岸，让你分不清哪是莲叶，哪是绿草茵茵的湖岸；当看到昂扬向上的莲花时，我实在忍耐不住了，三步并作两步蹿了过去。“哎哟，好险！”亏得文友小程手疾眼快拉我一把，不然，准得掉进湖里，淹不着也得吓坏我。

走上通往湖心岛的栈桥，真有点儿走进江南水乡的感觉，一朵朵莲花绽放出微笑，像迎接从远方归来多年不见的乡亲。

湖心岛的赏莲大厅里，参赛的小学组、中学组和社会组，你方唱罢我登场，吵吵嚷嚷闹了两个小时，总算是落下帷幕，耳边却还回响着出淤泥而不染呀，或是亭亭茎直，不蔓不枝呀……真就奇了怪了，总说人家周敦颐那几句诗干啥？就不能用自己的话写几句？仔细一想，可也是的，都是仓促准备的应景之作，我又何必认真呢。不过这次也没白来，给我留下了一个启示：以后找些机会，好好琢磨琢磨咱北方自己的莲花，到底是咋回事，跟南方的莲花有啥不同，别老是跟在别人屁股后头瞎嚷嚷。

一晃，几年的光景过去了，在松嫩平原西部绝无仅有的肇源二站莲花，纷纷嫁到大庆地区及周边市县的湖泡之中。肇源城里人为看莲花方便，也早把二站莲花移到城西的“西大海”栽植。近两年，城东二道坝旁的休闲庄园的庄主，也把二站莲花移栽在他的养鱼池里。我天天到城东二道坝上晨练，才有了细心观察咱北国莲花的绝好机会。

也许是咱北方回暖慢，北方的莲花在长出花骨朵之后，就一直挺着，含而不放，抻长时间让你等，磨你的急躁，炼你的耐性，你盯住那花蕾，三五天无变化，七八天不见长，半个月二十天的才能有些粗壮，刚要裂开点缝，即使是整朵花慢慢地舒展开，也要两三天的工夫。都彻底展开了，开的也是淡然，与北方人那种“包子有肉不在褶上”的性情，又是何等的相近。

莲花从含苞到绽放的时间长些，自有它的道理，它是故意包住你玄妙的猜想、包住你殷切的期望、包住你对未来的美好憧憬，一旦绽放，便一览无余，那些猜想、期盼和憧憬都化为乌有了。这正应了古人那句话：“酒在微醉，花在半开。”

我总觉得，咱二站的莲花有其独特品质，莲藕对土质的适应性强，茎秆粗壮，莲叶敦厚，花瓣肥硕。这些品质除了与气候有关之外，也许还与松嫩两江的水质有关，与丰腴肥沃的黑土地有关。一方水土养一方人，花亦如此。

二站的莲花，从发叶、秀苞、咧嘴到绽放，都是端庄稳重、不急不躁、不争不抢，开得从容淡定，开出北方人特有的情趣，开出二站人的精气神儿。即便到了秋天，花落之后，也还稳稳地挺举着一只只硕大的莲蓬，迎风抗雪，展示出高贵不群的北国莲韵。

说句多年藏在心里的话：百花之中，唯莲而仰慕。这样的心意，由来已久，记得在中学课文里，学到周敦颐的《爱莲说》之后，便有圣洁的莲花在心底落户扎根；当初学写诗歌时，头两首写的就是莲花和二站莲花湖；有幸在召开大庆·肇源第一届莲花节时，当了一回湖心岛诗歌朗诵会的评委；前两年向一位美术界朋友求画时，点名让他画了一幅荷花鳜鱼图……正是这些过往的积淀，系紧了我与莲花那牢固的情结。于是又开始注重有关莲花各个方面资料的收集。

据有关资料记载：莲花常被用来象征宗教和哲学，曾代表过神圣及女性的美丽纯洁、复活、高雅和太阳。居住在印度次大陆中部的比罗尔族，在解释世界起源时便有这样的说法：“最初，天下皆水，有莲生出水面。是时巨神居于阴阁，莲茎出至水上，以莲花为座。”佛教问世后，又以莲花为佛教的主要象征。从公元一世纪左右开始，佛祖的塑像便在莲台之上，他的坐姿或为莲花坐或为吉祥坐，成为佛教僧人打坐时的典型坐法。

莲与中国文化有着深邃的渊源。唐代把佛教立为国教后，莲花备受人们敬重。佛祖释迦牟尼的家乡盛产荷花，因此，佛教常以莲花自喻。莲花图案也成为佛教的标志。佛教的建筑物，各种装饰装修，各类器物，也都有莲花图案。莲与文化关系最深的当属中国。在中国，莲花被喻为君子，从古至今，国人皆喜莲花，认为它洁身自好，不同流合污，有“莲生淤泥中，不与泥同调”的著名诗句。在中国的历代文学中，与莲有关的诗词歌赋或故事传说不计其数。

莲与中国民俗，有着密不可分的联系。中国有许多与莲有关的民间话语，莲有一蒂二花者称“并蒂莲”，以象征男女好合，夫妻恩爱。用“比翼鸟”对应“并蒂莲”。男女分手，但情意未绝，称之为“藕断丝连”。民俗有“一品清廉”“连生贵子”等谐音取意。又如“金莲”，据说在公元五世纪，人称美人之步的“莲步”。又称女子之纤足为“金莲”。民间年画，剪纸刺绣乃至画板柜等等，均有莲花图案展示其中，预示着莲花能给人们带来祥合美满，连年富足。

莲与政治，有着久远而又深刻的寓意。由于“荷”与“和”“合”谐音，“莲”

与“联”“连”谐音，在中华的传统文化中，经常以荷花即莲花作为和平、和谐、合作、合力、团结、联合等的象征；以荷花的高洁象征和平事业、和谐世界的高洁。因此，从某种意义上说，赏荷也是对中华“和”文化的一种弘扬。

而且，莲的药用和食用价值，也是一般花卉无法比拟的。据《本草纲目》记载：莲子、莲衣、莲房、莲须、莲子心、荷叶、荷梗、藕节等均可药用。同时，莲藕是最好的蔬菜和蜜饯果品；莲叶、莲花、莲蕊等也都是人们喜欢的药膳食品；传统的莲子粥、莲房脯、莲子粉、藕片夹肉、荷叶蒸肉、荷叶粥等等，都是人们津津乐道的好食品。

由此不难看出，莲在人类社会的各个领域、各个层次中，都占据着不可替代的位置，发挥着不可替代的作用。在江南苏州一带，农历六月二十四日为观莲节，称为莲花生日；我国澳门特区旗子上的图案也用的是莲花；1989年在北京专门成立了中国荷花协会。1998年开始，大庆市肇源县把每年的7月18日定为“大庆·肇源莲花节”，这个莲花节就是以二站镇的莲花湖为轴心，兼顾其他景区，兼融其他项目所构成的。

近年来，二站镇把发展定位在“旅游名镇、果蔬大镇、水稻强镇、畜牧重镇”上，发展思路为“培育三大产业，建设旅游名镇”。休闲、旅游、观光农业是今后二站镇的发展方向。有这样的精准定位和明晰的思路，二站镇和它独具韵致的莲花，定能香飘万里，名扬天下。

（刊发于《大庆社会科学》2013年3期“文化建设”）

晨光夕照莲花湖

一

郑先生是大庆摄影界的大家高手，他们一行三人今天下午来肇源，去二站莲花湖拍摄，孙总编打来电话，让我接待并陪同前往。因此，才有了在晚霞晨光里观赏莲花湖的机会。

据我所知，但凡是风光摄影艺术家，对天气的预测都比较精准。这不，昨天刚刚下过雨，今天是雨后放晴，尘埃落定，天空蓝得透彻，是拍摄自然景观的绝好时机。而且郑先生一行，又选择在夕阳西下时赶到二站莲花湖进行拍摄，这里面的玄机和妙处，我只能猜测一二，只有郑先生是心知肚明的。

夏末秋初时节，原野正起劲儿的葱茏。我们无心贪看路边的庄稼和田园风光，像是赶赴初恋情人的约会一样，一刻也不敢耽搁。

当夕阳收敛了热情时，汽车披着刚刚绽放出来的晚霞，一头扎进二站莲花湖的停车场里。这时，风也跟着扎进湖边那长势旺盛的苞米地里，无声无息，不再露头。

郑先生从车上拿出照相机，支起三角架，对准莲花湖广场上的凉亭、长廊、石刻等建筑，咔嚓咔嚓不停地拍照。此时，莲花湖北岸面朝北方的莲花仙子的大型汗白玉雕像在周围亭亭玉立色彩艳亮的莲花陪衬下，在粉红色晚霞的映照之中，更显得端庄圣洁，熠熠生辉。因是面朝北方，只有在夕阳下才能面生光辉，才是拍照的绝好时机，也许，这就叫“恰逢其时”，或为“妙手偶得”吧。

郑先生的夫人也毫不怠慢，随着郑先生的呼来唤去，极有耐心地递送所需调换的镜头和其他用品。随员小赵也端着相机，紧随其后，生怕错过每次难得的抓拍机会。为了拍到更漂亮的景色，郑先生顾不上吃晚饭，便脚步匆匆奔湖心岛而去。看到他衣服上的汗水，便看到了他对摄影的痴迷。从莲花湖北岸一直向西，就可以踏上映红桥，顺着两米多宽、约五十米长的桥面穿过，就登上了湖心岛。再沿着岛的东侧向南行进，有拐弯抹角的九曲桥，伸向湖里整片整片的莲花丛中的两座小亭。显然，这九曲小桥和湖心的两座凉亭，被郑先生选为最佳拍摄点，选好位置，架起相机，调好镜头，不停地按动着快门……

镜头，聚焦在天空上的晚霞。有少许黑云边上镶着的白云，被晚霞点染成茄子花一样的紫色和玫瑰花似的淡紫色；还有靠近落日的条状的勾勾形云朵，都已变幻成橘红色，或是胭脂似的水粉色，凝结在西北高阔辽远的天幕里。

镜头，聚集在湖面暗淡墨绿且有些深沉的水色上。没有一丝一缕风的侵扰，镜子般的湖面，平静托起伞状碧玉般墨绿的莲叶，挺举着上面白里透着粉红色的含苞莲蕾和朵朵连片舒展绽放的莲花。比起白天强光照射下的湖面与莲花的“直白”表现，又多了几分浓艳的色彩与朦胧含蓄的意蕴。那映照晚霞倒影的湖面、那一片片平展展的莲叶、那一朵朵饱含深情的莲花、那曲径通幽的九曲小桥和玲珑别致的凉亭……都井然有序地被收进这方寸之内的相机里。

几只喜鹊，喳喳几声歌唱，掠过湖面，飞进湖心岛上密密匝匝的杨树林里，归巢守崽；矫健的燕子，穿梭于莲花与莲叶之间，勤劳地捕捉迷途的飞虫，然后，返回映红桥下的小窝里，把最后一抹晚霞也叼进窝里。

望着隐去的夕阳，郑勇先生略有遗憾：“再早来半个小时就好了。”

莲花湖接待处旁边的蒙古包里，二站镇政府的宋主任早就守在那里，明亮而又温暖的灯光和主人一样亲切；鲜香的鲫鱼、羊排手把肉和炖当地笨鸡，彰显出莲花湖特有的盛情。此时，早已是饥肠辘辘的郑先生，还念念不忘明早的拍摄打算，与宋主任约好，明早四点半准时到湖边来。

一顿带有莲花湖风味的晚餐结束后，已是晚上八点多钟，按照宋主任的安排，乘夜色驱车返回肇源县城，住进九洲宾馆。虽然说又乏又累，可是大家都为拍摄的收获而兴奋不已。

二

我一觉醒来已是晨光初上，赶紧赶往九洲宾馆，郑先生一行三人等在车里已有半个多小时了。好在熟悉路线，路上车少，我们车速和心情一样，又急又快。

东方的天际露出几朵早霞，郑先生为没能在莲花湖上拍照到这样的早霞而有些惋惜，车速变得更快了。

进了莲花湖的大门，门里广场上的亭、廊、碑等高大建筑物在朝霞的映照下，比起昨日晚霞里的色彩，更加鲜艳生动，于是，郑先生和小赵都不顾一切地抢时抓拍。

朝霞是诱人的，我当然不能放过这大好时机，让小赵为我拍了几张照片，说是留着将来出书时用。

这次陪同拍摄，我做了认真细致地观察，结果发现，这夏末秋初晚霞的色彩大多是粉红色的，而且它的形态像是一团燃烧的火焰，渐渐朝周边扩散，且光线柔和；而朝霞的色彩多半是橘红色的，很是鲜艳，而且它的释放形状像是突然爆发喷礴四射的火焰，有一股势不可挡的冲击力，可以穿透较密的云层，把光和热传导给大地上的万物……

还是把话题再转到莲花湖的拍摄上来吧。

广场南侧，有一条雕刻绘画较为精美的长廊，穿过这儿就是乘船游湖的码头。我联系好了船工，郑先生和小赵赶紧上船。小船缓缓驶向成片的莲花丛。两架相机在船上左拍右照，一会儿是远镜头的“遮天莲叶无穷碧”，一会儿是特写镜头“出水荷花映日红”。直拍到游船出了点故障，才被另一条船拖回岸边。

紧接着，我们又登上湖中的湖心岛，对昨天傍晚没拍到的景点：湖心岛别墅、大理石雕塑宝莲灯、大理石雕塑莲花宝鼎、莲花湖体验馆、小鹿“怜子”雕塑、湖上浮桥和伴侣亭等一一收入镜头。虽然时有流云遮日，但总体还是天晴日朗，朝霞满天。

泥一脚，水一脚；深一脚，浅一脚。或是攀高，或是爬山岗，只要是能拍到好照片，不管有多苦多累，郑先生都视为家常便饭。

此次聚焦了郑先生在二站莲花湖拍摄过程中，那种执着的敬业精神，对摄影艺术孜孜以求的痴迷劲儿，正吻合了二站莲花湖里莲花的性格：扎根北方、立志不移、抵御冰雪、绽放圣洁。这些可贵的精神片段和二站莲花湖旖旎的风光片断足以给我以启迪，催我以勤奋。这些就是在晨夕两个时段陪同郑先生一行三人拍摄，我心中的感想与宝贵的收获，谨记于此，以便与文友们共勉。

2010 年 8 月 8 日

从远古走来的出河店湿地

近一个多月来，那片一望无边的大湿地，时常在我心中荡漾，泛起碧波。白天，它总是浮现在我的眼前；夜晚，还经常闯进我的梦境，真的让我久久不能割舍。它就是从远古走来的出河店湿地。

为了给湿地一个更准确的说法，我连连翻阅了《辞海》《现代汉语词典》等工具书，但始终没有找到“湿地”这个词条。后来一想，算了，“湿地”是专家给出的，我只顾写一写自我印象版的湿地——出河店湿地，不也是很好吗？

出河店湿地位于肇源县民意乡自主村的南面，是嫩江下游北岸附近一片最大的湿地，面积约有万余亩，而且，紧挨紧靠嫩江边，就是当地村民所说的“江湾套子”。每年汛期，嫩江稍稍涨水，江水就会流入湿地里。嫩江里有的鱼类，出河店湿地里全有。而且，这里的鸟类和水边的两栖动物，以及各种水草比本地区其他湿地的都多。更让其他湿地无法相比的是湿地岸边就是辽金时期的出河店古战场。久远的历史，体现了出河店湿地的文化，并笼罩了一层隐秘神奇的色彩……

辽天庆四年（公元 1112 年）九月，女真部落首领完颜阿骨打举兵反辽，经数日激战，于 10 月 1 日攻克宁江州（吉林扶余县伯都纳古城）。此时，起义军队伍壮大到将近 4000 人。11 月末，阿骨打率兵日夜奔袭，直逼战略要地出河店。此时的辽王朝早有准备，在出河店渡口增兵达十万之众。阿骨打趁一个月黑风高的夜晚，率领起义军高举火把，兵分三路，急攻出河店。当时，西南风大作，卷起沙砾杂草满天横飞，打得辽军睁不开眼。又加上起义军用火把点燃江边和湿地里的枯草，火借风势，只吓得辽军哭爹喊娘，一路败退，相互践踏，死伤无数。这次的出河店战役，是历史上以少胜多的典型战例，为大金国的建立奠定了坚实的基础。一场战役，使出河店名扬天下，但是，作为湿地的出河店，却“待自闺中人不识”了。

2010 年盛夏，《纵游大庆》杂志编辑部组织大庆 20 多位作家和诗人，赴肇源采风，游览出河店古战场遗址和它近旁的出河店湿地。其实，出河店古战场遗址在湿地岸边的台地上，这块台地东西狭长，高出水面约有二三十米，当地人把台地叫作“大青山”。大青山南山根儿下，就是出河店湿地了。

2011 年 5 月 21 日，我和孙总陪同著名摄影家郑勇先生，又一次来到出河店湿地。记得那是雨后的天气，时阴时晴。有时，太阳只能从乌云缝隙里投下几束光来，给郑先生的拍摄带来几分惊喜；有时，阴云密布，把太阳盖得严严实实，一等就要半个多小时。看来，要拍出好片子，绝非易事，非得有些耐性不可。上有乌云笼罩，下有水气雾霭环绕，给出河店湿地蒙上了一层幽静而又神秘的色彩。趁此机会，我想在出河店遗址上能有点儿意外的发现，就在田垄上低头寻找，先是发现一块儿大青砖，后来，又发现几块儿陶片，最让我兴奋的还是发现了一块儿马的古化石。我猜想，这一定是当年出河店古战场上的战马，战死沙场，淤埋在地下，形成了今天的化石。这也许就是当年那场惨烈战役的有力证据吧。遥想当年，真不知有多少金戈铁马折戟沉沙，被淤埋在湿地的水底下呢；真不知有多少腐朽的尸骸，在冰消雪融之后，

从远古走来的出河店湿地

沉入湿地水中，葬身鱼腹呢……

湿地岸边杨树林的阵阵涛声，把我从思古的幽情中摇醒，转身看到，郑先生端着相机，正精心拍摄台地最高处的完颜阿骨打骑马挽弓的雕像呢。

为了能拍到几张有晚霞色彩的湿地照片，我们一起陪着郑先生等待艳丽的晚霞。大约等了半个多小时，结果还是大失所望。乌云遮日之后，一直把太阳送入地平线以下，把该出的晚霞全给盖住了。当然，把我们殷切的等待也全给盖住了。

在回程的汽车上，我讲起了发生在出河店湿地边上的故事……

那是咱东北刚光复的时候，靠近湿地各村屯的牛羊，都赶到出河店湿地岸边上来吃草。有一天，一头两岁的小牤牛正在湿地边上低头喝水，突然，一条大怀头鱼猛地跃出水面，张着血盆大口，一下子把小牤牛的脑袋吞了下去。小牤牛一惊，猛地向上一甩头，一下子把大怀头鱼给甩到空中，又重重地摔在岸边的草地上。小牛倌一看可乐坏了，没费吹灰之力，就得了一条一百多斤重的大怀头鱼，真是喜从天降。当时正是饥荒年，家里正愁没粮吃呢，于是，就用这条大鱼换了粮食，让牛倌全家度过了荒年。从那以后，小牛倌和村里人就更加爱护这片湿地了，认为它有灵性，能接济穷人。

前几天我回家乡肇源，听县里的机关干部说，省里下发了保护松嫩两江湿地的文件，并让肇源县成立了沿江湿地管理局。相信今后的沿江湿地在各部门的严格保护下，一定会得到很好的开发和利用。从远古走来的出河店湿地，一定会变得清洁秀美，造福于未来。

2011 年 5 月 26 日

江边春韵

今年二月二之后，风也轻了，天也暖了，就连天上的云彩，也不像腊月那样灰暗僵硬，而是变得洁白柔软了。积雪悄然融化，屋檐滴水，敲打出清新的音韵和明快的节奏，催人出户，走向原野，走进春天。

这天，我推开家门，顺着风，迎着暖融融的阳光，走向江边。这个时节，路边的小草已拱出尖尖的芽锥儿，睡了一冬的小昆虫也从泥土里探出头来，怯生生地窥望着这个春天里的世界。

临近江边，江风里裹着一股股的潮湿，浸润着枯燥了一冬的心脾；气息里带着一缕缕的清新，冲散了严寒里郁闷的心情。此时，登上江堤，眼前的大江湾天高地阔，豁然辽远，令人心扉顿开。趁此心情，伸伸胳膊踢踢腿，舒活舒活筋骨，深深地吸一口充满江味的春风，放松放松疲惫的身心。踩着江边松软的泥土，每一个脚窝里，都充满着勃勃生机。

江边的护坡石，在亲切的阳光下变得柔软了。那一墩墩的护堤柳，没有主干，每一根枝条都如手指般粗细，独自从根部生长出来，笔直向上，这也许就是人们常说的“柳条墩”，属灌木类的那一种。柳条上的芽苞已拱破外皮，长出绒嘟嘟的小穗儿。除了江边的“沿流水”和迎春的序曲浅吟低唱之外，这护堤柳便是报春的使者了。

停在岸上酣睡了一冬的老船，也已翻身醒来，主人们正忙着为它治疗一年的创伤。小心翼翼地呵护，精心细致地打扮；换一身新装，织一舱新网；等到开江下水时，重新焕发出劈波斩浪的青春活力。

在坡度平缓的江滩上，有位老爷爷正领着孙子放风筝。孙子手里牵着线，看着天上的风筝笑，笑得天真烂漫；爷爷捋着胡须，看着欢蹦乱跳的孙子笑，自己笑得憨态可掬。爷孙之间已是隔代人了，爷爷为啥反而更疼爱孙子？从古至今，还没听说过有谁对此作出过恰当的解释。我想，这也许和我们钟爱春天是一个道理吧？因为它必竟隔了一个冬天啊！

如果到了开江的时节，来江边的人就更多了。那时，也许还能看到江滩上开得红艳艳的杏花，闻到江心岛那泥土的芬芳；放眼一江秀水，还能听到欸乃的桨声伴着鸥鸟的鸣唱。如果你有耐心，等到开江后再来，准能有幸看到晚霞烧沸岸上的炖鱼锅。淳朴善良的打渔人，会邀你坐在锅旁，细细地品尝江水炖江鱼所特有的滋味儿，分享渔家那春天的喜悦。如果你是远方来的朋友，我敢说，江水炖江鱼也许是你从未品尝过的鲜美。这时，主人再陪你喝下几杯“北大荒”高度白酒，借助这江边浓浓的春韵，你会燃烧起如火的激情！正是：春日初识江畔美，不辞长做肇源人。

江畔明珠——西海湿地公园

两场声势浩荡的开江风刮过之后，肇源西海湿地也冰消雪融。一泓春水，碧波粼粼，招来了成群的候鸟，呼朋引伴，为肇源西海湿地生态公园的建设者，愉悦地歌唱。

立夏节气刚过，正值阳春三月尾声，《纵游大庆》编辑部总编孙鸣雁等一行5人，在肇源县旅游局局长和副局长等人陪同下，观赏了建设中的江畔明珠——西海湿地公园。

西海湿地生态公园，暖风拂人面，春草映亮眼，柳枝摇碧水，鸥鸟舞翩然；在工地施工的机车轰鸣声中，西海湿地的建设正如火如荼地进行着……该保护的自然生态，正在进行精心的呵护；该开发利用的水面正在科学合理的开发建设。在县旅游局几位领导的陪同下，我们沿着西海湿地的中轴大道，一直走向纵深，边走边看边聊。顺着局长手指的方向，我们依序领略了西海湿地科学规划的几个功能区。分别是：儿童娱乐区，在4500平方米的场地上设置水陆空游乐设施；湿地管理区占地6000平方米，建有停车场、游览中心、景观平台、湿地动植物标本展馆为一体的观光中心；环路观光区，修筑环路6.2公里，沿途建有观光凉亭；莲花观赏区，扩展莲花池面积，建赏莲亭一处，木拱桥5座；休闲健身区，修筑健身大道长650米，宽约24米，建水上舞台一处，健身广场一处；水上游览区，建游船码头一处，凉亭3处，并设有水上竹排、小型汽船多条；半岛休闲区，在健身大道西侧原有的半岛上，扩建成万平方米中心岛，栽植名贵花木、建设亭台等休闲设施；鸟类翔集区，在水上舞台北侧的两千多亩湿地为鸟类翔集区，保护好原生态的动植物，建观光凉亭3处；森林探幽区，把湿地东侧约930亩林地建设成森林公园，其间修甬道3条，并设置休闲设施。

近两年来，肇源县委、县政府对西海湿地生态公园建设高度重视，自2012年10月开工以来，在近7个月的时间里，已完成总工程的三分之二。

旅游局局长介绍：西海湿地生态公园整体工程将在当年6月末全部竣工，建成后，将是一个红砖铺路、绿树环抱、亭桥掩映、溪水潺绕、荷塘月色、蒲草摇曳、百鸟翔集、游人观赏的生态公园。

这次游完西海湿地之后，我心里就放不下了，总想为这颗璀璨的“江畔明珠”写点儿什么。说心里话，有些景区景点，虽说早已小有名气，可我再怎么跟自己做思想工作，就是喜欢不起来，觉得还不如肇源西海湿地，来得自然，来得亲切。书写自然，叙述亲切，光凭眼前的景色总觉单薄，我必须借助资料，听取意见，加之东拼西凑的想象，才能还原出西海湿地那零零散散的历史阶段……

据史料记载，上千年以前，肇源西海湿地与松花江是连通的一片大水面。后来，江道逐年向南滚动，又因干旱而江流变窄；再后来，为防御松花江洪水，修筑了江堤，才使得西海湿地成为独立的水面。有了肇源城之后，老肇源人，就称之为西大海。东北沦陷之后，江畔燃起抗日烽火，抗联十二支队夜袭肇源城，歼灭了驻守在城中的日伪军之后，随即向西北进军。日本人从省城派遣大批日伪军和特务，反扑进肇源城，把46名无辜群众拉到西大海边残酷地枪杀了。西大海将永远记录下侵华日军的罪恶行径。

中华人民共和国成立后，特别是到了1958年，肇源县提出了建设城东的“四方山公园”和城西的“西大海公园”，但后来并未实施。20世纪60年代，也给西大海带来了灾害，每到春秋两季的傍晚时分，岸边就响起了震耳的枪声，成群的野鸭被猎杀。

改革开放以后，人们对自然环境格外重视，也每次对西海湿地采取保护措施。2002年，县领导提出把二站莲花湖里的莲花移载到西海湿地，建设西海湿地公园。当时，二站莲花湖的不少设施被拆了，莲花也移来了，肇源城里人就近看莲花，只新鲜了一两年之后，便成了少有人问津的空闲之地，渐渐地淡出人们的视野。前几年，县里又提出建江畔公园，最终还是不了了之。

如今，县领导把西海湿地生态公园建设做为大项目来抓，并设专门机构负责建公园，正应了那句老话：有志者，事竟成。西海湿地生态公园建设是一个拐点，将结束肇源县没有公园的历史，加速整合肇源的旅游资源，拐进发展旅游经济的快车道。西海湿地环境惬意，有鱼、鸟、荷花、柳林、菖蒲水草等，许多肇源籍的大诗人们，都为此地留下了脍炙人口的诗篇。夏日莲花盛开，趁荷塘月色之清静，情侣们漫步于此，沉溺于爱河之中。清晨，三三两两的人们不约而同地来到湿地，或沿环湖路快乐健身，或走中轴大道散步，呼吸着清新的空气，有益身心，胜于补品。

如今的西海湿地，那宽敞平静的水面，亮得晃眼。繁茂成行的岸柳和成片的苇草菖蒲的倒影让水面不断切换着色调，越加显得幽深静远。

西海湿地离城西仅一公里，润泽着肇源小城。小城空气清新，干净且安静，鲜有工厂，也少有外来人口。极少有上下班高峰期堵车的状况。在西南方向有擦城而过的松花江，迂缓宁静，岸畔丰美，像肇源人那样，心有静气，面含朝阳，步履从容地走向未来。

江城三章

嫩江与第二松花江汇合之后，形成了掉头向东烟波浩渺的松花江，在地势平展、景色壮观的荒原上，穿行了百余公里之后，猛然甩了个胳膊肘子弯儿，又向东南奔涌，就在这个胳膊肘子弯儿的左岸约四公里的地方，矗立着一座小城，当地人为之取了个很讲究的名字——肇源。它是松花江上游第一座滨江港城。有人说早年在这里建城时，挖出一块儿碎石碑，上面刻了一个“源”字，小城故此得名。也有人说，这里原是郭尔罗斯后旗，当时统管着肇州和肇东两县的地面，是“三肇”之“源”。故而得名肇源。临江而居，借波光水气之氤氲，渐显其隽秀风采，落落大方。那灵性的江水，洗新了肇源人的观念，洗亮了肇源人的眼睛，洗俊了滨江港城的容貌，洗美了滨江港城的风情。

城南早市

肇源县城虽小，却也住着八九万人口。一日三餐，买菜就成了市民们生活中的大事。建在北门外路东的农贸市场，论室内营业大厅的面积、设施和其他条件，都属上乘，但南街居民买菜较远而颇有怨言。为方便南街居民，又在城南门东侧辟建了一处市场，并让当时的县主要领导题字——南关市场。不知是犯了谐音“难关”的忌讳，还是有其他什么原因，南关市场只坚持了几个月就日渐萧条，场面冷落，在无人问津中关门大吉。

早市的形成原先是自发的。在城南1公里处，是郊区菜队与城镇的结合部，每天清晨，菜农都来这里与菜贩子进行交易，于是蔬菜批发市场便悄然形成。后来，得到县里的重视和支持，由原来单一的蔬菜批发，变为以蔬菜批发零售为主，鸡、鱼、肉、蛋齐上市，还有纺织品、日用品、服装和鞋帽以及旧物摊位等综合性的早市了。早市规模由小变大，设施也逐年完善。早市的存在由每年的三四个月逐渐延长为六七个月。从每年的“清明”或“五一”节开始，夏秋之交呈现繁华鼎盛，直到国庆节之后的深秋上大冻为止。

在城里人的眼里，早市很有些魅力。用早晨上班前的时间，能把一天用的菜全买回来，这无疑是节省了时间。早市里，是直接从菜农手里买菜，新鲜水灵，保鲜程度好；早市里的蔬菜品种齐全，又批发兼零售，菜价要比别的市场便宜一些。再说了，有些人甚至是风雨不误，每天早晨必去早市，他们不光是为了买菜，更要紧是逛早市图个好心情。也有跑步去早市的，那是为了锻炼身体。

天刚破晓，晨曦微露，菜农们就顶着露水，下到菜地里，采摘各种新鲜蔬菜。之后，或用驴车和马车，或用农用车和电三轮摩托车，赶趟似的奔往早市，想抢占个好位置，为的是多卖些菜。卖菜的忙，买菜的也忙，人们从城里如潮水般地涌进早市，细心地寻找着自己看中的蔬菜。接着是颇有意思的讨价还价，争争讲讲。买主拿起一小把被捆得严实的香菜，挑剔着说：“你看看，这捆香菜还带着这么多泥土呢。”卖菜人答道：“没有泥土怎么长香菜呀？”买主掰着香菜捆细看，接着嚷道：“外边捆的是好香菜，里面怎么裹一些坏香菜呢？”卖菜的不温不火地说：“这和你穿衣服一样，总要把好衣服穿在外面吧。”几位摊主和围观的买菜人都哄堂大笑。

买菜的人都大包小裹的，左手拎着一兜子满意，右手提着一包子新鲜，脸上挂着抹不掉的轻松和喜色，沿着来时的街道，被自行车、摩托车、小汽车和熙熙攘攘的人流裹挟着，又回流进小城里。

餐桌上，夹起鲜嫩嫩的小葱，蘸上开春刚做好的东北大酱，嚼几口嘎嘣响脆，满嘴的鲜香。这新鲜水灵劲儿，是正宗开春的滋味儿。于是，一个季节从漫长的冬夜里悄然走出梦境，从早市开张拉开帷幕，活生生地摆在眼前了，真是别开生面的新鲜，真是从心底滋生的喜兴。其实早市是爱起早人的市场，是勤快人的早市，是热爱生活并富有情趣人的早市。其实，盼春天，盼早市开张，盼小葱蘸大酱，已搁在心里老长时间了，只是不好意思说出来罢了。

人民广场

肇源县西北角的一粮库搬迁到城外去了，在原址上搞商品楼开发，临街的一楼已经砌完了，县领导发现后，让立即停工。经县领导研究，决定在原址建一处大广场，为肇源县城的长远发展留下一片空间，给城里居民的休闲娱乐留下一个精神家园。这也是肇源县一次大动作，开了肇源县建设史上的先河，于是人民广场应运而生。

小城里冷不丁出现了一座广场，人们都凑过来看新鲜。看广场中心树起一根二十米左右高的大灯柱，上面安装个大圆球，球下面安装了十几盏大灯，照得广场中心亮如白昼。灯柱四周是一片宽阔的场地，可容纳几千人集会。灯柱北面约百米处，还搭建了一座舞台，台上面罩着三大块棚布，像三朵江船上的白帆，迎风鼓动。从广场中心向四面延伸的是宽敞的人行通道，道两旁是一排新装置的健身器材。还有那些休闲的长椅，均匀地摆放在健身器材中间，供游人或健身者休憩。其余的地面都是绿茵茵的草坪和各种风景树木，由若干块儿颜色不同的几何图形拼成了一个偌大的广场。

在这座小城里，辟建了这个花园般的广场，磁石般地吸引着人们的脚步，吸引着人们的目光。

每年春夏秋三季，天刚放亮，人们便从四面八方会聚广场，有散步遛弯的、有跑跑跳跳的、有玩健身器材的、有练集体舞的、有练太极拳的、有练太极剑的……日上三竿之后，人们才恋恋不舍地散去。晚饭后，三五成群的人们为消除一天的疲劳，又聚集在广场，在各色灯光的映照下，一张张笑脸显得更加灿烂。有看秧歌的、有看跳交际舞的、有看露天电影的、有听业余乐队伴奏演唱的……此时的广场，成了歌舞升平的欢乐空间，成了五颜六色灯火辉煌的海洋。尤其是县里的大型活动或盛大节日，人民广场更是热闹非凡，远非平日可比。每年正月初三或初五是全县秧歌大赛，届时，整个广场人山人海，一队队秧歌夹杂着跑旱船、舞狮子、舞龙等节目，真就让游人目不暇接；再如每年正月十五的元宵灯展和焰火晚会，整个城里是万人空巷，都齐家出动，齐聚广场。看秧歌、赏彩灯、观礼花焰火……就连离城十里八村的农民，也都被吸引来。真就是里三层外三层，总要挤个水泄不通。时至午夜，人们仍是余兴未尽，依依不肯散去。

若与市、省乃至国家的大广场比较起来，肇源的人民广场自然是个名不见经传的小字辈，但它有自己的容貌与个性，它有自己独特的内涵和风格。它已融入人们的生活，实实在在地说，县城里绝大多数人真就离不开它。

县里举办第四届莲花节时，开幕式就是在人民广场举办的。开幕式后是秧歌汇演，团体操表演，最后是文艺节目演出。不知是哪位呼风唤雨的能人，竟然把国家级歌唱家也请到了人民广场，当场献歌两首，这让小城里的人们大开眼界，大饱眼福，也给这个本来就不知名的广场罩上了一层名贵的光环。

几个月前，人民广场又增添了一道新的亮点：建起了古诗词和楹联文化长廊。把作者们歌颂祖国、歌颂家乡的古诗词和楹联镶制在灯箱上，白天夜晚都可以浏览观赏。这不仅给人民广场带来了浓厚的文化氛围，对全县的古诗词和楹联创作也起到了强有力的推进作用。事后不久，肇源县真就评上了全国楹联文化先进县。这当然也有人民广场的功劳。

滨江大道

我已离岗在家闲着，正赶上一个星期天，三弟打来电话，约我同去江边的新港新桥转一转，看看新修在江边的滨江大道。并且在电话里说好了，都骑自行车去，这样能锻炼身体，也能行动更自由，还让我把照相机也带上。

沿着通往江边老码头的松花江大街骑行，顶着西南风，蹬自行车很吃力，不一会儿，就有了锻炼效果，大汗淋漓的。

松花江大街紧连着刚修好的滨江大道，这条大道可以说是城区附近标致性的建筑。大道全长 4.4 公里，双向四车道。道宽 25 米，人行道 8 米宽，绿化带宽 4 米，路基宽 70 米，道坡临江护坡面积 30 多万平方米。滨江大道如同纽带，东端连着二百多年历史的老码头；西接刚竣工的大庆肇源新港和新建成的吉林松源市与肇源的松花江公路大桥。当我们登上滨江大道时，眼前豁然一亮，一条美丽壮观、宽阔平坦的江边大道似一条臣龙，蜿蜒地伏卧在松花江左岸，煞是磅礴逶迤，恢宏大气。

走在滨江大道上，让我想起了这里原来的景象。两年以前，这里还是一条4公里长的沿江土坝，由国堤外面几个村屯的农民们自发组织起来修筑的民堤，是为了保护近万亩江湾地的庄稼，怕汛期被水淹了。

三年前，肇源老码头段江道淤塞，江水断流，不得不移到上游4公里处重新建港。恰逢江南吉林松源市与江北肇源县的江上公路大桥紧挨着新港建造，于是，就形成了新的港桥物流区。肇源县里居民要光顾港桥新区，就需要建这条滨江大道，以起到畅通人流、物流的作用。这也是建滨江大道的原由之一；原由之二，肇源县委、县政府为县城的发展建设提出了“南移西扩，沿江发展”的新思路，建成的滨江大道无疑是起到了奠基作用和牵引作用；原由之三，滨江大道两侧的点缀与装饰，很有文化品位和艺术特色。光滑的大理石柱的栏杆，整洁的道路护坡，成几何图形的人行道绿化带，期间放置了具有时代气息的雕塑，还有造型别致、极具江畔风格的亭台，以供游人休憩。大道的本身就是一条别开生面的风景线，居高临下，举目大道南侧：路基下是两百多米宽的滩地，碧波荡漾，草长莺飞。紧挨着的是烟波浩渺的松花江主航道。江面白帆点点，渔歌互答；再看大道北侧：一条条林带，一方方农田，瓜果鲜艳，稻谷芳香。这真是道南产江鱼，道北收五谷，“渔米之乡”的称谓，在滨江大道两侧展示得淋漓尽致，这无疑又起到牵动旅游业的作用。

自打滨江大道建成以后，肇源县的人就多了一种习惯，单位或家里来宾客时，要请到江边江鱼馆品尝江鱼宴，酒酣耳热之后，主人是必乘兴请你游览新港新桥和滨江大道。去年夏天，在湖南电视台工作的七叔丈人回到家乡肇源，我们四五家亲属组织在一起，酒宴过后，去游览江桥新港和滨江大道，还拍了许多照片。七叔对家乡的变化感触颇深，连连赞叹。去年秋天，父母从大庆回肇源，我和三弟及妹妹们，陪着两位老人又去江桥新港和滨江大道走了一趟，看到这些又新又大的变化，老人们真是打心眼里高兴。

信步于高高的滨江大道上，比在平地或其他道路上看到的景物，都更加阔大和辽远，大有“会当凌绝顶，一览众山小”的眼界和感觉。

滨江大道的魅力，是那么的强大而坚定，所吸引的目光正与日俱增。若有摄影与绘画高手，或是舞文弄墨之大家来此，滨江大道准能赋于你无限灵感，让你满眼色彩，心生雅趣，为之留下传世之作，定会有“道承文脉，文载道魂”的磅礴之气势。因此说，走上滨江大道，就是走进江畔风光的画卷里，走进大江湾心旷神怡的诗文里，走进雅韵滋生又令人陶醉的那份意境里。

永远的大庆时代广场

依然是大庆市政府门前的时代广场，以前来过，只是匆匆过客。现在天天去时代广场，是为了晨练健身。

从走马观花，到下马看花，再到长住赏花，心情自是迥然不同。

已过八月中秋，早晚有些凉意，曙光微露就已是五点多钟了。从东风新村纬二路22号的大庆外贸大楼出发，一直向东到政西路，然后拐向南到世纪大道，稍向东走就到市政府门前的时代广场了。其实，这段路不算长，疾步行走，也就是十几分钟的时间就足够了。

晨光中，敞开胸怀的时代广场静候你的莅临。

走进北大门，迎面“祖国万岁”四个鲜艳的大字是用十多种鲜花摆放而成，在它的两侧有用鲜花拼成的两个横条幅，西侧是“庆祝油田发现五十周年”，东侧是“庆祝大庆建市三十周年”。再往前走，是用十几种菊花排成的花圃，迎寒绽放，已有游人驻足细看，也有人在花丛中摄影，留下艳丽鲜活的瞬间。

在广场茵茵的绿草坪里，扬声器轻柔地播放出悠扬的歌曲，随着一缕缕清爽的晨风，送给你一阵阵的温馨。犹如欧洲古海船上高大帆樯的白色篷布，在万宝湖的东岸，凌空鼓起，沙鸥从上面滑翔掠过，扎向平稳如镜的湖面，也许能叼到一条小鱼，也许是一场即兴表演的空欢喜。

广场中轴线的两侧，有跳集体舞的，有练武术的，有打太极拳的，林林总总的展示着、热闹着。花草和树木集中在广场东侧，阳光悄然地从东面高楼顶上洒下来，形成一泻千里的光瀑，透过林地树木的繁枝密叶，斑斑点点地筛洒在林间的绿草地上，很像豹子身上的斑纹。顿时，林内有了活跃的气氛，有了驱走寒气的温暖。

在林间弯曲的甬道穿行时，听到了啁啾鸟叫声，顿添欣喜，循声找去，结果是几个鸟笼，高悬在路边的树枝上，几个遛鸟人守在一边。此时，细听鸟叫，似乎有一种凄凉哀惋的音色掺杂其中，遛鸟人却轻松自得，好像从不顾及鸟的情绪。这让我想起童年时爷爷给我讲过的一段故事：他说我父亲小的时候得了一场大病，又是请巫医跳大神，又是请方圆百里的好大夫，诊治多次，后来有信佛的人告诉爷爷买鸟放生，爷爷照办了。也不知是大夫诊治起的作用，还是买鸟放生显灵应验，父亲的病从此痊愈了。从那以后，我最见不得别人在鸟笼里养鸟。后来，每天晨练去时代广场，我都绕过遛鸟的场地，再也不忍看那活蹦乱跳的小精灵在笼里受罪。

一晃，去时代广场晨练已有月余，渐渐地失去了初来乍到的新鲜感。我想，要是将来把老伴儿接来大庆，每天和我同去时代广场晨练，与我交谈，陪我唠嗑，也许将有另一种心境。

不管我能在大庆待多久，也不管老伴儿是否能陪我去时代广场，这些在人生的旅途中都不要紧，重要的是结识了《纵游大庆》杂志社的孙鸣雁社长和编辑部的同仁们，又与广生、英杰两位家乡老友凑合到一起，又结识了敞开胸怀接纳我晨练的大庆时代广场。

啊！永远的大庆时代广场。

（刊发于《大庆日报》2010 年 6 月 2 日副刊“文化·黎明湖”）

璀璨迷人的万宝湖

到过大庆时代广场的人，大多都知道广场的西南端有个万宝湖，如果你稍加留意，站在湖东岸向西细细观察湖面，就不难发现，整个万宝湖就像一个硕大的元宝，摆放在广场的一隅。而且，更巧的是湖的中央有个湖心岛，从北岸看，也像是元宝形，稳固地镶嵌在湖里。

我来大庆已近一年，每天晨练都在时代广场的万宝湖东岸。后来发现，围湖竞走、跑步、散步的人比广场上晨练的人还多。疑惑多日之后，才听说了其中的奥妙：原来，人们晨练也图个吉利。绕湖一周，不但空气清新，而且也正好走出个元宝形状，这会给人们带来“日进斗金”的好运气。既能锻炼身体，又能有个吉祥如意的好心情，人们何乐而不为呢？所以，看到绕湖一周的人群趋之若鹜，也就不足为奇了。

再后来，我又听到了关于万宝湖的传说。新版和老版的传说都很多，唯有一个传说历史最长久，流传最广泛……

古代名妓杜十娘，怒沉百宝箱之后，投江身亡。薄情寡义的李甲和孙富，为争抢打捞杜十娘投入江中的珠宝而造成血案，两人来到当地县衙大堂，求县太爷做主。哪知，县官更是贪得无厌，先把李甲和孙富收监候审，然后，指派心腹，连夜赶往江边，准备打捞珠宝，据为己有。

且说杜十娘怀恨而死，阴魂不散，又见李甲、孙富和官府来抢夺珠宝，就摇身变作一条红鲤鱼，顺江而下，去见东海龙王告知此事。龙王得知此事后，立即派出黑鱼精带领虾兵蟹将来到江中，把杜十娘的珠宝沿水路搬运到松嫩平原腹地的一处湖泊中，埋藏于深深的湖底。在茫茫荒野之中，为辨认此湖，黑鱼精便用法术将湖变为元宝形。回东海龙宫向龙王复命后，总觉心有不甘，遂起盗珠宝之心，于是连夜赶回元宝湖。当红鲤鱼发觉黑鱼精前来骗宝时，心里早有了防备，奋力与他大战六十余回合，终因体力不支败回湖底，在虾兵蟹将的掩护下，她取出聚宝盆，把全部珠宝尽收盆中，然后，又将泥土覆盖其上，贴上一道符，又念起咒语，顿时，聚宝盆连同珠宝一起下沉，覆盖的泥土迅速生长出湖面，形成了湖心岛，把全部珠宝密封在其中，压在岛下。

黑鱼精劫财不成恼羞成怒，放出黑色毒液，要置红鲤鱼于死地。正当万分危急之时，龙王三太子奉命赶到，与红鲤鱼合力治服了黑鱼精，并按龙王旨意，将它囚禁在元宝湖北边的一个大湖里。从此，人们就把元宝湖改名为“万宝湖”，把囚禁黑鱼精的大湖叫做“黑鱼湖”。

当初，万宝湖和黑鱼湖一样，在偏僻而又渺无人烟的荒原上，被冷落，被遗弃。在油田开发和建市之后，尤其是跨入新世纪以来，由于市委市政府和油田管理局等各级领导的高度重视，以及广大市民环保意识的增强，今日的万宝湖已远非昔日可比……

每当橘红色的早霞铺满湖面，岸柳荡起和畅的惠风，晨练的人们便不约而同地来到湖边，在优扬乐曲的伴奏下，迈着轻盈的脚步，环湖晨练；此时的湖面平稳如镜，不时有鱼儿打漂跃出水面，溅起涟漪，随着游人的微笑荡漾开去，舒展着游人的心情。

今日的万宝湖，早已成了时代广场一大亮丽景观。湖边，绿草茵茵，岸柳依依。广场的秀美着意点缀着万宝湖；波光闪烁的湖水，滋养出广场鲜活的灵性。

今日的万宝湖，像世纪大道这条中轴线上穿起的一颗璀璨的明珠，越来越光彩，越来越迷人。

（刊发于《岁月》2010 年第十二期“人在旅途”）
（刊发于《大庆日报》2011 年 9 月 8 日 24 版）

璀璨迷人的万宝湖

大庆西苑

如果有一个我认准的地方，或许我会经常光顾，或许我会把它融入记忆；尤其是这个地方既能锻炼身体，又能信步闲游，消愁解闷，赏花观树看风景；同时，这个地方离我很近，举步十来分钟，便可进入。这样难得之处，我绝不会轻言放弃。

这个地方叫西苑。大庆的西苑。

我和熟悉的大庆人说起西苑，他们大多是愕然。我犯疑惑，是西苑小吗？是“年龄”小呢，还是“个头儿”小呢?

我是2009年初秋来大庆的。住进《纵游大庆》编辑部之后，办公室兼寝室由我一人独享。在寻找晨练场所时，西苑虽小，在我这里却青眼相加，立马看中。时至今日，已结缘日深。

小小西苑，被四周街路围成个14万平方米的正方形。东有南北走向的“政西路”，北有东西走向的“人民西路”，两条路边是市政府和几家行政部门，看上去街路和周边比较清静；西有一条南北走向的“经三街”，街边有商业、餐饮、金融等企业，稍后还有刚刚运营的“万达广场”大商铺，因此，人多车多热闹非凡；它的南面是一条横贯东西、连通两城（东城萨尔图和西城让胡路）的鼎鼎有名的“世纪大道”。那可是大庆城区的“中枢神经”和交通命脉，车水马龙，昼夜不断。白天尤甚，汽车声和喇叭声，不绝于耳，热闹喧嚣。可是，当你穿过横道，钻进路北树木茂密的西苑时，感觉与心情就会陡然生变，密集的树木，繁茂的枝叶，如同一层层天然的消音屏障，将喧嚣与烦躁隔挡在身后，走进西苑三五十步，便可享受到一片清爽，一片温馨，一片静谧，远离浮躁，心灵得到解脱和放逐。

西苑是在2002年建的，至今已10岁。10年光景，这个占地14万平方米的小公园，就已有绿色面积13.45万平方米。有植物40余种，3万余株，绿化覆盖率为96%。

大庆西苑

走进西苑，你会发现，按植物配置可分三个主要区域：东面区域，以乔木为主，主要有杨树、柳树、榆树等落叶乔木，保留了原有林带的历史文脉，形成初级植物群落；中间区域，属休闲区域，乔灌木错落其间，并有蜿蜒曲折林荫小路，路边设坐椅，小广场设健身器材，还有木制小凉亭，漫步其中，尽享天然氧吧之关爱；西面区域为观赏区，疏林草地，可纵情游览，观花的有连翘、榆叶梅、山梅花，观叶的有火炬树、枫树、野藤，观枝的有偃伏梾木。还有冬夏常绿的青扦、樟子松、柏树、砂地柏等，四季美景皆宜，彰显树木观赏的多样性。

西苑是大庆市委、市政府还绿于民，注重生态建设的又一经典力作。2003 年，被黑龙江省建设厅授予“标准化生态园”称号。

西苑的管理者们很会提高园林的人文档次，在南北两座门旁，竖立了“西苑简介”牌板；给乔木、灌木和花卉等植物，都立了形状各异、美观大方的标牌，按种类印上每种树木或花卉的名称、科属、形态和习性，这无疑是让游人开了眼界，增长了知识，增添了人文关怀的亲近感。同时，他们还实行人性化管理，为游客提供了六项温馨服务：免费提供杂物袋、免费提供饮用水、免费提供应急药品、免费提供自行车充气、免费提供雨天应急用伞、免费提供园林树木介绍。并且在温馨服务牌上印有服务电话。这还不算，每到冬春两季，他们总会及时把谷物等鸟食，撒在朝阳的明显处，为园中的鸟类提供丰富的食品。由此可证：西苑的景色迷人，西苑的员工感人。

有一天上午九点多，我心血来潮，趁编辑部无事，揣了纸笔，前去抄写“西苑简介”。来到西苑，我没太在意天阴的程度，心想，还没到“清明”节气呢，就是下雨也是零零星星的。结果，在简介牌前，刚刚抄写了两行半，雨就下起来了，而且下得挺大。我这个人挺倔强，顶着雨也要把它抄完。雨点儿打在纸上，墨水湮成一片，我赶紧用身子挡雨，用了十分钟终于把西苑简介抄完了。揣起纸笔，摸了一把头发，湿漉漉的如水洗一样。我看不清自己被浇湿的形象，只见西苑中被雨浇过的树木，颜色格外鲜亮，通身焕发出春的气息。少顷，雨停了，杨树、柳树和黑黢撩光的榆树，都在雨中酝酿出微绿的旋律，随风在枝头上飘动。

2012 年 3 月 29 日这一天，第一场春雨浇进了我的记忆，格外的清新，格外的舒爽。

若论春天的信号，不单单是杨柳先发苞窜叶，西苑里的十几棵落叶松，也毫不示弱，抢先吐出满枝细小的绿叶。落叶松的枝杈，紧紧围抱着笔直坚挺的主干，向上伸展着，看上去，每棵树都像一座葱茏伟岸的碧塔，我以为，它该是树木中的君子。别看它针叶细小，却绿得鲜亮，特别抢眼。近旁，匍匐在地的砂地柏，也退去冬装的紫绿，换上春装的葱绿，铺落开就是一大片。

最先开花的当属连翘。它是先开花，后长叶；而且花朵小，仅有四瓣，但花朵数量多，乱乱乎乎地挤满枝头。看那米黄色的花朵似有香气，贴在鼻子下一闻，令人大失所望。

京桃的花朵几乎是与连翘同时开的。京桃树高枝稀，枝头花朵也显得疏朗，是水水灵灵粉白色的，很是惹人喜爱；榆叶梅着急了，紧追慢赶地举起满枝的小骨朵，刚生出时如高粱米粒大，几天光景，就长成芸豆般大的花苞，朝阳的一面先咧嘴儿开放了。它的花是粉色的，花开的密集，每根枝子上都是一串串拥挤的花朵，似乎是挤得喘不过气来。

西苑，从外边看，也许觉得其貌不扬，甚至有些许丑陋；如若耐着性子走进去，你会顿觉眼前一亮，不由自主地走向纵深，真就没法停下你那好奇的脚步……

春秋更迭，四季枯荣。我在西苑里行走，西苑在四季里行走；萌芽拱出一个明媚的春天，拔节喧闹了一个炎热的夏天，果粮芳香了一个沉甸甸的秋天，雪花晶莹了一个童话般的冬天。四季应景，如诗如画。把西苑如画的景色镶嵌在思想的寂静里，那溢出的色彩，便成了视觉的享受……

大庆西苑，我永远的精神家园。

2012 年 5 月 6 日

“立秋”三日

8月7日立秋。我家并没有刻意搞“抓秋膘”的伙食，我也没在意这个节令，东一头西一头地忙碌了一天。傍晚时分，在居民楼的墙角落里，突然听到几声“吱——吱——”清脆的蟋蟀叫声。我恍然醒悟，这小小秋虫的哼唱，拉开了秋的帷幕。

时至今日，不容你多想，秋的声音，秋的色彩，秋的风雨，正一步步地向北方大地围拢过来。见此情景，暑热漫散着惶恐，掉头向南方溃逃了。

秋已将至，该有些准备吗？静心细想，又觉没啥必要，还是那句老话：顺其自然，随遇而安。等着吧，等着看秋野吧，又一轮标致性的色彩，斑斓呈现；等着看秋田吧，又一片庄稼挺举的果穗，堪比去年饱满；等着听秋歌吧，又一场万籁齐鸣的秋之交响，绘成巨制鸿篇；等着看秋水吧，赏一泓深沉而又凝重的湖水，清澈几许心田。同时，你还可把秋水与春水，两相比照，清浊冷暖，自有感悟。不管怎么说，“悲秋”也好，“喜秋”也罢，谁也躲不开，谁也绕不过。

8月8日。早晨天阴的很重。照常去了城南早市，买了两捆芹菜，也想吃一顿饺子，补一补“秋膘”。临近中午，下起雨来。突然，接到编辑部孙总打来的电话，说10日去大同区采风。我说，9日上午我一定返回大庆。撂下电话细想，还有几件事没办完，于是，撑起雨伞，南一趟北一趟地走在风雨里，忙些不得不忙的闲事杂事。吃完午饭的饺子，刚想睡个午觉，又接了电话，让去县民政局取文字材料。直到下午4时，我忙完了，雨也消停了。真难预料，这立秋后的头一场雨，竟能与我配合得如此紧密。

8月9日。早晨5点起床。老伴为我现包饺子，当然还是芹菜馅的。十几个饺子下肚，又喝了一碗饺子汤，这才背上背包上路。今天出门顺当，不紧不慢，正赶上六点十分去大庆的长途客车，车上的人不多，空出好多座位，选个靠车窗的坐下，也是想看一看路边的风景。可是，坐了没多久，便昏昏然睡了起来。当被汽车颠醒时，已到了头台镇小学校的门前。

大客车开出头台镇之后，明显地加快了速度。透过车窗向外望去，路边成排的大杨树伟岸挺拔，叶子绿得发亮；再看高远的蓝天，也许是昨天刚下过雨的缘故，蓝天被洗得透明瓦亮。在辽远空旷的视野里，竟然没有一丝云朵。那天然的湛蓝，敞亮了我的心境；那难得的清静，也清静了我的心灵。是啊，前两天的事，像一团乱麻，缠着搅着。只是过了这立秋三日，写民政局志的文字材料也已凑齐，不再担心误了排版印刷；同学会的酒局基本结束，照片我已负责洗完，委托别人发放；升学宴、婚宴的喜酒也喝到了尾声；拿不上大摊儿的磕磕绊绊的家庭问题，还得靠亲情，顾大局，讲稳定……大体上该画个句号了。

此时，坐在大客车里的我，像踢开了羁绊，抖落了缠绕，一身轻松，一心清静。真该感谢这场雨，为我洗净了蓝天，教给我心存高远；真该感谢那些云，躲开我的视野，留给我清洁敞亮的心境。是啊，昨天的烦杂和是非，早被大客车甩在后面，变得淡然和渺远……

网进思绪的蝴蝶

北方初夏的早晨清凉透爽。

如往常一样，在市机关餐饮部吃完早饭后，便悠闲地走回办公楼。刚拐过楼角，忽然见一只蝴蝶，扇动着轻盈的翅膀，翩然而来，徐徐落在楼前那排低矮的风景树叶子上。不知是哪来的兴致，也许是好久没见蝴蝶了，我竟然下意识地停了脚步，蹑手蹑脚地凑到近前（约莫仅有 1 米的距离），睁大眼睛，细心地端详着这只蝴蝶。

这是只白蝴蝶，比一般白蝴蝶稍大些，两只翅膀展开足有八九厘米宽；洁白的翅膀上，有黑色的网状条纹，均匀而又细小，但却看得真切。尤其是翅膀前端边缘的两道条纹，略显粗黑，更为其增添妩媚。看着看着，见它把两只翅膀轻轻摊开，像是歇息，安然地享受晨光的沐浴，舒坦地呼吸着清新的空气；倏忽，一股微风吹来，树叶轻轻一摇，立马合拢了双翅，似有警觉。风过，它又重展双翅……

不知是童心未泯，还是好奇心起了作用，我伸出手去，慢慢地接近它细小的尾巴，想捏住它，真真切切地欣赏一番。岂料，仅差之分毫时，不知它是看到了、听到了、还是嗅到了我的企图，纵身跃起，舞动惊恐的翅膀，贴近楼房的墙壁，如离弦飞弹般的急速拔高，瞬间跃过六楼顶，融入高远的蔚蓝之中。我惊呆了，被这从未见过的拔高速度惊呆了，傻愣愣地仰望碧空，许久，才回过神儿来。

消逝在视野里的蝴蝶，不知为啥？却网进我繁杂纷乱的思绪，我一厢情愿地放不下这蝴蝶了……

小小蝴蝶，弱不禁风，哪来的体能和本事，飞出如此惊人的拔高速度呢？除此之外，它会不会借力于一股沿墙上升气流的推助呢？我情愿相信后者。蝴蝶虽小，在“适者生存”的环境里，学会凭借外力，小小蝴蝶，鬼精鬼灵。

一周后的一个早晨，又发生了一个出人意料的场景：就在原来落过白蝴蝶的地方，竟然又出现了白蝴蝶。只不过是这次的蝴蝶是落在矮树丛的顶端，双翅展开成一个平面，纹丝不动，像僵死在那里一样。我想拿回去当标本，以为稳操胜券，伸手去拿，“腾”的一下，同时飞起两只蝴蝶。此时的我，十分懊悔，两只蝴蝶被我的粗鲁和愚蠢，惊飞的天各一方，这等同于“棒打鸳鸯”，罪不可赦。

我想，这会不会是前几天的那只蝴蝶，先来选好场地，又引来另一只呢？这时，我发现矮树上开出几串米粒一样小的小白花，用鼻子贴近嗅了一下，一股浓香顿时浸入肺腑。也许正是这不起眼儿的小白花的香味儿，才引来这对儿白蝴蝶吧。

“小暑”节气的前一天，“八一农大”曲教授带了5位学生到向阳的野生药材基地采集标本，趁此机会，向阳邀请加昌去拍专题片，并让承东和我陪同前往。在鲜花点缀的长满野生药材的大甸子上，又同蝴蝶们不期而遇。正当观花赏蝶之际，偶然发现一只白蝴蝶被蜘蛛网紧紧缠住。于是，立即动手，摘掉蝴蝶身上黏糊糊的蜘蛛网，举手一扬，只见白蝴蝶如同噩梦中醒来，振翅疾飞，逃向旷野深处去了。救一只蝴蝶，也算一次赎罪，也能得到一次心灵的慰藉，不是吗？

对于早年司空见惯的蝴蝶，我了解的并不多，顶多知道蝴蝶是一种昆虫，翅膀宽大，颜色美丽，静止时四翅竖立在背部，腹部瘦长，最爱围着花朵转，吸花蜜。种类较多，有的幼虫吃农作物，对人类有害；有的幼虫吃蚜虫，对人类有益。简称蝶。其实，蝴蝶和人类是很亲近的。无论什么年代，人们生活的地方离不开花草树木，有花草树木的地方就有蝴蝶。

孩提时，也曾淘气地捕过蝴蝶，也曾用蜡笔画过蝴蝶；捕蝴蝶的法子很简单：在野甸子上，拔一棵一人多高的大黄蒿，那黄蒿顶端枝叶茂盛，很像打开的扇子面一样，是捕蝴蝶的很好用具。几个同伴比着，看谁捕的蝴蝶大，看谁捕的蝴蝶鲜艳。回头想，儿时的我，脑子里一根弦，只想着与好玩有关，与乐趣有关，捕捉到的蝴蝶终于被玩死了事。有时，把玩死的蝴蝶放在窗台上，须臾，就有蚂蚁爬过来，要拖走蝴蝶的尸体。实在拖不动了，先放下，回去喊来更多的蚂蚁，一起拖着死蝴蝶，浩浩荡荡地回到洞府，享用这鲜美的晚餐。

在民间，出于对蝴蝶的虔敬，早年的农家妇女们或在幔帐套上，或在枕头顶上，或鞋上、衣襟上绣上一些色彩艳丽的蝴蝶，以图喜庆吉祥；在艺术家的笔下，出于对蝴蝶的钟情，在绘花卉时，必有彩蝶画在其中，烘托着花卉的鲜活和诱惑力；在古往今来的文学家笔下，蝴蝶是不可多得的爱情象征。如“梁山伯与祝英台”，一部流传千载的爱情悲剧，作者竟能升华为“化蝶”作为大团圆的结局，使爱情的力量超越生死；又如“刘三姐”中的蝴蝶泉，引得天南地北的游客，前往观瞻；再如“鸳鸯蝴蝶派”的文学流派；古代的词牌子“蝶恋花”等等，不一而足，不胜枚举。

随着这篇文字的结束，网进思绪的蝴蝶，还是要放飞的。山有山的体貌，水有水的流态；鸳鸯有鸳鸯的追慕，蝴蝶有蝴蝶的恋情；连花草树木也和人一样，都有各自的性子。这世上的事，这世上的人，就是这么个理儿……

2013 年 7 月 9 日

雪后清晨

莲蓬卧雪

初冬的一场大雪，整整下了三天，地上的积雪足足有一尺半厚，把个松嫩之滨大平原捂得严严实实，城市与乡村都被笼罩在皑皑白雪之中。

雪后清晨，大好的天儿，蓝瓦瓦的格外净洁清朗，让人顿生兴致，于是，我赶紧背了相机，骑上自行车，直奔城外的西海湿地公园。趁着难得的早霞，多拍几张莲蓬卧雪的照片，也别辜负了今年初冬的头一场瑞雪。

雪后的西海湿地公园异常静谧，却也有早行者的脚印，凌乱地踏印在平直的甬道上。放眼望去，在厚重白雪的主宰下，或是甬道旁，或是荷塘岸畔，一排排卸掉繁华的柳树，伫立于雪中，默默地守望着这片肥沃而又神奇的湿地；再看近处，那平稳沉静的湖面，已经冻上一层薄冰。也许是刮风的缘故，冰面上尚无积雪，像一块刚刚擦拭过的明镜，光鲜亮丽地镶嵌在晶莹的雪地上。衰落的荷叶冻在冰面上，有些杂乱，只有那枯槁的莲蓬，依然不屈不挠地挺直腰身，昂扬着头颅，默默地坚守，在大雪的威力面前不肯就范，似乎是要与冰雪严寒抗争到底。我被这些倔强的莲蓬感动着，吸引着，蹲下去、站起来、侧身子、换角度，咔嚓咔嚓不停地按动快门，一口气拍了几十张照片。尽管摄影技术并不娴熟，拍的照片也还不尽如人意，但自我欣赏，心里还是油然而生一种美滋滋的惬意。

该换个场景了。走在雪地上，脚步踏出了晨光里“咯吱咯吱”的清脆。突然，就在身旁荷塘边的芦苇荡里，“扑棱棱”蹿起一只灰不溜丢的野鸡来，拼命地扇动翅膀，冲向天空；一眨眼，又一只色彩鲜艳的大野鸡，拖着长尾巴，“嘎嘎”叫了两声，紧随其后向着早霞飞去。我当时一惊，愣怔在那里，竟然忘了胸前挂着的照相机，一个千载难逢的好镜头，就这样瞬间消失得无影无踪。我悔恨自己的愚笨，本应该是一个意外收获，却又在意外中丢失了，捶胸顿足也无济于事。我猜想，这两只野鸡一公一母，准是一对儿“夫妻”，可能还没顾上吃早饭呢，就被我给惊飞了。

听朋友讲过，前些年，这里是长满芦苇和蒲草稗草的大水泡子，因位置在县城西郊，城里人就给它取了个名字叫“西大海”。城里有爱打猎的人，经常在雪后清晨到这里打野鸟、野兔、野鸡等，在凶残的枪声里，很多野生小动物竟成了狩猎者的盘中餐。近些年，这里辟建成了西海湿地公园，又把二站镇莲花泡的莲花移栽到这里，环境逐渐好了起来；再加上国家出台了收缴猎枪和保护野生动物的法律法规，西海湿地公园的野鸡、野鸭、野鸟等，才得以快速繁衍。其中，野鸡繁殖得最多最快，因此，我们才有更多机会见到它。

拍完照片，已是日上三竿。我又在荷塘里踩了几朵莲蓬，折了几根圆圆的、又粗又长的蒲棒穗，带回家中，插进花瓶里，放在我邻窗的书桌上，也是为这次雪后清晨拍照，留下一点儿念想。

雪后清晨，那些童年往事如一幅幅图画浮现在眼前。那是六十多年前的松嫩之滨，每到冬季，风大雪大天气寒冷，夜里下过一场大雪后，一个小小的村落就几乎被大雪吞没。清晨起来，大雪封门，推不开，出不去；父亲只好启开封了半冬的窗户，拿了铁锹出来，挖开堵在门口的一米多厚的积雪，才把屋门打开。接着，他又去邻居家帮忙铲开封门的积雪。我趴在炕里的窗台上，细细地端详着玻璃窗上在一夜间冻出的各种霜花：有的像大树，也有的像芦苇；有的像蒲草，也有的像树林。每块儿玻璃窗都是一幅精巧而又别致的银雕玉琢的风景画。看着看着，不由得引出许多奇妙的遐想，仿佛自己也置身于冰天雪地的风景画里，置身于冰雕雪塑的丛林美景之中。转瞬间，一片红晕铺上了整个窗户，透过玻璃窗边缘的窄缝，向村东南的小山岗望去，在稀疏的榆林缝隙间，一轮红日正悄悄爬出地平线。红日映白雪，使人顿生欢欣。雪上日出，别有一番情趣，格外清新亮丽，又格外静谧安详；雪上日出，更增添了几分雪的洁白，日的红晕，人的欣喜。正值此时，大公鸡的喔喔啼鸣，看家狗的汪汪叫嚷，家家户户的炊烟又袅袅升腾，烘托出雪后村庄的欢乐祥和与生机勃勃。

雪后清晨，在厚厚的积雪里，似乎埋下了不为人知的神奇奥秘，埋下了活泼天真的童话，埋下了遥远的神话传说，也埋下了对未来的美好憧憬。在那渺若云烟的许多往事里，唯有雪后清晨，还依然清晰可辨，让我十分想念，永难忘怀。

整理完莲蓬卧雪一组照片之后，又有感而发，写了一首《七绝·雪后清晨》，附记于此。

七绝　雪后清晨

冰想晶莹雪想白，莲蓬卧雪待春来。
早霞一抹铺红晕，撷取诗情韵满怀。

2021 年冬月

DI SI JI | 第四辑

陈／年／旧／事

秋天的屋顶

在东北的松嫩平原上，秋天来得早，也来得快。农谚说：“三春不如一秋忙。”人忙，拖拉机忙，牲畜忙，就连各家各户的屋顶也跟着忙了起来。

在嫩江下游和松花江上游沿岸的广大农村，从建国初期到改革开放以前，农村人住的都是土平房，房墙是土打的，或是用土坯垒的；房盖是用梁柁和檩子搭起来，在上面铺些秫秸或苇子，然后，再抹上厚厚的碱土泥，土平房就盖成了。

怕房子漏雨，每年春天都要用碱土泥把屋顶重新抹一遍，经过一夏天的雨水冲刷，到了秋天，屋顶上既平整又光溜。曾经困难的年代，各家各户的田地很少，每到秋天收回少量的杂粮杂豆，都要放到屋顶上晾晒。高高的屋顶，如果没有梯子，人们很难上去，孩子们怕摔下来，就更没人敢打上屋顶的主意，因此，在屋顶上晾晒粮豆，不用专人看管，既防止了偷窃，又避免了鸡蹬狗刨耗子盗。这使得秋天的屋顶成了一块不可多得的宝地。

自打农村实行联产承包责任制以后，我在农村老家的乡亲们，地和粮都多了，这一下，秋天的屋顶便派上了大用场。

艳阳高照，色彩斑斓的收获堆满了秋天的屋顶。且不说屋檐下挂着一串串红辣椒，一辫辫大蒜，一捆捆红高粱；就说屋顶上一摊摊绿豆，一堆堆葵花头，一摞摞苞米棒子，看上去比贸易洽谈会的农产品展厅还要丰满、还要鲜艳，让人羡慕、让人眼馋。

秋风送爽，藏不住的喜悦装饰着秋天的屋顶。经过几天的晾晒之后，妇女们领着稍大一些的孩子，到屋顶上打场。把葵花头拎在手里，另一只手举着木棒使劲敲打，干透的葵花籽就哗啦哗啦地掉落下来。这时，东邻西舍屋顶上的大人们，相互有说有笑地说起家常，孩子们吵吵闹闹，一阵阵欢声笑语传到村外，回荡在秋高气爽的田野里。

好收成带来好心情，回到家乡和老亲少友们唠起家常，他们才交了实底，能过上今天的好日子，全靠党和国家的好政策，免了农业税，还给咱农民发补贴，这可是亘古没有的天大好事，再加上种啥养啥都自由，可让咱农民神气透了。“免了税，给补贴，挣钱一年比一年多。”这些挂在农民嘴上的口头话，可全是发自内心的，跟这秋天的庄稼籽粒一样饱满，一样沉实。

近几年，农村的日子好过多了，住房也发生了很大变化，砖瓦房和小楼房逐年增多，随之，屋顶也越来越华贵大气了。由原来抹泥的平屋顶，发展成起脊的瓦屋顶，从红瓦的、水泥瓦的、石棉瓦的，发展到镀锌铁皮的……现在，都时兴彩钢瓦的了。无论到哪儿，不用进村打听，远远望去，哪个村屋顶变化大，彩钢瓦的屋顶多，哪个村就生活好，就富裕。

四表弟带我到他家去吃饭，他家的屋顶是彩钢瓦的，上面还安了一架18支管的太阳能热水器。我对四表弟说，他每年的收入好像比我还多，比城里人生活的还滋润呢。四表弟用他那嘻嘻的笑声，算是回答了我。

眼下，老式土平房的屋顶正日渐减少，它诉说着过去，鉴证着历史，憨厚敦实的像老年人的脊背，稳稳当当地驮着步步抬头的好日子。这殷实富足的屋顶，撑着农家一年四季的脸面。这秋天的屋顶，光明磊落，袒露着北方农民豪放的性情和宽广的胸怀。

在秋高气爽的日子里，一连串的新屋顶绚丽多彩，展示着时代的富庶与华贵；那些稀稀落落的老屋顶古朴自然，留下了鲜明的对比和无限的遐想。它们祥和地簇拥在一起，正勤勤恳恳地为秋天增添成色、内容和份量。

风儿，喜欢在屋顶上溜弯儿；阳光，喜欢在屋顶上游览。家家户户的屋顶挨着屋顶，连成一片，组成一幅金秋百乐图，亮艳生动了新农村的美好愿景。

（刊发于宁夏《当代文学选粹》2009年宝石号“散文天地”）

野　浴

野浴，说白了就是在江河沟渠或野外泡子里洗澡。

小时候在农村上小学，临放暑假的时候，班主任高老师给开了个班会。会上，他对我们一个月的假期生活提出了几项要求，我记得其中最重要的一项就是他板着脸重复两遍的那一条：严格禁止男同学进行野浴（就是不准去野外的水沟子里洗澡）。我们几个男同学暗地里挤眉弄眼地传递着眼色。心想：放暑假了，你也不能跟到家里看着我们，就是去野外洗澡，也只有天知道。

放学的钟声敲响了，高老师给女同学放学了，却把我们男同学留在了教室里，他拿出学校的大红戳子，拧开鲜红的印泥盒，让我们每个人都把裤腿儿撸到大腿根儿上，然后，在每个人的大腿根儿上，都盖上一个红戳子，大约挺了十几分钟，红印泥干了，才让我们放下裤腿儿。接着，高老师又补充了两句："再开学的时候，我要检验这个红戳子，谁的红戳子掉了，就证明谁去野浴洗澡了，就要处分他，严重的要开除学籍。"

这一下可好，我们这些男孩子，全都像霜打的茄子——蔫了。

暑假里，最炎热的伏天，谁也挡不住大水泡子的诱惑，我们这些淘气的男孩子，聚集在村东南角的东大坑沿儿上，吵吵闹闹的，你推我拥，都因为大腿根儿上有个大红戳子，谁也不敢下去洗澡。

全村下的雨水，绝大多数都要淌进这个大坑里。水多时，水面能有千余平方米，呈椭圆形，中间较深，水最深的地方足有一米半深，不会"打狗刨""打漂扬"的孩子，进了深水里准会被水淹着。其实，我们这些小孩子也有个规矩，会凫水的孩子胆子大，每次洗澡总是冲在前面，跑到大坑沿儿上，甩掉鞋，脱下裤衩，尿出些尿来用小手接着，然后抹在肚脐上搓一搓（听大人们说，这样防水凉，不肚子疼）。接着，就像开锅下饺子一样，扑通扑通地跳进水里。不会凫水的孩子胆子小，跟在他们的后面，快到深水时，就一步一步慢慢用脚试探着深浅往前挪，跟在后面学着“打狗刨”，可也没啥危险。

可是现在不行了，全被大腿上的红戳子给难住了。比我们高一年级的学生，在水里洗的正欢，逗引我们下水，我们几个同班学生一商量，不洗掉红戳子就没事儿，于是就站进没膝盖的水里，洗着脊背。这时，高年级的几个学生扑了过来，推起高高的水浪，一下子没过了大红戳子，洗掉了红颜色，大腿根儿上只剩下一个淡淡的圆圈。这回我们几个全傻眼了。接着他们喊：“戳子没了，下来洗吧。”我们带着怨恨，带着无奈也带着解脱，扎进水里洗了起来。

接连洗了几天之后，“狗刨”“漂扬”“扎猛子”都练的差不多了，大伙儿都觉得不太过瘾，年龄大的同学一撺掇，说上西河洗澡还能踩着“嘎喇”。于是，我们六个同学就呼啦啦的向西河进发。

西河是我们本村人的叫法，因为在村西三里远。其实正宗叫法应该是八家河，它是松花江上游第一条支流，早已变成县里的八家河养鱼场了。西河并不太宽，窄的河面，能有三五十米，但却较深，河中间的大流浅的有三米多，深的地方能有五六米深。我们在河东齐腰深的水里，由北向南，边洗澡边踩“嘎喇”。我们说的“嘎喇”学名叫“河蚌”，生长在江河湖泡水底的泥沙里。用脚踩到之后，头朝下，一个“猛子”扎进水里，用手抠出扎在淤泥里的嘎喇，然后翻身蹿出水面，把嘎喇举在空中，显摆一通之后，再送上岸去。

都是天真好奇的孩子心，见别人踩到嘎喇我当然心急，在没腰深的河水里连蹿带蹦地急着向前奔，一心要奔到最前面，也想早点儿踩到嘎喇。正当我兴高采烈奔到最前面的时候，突然一脚踩空，机灵一下，还没缓过神儿来，就已沉入水下，求生的本能让我猛地向上一蹿，头露出水面，呼哧呼哧剧烈地喘着粗气，顿时意识到自己已经挨淹了，脚下的水深不可测，让人惊慌，周围的河水像毒蛇一样，围困着我，正张开血口要吞噬我。我脚蹬手刨地挣扎了三五下，眼看又要沉下去了，旁边的几个同学全吓傻了。这时，庄井学凑了过来，伸出手来要拉我，当我拼命扑过来，刚要抓住他的手时，他又赶紧把手缩了回去。又一丝得救的希望立即破灭了。这时，河水已没过了鼻子和嘴，咕噜咕噜连灌了两口水，我又拼命地往上一蹿，心想，再要沉下去，可没有劲再蹿了，在命悬一线的时候，想起了父母，怎么不来救我呀，正在这节骨眼上，河面上刮来一股西南风，我顺着风势，身子躺倒在水面上，一下子浮了起来，心想，对呀，我还会“打漂扬”呢，于是，一个“漂扬”游出十多米，到岸边才敢站起来。五个同学一齐围了过来，惊吓之后，为我的平安感到高兴，都长长地出了一口气。

在野浴里淹死的人，已没有机会对活着的人们讲述挨淹的感受，只有我，在这即将被淹死的边缘挣脱出来的人，才有这铭心刻骨的感受。

事后，我们六个人才发现，我挨淹的地方，是河底通往岸边抽水站机井的一条深沟，仅有一米多宽，因为是在一米多深的水底下，没人能看见，所以，我才一脚就迈进了死亡的陷阱，在一阵清风的推助下得以逃生。

怕事情传出去学校把我开除，年龄最大的同学岳新向其他几个同学发出警告，谁要说出这件事儿，就打掉谁的牙。同学们都起誓保证不说出一个字。

从西河洗澡回来后，我就一直很后悔，不该不听老师的话，险些被淹死。

暑假即将结束了，当我们正为洗掉腿上的大红戳子发愁的时候，从学校传来消息，我们班主任高老师调到邻村小学当校长去了。没想到，他禁止我们野浴的大红戳子，成了他留给我们最后的、也是最深刻的纪念。我们还都是小孩子，想不了太多，只觉得心里空落落的。

铺在心底永远的麦田

在广袤的田野上，只要你稍加细心就会发现，所有的麦田都是平展展的，用坦荡如砥来形容并不夸张。那一方方麦田，像一块块柔软鲜亮的绿绸缎，齐整整地摊铺在大地上。我敢说，世人都是喜欢麦田的，这并不仅仅是因为麦田的形状和颜色是那么让人赏心悦目，更要紧的是它能把每一粒麦子都奉献给人们，加工成精细而又雪白的面粉，做成花样繁多的上百种食品，满足人们的各种口味，填充着世人总也填不满的胃肠和欲望。

我喜欢麦田，是由来已久的根深蒂固，尤其是儿时故乡村前的那片麦田。我无法说准是啥时有的那片麦田，只知道它在我心中占据了好大的面积，是我放牧心灵的绿洲，是我无法割舍的永存。

儿时的故乡是东北极普通的一个小村子，村名也土的掉渣儿，叫“三元窝棚”。村里没有名门与权贵，也没有豪宅大院的幽雅宏阔，只有一条土路通向前村。那里是让村民们高看一眼的生产大队所在地，有唯一的供销社，还有唯一的一所能让我们读书的小学校。我喜欢的那片麦田就在路旁，每天上学都要从它的身边经过。

听村里老年人说，有了这个村子时，就有了那片麦田，只不过原来种的是大垅麦子。后来，生产大队有了拖拉机，就改种平播麦子了。拖拉机拉着圆盘耙，像梳头一样，把裸露的麦田梳理得细碎均匀，松软平整。然后，牵引着播种机，轰隆隆地播种起来，仅用一天时间，一大片麦田就播完了。村里人挤在地边，指点着、嘀咕着，看拖拉机的新鲜，看机械化的神奇。

在周围的枯草依然延续着冬眠的残梦时，在不惹人注意的麦田里，苗儿齐刷刷地露出头来，悄然释放出顽强的生机与色彩，默默地呈示着季节之初那鲜艳耀眼的信号。没几天的工夫，就遮住了黑油油的土地。这些，村民们心里都明白，最早的春天是麦苗铺出来的。

每天上学都要经过那片麦田，早晨的阳光斜射下来，在麦苗那鲜嫩嫩的叶子上，细碎而均匀的露珠熠熠闪光，折射出缤纷的晶莹。麦田的周边，早已弥漫着清爽新鲜的气息，做一次深呼吸，顿觉心胸舒朗，脑清目澈，心绪祥和，渐渐融入那鲜灵美妙的景致。

每到周六中午放学，总想在麦田旁边玩儿一阵子。掐根细嫩的柳枝，拧出一段柳笛，对着麦田，嘟嘟地吹起无忧无虑的天真。累了，躺在阳坡的草地上，晒着暖烘烘的太阳；闭上眼，让风儿轻轻地抚摸着面颊，抚摸着均匀而又安详的气息，抚摸着幼稚天真的梦幻；时而，有云雀在头顶的蓝天上高高地飞翔，纵情地歌唱。在我们这些孩子喜滋滋的目光里，麦苗们你追我赶地拔节扬花，争先恐后地抽穗灌浆。

春夏之交，麦田里的蝈蝈们不甘寂寞，整天地扯开嗓子唱呀唱，引诱我们钻进麦田，弓着腰，翘着脚，贴近叫得最欢的那一只，瞅准位置，屏息凝神地猛扑过去，蝈蝈的叫声戛然而止。在扑倒的麦秧里，小心翼翼地翻出蝈蝈，卷在裤腿里带回家去。

这一年的初夏，村里有了托儿所、敬老院、大食堂、供销店，一切公有化，实行供给制。我们这些刚上学的孩子们，也都被集拢到前村生产大队所在地的小学校里吃、住和学习。刚开始觉得挺新鲜，十几天之后就想家了。一年后，一切又恢复平静。托儿所、敬老院、大食堂、供销店都已黄摊散伙了，我们也回自家吃住，又能见到每天都想见的那片麦田了，那滚滚的麦浪，荡尽了往日的烦恼，荡出心中的喜悦。

在困难的年代里，多亏了那片麦田的麦子，给予我们心灵的慰藉，给予我们生存的勇气和希望。盼麦穗灌浆，盼麦子揽黄。每天放学回家，赶紧跑到麦地边，掐几把麦穗，坐在地上用手搓，然后吹去麦芒和麦壳，把圆溜溜胖鼓鼓的麦粒填进嘴里，有滋有味儿地嚼着吃着，充填辘辘饥肠，缓解饥饿的苦痛。可是，连吃几顿之后，就开始咕噜噜地拉肚子。后来，又想起烧麦子。等到天黑社员收工回家，我们几个孩子就点燃捡来的干柴，把薅来的麦子举在火堆上，来回翻个儿的烧烤。看好火候，要烧熟了又不要烧煳。把烧好的麦穗捡出来，放在路边用鞋底子搓一搓，再用力吹去灰土，剩下黄乎乎香喷喷的麦粒就可以吃了。烧熟的麦粒吃起来格外劲道，还有一股浓浓的煳香味儿，越吧嗒嘴越有滋味儿。

在饥饿无助时，村民们也常来麦田边守望，盼着麦子早熟早割，真就像盼救星一样。终于开始割麦子了，村民们像赶集似的围拢了那片麦田，仅用一天工夫，一片麦子就被割完了。为了能让大伙儿早点吃上面粉，生产队用马车把麦捆拉回村里，挨家挨户按人口每人分五捆麦子。我家分得四十捆麦子，就放在院子里打麦子，然后，拿了麦子到碾房磨面。人饿急了，对磨出的黑面粗粉也格外亲热。人们毕竟是吃了一冬春的“代食品”和野菜了，冷不丁见了这又粗又黑的细粮，真就比过年吃饺子还喜兴。最可怜的是我二弟，当年只有三四岁，吃起馒头来，就是不肯停手，父母怕他撑坏肚子，怎么劝他也不听，同我们这些大孩子吃得一样多。小饭碗大的馒头，每顿吃五六个，这样连续吃了两顿之后，胃肠就撑出了毛病，天天拉肚子，几个月的时间也没治好。后来，病情虽有好转，却已留下了病根儿。

随着年龄的增长，放暑假的时候，我们就回生产队里割麦子。能为家里挣工分，还能多分五斤麦子。在粮食紧张的年代，能多吃几顿粗糙的黑面粉，大饱口福，也是美滋滋的特殊享受。

生产队收完麦子了，我和弟弟妹妹又到那片麦田里去捡麦子。开始是一穗穗的捡，后来就用搂柴草的大耙搂麦子，捆起来背回家。无论捡多捡少，总能受到父母乐哈哈的夸赞。

春秋交替，时光荏苒，后来我匆匆离开了家乡，离开了那片麦田，但是那些永远也带不走的情结，依然平实坦荡地铺在那方热土上。那些永远也割不断的思念，依然稳固盎然地扎根在那片麦田里。

一个时代过去了，又一个时代接踵而来。村子在流动，在繁衍，在薪火相传。时至今日，不知那片麦田分给哪家农户，也不知已改种了什么庄稼，可是，在我的心底，它是承载苦难的沃土，它是放牧心灵的绿洲，它是铺在我心底永远的麦田。

记忆深处的回声

电影院的高音喇叭

我小的时候，经常是和爷爷奶奶在一起。农村的三间土平房，分东大西小，我跟着爷爷奶奶住东屋，中间是厨房，西屋是父亲母亲领着妹妹住。有一年，叔叔在县城读书毕了业，找到一份工作，是在城东五里地远的四方山上，单位的名字叫肇源县果树示范场。后来，爷爷奶奶就搬到县城东门外路南的大瓦房里，和叔叔住在一起。那时的我还没上小学，也就随着爷爷奶奶搬到叔叔这里来了。

打那时起，就有了爷爷领我进城逛街的机会；就有了叔叔傍晚下班，饭后抽空儿领我去城里看电影的机会；也就有了我平生头一回认识电影院二楼上高音喇叭的机会。

当时的电喇叭可真神，能播出明天的天气、能播出今晚要上演的电影和票价，还能唱出好多好听的歌儿。我记得最清楚的是《四季歌》。歌名是我长大后才知道的，当时，不知道歌名，只记住了歌词，大意是：春季里来柳丝长，大姑娘窗前绣鸳鸯，忽然一阵无情棒，打的鸳鸯各一方……

那年月，全城里只有一个电影院，是最高的二层楼建筑，也只有电影院的楼顶上，才有一个神奇珍贵的高音喇叭。老远的还没进城呢，就隐约听到了高音喇叭唱出的歌声，于是，心里就兴奋了，脚步也加快了，恨不得一下子飞过去，就落在电影院的二楼顶上，好好摸摸看看那只高音喇叭，那些声音是咋装进电喇叭里的，又是咋播放出来的。当时，我这个农村刚刚进城的小毛孩子，真就被这先进且了不起的电喇叭给迷住了。

回到村里，跟那些常在一起玩耍的伙伴们，一起爬上生产队场院的麦秸垛顶，趴在那里，向他们有滋有味儿地讲县城里的所见所闻。讲起县城里电影院二楼的高大；讲起楼顶上柳罐口大的电喇叭声音多么宏亮，多么神奇；讲起电喇叭里放出的歌儿多么好听，讲到高兴时不免要哼唱几句……几个小伙伴也趴在麦秸垛上，两手支撑着下巴，不错眼珠地听着，有时竟是眼馋得直吧嗒嘴儿。讲着讲着，我似乎觉得自己已长大了许多，城里的事儿也知道了许多，在小伙伴们的眼里，我的身价也抬高了许多。

没过几天，我又要坐上生产队的马车进城去叔叔家了，我要让爷爷领我多去些地方，多听多看一些城里人的新鲜事，带回村里，讲给小伙伴们。我敢保准，一次比一次讲得好……

岁月更迭，人世沧桑。当年，叔叔领我看过的电影，看过的评戏，听过的评书，随时光流逝都已渐去渐远，越来越模糊了，唯有电影院楼上那高音喇叭声，总像响在昨天一样，声声入耳，回响在记忆深处。时至今日，每当想起那首《四季歌》，依旧是余音袅绕，依旧是天籁般诱人。

悠长的客船汽笛声

在农村小学读书的时候，我最盼的就是每年的寒暑假，这是我去县城郊区叔叔家看望爷爷奶奶的最好时机。当然，更主要的是跟爷爷进城逛街，这样，能看到街里的热闹，也能经常吃到爷爷给我买的糖果。

从13岁开始，我就彻底离开了生我养我的小村庄，背着行囊去县城中学读书了。当时家里生活困难，拿不出钱来让我在学校住宿吃食堂，只好住在离县城五六里地远的叔叔家，由爷爷奶奶和婶子照顾我。早晨，奶奶和婶子要起大早为我做饭。吃了早饭还要带一饭盒午饭，提前一个小时出发赶往学校。每天当我背了书包匆匆上路时，就能听见由很远的地方传来“嘟——嘟——”那悠扬绵软的声音，那声音拖得很长，只响三两声，而且十分悦耳，听来让人振奋。那悦耳的声音似乎与我上学是同步的。我走在那声音的前面，就能提前到校，我走在那声音的后面，就要迟到。我觉得很怪，却又琢磨不透，就问了叔叔，他说，那是咱们肇源码头开往下游省城哈尔滨客船的汽笛声。每天早晨哈尔滨港和肇源县码头各有一艘客船，在六点钟启航，双向对开，离开码头时或到终点站时，都要拉响汽笛。肇源开往哈尔滨的客船，因为是顺流而下速度较快，每天下午三点便可到达，由哈尔滨开往肇源的客船，因为是逆流而上速度缓慢，每天晚上九点以后才能到肇源码头。

看来，我出门上学的时间正好与码头开船的时间吻合。每天都有客船汽笛声伴我上学，心里有说不出的喜悦，好心情能换来学习上的好成绩，我初一时的语文考试，在全班得了第一名，这也许就是来自于汽笛声的鼓励。

那个年代，生活困难不说，交通也落后，公路多是土公路，只有一条通往省城的是砂石路，还经常“翻浆”，使汽车“打误”。如果下一场大雨，三五天之内不能通车，外出的人们只好去码头坐船，尽管慢了些，总算误不了大事。

有一天晚上十一点多钟我被吵醒，原来是叔叔外出刚回来，地上放了大包小包总共四五个，地桌上还摆几样我没见过的水果，奶奶发现我醒了，拿几个水果放在我的手里。叔叔在地桌旁，边吃着奶奶给他做的面片荷包蛋，边讲起坐船的遭罪劲儿。他说，坐了16个小时的客船真要把人憋死，幸亏坐的是二等舱，有卧铺，要是坐大统舱，非坐出病来不可。

我也经常偷着和同学们去江边洗澡，可从未见过那漂亮的客船，真就是“只闻其声，未见其形”，啥时有机会去省城，咱也想法子坐一趟，就是遭罪也值得。

一年之后，因嫌离学校太远，上不了早晚自习，上初二的时候，就搬到城里姑姑家住了。每天早晨照样有悠长的客船汽笛声，但是，只能在我香甜的梦中响起。不过，在晚上九点钟以后，当人们结束了一天的工作或学习，安安稳稳地躺在炕上时，在临睡前的短暂时光里，真切地体验着一种莫名的享受：那浓重的夜色淹没了汽车尖锐的喇叭声、江风趁着夜色吹散了街道两旁小摊贩的叫卖声、走街窜巷“冰棍，冰棍”的吆喝声也渐去渐远、偶尔的一两声清脆的犬吠也扎进深巷尽头沉寂了。这时候，在似睡非睡的朦胧中，就会传来“嘟——嘟——”那悠远绵长的客船汽笛声。这声音像一首缠绵而又柔情的“小夜曲”，带着期待与盼望，把人们舒舒服服地送进鼾声香甜、美好温馨的梦乡……

“散落花”甸子

离开农村故乡已近四十年了，这期间，每年都要回去两三趟，或许是老亲少友家的婚丧嫁娶，或许是回乡祭祖上坟烧纸。每次回去，都要在村前大洼子南路东的那片田地旁，凝望良久，思绪一次又一次地泛起儿时的涟漪。

那里原来是一片平展展的草甸子，因为甸子上长有许多的“散落花”（就是野百合），村里人叫它“散落花”甸子。其实，那甸子上还有许多花，开得也很鲜艳，如野鸭子花、鸡爪子花、打碗花、黄金花……足有十几种之多，但都没排上名次，只有散落花独领风骚，占据了统治地位，统一了人们的口径，因此，“散落花甸子”就挤占在人们的嘴里、眼里和心里。

散落花甸子方圆能有两千多平方米，在通往前村生产大队的路旁，走到临近，往路上一站，一片天然的大花园尽收眼底。

春天，草芽刚冒尖儿，散布在散落花甸子上的柳条墩，举着一簇簇的鲜嫩，抽芽长叶。这时，我们这些跑野了的孩子，约上三五个伙伴，迎着料峭的春风，闯进这片寂静了一冬的乐园。拿出削铅笔的小刀，割下几根柳枝，拧几节柳笛，仰起头，眯着眼睛，向着解冻的蓝天和白云嘟嘟吹着；与田地里耕种的黄牛哞哞叫声，融汇成明媚的春光曲，随着清风和流水，传向遥远的天际。

在我们企盼的目光里，在散落花甸子的焦急中，鸟儿呼朋引伴，飞翔着、歌唱着来这里聚集，举行了由“三道眉”“云雀”“柳树叶”“车豁子”“黄肚昂”“绿豆瓣”“烙铁背”“红下颌”等，十几种候鸟参加的庆祝乔迁音乐会。

密密匝匝的小草，乐得直劲窜高，“小丁黄”不惧料峭，率先绽开藕合色的小花瓣，引领着“婆婆丁”“打碗花”“马莲花”“鸡爪子花”等次第开放，争相仰起笑脸。只有散落花比较稳健，不争不抢，从容淡定，不蔓不枝，挺起一根鲜绿的茎，抖起精神的叶子，有序地围裹在茎上，托举起一朵或几朵红得认真的散落花。散落花分六个瓣，花瓣呈细条状，向外翻卷，给花芯留出了宽松的展示空间。那花红得艳，逼你的眼，亮你的心。我常想，村里人之所以叫“散落花”，也许是因为花瓣之间空隙大一些，彼此不争不抢，不挤不占，互有谦谦君子的礼让，故而得名吧！

甸子上，散落花刚开放时较少，我们小孩子虽说很淘气，但也舍不得采；到五月节前，花开多了，我们就趁着放学回家路过时，连根薅上三五棵，回家后，插在玻璃瓶子里，再灌上水，摆在窗台上，给自家的土屋带来几分生机。散落花也皮实，根茎泡在水里两天之内花也不落，裂嘴的花骨朵也能泡开花。

我们也用刀挖出过散落花的整个根，是一个手指肚大的小蒜头，白白胖胖的，但不分瓣，如鳞片状围裹在一起，中间窜出一根茎来。大人们说过，散落花根上的小蒜头是中草药，可从来没人收购过。我们把小蒜头放在嘴里嚼过，嚼两下很苦的，吐了。

记得是 1958 年，那年夏天，只有两天工夫，好端端的一片散落花甸子竟然变成了大包小包的“坟丘子”。我回家问父亲，他说那不是坟包，叫“压绿肥”。就是把草皮子用铣抢起来，堆在一起沤肥，肥多了才能亩产千斤。可是，后来也没能高产，再后来，更困难了，人们经常吃不饱饭，饿得挺不住了，人们就偷偷摸摸到散落花甸子，把“压绿肥”变成了“镐头地”“小开荒”，原来就所剩无几的散落花和那片美丽的散落花甸子被彻底毁灭，在故乡的土地上消失了。在人们的视野里消失了。取而代之的是一片田地，长着各种庄稼。

现如今，村里 50 岁以下的人，根本没见过本村有散落花和那片野甸子。55 岁以上的人，只能把回忆当成故事讲给别人，或许可能浮现在童年的梦里。

有关散落花甸子，我的回忆是默默的，我知道讲给别人没用，只会引起更多人伤心。何苦呢！

故乡的沟渠和芦苇

故乡的那些沟渠和芦苇，离我已很遥远，三十多年没有亲近了，陡然想起，便不能释怀。

故乡是个小村落，很不起眼，地理位置还算不错。村西二公里外有一条林肇路，是省级公路，南通肇源，北通杜蒙和林甸。公路西二百多米远便是松花江支流八家河了。

像这样临近江河的村屯，地势都很低洼，除了村子坐落在小土岗上之外，村四周的庄稼地和草甸子全都是低洼地，也正是芦苇生长的好地方。

村子北面一公里半外，有一条东西走向的排涝沟，三丈多宽，一丈多深，两侧都有四五尺高的土棱子，绵延十几里地远，村里人管它叫“顺水壕”。原来这是条又短又浅的天然水沟，在过去的年代里，大搞农田建设，开挖“河网化”，又重新挖掘了这条水沟，使它连通了东边鹦哥山下的“大白水”，西边接上了八家河。沟里长年有水，边沿上长着水稗草、蒲棒草和粗壮繁茂的芦苇。

村西北有三道水沟，像三道防线精心护卫着小村。

头道水沟是月牙形，水面较窄，水也很浅，中间有一小段“卡梁”高出水面，把水沟隔成两段，卡梁上可容人和车马通过。春天，冰雪融化后，这条水沟的边沿上，这里每年都是孩子们下夹子打野鸟的好地方。当然也长了许多水葱和芦苇。

二道水沟离村稍远些，水面也宽也长，深有三五尺。水沟里有老头鱼、泥鳅、小鲫鱼、小虾，而且蛤蟆也比头道水沟里的多，芦苇面积自然比头道水沟要大。

三道水沟又叫高粱沟子，紧挨着八家河，水面宽阔，水深一丈有余。也许是因为两岸经常种高粱，所以才得此名。这条水沟里的鱼类更多，八家河里有的鱼这里都有。春夏秋三季，经常有人来这里下挂子、打旋网，还有人在这水沟里捉到了“水耗子”，学名叫水獭，是皮毛很珍贵的小动物。

故乡小村子周边的这些沟沟渠渠，像一条条筋络和血脉，滋润着这方土地，养育着这里的人们，滋生繁衍着一些小生灵和大片大片的芦苇。

每当春季，几场暖风刮过，沟渠的冰层开始融化，那些追逐着春风的小鸟们，扇动着鲜艳灵巧的翅膀，到沟渠的边沿觅食喝水，在它们的鸣唱声里，芦苇的新芽齐刷刷地钻出松软的泥土，绿绿的，尖尖的，瞅着阳光微笑着。远望去，连片的芦苇嫩芽，像一块儿铺在沟渠边上的绿绒毯，毛茸茸得好看。

炎热的夏季，芦苇疯长，像一片密密匝匝茂盛的森林，遮掩着沟渠的大部分水面。夏日的芦苇塘表面很是宁静，深入其中，便是另一番热闹景象了。野鸭子、水鸟、山雀等都挤进大苇塘里，边乘凉，边忙着搭窝筑巢，享度“蜜月”，然后下蛋抱窝，繁衍后代。记得有一种小鸟叫“车豁子”，它们从远处叼来细草叶或马鬃马尾，把几根芦苇叶子缠绕在一起，垒出的鸟窝，像一个精巧的小摇蓝。微风吹过，随芦苇的摇动，雏鸟睡在里面，十分惬意。鱼类和蛙类潜在芦苇塘的水底，悄然巡游。蜻蜓、飞蛾和蚂蚱也是芦苇塘里的常客，穿飞于芦苇之间，优哉游哉，好不快乐。

故乡的沟渠和芦苇

临近初秋，芦花绽放，几天的工夫便拉齐了花穗。每当这时，走到村西北角的高岗上，放眼望去，在成熟的庄稼中间，穿插几片芦苇，黄白相间，秋风吹过，像苍茫的云海，涌起银色的波涛。

说句实话，我恨过芦苇，在家乡铲地的时候，每当遇到它，都要使劲轮起锄头，才能把那粗壮的、根深蒂固的芦苇铲掉。更气人的是，过不了几天，它又从土里钻了出来，照样生长。村里人叫它“窜地龙”，根扎得深，窜到哪里就又在哪里长出来，真就薅不掉，铲不死，生命力极强。

更多的时候我喜爱芦苇。当沟渠和泡子结冰的时候，村里人用推刀或镰刀把芦苇割回来。又短又细的用来做烧柴；中等质量的用来编成苇帘子，卖给砖瓦厂，或自家盖房子时用来铺房箔；又高又粗的芦苇用水稍加浸泡，从根到梢破开之后，可以用来编成储粮用的茓子，编成用来装东西的篓子，还可以编成农家铺火炕的苇席。

在困难时期，严重的饥荒，逼着父亲在邻居家学会了编苇席、茓子和篓子。除了自家用的以外，编多了的还可以拿到城里集市上去卖，换回些辛苦钱，贴补紧紧巴巴的贫困生活，供我们念书。

现如今，农村富裕了，储粮用上了塑料编织袋，火炕上已不铺炕席，换成了地板革。用芦苇编织的用具已很难见到，承包了苇塘的农户，把芦苇割下来全卖给造纸厂做原料了。

芦苇，编织过童年艰辛的生活，也编织出故乡美好的记忆。

童年往事

一、那排电线杆子

离开农村故乡已有好多年了，但沉淀在记忆深处的好多情景，印象都是真切的——在好奇而又单纯的童心里真切。

20 世纪 50 年代初，有一条土公路从村西一公里处经过，直通县城。公路东侧几十米远处，立着一排整齐的电线杆，每根电线杆上有四个雪白锃亮的瓷瓶，小孩子管它叫“电核”（hú），有四根电线绑在上面。随着公路的走向，从县城伸向农村，从荒野伸向未知的苍茫与遥远。

电话是当时农村最先进的物件。我们村子不是生产大队的驻地，没有电话，见了连着电话的一排电线杆，也觉稀罕，也觉高贵。走近电线杆，最爱听电线发出的嗡嗡嗡的震动声。那响声好像是证明两边正通电话，说着什么秘密的事情呢。好奇心的驱使，孩子们凑近电线杆听，想要听出点儿什么，可是，听了一会儿也只是嗡嗡嗡的震动声。有时，也学着大人们打电话的样子喊两声：“喂，喂！交换台吗？……”回答的还是嗡嗡嗡的响声。

听村里的老辈人说，这条公路和这排电线杆子，都是日本人侵占东北时干的工程，日本人抓中国人当劳工，强迫他们修公路，埋设电线杆子，这些工程里，随处都掩埋着中国人的血泪。

再后来，这排电线杆子被撤掉了，打电话用的是一根光缆，深深地被埋在地底下了。日本人架设的电线杆没了，那些凶恶残暴的侵略罪行也已深深埋在国人的心底了。

二、南岗子的狼洞

在读小学时，每天上学放学都必经南岗子，村里人进县城也必经南岗子。南岗子在村南两公里外，是个突兀隆起五十多米高的土岗子。看似其貌不扬，说来倒有许多恐怖和神密的气息。

夏秋时节，每逢雨天远远望去，南岗子宛如一条碧龙，头东尾西，时隐时现地游弋于迷濛的雾雨之中。

从村里伸出一条大道，蛇一般蜿蜒地从南岗子中间攀爬上去。在岗坡大道东边不远处的蒿草丛里，隐藏着一个蓝球场大的沙坑，若不到近前，很难发现。就在沙坑南沿儿的陡坡上，间隔两米多远，并排着两个一尺多粗的洞穴。大人们有的说是狼洞，夜晚听见过嗷嗷的狼嚎；也有的说是狐狸洞，有人夜里看见南岗子上出现过忽撩忽撩的火苗，说那是狐狸炼丹。别管是狐狸是狼，反正都挺可怕的。

放学回来路过时，只有成帮结伙才敢去看狼洞。离得挺远呢，心里就有些发毛。那幽暗的洞口，像是张开的血盆大嘴，正要吞噬什么。洞里发出的阴森森的凉气让人战栗，头皮发炸。突然，有人“嗷”地喊了一声撒腿就跑，大伙转头拼命地跑，吓得屁滚尿流，生怕被野狼逮住。其实，这里早就没狼了，只留下这两个空空的狼洞，依旧散发着狼的野性与凶残，弥漫着凶险与恐怖。

孩子们真的被吓着了，晚上睡觉冷不丁就“嗷”地一声蹿起来，把家大人吓了一跳，也知道孩子是白天玩野了，被什么东西惊吓了。于是，当母亲的便轻轻地扶摸着孩子的头发给孩子“叫魂”：“摸摸毛，吓不着。摸摸耳，吓一会儿。”拍着孩子安然入睡。

孩子们的好奇心真的不小，害怕归害怕，有时越是害怕的地方，他们越是要看个究竟，对他们也越有吸引力。后来，看狼洞的次数多了，有些孩子胆子就大了，也知道洞里没狼。坐在狼洞前，竟敢把脚伸进狼洞里。打那以后，狼洞的淫威与恐怖日渐消散，在时光的流逝里塌陷。沙坑里栽起一片杨树。是我们少先队员栽的，叫“少年林”。绿了我们的视野，葱茏了南岗子上的故事。

三、少年林

学校安排集体种树，每个同学从家里带来一把铁锹，在操场上集合之后，班主任老师领着我们来到南岗子，在大沙坑里植树造林。

这是全校的统一行动，栽树之前，胖校长站在沙坑沿儿上给我们讲话。他说，你们都是少先队员，今天，我们组织大家栽一片“少年林”。要保证质量，树坑要挖得够大够深，还要横看成行，竖看成趟儿，浇足水，培好土，保栽保活。接下来讲的就更招人听了，他说，每个同学栽的树上，都要挂一个小牌，写上几年几班，谁栽的，留作纪念。将来，等你们考上高中、大学，或者参加工作以后，回家乡看一看当年的“少年林”，哪棵是你栽的，看谁栽的树长得高大。

校长讲的很来劲儿，我们这些小学生听得也来劲儿，栽起树来更来劲儿。心想，一定要栽活它，可别比别人落后。

费了九牛二虎的劲儿，树是栽完了。可是，十几天过去了，没见有人来给小树挂牌子。一个多月过去了，小树耗干了水份，树皮由绿变黄，由“少年林”变成了干干巴巴的“老年林”。到了夏天，牛群和羊群大大咧咧地闯进林地，啃完树皮再吃嫩树枝儿，破坏得一塌糊涂。那年月家家户户都缺柴烧，还没到老秋呢，勉强活下来的稀稀落落的小树，又都被当成烧柴给偷偷割走了。仅仅几个月的时间，在孩子们忧虑的眼神里，这片留给将来作纪念的“少年林”芽根没剩。留在孩子们记忆里的是校长讲话时那十足的底气和洪亮的声音。

棒槌声声

在我们东北的庄稼院里，三铲两蹚之后，庄稼就侍弄完了，只待秋收。此时，也刚好是初秋时节。我童年的农村故乡，每到初秋之后，男同志在生产队的组织下，到很远的野甸子上打羊草；妇女们趁着这亮瓦晴天的好天气，忙把攒了一春一夏的脏衣物，尤其是全家人的被褥单子，都通通地收拾出来，在天气刹冷之前，来一次大浆洗。

像这样的浆洗每年只一次，与平常的洗洗涮涮大不相同，要把所有的被褥和枕头拆洗后，还要渚染，还要浆砸，是需要长工夫的累活计。

刚进初秋，正是庄稼晒米儿的时候，早晚凉爽，中午灼热。吃罢早饭，农家的土平房里，就会接连不断地传出“啷、啷、啷、啷……”的砸棒槌声。那均匀的节奏，似乎很有规律，不紧不慢的格外稳健；再听那声音，像是浑厚中含有圆润，带着企盼与憧憬，悠扬地向苍茫的四野扩散，烘托出东北农村初秋所特有的安宁与祥和。

同样是使用棒槌，东北与南方却大相径庭，南方人洗衣物是用棒槌砸着洗；东北人是把衣物洗、染、浆之后，再用棒槌砸，把浆洗的被褥单子的皱褶砸熨开，图个光滑，图个板整。

当年的洗洗涮涮全是用手工，那么一大堆脏兮兮的被褥单子，让母亲一个人洗出来真是够累的。有时，实在洗不动了，她就去邻居家借一个洗衣板，搓洗起来能省劲儿些，也能快些。尽管这样，洗着洗着母亲就累得满脸涨红，满头大汗。洗一阵就要停下来，母亲抬起累得麻木的手，在盆沿儿上“哐、哐、哐”地磕几下，然后还要继续洗涮。

母亲过日子十分节俭，讲干净卫生是全村出了名的。那些铺盖了多年的旧被褥单子，经母亲的洗涮，再用“骆驼牌”煮蓝一煮染，变得既干净，又新鲜。那些蓝色的被褥单子和蓝底白花的“麻花”被面和褥面。搭在院子里的晾衣绳上，随风飘动，也是农家小院里一道鲜亮的风景呢。

我的父亲母亲

被褥单子晒得八分干，还有些潮乎乎的时候，母亲就把它们摘了下来，顺长叠几折，把一头儿在她手里攥紧，另一头儿交给我，叫我也攥紧了，然后，我们母子俩同时用力，一起向两边抻，目的是把搓洗出来的皱褶抻开，让这些被褥单儿变得更加平整。抻好的被褥单子还要浆一遍。

浆被褥单子可是个技术活儿，在一大盆温热的水里，把备好的粉面子（淀粉）撒进去，边撒边用筷子搅动，调和成像饭米汤一样均匀的糨糊状浆汁待用。把抻好的被褥单子平铺在炕上或案板上，然后，用手沾着浆汁抹在被褥单子上。要抹得薄、抹得均匀，要全抹到，不留空白。抹完之后，把它们晒在晾衣绳上。

晒干之后，母亲便舀来一瓢凉水，喝一大口含在嘴里，照准被褥单子“扑”的一喷，顿时，一团雾气湿乎乎地喷在被褥单子上。喷完之后，母亲从仓房里搬出保存一整年的“捶棒石”（当地人的叫法），其实就是一尺多宽、二尺多长、两寸多厚的一块儿木头“砧板”；外带一副大约一尺半长，镟得圆圆的，一头儿粗，一头细的木棒槌。母亲把捶棒石摆放在炕上，把喷完的被褥单子叠好，放在捶棒石上，再铺上一块布头儿，坐在捶棒石前面，双手抄起那副棒槌，一上一下交替着砸起被褥单子来。

经棒槌砸过的被褥单子，皱褶全被砸开，又干净又平整。用这样的布单子缝出的被褥，铺盖在身上光滑挺实，抗铺抗盖，抗蹬抗踹，用起来十分结实。我问过母亲，被褥单子洗过之后，为什么还要浆一下？母亲说，浆过的被褥单儿抗埋汰，下次洗起来能省工夫省力气，又十分方便。

捶棒石和棒槌是母亲珍爱的得心应手的用具，平时不用就藏在仓房里最隐秘的地方，绝不许我们这些小孩子们乱动。

母亲砸棒槌时也很讲究，姿式端庄，表情认真，好像演奏员在演奏打击乐器一样。但是，棒槌在被褥单子上砸出的声调，是用任何乐器都无法模仿的。

棒槌声声含秋籁，在这独特的音韵里，徐徐拉开了秋的帷幕，湛蓝透彻的天空，愈加显得高远；雁阵排开，吟唱着秋歌，掠过头顶，飞向南方。

棒槌声声含秋籁，在远处听，像是母亲对在外儿女的声声呼唤；在近处听，又像母亲絮絮叨叨的反复叮咛。在农家孩子们的心底，都有一根拴系着故乡的心弦，唯有母亲的棒槌声，才能使它产生共鸣。

随着岁月的更迭，使用捶棒石和棒槌的时代早已成为历史，唯有那饱含着慈祥的母爱，饱含着醇厚甜美的乡情的棒槌声，却依然回响在记忆深处，永不消逝。

熬土盐的年代

在咱东北，尤其是在松嫩平原腹地的广大农村，早些年吃海盐都十分困难，也只能靠当地盐甸子的盐土，用土办法熬制土盐来解决食用盐和其他生活用盐问题。极少数有特殊条件的人家，要赶着马车到较远的城市买一些价格较高的海盐，也只能用来做酱用，平常腌咸菜、做菜，依然要用当地自制的土盐。2009 年秋天，去肇源县大兴乡前土村采访，偶然发现当地仍有农户熬土盐，感到十分惊喜。后来，到了大兴乡真的吃到了用卤水点的豆腐。由此勾起我对自家当年熬土盐的回忆。

我童年故乡小村的东北面，有一片白花花的盐碱甸子，记得从我五六岁时起，每年清明节前后，爷爷奶奶都去那里刮盐土、熬土盐。我每天都跟着去，能在野甸子上整天的玩儿，奶奶每天还要在熬盐锅里给我煮两个鸡蛋吃。

凡是熬土盐的人家，都要在盐甸子上搭个盐窝棚。用土坯垒成四框，搭上两根檩子，上面铺上秫秸和茅草，再抹上碱土泥，盐窝棚就盖成了。然后，在里面搭铺小炕，炕旁垒一个锅灶；南面留一个一尺见方的小窗，旁边的门上挂个门帘子，盐窝棚就彻底完工了。

每日清晨，早早的吃了早饭，我就跟着爷爷奶奶，带着熬盐用具和简单的午饭，向盐甸子进发。约莫走四五公里路，就到盐场子了。

刮盐土用的是特制的盐耙子，用两米多长的杆儿做把柄，在顶头钉一块横木，横木下面镶一条厚铁片，用它搂起地面上一层起嘎巴的盐土。然后，把一小堆的盐土运到盐窝棚旁攒在一个土堆上，以备使用。

在开始熬盐之前，先搭一个淋盐池子，位置选在靠窝棚和盐土堆近的地方。用碱土掺好茅草和泥，垒成一米半宽，三米多长，一米多高的长方形池子。池子底的地面上，中间留一条淌盐水的沟，在地势低的一端留一个出水口，口前挖个圆坑，坑里放一口铁锅，用来接淋出来的盐水。池子上面横搭两根粗木杆，杆上均匀地铺一层剥光了皮的秫秸，池子四周的土墙要比秫秸高出半尺，以防装盐土后加上水时漫洒到外面。这样，淋盐池子就搭好了。

接着是淋盐水。把盐土放在淋盐池子的秫秸层上，大约平铺三四寸厚，然后加水。水从上面向下渗漏，携带着盐土中的盐分，通过秫秸箔淌进底下的水沟里，顺水沟又流进接盐水的铁锅里，这样，盐水就淋出来了。

把淋出的盐水淘进大缸里坐清后，再进熬盐的大铁锅里，加火猛烧，开锅后再把上面漂浮的沫子撇出去倒掉，再反复加火烧沸，最后，把水分熬尽，把熬得黑红色的卤水撇出去装好，锅里就剩下白花花亮晶晶熬出的土盐。除了自家用之外，有剩余的拿出来还可以与卖鱼的换鱼吃，与豆腐倌换豆腐吃，当时的土盐在农村里，真的可以像钱一样，换回很多好用的东西呢。

熬盐时撇出去的卤水，全部卖给豆腐倌，用来做豆腐，是农村人常说的“卤水点豆腐，一物降一物”，用卤水点出的豆腐，既鲜嫩，又不易炖碎，而且吃起来味道纯正，久吃不腻，极富营养，很受人们的喜欢。

后来，随着海盐的增多，价格逐渐走低，土盐就慢慢地退出了人们的日常生活，熬土盐也就成了农村的一段历史。随着土盐的消失，卤水也已基本绝迹。如今，要想吃一顿用卤水点出的豆腐，实在不易。

生产队的老场院

说起咱东北的老场院，当年在生产队干过活儿的人，是最知情的了。再要往前刨根问底，那就要一直追溯到咱东北开蒙荒的年代。

当时是清朝末年。那时，咱松嫩两江流域的大片草原和部分土地，都归蒙古贵族的郭尔罗斯部管辖。朝廷允许开蒙荒后，大量的关内灾民，纷纷“闯关东”，来到松嫩平原西部，或为蒙古贵族开荒，或租种他们的土地。于是，就在土地比较集中的地方，搭起窝棚，或建起村落。每年秋收，庄稼收割之后，用大马车拉回村里，要集中堆放在一起，以便于打场脱粒，这样的地方就成了场院。

场院一般都选在村边的高岗上，或较平整的地方，四周用土打的围墙围起来，在出入方便和容易看守的位置留一个大门，平时关闭，并且有人看守，以防有人偷盗，或畜禽进入祸害粮食。

当时的场院，只有蒙古贵族、地主和种粮大户拥有，一般扛活的农户，只出卖劳动力，没有土地，自然建不起场院。但他们要在场院里给主人干活儿，以挣回自家的口粮。

当庄稼上场时，场院看得更紧，既怕偷，又怕失火；贵族也好，地主也罢，一年的收成全在场院里放着，如果有人偷了，损失还不大，要是失火了，那可是烧个一无所有，就叫“火烧当日穷”，一年吃的都被烧没了，等于白干一年。由此看，看场院非得用可靠人不可，那可是“粮草重地”，严禁烟火。

早些年听母亲讲过，外祖父年轻时家里很穷，他天天捡柴，捆完之后背不起来，就跪地给过路人磕头，求人帮一把。后来，外祖父家日子过富了，开了客栈，买了土地。有一年深秋，庄稼上场时失了大火，大家救火，可外祖父却只给供奉的神佛磕头，并许愿杀猪。后来，火被救住了，场院里的粮食也被烧了一大半。母亲说，事后也猜疑失火原因，那年外祖父当上了区划长，得罪了什么人，可能是仇人偷着放的火。

中华人民共和国成立后，农村实行了集体经济，场院也只能是生产队所有，每个生产队必须有一个大场院，几十户、几百口人的土地种出的庄稼，秋收后都要拉进场院里，装不下怎么行呢?

场院一年四季不闲着。春天，场院里四周垛起一大溜羊草、谷草等饲草垛，像连绵的山峰。场院中央晾晒着苞米、高粱等牛马的饲料，相比之下，春天的场院略显冷清；夏天，尤其到了二伏，天气炎热，农谚有“小麦不受二伏气”的说法，此时正是咱东北农村收割小麦的繁忙时节。割下来的小麦，都要用马车拉进场院里，靠场院墙垛好。到打场脱粒时，要把麦垛拆开，打开捆，摊铺在场院中央，打麦子人把每匹马都套在一盘石磙子上，然后连成一串，再把头匹马的缰绳接得长长的，系在赶磙子人的腰上，大鞭子“啪”地一甩，一连串六七个磙子就轱辘辘地转起来，不时地发出“吱呀呀”的响声，随风飘向村外，像一曲麦收的歌谣，悦耳动听。

大跃进年代刚过不久，生产队有了拖拉机。有一年，场院里还开来一台能打麦子的机器，又高又大，叫康拜因，一听名字就知是个外国货。可是，打麦子却是很快，四五个劳动力用叉子往里填麦捆，才能免强供得上。每年夏天打半个月的麦子，它用三天就全打完了。

等分完麦子之后，场院里没了粮食就没人看管了。场院里的麦秸垛，又软乎，又滑溜，正是我们这群孩子玩耍的好场所。每天放学后吃完晚饭，一放下筷子，立即呼朋引伴地朝场院里跑，很怕去晚了抢不着好地方。当时在麦秸垛上玩儿的花样很多：有藏猫猫儿（捉迷藏）、骑马打高山、墙头跑马、翻跟斗、支黄瓜架等等，都是靠麦秸的松软，才没有被摔伤卡破，直玩儿到小半夜了，才被大人喊回去。

夏秋之交，是场院最冷清的时候，整个场院空荡荡的，只有风从场院掠过时，带起一股烟尘，漫过墙去，消逝在村边的庄稼地里。在墙根下的草棵里，偶尔会传出蛐蛐儿和秋虫那细声细语的叫声，让无人问津的场院更显得寂寥。

每年中秋节前后，是场院庄稼爆满、欢笑声爆满、希望爆满的季节；一春一夏伺弄的庄稼，一样不落的全被拉进场院里，一个五六千平方米的大场院挤的满满登登。靠南墙的一溜儿，是垛着高高的、红艳艳的高粱头；靠西墙的一排，垛着一溜儿又高又宽、金灿灿的谷子和糜子；靠北墙的一个长垛，堆着一溜儿黄豆和杂粮杂豆；东面墙附近，撮着四五十个用秫秸拧的苞米仓子，把带皮的苞米棒子扒光后，就装进苞米仓子里。只有场院心，勉强留出一块不足五百平米的打场用的空地。其实，在大人们的心里，场院越挤越好，越是收成好的年份，场院里的庄稼才会越多，这是明摆着的事儿。而且，场院里庄稼越多，来干活儿的人也就越多越挤。有一年大丰收，场院里爆满的装不下了，把所有的秸秆儿都从地里直接分到社员家。大伙儿都知道这一年能多分钱，扒苞米时，男女老少齐参加，太挤了，队长要劝回几个都不可能。边扒苞米边唠家常的，年轻妇女“撒鲅”和“揽大飙”的，惹起阵阵哄笑；夹杂着打场赶磙子的吆喝声，磙子吱呀呀的滚动声，看大门的驱赶猪鸡的叫骂声，掺混在一起，形成一首气势雄浑的丰收交响曲，在小村的上空久久回荡。

场院不光打场，也是分粮分秋菜的地方。因此，也经常有些意外发生。有一年，看场院的两个更夫嘴馋好吃，趁黑夜，把场院的土豆和萝卜装了一袋，偷偷背到临近的一户社员家，换了一只大公鸡炖着吃了。后被另一邻居告密，队长罚每人二百个工分，并立即撤职。有的场院更夫，黑夜用簸箕端出苞米，到临近社员家炒苞米花吃。还有一户紧靠场院的社员，趁夜深人静，把两个好喝酒的场院更夫请到家里喝酒，他老婆乘机溜进场院，偷回半麻袋黄豆。谁知她用了个破袋子，“做贼不妙，拉落一道”。第二天一早，队长顺着道上的黄豆粒儿找到她家，结果，追回黄豆，扣罚三百工分，并把两个更夫撤职查办……

后来，农村实行联产承包责任制，生产队解体了，土地承包到户，从春耕种地到秋收打场；全都实行了机械化，用上了先进的脱粒机、收割机。为了安全防火，连庄稼秸秆儿都要放在村外。因此，场院就失去了作用，在农村里消逝了。

今天算来，咱东北的老场院，少说也有几百年的历史了，在农村的生活中，曾经有过辉煌，起到过不可替代的作用。同时，也是东北农村几百年历史的见证。

2011 年 2 月 28 日

东北秋白菜

农谚有：“头伏萝卜，二伏菜，三伏种荞麦。”这是咱东北农村的说法。意思是说，到了盛夏，入伏之后即可种秋萝卜；到了二伏的时候，便要种秋天用的大白菜；到了三伏，才可以种荞麦。

每年秋天，农村大量的秋菜涌进城里，主要有土豆、萝卜、大白菜等，城里人也不失时机地购买这些秋菜，或贮藏，或腌渍，留着漫长的冬天食用。在咱东北，尤其应该提及的主要还是白菜。春夏两季吃小白菜，秋冬时节就离不开大白菜了。很不起眼儿的白菜，是东北人的长年菜。

对于白菜，无论是农村人还是城里人，都已是司空见惯，但是它的种植、伺弄和收获过程，城里人未必知道。我当年是返乡青年，在生产队劳动，在种秋白菜时，就闹出了笑话。

1969年的盛夏，是我高中毕业回家乡生产队参加生产劳动的第一个夏天。正赶上二伏种秋白菜，生产队打头的（即领工员）按两人一组分好垅，前边的人刨埯，后边的人点种并培土。记得当时我和长我两岁的童年玩伴王长明一组，他在前边刨埯，我在后面拿着白菜籽，点种培土，一个来回种了两条垅之后，开始休息，我早已是汗流浃背了。坐在地头上，我看着手里的白菜籽，问刘四哥：“这白菜籽为啥有紫黑色和米黄色两种颜色呢？”大伙儿听了之后，哄堂大笑起来。刘四哥看我被笑得不好意思了，忙解释说：“紫黑色的小颗粒是白菜籽，那米黄色的是小米粒儿。怕你点种时多捏了白菜籽儿，故意掺些与白菜籽儿一般大的小米粒儿，防止每埯里出苗太多，出苗太密，影响白菜苗生长。”这时，张二老爷子接过话茬：“咱们这样种白菜，书上没讲过吧？”我只是傻笑。

大约过了半个月，白菜地里小苗长得绿油油齐刷刷的，打头的领着我们又去铲菜地和间苗，边铲边把多余的菜苗拔下来，每埯只留两棵。发现有断苗的空埯还要补栽上菜苗。一个月之后，白菜已长到一尺高了，为了防治虫害，又喷洒了一遍农药，田间管理跟上了，那年风调雨顺，秋收时，白菜获得了大丰收。

砍菜的时候，每个劳动力都拿了一把平板儿铁锹，一个人把两条垅，用铁锹抢白菜。妇女劳动力跟在后面，把抢下来的白菜攒在一起，然后用马车拉回村里，再按每户人口的数量分给社员。分不了的就用马车拉到城里，卖给购秋菜的各机关单位。

那年的白菜长得出奇的好，颗大，足有两尺高，直径有七八厘米粗，每颗重量，平均在六斤以上。社员们说，近十年来都没种出过这样好的秋白菜。我想，我头一年参加生产队的劳动，就能赶上这样的好收成，心里总觉喜滋滋的。

时至今日，每年秋天买秋菜时，我总能想起那年的秋白菜，它一直在我的记忆里，水灵着，鲜嫩着……

（刊发于《黑龙江日报》2010年10月21日副刊“北国风”）

（美国《侨报》2010年11月12日“大陆文摘”转载）

芥 菜

在东北平原上，每年入冬以后，便开始下雪了。大地封冻，江、河、泡子也会封冻。在以前生活困难的农村，这个时节，就可以吃上冻白菜炖土豆块了。如果家里来了客人，还可以拿自家的黄豆，到豆腐坊换些冻豆腐，炖上腌好的芥菜缨，如果还能加些猪肉片一起炖，那可就是难得的美味了。

腌好的芥菜疙瘩和芥菜缨子，人们通常也叫它咸菜疙瘩和咸菜缨子。提到芥菜疙瘩和芥菜缨子，咱们还得先从种芥菜说起。

其实，芥菜这种蔬菜，对土地和生长条件要求并不高，农村的一般家庭，都是用自家的闲田隙地，或是田边地角，地头地脑种芥菜，也有在其他矮棵庄稼地里缺苗断空的地方补种芥菜。种芥菜先要把季节掌握准确，种早了芥菜窜梃儿开花，种晚了疙瘩个头长的小，影响收成。农谚讲得好：头伏萝卜，二伏菜（指秋白菜），三伏种荞麦。在盛夏初伏时节，秋萝卜与芥菜都要同时种。当年，我在生产队就种过芥菜。先用犁杖起好垅，磙子压平，然后刨埯施肥浇水，撒好种籽之后再培土，芥菜就算种完了。经过两铲一趟，就等着秋天收芥菜了。

每年深秋，其他庄稼都收的差不多了，才开始收芥菜。只要你拽住芥菜缨子往上一拔，圆溜溜、白生生的芥菜疙瘩就离开了它生长的土窝窝。收完芥菜之后，也正是腌芥菜疙瘩的时候。用薄片刀先把芥菜疙瘩的须根削掉，再把坑坑洼洼的泥土挖掉，切掉芥菜缨子，用清水将芥菜疙瘩洗净，然后装进小缸或大坛子里，装一层疙瘩撒一层盐，装到缸口时，再洗一些芥菜缨子放在上面，最后撒一层厚厚的盐，上面压一块平乎乎的石头块（防止芥菜缨子漂浮），闷三五天之后，再浇些清水，让水没过芥菜缨子即可。这样，芥菜疙瘩就腌制完了。虽说是腌完了，你可不要心急，这可不能立马就吃。各种腌制的东西都要有个发酵期，腌芥菜疙瘩也是一样，必须经过近两个月的时间，才能腌透，才能捞出来吃。

腌好的咸菜疙瘩呈棕黄色，看上去似乎是透明的。生吃时可以切成细丝儿，加少量的醋、味精、辣椒油、香油、葱、姜、蒜末等调料，搅拌均匀。如果你不喜欢酸辣的，可以不放辣椒油和食醋，这要根据个人的口味而定。生拌的咸菜条吃起来原汁原味，新鲜清香，脆嫩爽口，增强食欲，令你大开胃口。

小时候在农村，家里过的是穷日子。每到腊月淘黄米蒸豆包时，母亲总是变着样的，让我们尽量吃得好一些。她把咸菜疙瘩捞出来洗净，剁得像饺馅一样细碎，再杀一只大公鸡，也剁得又细又碎，合在一起下锅，给我们炒熟咸菜。吃黏豆包就着鸡肉炒的咸菜，那可是最佳的伙食搭配，至今想来，仿佛余香还在嘴里。

春天到了，母亲把剩在缸底的咸菜疙瘩捞出来，一部分放在阳光下晒干，另一部分整个放进锅里加水烀，烀熟的咸菜疙瘩，因为烀掉了很多盐份，吃起来不那么咸，还面乎乎的，口感极佳。

腌好的芥菜缨子，吃法就更多了。把芥菜缨子洗净，切成小段，用它来炖冻豆腐或新鲜豆腐皆宜。如果再加少许猪肉，炖熟后，看颜色，有红肉、绿缨子、白豆腐；品口感，有肉的劲道、有缨子的脆嫩、有豆腐的滑润；论营养，肉、菜、豆三合一的营养，全了。还有，咸菜缨炖长条土豆块，芥菜缨炖黄豆芽等等。虽说都是农村的家常菜，如果讲起风味、讲起特色来，那可是各有千秋，互不相让。

芥菜还有另一种腌制方法，就是把稍小一些的芥菜疙瘩洗净，装在用纱布缝好的口袋里，放进酱缸里，这叫“酱芥菜疙瘩”。用两个多月的时间酱好之后，拿出来用清水洗一下，酱好的芥菜疙瘩与酱的颜色差不多，也是黑红色，看上去有些半透明的样子。如果切成细细的酱咸菜条，拌上香油、味精和葱蒜等各种调料，吃馒头、喝米粥时，吃上几口酱咸菜条，也是一碟非常讲究的小菜。

深秋，收完芥菜后，把芥菜疙瘩洗净，切成细条，用开水焯过之后，剁得细碎，再把剁碎的猪肉掺进去，放上各种调料做成馅，用来包饺子、蒸包子、烙馅饼，味道可是特殊的鲜美，照样能登大雅之堂。就是美食家尝到这样的农家伙食，也会拍案称奇，赞不绝口。

说真的，我从心底喜欢芥菜，别看它疙瘩溜球的体形丑陋，可它从根到梢，把全身心都做了奉献。在这一点上，又红又大的萝卜比它不及；我从心底喜欢芥菜，并不仅仅是从吃上喜欢，更爱它的不嫌贫爱富，“富人少不了，穷人吃得起”。真可谓是“雅俗共享，贫富皆宜”的名牌菜蔬了。

（刊发于《黑龙江日报》2006年12月18日副刊“北国风”）

说起饺子

说起饺子，话可就长了。对于饺子，大多数东北人都能讲出好多的故事。“好吃不如饺子，舒服不如倒着。”这句俗话在咱东北，那可是上至白发苍苍，下至小孩子，无人不知，无人不晓。

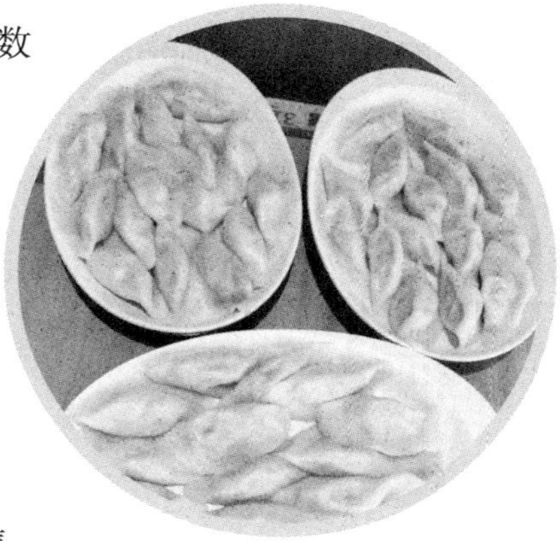

饺子

在我十来岁的时候，就听会了母亲经常哼唱的一首东北民歌，歌名叫“卖饺子”。歌词大致是：

初一、十一、二呀十一呀啊，清晨起来去赶集，捎带卖饺子。咦儿呀儿咦儿吆，捎带卖饺子。（第一段与第二段中间有夹白：大嫂子，你的饺子是啥馅儿的呀？）

葱丝儿、蒜丝儿、猪呀肉丝儿呀啊，花椒大料拌馅子儿，尝尝好滋味儿。咦儿呀儿咦儿吆，尝尝好滋味儿。

下面还有两段歌词，中间都有盘问式的加白，因为年久，实在是记不起了。

小时候，每当母亲哼唱这首歌时，听着听着，馋劲儿就上来了，一边吧嗒嘴，一边直往肚里咽吐沫，好像是真把饺子香香地吃进去了。其实也难怪，一年到头，总共能吃上两三顿饺子，我们这些孩子一听说饺子就带出馋像，别说是不懂事的孩子，就连大人们也都觉得太受煎熬了。甚至是来了远方亲戚，想好好招待一下，也只能是煎个鸡蛋，炒个土豆条，或是再做个鸡蛋汤，外加烙油饼。如果缺豆油时，也可能换成打卤手擀面。要想给客人包顿饺子吃，那可是太难为人了。咱农村平时没猪肉，离县城又太远，而且城里猪肉凭票供应，根本就不卖给农村人。再说了，在特殊年份，农村除了过年之外，平时有几家能买起猪肉呢？有几家能放下队里的农活儿不干，专在家里包饺子招待客人呢？如果真有，那也只能是大小队的干部家，别人无法攀比。

那时的农村，平时见不到猪肉，更别说马牛羊肉了，因此，吃饺子的机会，基本上都集中在大年三十和大年初一或初五（也叫“破五”）。我家孩子多，兄弟姐妹六个，只有父亲一人在队里劳动挣工分，母亲操持家务。生活困难不说，每到年根儿，家里的活计就堆成堆。记得在我十岁左右，就在年三十晚上帮母亲往盖帘儿上摆饺子。开始是摆直趟儿的，后来母亲告诉我，要想让盖帘儿上多装饺子，就得摆圆趟儿的。先从盖帘儿外圈儿开始，一圈儿一圈儿的往里摆。就这样，摆满一盖帘儿后，父亲就端到厨房里。后来，我又学会用双手团揉一个个的面剂子。团揉好一个剂子之后，放在面板上用手掌使劲摁一下，摁成小饼，父亲把小饼放在小擀面杖下，擀成又薄又圆的饺子皮，母亲干最后一道工序——包饺子。

厨房里的事，自然是母亲做主。每到逢年过节时，只要母亲说一声“包饺子吧”，我们兄弟姐妹就立马乐呵呵地围过去，帮着端盆的、拿面板的、找擀面杖的，全都放到炕上去。当母亲把饺子馅剁好拌均匀，连同和好的面团端到面板上时，一家老小团团围坐在炕上面板的周围，一起动手包饺子，那可真叫“齐下火龙关”。就连两个三五岁的弟弟也挤上来，嘻嘻哈哈地总想伸小手摸挲摸挲饺子。那种平时难得一见的浓浓的亲情，和着鲜香的年味儿，再掺和上全家人包饺子的喜兴劲儿，营造出满屋的吉祥，满屋的喜庆。

说起饺子，只看外表都是面皮包的，可是，因为里面的饺子馅儿不同，那味道和口感，自然是大不相同。小时候农村过年吃的饺子，多数是猪肉绿豆芽馅儿的，或是猪肉酸菜馅儿的，有时也会是猪肉掺大头菜馅儿的。不管是哪种馅儿的，都是菜多肉少。每年过年，我家八口人，能买上十斤猪肉是一大关了，怎能全用在包饺子上呢？那年月，别说没钱，就是有钱，牛肉、马肉、羊肉和驴肉，你也根本见不到，更别说吃到这些种肉馅儿的饺子了。

说起饺子，我又想起吃得最多的一次。记得是20世纪60年代末，我高中毕业，回村在生产队参加劳动，正是寒冬腊月，在大粪堆上用大铁镐刨粪，活儿太累，又整天是苞米面大饼子就着咸菜吃，肚子里没油水，正赶上过小年了，全家吃了一顿猪肉酸菜馅儿的饺子。我边吃边数个数，数到最后，一顿竟然吃了五十多个饺子，足足能装满一小盆。当时，不敢对别人说，这不是成了“饭桶”了吗，说出去让人多笑话呀！

说起饺子，现在的年轻人也许是听腻烦了，我家有三个孩子，都在城里工作，都已成家立业有了自己的孩子，和我们老两口聚到一起，一共是十一口人。每当聚到我家吃饭时，一说是吃饺子，大多数都皱眉头。尤其是我的两个儿子和一个女儿，宁可去吃大米粥，也不吃一口饺子。只有我和老伴儿，依旧是老传统，依旧是爱吃饺子。看来，时至今日，“好吃不如饺子”这句老话，真就不适用了。

2012年2月28日

腌韭菜花

立秋以后，韭菜就开花了。在扁扁嫩绿的韭菜的衬托下，中间的一根圆圆的绿梗，举着一个花骨朵，三五天的工夫，那花骨朵就打开了，里面挤着十几朵小白花，此时，便有嗡嗡嘤嘤的蜜蜂围了上来，热闹在白花花的韭菜花之间。韭菜花也很美，美的清纯、美的朴素，有时，也会引诱几只白蝴蝶，来与蜜蜂争地盘儿。

小时候在农村老家，每到这时，母亲就端着簸箕，到屋前的小园子里，把韭菜花一朵一朵地摘下来，放进簸箕里。全摘完后，端回屋倒进盆里，用清水洗涮两遍，控干后，就该去碾房压韭菜花了。

腌韭菜花要讲究个时令，腌早了天气热，怕韭菜花变酸；腌晚了，韭菜花老了结籽，吃起来丝丝络络的，发硬。在农村，讲究在什么季节干什么活儿，就连压韭菜花这么一桩小事儿，也要凑到一起。看见一家引头儿去压韭菜花了，其他人家也就忙三火四地跟随着赶趟儿。

头一家压韭菜花的稍有些麻烦，要先把碾子和碾盘用水洗干净，如果不把碾子刷干净，压出的韭菜花吃起来就牙碜。只是头一家压过了，别人家接着压就不用再费事刷碾子了。只所以全村凑在一起压，也许就差洗刷碾子的事儿。

压韭菜花其实很简单，先把洗好的韭菜花均匀地摊铺在碾盘上，用马、牛拉动碾子，或用人推碾子也可以，一圈一圈地压，雪白的韭菜花经过碾压，就变成嫩绿的碎沫和浆汁，这时，把压好的黏黏糊糊的碎沫和浆汁，用铲子收到盆中，就算完活儿。然后，端回家里加适量的盐，用筷子搅拌，尝一尝咸淡合适了，就可以舀进坛子里储存，随吃随取。

小时候，家里生活困难，把腌好的韭菜花当作小咸菜里的上品，除非是来客人或是家里改善伙食时，才能端到饭桌上，平常的日子，只用腌咸葱叶、腌蒜茄子，来对付苞米面大饼子或大糙粥。母亲也常说：“有咸菜、酱就不错啦，有的人家连咸菜、酱还接不上溜儿呢。”

每年深秋，母亲还会在将要干枯的黄瓜秧里，翻找出大拇指粗的小黄瓜嫩纽儿，洗干净后，腌到韭菜花里。月余，捞出来吃，那小黄瓜纽儿已被腌泡得透亮似的鲜绿，咬一口脆生生的，既有黄瓜的清香味儿，又有韭菜花的鲜亮味儿，吃起来很馋人，可惜，每次每人只能分到一小根，总也没吃够过。有时，母亲摘不到小黄瓜了，就在临秋末晚的豆角秧里，翻找出一些小豆角嫩纽儿，回家洗净后放在锅里焯一下，然后装进洗好的纱布袋里，放进腌韭菜花的坛子里腌上。腌好的豆角纽儿，虽说没有小黄瓜纽儿好吃，但那带着韭菜味儿的嫩豆角，吃起来也比其他咸菜要强得多。

腌好的韭菜花可以拌过水面条，当卤吃，也可以在杀年猪时，蘸肥肉片吃。后来进城工作了，在饭店里吃火锅涮羊肉时，才知道，在诸多的涮羊肉蘸料里，韭菜花有着特殊地位，是任何蘸料也无法替代的佳品，有了它作蘸料，你准能多吃一碗涮鲜羊肉。

进城以后，尤其是近几年，老伴也在早市上买回过韭菜花，自己腌制，没有石头碾子压了，就用搅肉机搅碎韭菜花，这样做出来的韭菜花，在我的感觉中，就是不如石碾子压出来的滋味好吃，可是，现在上哪儿找石碾呢？别说城里没有，就连农村也早已绝迹了。再过几年，也许能在博物馆里发现它。

（刊发于《黑龙江日报》2009 年 9 月 17 日副刊“北国风”）

腌糖蒜

进了二伏的一天早上，太阳刚刚冒红，楼下的街道上就传来了“卖大蒜啦，卖大蒜啦”的叫卖声。我有些纳闷儿，就问老伴儿，怎么这么早就卖大蒜了？老伴儿有些不耐烦了：“这不是进二伏了吗？正是该腌糖蒜的时候了，昨天去早市，有四五台农村四轮车，全是卖大蒜的，你在家里知道个啥呀？赶快起来，跟我买大蒜去。”

在城南的早市上，路两旁停着两溜儿小四轮车，嗬，卖蒜的车真多，能有三五十辆；买蒜的人也多，每辆车都围着十几个人。到跟前一问才知道，今年卖蒜论捆，每捆50头，看中哪捆拿哪捆，不用上秤称，也不用讨价还价。这下好了，卖蒜的不用带秤，方便快捷；买蒜的省事儿，一捎就拎走了，两不耽误。老伴儿精挑细选了两捆之后，花了整好十元钱，我就用自行车驮回了家。正巧，对门邻居也买回了大蒜，比我家多了一倍，整好四捆200头。邻居家也是热心肠，主动向老伴介绍她熟悉的腌大蒜的方法。

其实，腌蒜特别简单，先把大蒜底部的须子切掉，再把上端的蒜苗切掉，把蒜头的外面老皮剥去两三层，放在水盆里洗一遍，然后，捞出来晾干。在刷洗干净的坛坛罐罐里，放一层蒜撒一层盐，大约是五斤大蒜用一斤盐。接下来是把醋放在锅里烧开，稍晾凉后，加白糖，如果喜吃甜的可多放糖，根据个人口味也可少放糖或干脆不放糖。把醋糖兑好后，倒入腌蒜的罐子里，压实，盖好，腌过半个多月之后，便可取出食用。

腌好的大蒜看上去像有些透明的感觉，与没腌的蒜相比，口味大不相同，没腌的大蒜，辛辣，刺激性强，余味浓烈，熏人；腌好的糖蒜口味绵软适中，有几分咸味，且酸里透着甜，这种小菜是佐餐之佳品，营养成份与普通大蒜比起来，有过之而无不及。

大城市的居民，腌不腌糖蒜咱闹不清楚，我居住的小县城可是腌糖蒜成风，几乎是家家如是，无一例外。

按照中医的说法，大蒜的药用价值很高，在一般的民间验方里，就常用到它。大蒜味辛辣，属驱寒食品，有杀菌功效；还有除膻去腻和促进人体消化的作用；还能降低血脂和血液黏稠度；还能抗血小板聚集，使心脏病、脑血栓和脑出血的发病概率大为减少；还具有预防血管老化、免疫力衰退等作用；并且能抑制癌细胞生长，对癌细胞有杀伤作用。

大蒜本是辛热食物，吃多了易伤肝、易上火；并对胃、肠有强烈的刺激作用；由于大蒜吃多伤肝，因此对眼睛也有一定影响；蒜吃多了也易引起咳嗽、痰多等不良反应。

话又说回来，腌的糖蒜，就比吃生蒜效果好得多。

腌糖蒜很讲究时宜，蒜没下来你腌不成，等到过了二伏，立秋之后，蒜长老了发硬，你还是腌不成；立秋之前，二伏之中，蒜长够大了，且又鲜又嫩，是腌糖蒜的最佳时节，您可千万别错过了。

（刊发于《黑龙江日报》2009 年 10 月 12 日副刊“北国风”）

砸猪胰子

在东北，上大冻的冬腊月，就是农村杀年猪的时节。一瓢又一瓢的泔水，一把又一把的糠，喂了将近一年的肥猪，在杀猪之前的半个多月，每天喂猪都多加一些苞米面或其他糠麸饲料，让猪快些长膘增重，盼着杀出个好膘头儿的大肥猪，在生活艰难的年份里，过一个吃猪肉充足一些的好年。

心急火燎的盼啊，年猪终于杀了，肥猪肉和血肠一锅出的烩菜，也大吃了一顿，解了馋，接着，就是把猪肉分块切好，用冰块把猪肉埋起来冻上；然后就是用猪的水油和板油熬荤油，以解决全家人一年中做菜的用油；最后一件事儿就是砸猪胰子，用土法制作猪胰子，全家人一年洗手洗脸、全靠它了。

杀猪在取内脏的时候，就把猪的胰脏摘下来，单独存放，到砸猪胰子时取出来，用刀剁碎，放在案板上用斧子砸，砸成黏糊糊以后，放进盆子里，用四五根筷子攒在一起在盆子里搅动，边搅边把在锅里融化的碱水倒进去，越搅越黏，越搅越干，干得实在搅不动了，就可停下来，用手扣出一块，再用两只手团揉成香皂的形状，这就做成了一块“猪胰子”。杀一头猪的胰脏，可做大约 20 块洗脸用的猪胰子。做完后，均匀地摆放在木板上，放在通风干燥处晾干，20 多天后便可使用。

猪胰子是农家自制的“土香皂”，外貌丑陋且粗糙不光滑，用起来没有一点儿香味，有时还有点儿异味儿；而且去污力差，全家人谁也不愿意用它，但家里贫困，买不起香皂，也只好将就着用。母亲更节俭更仔细，为了省钱，只允许我们用猪胰子洗手洗脸，不允许我们用它洗衣服，洗衣服当时买不起肥皂，只有用碱来洗。

好多年之后，生活富裕了，农村人也同城里人一样，洗脸用上了香皂，洗衣服用上了肥皂或洗衣粉之类。农村自家制的猪胰子，早已淡出农家的生活。现如今，农村杀猪的人家更多了。猪的胰脏既不能食用，又没人用它做猪胰子，只有丢掉了。

今天再提起过去农村常用的猪胰子，连今天农村的青年人也已十分陌生，不知是何物。贫困生活消逝了，猪胰子也就不见了踪影。

（刊发于《黑龙江日报》2011 年 2 月 10 日副刊“北国风”）

家乡的“小根蒜”

每年的清明节之后，到“五一”节之间，是东北农村的苦春头子，冬储菜已经吃光了，春天的鲜菜还没下来。这时，也正是去野外挖蘸酱菜的最佳时节。在野外，在冻了一冬的枯败无力的荒草棵子里，有婆婆丁（蒲公英）、苣荬菜，还有田地里的小根蒜，悄悄地拱破绵软的泥土，探出怯生生的芽叶来，在春风中微微地抖颤着，张望着春天，张望着这个陌生而又充满生机的季节。尤其是家乡的小根蒜，在童年穷困的苦春头子里，是最招人喜爱的蘸酱菜。有一段村歌土调说的好：小根蒜，大脑瓜，有人吃，没人挖。既形象，又准确。

小根蒜，是咱东北农村当地人的叫法儿。小根蒜应和大蒜同居一个科，也是多年生草本植物，花白色带紫，地下有球状根茎，味道辛辣，有刺激性气味儿，大蒜可作佐料，可入药；小根蒜只可做蘸酱菜。大蒜的根茎头大，分好多瓣儿；小根蒜根茎小，只有手指肚大小，不分瓣儿，是独头的根茎。至于说它的学名叫什么，没有问过生物学家，查了一下《现代汉语词典》也没找到，只好作罢。还是按家乡人的叫法儿更实在一些，更亲切一些。

小时候，在我家乡挖小根蒜的人多是老人、妇女和小孩。记得我八岁上小学以后，趁着星期天，和几个同学在一起跑到村边的田地里，开始时，只是在那里玩儿，玩着玩着，年龄大一点儿的二柱子就喊了起来：“快来看，快来看，小根蒜长出来了！”呼啦啦的我们围了过去。他扒开地上的黑土，用手一薅，一下子就薅断了，上边细细的绿叶和中间的白梗都薅出来了，只是小根蒜的蒜头儿还被埋在土里，大伙儿觉得好可惜。好在是村边的岗地离家又不远，于是，我们就一窝蜂似的跑回家去，每人拿来刀和筐，又急忙返回来挖小根蒜。

那年头儿小根蒜也多，也厚实，找到一棵之后，往四周一踅摸，就能找到一大片，我们这些小孩眼尖手快，只是一会儿的工夫，就挖了一大把。开始时，小的大的一起挖，后来发现阳坡的小根蒜比背阴坡上长的大，于是就只挑大棵的挖，小棵的就没人看上眼了。要到晌午了，每人都挖了大半筐，带着满脸的喜兴，一溜小跑回家了。

正赶上母亲已做好了香喷喷的小米饭，见我挖回小根蒜来，高兴地说："小子不吃十年闲饭，这话一点也不假。"她忙着掐掉小根蒜根上的须子，然后放进水盆里边洗边说："清明节刚过没几天，小根蒜就长这么大了，真快呀。"接着，母亲又拿出两个平时舍不得吃的鸡蛋，打进锅里，又舀了一勺子酱放进去，一股鸡蛋酱的香味立刻弥散开。母亲喜滋滋地唠叨着："你要不挖回这些小根蒜呀，我还舍不得这两个鸡蛋炸酱呢。"

父亲回来了，知道是我挖的小根蒜，就说："上学了就有出息，能给家里改善伙食啦！"得到平时严厉的父亲的夸奖，我只是嘿嘿地傻笑。

在我童年的记忆里，那顿黄澄澄的小米饭，就着鲜嫩的、水灵灵的小根蒜，蘸着黑红色的鸡蛋酱，深刻地印刻在我的记忆中。现在想来，也还是真真切切地留有余香呢。

村前那片羊角葱

那时候，村里村外都没有树。初春时节，最先亮起春的信号，染绿目光的，是村前南岗地上那片竖叉叉的羊角葱。

葱地四周，是去年冬天留下来的高粱茬和苞米茬，已白花花干枯地围裹着这片羊角葱。那枯黄与鲜绿的反差，像是有意地烘托与陪衬，把那片兴致勃勃的羊角葱，抬举得似乎更有生机了。

在困难时期，人们饱受着饥荒的煎熬。我们这群正在小学读书的毛孩子，从未受过饥饿之苦，好像即将来临的饥荒和苦难与我们无关。依然是冷了找衣穿，饿了找饭吃，总觉得有父母在身边就有依仗，可以整天无忧无虑，要吃要穿理直气壮，万事大吉什么也不在乎。在艰苦的岁月里，尤其是青黄不接的苦春头儿，孩子们每天上学放学路过那片羊角葱，绿荧荧，水灵灵的，很能吸引人，谁都想薅几根葱尝新鲜。但是，当想起老师的教导，想起《小学生守则》里说的，也就只好罢手了。

草木萌发，春意盎然。我们这些十来岁的孩子，脱掉棉袄棉裤，像是卸掉了冬天的枷锁，像挣脱疆绳的野马。每天下午放学时，一路上，除了疯跑，就是互相撕皮掠带的疯闹，只一会儿工夫，就肠子空肚子瘪，咕咕噜噜地叫起来了。这时，我就赶紧跑回家去，放下书包，直奔屋里的碗架柜，打开柜门儿，抄起午饭吃剩的苞米面大饼子，端出辣椒酱和炸好的干白菜团子，吃一口大饼子，夹一块干白菜蘸辣椒酱吃。有时，在厨房的小笆篓里再翻出几瓣大蒜来，合在一起吃，那就更有滋味儿了。一顿“风卷残云”之后，挎起父亲编的大号的猪腰子型长筐，就到野地里挖猪菜去了。

天天如是，都要多吃这一顿饭。可是，终于有一天，当我打开碗架柜时，却愣在那里，这碗架柜里怎么空了，连一个苞米面大饼子都没有。我问母亲，为何家里没干粮了。母亲说家里一粒粮食都没有了，哪儿还有干粮。母亲说这话的时候，声音有些哽咽。我没敢看母亲的脸，我猜，她是怀着明知饥荒降临，也只好眼睁睁看着儿女们挨饿而又无可奈何的心酸，含着泪水说出来的。当时，我也落泪了，似乎是受了天大的委屈，又像是无缘无故的愤懑。

打那以后，就整天被饥饿死死地缠着，开始了“瓜菜代、煮野菜”的日子。绝大多数同学都和我一样，每天下午放学时不再忙着回家，当路过生产队南岗地那片羊角葱的时候，就忙三火四地跑进地里，薅起鲜嫩的羊角葱，大把大把地往嘴里填，真是狼吞虎咽。也难怪，十来岁的孩子们，正是能吃饭长身体的时候，整天挨饿，谁受得了呀？在饥饿面前，当时真的就顾不了太多了，顾不了老师的谆谆教导、顾不了《小学生守则》里的规定。有时，为了吃的甚至幼稚到奋不顾身了。

当时的农村工作队很有权威。发现葱地丢葱了，就立马指挥生产队长，派人看管。我们这些饥饿无助的小孩子也是有办法的，放学回家兵分两路，一帮在葱地西头经过，另一帮去葱地东边，看葱地的老头儿撵西边的人，东边的人就进地下手薅葱，老头儿转过来撵东边的人，西边那帮人就下手薅葱。老头儿是腹背受敌，顾此失彼，无可奈何地站在地里大骂一通，撒手不管了，回村找生产队长交差不干了。

其实，生产队长也心知肚明，念书的孩子们要吃葱解饿，要活命，这可是一股挡不住的洪流啊。

春色迷人，春色可餐。当年那片羊角葱，帮我们度过了童年的饥饿，帮我们树立了终身受益的节俭美德。一晃几十年过去了，当年那片无比珍贵、生机盎然的羊角葱，依然发挥着神奇的效力，纯洁我的灵魂，滋补我的生命，是永远的绿洲。

炒苞米花

往事如烟，回忆起来却也甘甜。小时候家里很穷，春夏秋这三季有些蔬菜还能吃到，到了十冬腊月的时候可就傻眼了，我们这些小孩子想吃点儿“零嘴儿”，那可难透了，馋急了的时候，就想法子追母亲给我们炒苞米花。

母亲把秋天挑出来的“火苞米”拣出几十穗，放在簸箕里，晚饭后，在昏暗的煤油灯下，母亲就领着我们兄弟几人围着火盆搓苞米，一边搓着苞米，一边给我们讲起上几辈子人传下来的故事：什么“鞭打芦花”呀，什么“忘恩与实义”呀……母亲虽说目不识丁，但讲起故事来，却慢条斯理的一段一节有根有据，讲得津津有味，我们听得入神，在不知不觉中，苞米就搓完了。就在母亲去灶房点燃灶火的时候，父亲也已从村西沙坑里端回一撮子黄沙来，用筛子将细面黄沙筛进热锅里。母亲把搓好的苞米倒进锅里，用热沙子埋了一小会儿，就用旧刷帚哗啦哗啦地满锅炒了起来。这时，嘴馋心急的我们，都挤进灶房看母亲炒苞米花。炒着炒着，不多一会儿，苞米的水气炒出了许多，苞米粒开始咔叭咔叭发出脆快的爆裂声，一股苞米花特有的香气扑面而来，馋得我们直劲儿咽口水。偶尔，也会有咔叭一声大的响动，一粒蹦起的大苞米花，猛地跳出锅外，落在锅台上，为我们的欢乐助兴。母亲随手拣起，放在弟弟嘴里，他咯嘣响脆地嚼着，脸上挂着甜甜的微笑。

头一锅苞米花炒熟了，母亲连苞米花带沙子一起撮起来，放在父亲端来的筛子里，把热沙子筛进锅里，准备炒下一锅，筛子里的苞米花端到里屋，倒在炕上，我们兄弟几个呼拉围了上来，顾不得烫嘴烫手，挑着大花往嘴里一扔，咯嘣咯嘣地嚼起来。嚼出苦日子里的香甜，嚼出父母爱抚的温暖。

记得是二弟两岁那一年，小孩儿都得了麻疹病，二弟也被传染上了，在病得最严重的时候，当大夫的二表哥来了，头一天给吃了两包药，第二天又给打了两针青霉素，村里多数孩子都没有逃脱这场灾难，可就是二弟的病却神奇般的治好了，全家人是从未有过的高兴。母亲为了给刚病好的二弟准备点儿“零嘴儿”吃，就炒了一锅苞米花。有一天，母亲在炕上缝衣服，二弟在她身边吃着苞米花，还把青霉素的小空瓶，当玩具摆弄着玩儿。不一会儿，只听他“咔咔”两声，就一头倒在母亲的腿上，眼睛直往上翻。母亲赶紧扔掉手里的活计，抱起二弟一看，遭了！青霉素小瓶的胶皮瓶盖儿不见了，母亲想，准是他把瓶盖当苞米花塞进嘴里，卡在嗓子眼儿里了。这时的二弟已是脸色蜡黄，奄奄一息了。母亲一把抱起二弟冲出门外，顺着大街，边哭边喊地向五姑家跑去，我在后面紧紧追着母亲。

母亲刚进五姑家的大门口，五姑早已听到哭喊声，就急忙冲了出来。母亲边哭边对五姑说，这孩子是吃苞米花和胶皮瓶盖儿卡在嗓子里了！五姑拽过二弟，把他头朝下搭在左胳膊上，右手使劲敲着脊背。这时的二弟已经断了气息。五姑还是猛劲地捶打二弟的脊背，这时的二弟已憋出了稀屎。五姑让母亲捏住他屁股，继续敲打，只听“咔”的一声，一个苞米花粒从二弟嘴里喷了出来，掉在地上。五姑说：“你看，敲出来了。”母亲哭着说：“五姐呀，还有一个瓶盖呢！”这时，五姑带着满头大汗继续捶打二弟脊背。又是“咔”的一声，胶皮瓶盖带着鲜红的血丝，终于喷出来了，掉在地上。这时，二弟又一次死里逃生，脸色蜡黄，身子像煮熟的面条一样瘫软，有气无力地躺在五姑怀里。

这都是苞米花惹的祸，在以后的两三年里，我家再没提起炒苞米花的事儿。再后来，弟弟们都到前村敏字小学读书了，我家才又开始炒起苞米花来。有时，上学没带午饭，揣几把苞米花也能顶上一顿。在那个年代，苞米花是农村孩子十冬腊月里最好的小食品，它伴着我们成长，伴着我们度过艰辛的童年。

关东烟

早年的东北，有三大怪：“窗户纸糊在外；养了孩子吊起来；姑娘叼着大烟袋。”前两怪咱就不说了，单说最后一怪：姑娘叼着大烟袋。这说明咱东北盛产关东烟，当年的大多数农户都栽种关东烟。而且，每户农家的炕上，都有一个装关东烟的“烟笸箩”。每当邻居来串门，或是来了远方客人，让到屋里坐下之后，先把烟笸箩递过去，卷上一颗烟或是装上一袋烟，给客人点着，抽上烟之后，才开始唠嗑或是说事情。看来，这很不起眼儿的关东烟，在咱东北农村的接人待物上，可是占了头一宗。因此，在东北人的眼里，姑娘叼着大烟袋，也就见怪不怪了。

松嫩平原上的关东烟，已有几百年的栽种历史，可追溯到清末的郭尔罗斯部开蒙荒时期。当时，成批的移民和闯关东的灾民，把黄烟的种籽从关里带了过来，种植在新开垦的黑土地上，又土质肥沃，气温适宜，经过几年的栽培，关东黄烟的品质与其他地方的黄烟相比，烟叶肥大厚实，晾晒之后色泽金黄，抽起来有劲儿，香味纯正。于是，北大荒的关东烟就成了黄烟中的上品。

20 世纪 50 年代中期，农村各家各户都分园田地。为好看管，园田地大多都分在紧挨村子的四周，怕牲畜和家禽到地里祸害庄稼，于是，就在地头地脑栽种黄烟。烟苗从小到大，始终有那种辣乎乎的烟味，马牛羊和鸡鸭鹅狗全都不愿闻它，因此，对地里的庄稼起到了保护的屏障作用。同时，秋后收了黄烟，拿到集市上去，每市斤都能卖到八角到一元钱左右，价格将近大粮的十倍，也是一笔很好的收入。

栽种黄烟也是件很麻烦的事，小时候我在农村老家，就跟父母栽种过黄烟。每年春天的谷雨之前，在自家小园子里打好畦埂子，弄细弄均弄平畦子里的土，浇足水，然后，端出前两天就泡在饭碗里的烟籽，加少量水搅拌好，接着，父亲连烟籽带水一起喝进嘴里含住，站在畦边向畦子里喷。整个畦子上都要一口一口地喷一遍。父亲说，烟籽太小了（比芝麻粒儿要小十倍），不这样喷播不均匀。喷完后，再用筛子把黄沙土筛在上面，约一公分厚，烟苗就算育完了。之后，每天早起，父亲都要用喷壶向烟苗畦子里浇水。六七天的工夫，小芽锥儿就拱出来了。大约要等到一个多月，烟苗甩开四五片叶的时候，就要起出来往地里移栽了。

怕伤了烟苗的根，起苗前要浇足水。向地里移栽时，最好选个阴天或是雨天，以防止烟苗被阳光晒蔫缓苗。栽前要在垅上刨埯，浇足水，然后下苗。培土时不要摁得太紧，以防伤根。移栽完之后，三四天的光景，烟苗就在大地里焕发了生机，抖起精神，渐渐地开始拔节甩叶。此时的烟苗，既贪长，又皮实。

盛夏时节，水灵灵的烟苗都长的一米来高，薅草、培土、打烟丫子，走在烟垅里，都要十分小心，此时的烟叶子又大又脆，一旦碰掉烟叶就是损失。

秋天了，烟叶由绿变黄，长得厚厚实实，烟味更浓了。用父亲的话说，就是“上烟了”。这时，父亲拿出珍藏的烟刀子，磨个锋快，开始一个叶一个叶地割烟了。割完的烟叶要挑到晒烟场上，一般的晒烟场都是借用村边起完土豆的空地，在地上铺好半尺来厚的羊草，就可以晒烟了。

把烟叶两三片一摞地夹在事先拧好的草绳上，要夹得均匀整齐。夹满一根草绳之后，两个人抻起草绳两头，同时用力摆动一撂，上好的一绳烟叶就平铺在暄草上。今天晒一面，明天翻过来再晒另一面。每天傍晚，都要把一绳绳的烟叶摞起来，用草苫好，防止被夜露淋湿；第二天早上重新打开，再一绳挨一绳地把烟叶晒上，反复晒二十多天之后，在烟叶基本要晒干的时候，要连续两三个晚上不再收起烟叶，要像白天一样平铺在烟场上，利用夜间的露水，把烟叶浸润一下，父亲说，这叫“吃露水”。吃过露水的烟叶抽起来有“串味儿”，还不“要火”（抽烟时经常好灭）。

深秋，烟叶晒好了，闻着有一股很特殊的香味，即使是不会抽烟的人也不烦它；从颜色上看，黄里透着红，每片烟叶都像一片金箔，特别惹人喜爱。这时，把金黄的烟叶，小心地从草绳上卸下来，掸上适量清水，拿回家里闷一会儿，把烟叶铺展开摞成小摞，再用草绳捆成一把一把的，每把烟大约在一市斤左右为宜。捆好成把的烟，就可以放进仓子里垛起来，等着拿到市上去卖了。自家用的待客的黄烟，每天晒烟碰碎的烟叶捡回就够了。

困难时期，缺粮挨饿，物价飞涨，有一年黄烟竟卖到十五元一斤。偏巧，这一年村里孙老爷子家栽种的黄烟最多，收获了三百来斤，卖四千多元。孙老爷子乐了，直接从城里买回一台上干电池的半导体收音机。回到家一拧开关，立马就唱起来了。这一下啊，全村轰动了！一窝蜂地跑到孙老爷子家来听收音机。那年月，家家安的都是一根线的小电喇叭，声音小，杂音大，呜噜呜噜的什么也听不清。这回，孙老爷子冷丁买回这么高级的收音机，全村谁不想听听啊？于是，老孙家屋里挤不开了，又坐到院子里。这时，孙老爷子打开窗子，把收音机捧到窗台上，放大音量，屋里屋外的全听见了。大伙儿啧啧称奇，这东西也没接电线，就能收来那么多广播电台节目，真神了！

在那缺吃少穿的饥荒年月里，是咱的关东黄烟帮孙老爷子发了家。能买起半导体收音机，让全村人开了眼界，大饱耳福。直到现在，我老家的村里人，还经常提及此事呢。

2011 年 3 月 13 日

编炕席

父亲是农民，大半生都没离开过土地，只是到了晚年，才连同母亲一起被儿子们接进城里。

父亲在农民堆儿里，绝对是把好手儿，庄稼地里的活计，铲地、割地、扶犁、点种，样样精通，样样领先，南北二村，没有不知道的，没有不佩服的，就连家里的活计，扒炕抹墙、编筐窝篓的手艺，也都受到村里人的夸赞。

父亲是个好强的人，见了农村里有用的活计和手艺就学，并且肯动脑筋，学啥像啥，学啥就能精通啥，尤其使我记忆最深的是父亲学着编炕席。

记得小时候，家里的炕席铺坏了，父亲不会编炕席，家里没钱又买不起，于是他就去会编炕席的邻居乔老姐夫家，借来用薄铁片做的补席针，并要来几根新席蘼子，把磨坏的炕席织补上。也许由此便萌生了父亲要学编席的念头。

早年，当地农村有句俗话："姑娘多了费胰子，小子多了费席子。"我家小子多，自然费炕席，天长日久，炕席磨坏的地方多了，没法子再织补了，只好买新炕席换上，当时的炕席价格很贵，每领席七八元钱左右，当年的生产队，每个劳动日只能分一两角钱，遇到灾年还要"涨肚"，欠生产队的口粮钱，要出钱买一领新炕席就更困难了。父亲是个很要志气，很刚强的人，他要下决心学的活计和手艺，就没有学不成的。从此，父亲就迷上了编炕席这个手艺活儿。父亲既勤快又肯动脑筋钻研，那些日子，每天收工吃完晚饭，他就赶忙去乔老姐夫家看人家怎样编席。有时，帮人家干点儿破秫秸、刮蘼子和与编炕席有关的零活儿，也就半个月二十天的，父亲就在我们自己家里筹办了编炕席用的工具和物品，为学编炕席做好了准备。

编炕席虽说不是很上讲究的细活儿，但工序也不少，准备起来也很麻烦：先是准备材料，挑选粗细比较均匀的秫秸。用"秫秸撸子"这种特殊的专用工具，把秫秸薄皮儿和叶子撸掉，这道工序叫做"撸秫秸"。接着是第二道工序，叫做"破秫秸"。破秫秸也需要用一样专用工具，叫做"秫秸镘子"，能把撸光溜的秫秸，从一头儿开始，很均匀地破开成三瓣儿或四瓣儿。有时，没有这种特制的工具，父亲就夹把刀破秫秸，照样破开得很均匀。破开的“秫秸批子”要捆好，掸水洇透。第三道工序叫做“刮靡子”。在屋里地上放一块长方形垫板。刮靡子人坐在垫板前的矮凳子上，左手拿一根洇好的秫秸批子，放在垫板上，右手把横握的刮靡刀端平，找好角度放在秫秸批子上，右脚稍用力蹬住刀背，左手用力向后拽秫秸批子，这时，一条雪白的绵软的秫秸瓤子就被刮了下来，剩下的一条薄薄的秫秸硬皮，便是编炕席用的好材料——“靡子”。

北方的冬天特别寒冷，天黑的也早，每天都要到点灯时分才吃晚饭。晚饭后，母亲把小油灯挪到紧靠炕沿的柜盖上，在这盏昏暗的油灯下，母亲为我们做鞋纳鞋底儿；父亲在屋地上铺了一条麻袋，在上面学着编炕席。只见他把几绺靡子横摆几根，竖摆几根，像织布一样穿上压下的，来回琢磨。父亲手里的靡子编织得很紧，眉头拧得也很紧，编一会儿一看不对了就赶紧拆开，拆了以后接着重新再编……夜深人静，母亲纳鞋底儿和父亲学编席的声音，清晰明快地交织在一起，像一首生活的叙事曲，衬托出冬夜的冷寂与祥和。在这单调的声音里，我们早已酣然入睡……就这样父亲折折腾腾地学了两个夜晚，待到第三天早上，当我们刚刚爬出被窝时，父亲指着屋地上一米多长、二尺多宽的一块儿新编的炕席说：“你们看，这回总算学会编炕席了。”

看到父亲学会编炕席了，全家人都有说不出的高兴，看来，我家离铺新炕席的日子已经为期不远了。

父亲白天到生产队干活儿，只能起早贪黑地忙着编炕席，用了半个多月的时间，出自父亲手里的第一领炕席，终于铺在我家的炕上，新炕席油光锃亮，映照得满屋亮亮堂堂的，真让全家人高兴了好长一阵子。从此以后，父亲又学会了编茓子，用茓子在屋顶上或仓房里茓粮食；紧接着又学会了编织篓，用来装干豆角、干辣椒等晒干的蔬菜。

俗话说：“为人别学巧，学巧有人找。”父亲会的农活儿和手艺多，找他的人也多。父亲有求必应，经常为亲友家编筐窝篓，忙得不亦乐乎。

每年深秋，把庄稼收进场院，然后把秫秸拉回家里，这时，便是撸秫秸、刮糜子、编炕席的好时机，当时我已经十多岁了，放学后就帮助父亲挑秫秸、撸秫秸，为父亲减轻劳累。父亲编够自家铺的炕席之后，把多编出的炕席让母亲拿着坐生产队进城的马车，到集市上去卖，每回只带两领席，那年头卖炕席是不敢说的。别人问起，只说是给城里亲戚送的，也就搪塞过去了。进城之后，每领双席（用双层靡子编的，厚实抗铺）能卖八九元钱，两领席能卖十七八元。一个冬天进城三趟，卖六领炕席，能攒上五十元钱，好为我们兄妹几个过年每人添置一件新衣服。

在那些困难的年月里，父亲编炕席给我们带来了欢乐，补贴了我家艰辛的生活。

钉盖帘儿

不管隔多久，不管离多远，回到农村老家的亲切感总是丝毫不减。尤其是退休之后再回去，反倒比以前更觉格外亲近了。

四表弟家的大砖房，就是村口的头一家。隔远看，那鲜红的采钢瓦，十分显眼。房上还安了一个蓝色的太阳能热水器，高傲地引领着家乡民居的新时尚，乡亲们见了我都说，这回你四表弟可真发了，发大发了，至少也得有百八十万元呢。果不其然，四表弟家不光房子好，屋里的装饰和陈设、家具与厨具，也都很新潮，很有档次。这是四表弟盖完新房后，我头一次来坐客。在厨房里看了一圈儿，我突然发现了唯一的、也是我好久没见的老物件——盖帘儿。

是啊，厨房里过去用的老物件，也该像我一样退休离岗了，单单这盖帘儿，却没有新的东西来替换，依旧坚守在岗位上，看来，这盖帘儿的用途真就不能小瞧呢。

在我的印象中，家住农村时，母亲可是钉盖帘儿的高手。母亲干活儿细致、要样儿，而且选料精心。母亲钉出的盖帘儿，薄厚均匀，平整瓷实；不畸扭，不咧歪。左邻右舍的姑娘和媳妇们，大多都跟母亲学过钉盖帘儿。

钉盖帘儿的材料主要是“长莛子”，最好是秋天收割笤帚蘼子时，留下紧挨穗儿的那一节，把穗儿割下来绑刷帚，剩下又细又长的那段秸秆儿，就是所说的“长莛子”；其次是高粱穗儿下边的那节秫秸，扦掉高粱穗儿后，把它攒起来，也可以用它来钉盖帘儿，只是粗了些，钉出的盖帘儿厚了些，有点儿笨重；再就是要备好钉盖帘儿的细麻绳儿。钉盖帘儿要用纳鞋底儿的锥子和粗大号的“码提针”，还要用菜刀和镰刀。

记得那是 20 世纪 60 年代初的一个深秋，父亲在生产队割高粱的时候，扦回一捆“长莛子”，扔在鸡窝上。那时是饥荒年，家家吃不饱，人人挨饿，母亲想，用“长莛子”钉几个盖帘儿，拿到城里去卖，也许能买回点儿吃的。

于是，母亲贪黑起早地钉起盖帘儿。

钉盖帘儿的时候，炕上要放一个盆，在盆上钉盖帘儿便于上下穿针引线。起头儿要先钉个“十”字，依“十”字为中心，在向两边排开钉，并且，上下两面要同时钉，都要照看到。上面排东西向的“纬线”，下面就排南北向的“经线”；尤其是到了晚上，母亲在灯下钉盖帘儿，我就在旁边等着，帮母亲递东西。

父亲把钉好的盖帘儿拿到屋地的板凳上，用一根“长莛子”当半径的识（zhi）子，再用锥子把它扎在盖帘儿的中心，然后，转动那根识子，按它的长短，用菜刀切掉多余的部分，这样，一个圆圆的盖帘儿就成型了。接着，还要用镰刀把盖帘儿周边的立茬儿削成坡茬儿，以免用时刮手。经过这些工序，盖帘儿就算钉成了。

母亲把钉好的盖帘儿放在麻袋里，背到生产队去县城的马车上，到市场上去卖。头一次卖盖帘儿收益不小，母亲买回两块作衣服的布料，还买了四五斤炒熟的嘎喇肉，我们这些孩子每人分一小碗儿，挨饿的时候吃一顿嘎喇肉，真比过年还来劲儿。

盖帘儿能传到今天，就是用途较广，无可替代。它可以用来摆饺子、豆包等食品，放在上面不易粘连；它可以盖锅碗瓢盆，防止落灰；还可以盖食品，有透气性、能散热，不易捂馊。而且易擦洗，用着卫生。

由盖帘儿让我想到：越是流传久远的越有价值。文艺作品是这样，平常使用的物件也是这样。盖帘儿就是一个很好的例子。

2011 年 2 月 23 日

茂兴地瓜

在肇源县城里工作多年，下乡的机会很多，其中，到古驿站茂兴镇下乡也有过几次，在那里吃到过地瓜，也听当地人介绍过地瓜，但感觉都是平平淡淡，唯有一次去省城哈尔滨，巧遇茂兴地瓜，给我留下的印象是那么美好那么深刻。

那是十年前的事，爱人上班的大集体企业倒闭了，她在家待得烦闷，打算做个小买卖，在城里经过一翻考察，因本钱小，最终决定开个台球厅。先租好了临街房子之后，我就带着爱人去哈尔滨市买台球桌和其他用品。

在批发市场买好了台球桌，然后，就赶往道里农贸批发市场去雇货车。在农贸市场里，我们忽然听到了“茂兴地瓜”的叫卖声。这难道是我们肇源县茂兴镇的地瓜吗？正在我疑惑的时候，爱人早就循着声音找了过去。原来是我们的邻居小兰两口子正在这里卖地瓜呢。偌大个哈尔滨市，无意间竟能巧遇邻居，爱人和小兰那股亲热劲儿，攥住手就不松开。接着，爱人指着小兰身后的地瓜堆，关心地问：这么多地瓜能好卖吗？小兰笑着说：“这你可就外行了，我们这可是茂兴地瓜，这叫名牌……”话还没说完，一伙人开着货车来批发地瓜了，他们说，别的地瓜就是便宜些他们也不要，专来买茂兴地瓜，他们企业已经连着三年买茂兴地瓜分给职工了，别的地瓜职工们不认可。两辆大货车就把这堆地瓜买走了一半儿。

我和爱人都为我们县的茂兴地瓜能赢得省城哈尔滨人的青睐，感到惊喜和震撼。邻居小兰可能看出了我们这意外的表情，接着，她补充说：“咱茂兴地瓜在哈尔滨叫响，这不算啥，隔三差五的还能出口俄罗斯呢。”我张大了嘴，愕然了……

小兰听说我们是来雇货车的，就给我们介绍了给她拉地瓜的肇源返程货车，车主欣然同意，解决了他的空驶费问题，我们也少花了运费。我在为这一举两得高兴的同时，更为茂兴地瓜的名扬海外而兴奋不已。

后来，在古驿站茂兴镇的文友家里，吃着站人的特色菜“猪血豆腐”和“挂浆地瓜”，喝着当地的“茂兴小烧”白酒，慢慢拉起地瓜的话题，这才知道，茂兴镇地处松嫩两江交汇处，是我省的第一积温带，而且是特殊的沙性土质，很适宜地瓜生长。种植地瓜的茂兴人，又多是站人后裔，办事精明，农作细致，尤其是在地瓜种秧的筛选和培育上，十分精心在意，经多年的经验积累，使茂兴地瓜品种纯正，品质优良，个大光洁，皮红瓤黄，吃起来皮薄肉嫩，细面香甜。可以烀熟了吃，也可以做成挂浆地瓜吃。可以加工成粉条或淀粉，也能作酿酒原料，副产品和下角料可做各种饲料，总之，地瓜的利用价值确实很大。

茂兴地瓜的种植，从来都是用青一色的农家肥，亩产一般都在千公斤以上。在茂兴当地，种一亩地瓜的收入能抵住种两亩半苞米的收入。这样的好效益，谁能不眼馋呢？谁能不种地瓜呢？又有谁能不精心培育好地瓜的种植呢？

在茂兴秋收的田野里，你会看到家家户户都倾家出动，地瓜地里人欢马跃，起地瓜的场景，真就像过年过节唱大戏一样热闹。田里忙，地头也忙，外地商贩来抢购地瓜的大货车，排成长龙，吵闹声混杂着汽车喇叭声此起彼伏，犹如赶大集一样。这地瓜一收一卖的场景亏得是亲眼得见，若是别人讲给我听，准以为那是故弄玄虚，忽悠人呢。

其实，在过去茂兴的地瓜就很有特色，只不过是计划经济的局限，肇源县比较偏僻，茂兴镇又比较边远，大有“锁在深闺人不识”之遗憾。自打改革开放以后，尤其是实行市场经济以来，交通便利，信息也灵通，因此，茂兴地瓜才得以走向大市场和国际市场，成了知名的大品牌。

如果在外地有人说起茂兴地瓜，我准会告诉他，茂兴是我们肇源县的……

DI WU JI | 第五辑

旅/游/杂/记

北极花谷

秋雨潇潇正洁寺

林都伊春行

扎兰屯日记

镜泊冰瀑　天下奇观

乐山妩媚　乐水漂流

情系乌兰浩特

长白山游记

北极花谷

早听说有北极花谷这么个地方，心向往之。

家在肇源县，编杂志在大庆，经常往返于大庆与肇源之间。去年春季的一天，在开往大庆的长途客车上，当车行驶到高台子乡北面的时候，无意间向车外瞟了一眼，只见路东拔地而起的一排排温室大棚，令我惊异。接着，在一个简易的门楼上有十个金光闪闪的大字——北极花谷花卉交易市场。噢，原来“北极花谷”就深藏于这片辽阔的荒原里。

只见棚室不见花，就像只见蒙着盖头的新娘，不见其面目一样。

后来，每次乘车路过北极花谷，都要多瞟上几眼，心想，啥时候能进入花卉棚室里，来个“一日看尽长安花”呢?

今逢马年，也许是我这属虎的有好运程，也许是春节拜年短信“心想事成”得到应验，孙总编的一句话：“本周六我们去北极花谷采风。”不得不使我怦然心动。

周六早晨，车体上印有“北极花谷花卉交易中心”字样的大巴车，就停靠在编辑部的楼下，人员陆续到齐了，大巴车载着作家和艺术家们的企盼与欣喜，急不可待地奔向北极花谷。

在北极花谷的办公楼前，大庆日报社的张郁民主任把一位英俊的年轻人领上大巴车，并向大家介绍说：“这位是杏树岗乡党委副书记艾玉良，请他为大家讲几句话。”艾书记的讲话简短而又真诚，最后补充说：“如果谁要买花，就提我的名字，说是我请来的客人，花农们只会收你成本价。”大家用笑声和掌声回应了艾书记。

艾玉良书记今年才 25 岁，虽说只是中等身材，但长相却是帅哥系列。他那热情洋溢的微笑，总是挂在那张胖乎乎、白净净的圆脸上。如果是未婚男士，追逐的女士一定很多。

带着探寻，带着猜想，大家跟着艾书记走进了陌生的花卉棚室。

面对色彩缤纷花的世界，每个人的眼睛似乎有些不够用了，脑袋像拨浪鼓一样，不知转向哪里看合适；面对五颜六色花的海洋，每个人都像一只活泼的彩蝶，展开灵动的双翅，兴奋地飞舞于花卉之间。大朵艳丽的鲜花，开得热情奔放，姿态端庄，落落大方似大家闺秀；小朵淡雅的鲜花，绽放得悠然典雅，精巧玲珑，灵动秀气如小家碧玉。大花小朵地掺杂在一起，真就使你无法论及孰优孰劣，难分伯仲。真正是：百人百口，说不清哪种花开得最香；百人百手，指不明哪种花开得最艳。看了一个又一个棚室，大多数花卉人们都叫不出名字。有的花破蕾初放，有的花开得正盛，也有的花落英飘零。此情此景，让我想起北宋王安石的《北陂杏花》："一波春水绕花身，花影妖娆各占春。纵被春风吹作雪，绝胜南陌碾成尘。"花开花落，人世沧桑，令人感慨。

摄影师们跑前跑后的忙个不停，拍完合影后，你也呼他也叫，拍完张三照李四，自己始终进不了镜头，却忙个不亦乐乎。男人照相，只是往那里一站，"咔嚓"一声了事。女人们照相，要精心选好场景，摆好姿态，调整好情绪再拍；你可别嫌慢，这是要磨一磨摄影师的耐性。

"北极花谷"留影

有人张罗买花了，领头儿的当然是几位女士。随之，有的男士也加入了买花的行列，队伍在不断地扩大。他们都说，这里的花开得新鲜水灵，价格便宜。同样的一盆，在市里的市场上要50元，而这里仅10元便可买下。女士们买木菊的多，男士们有买吸毒草的，以净化自己室内的空气，很讲究实用性。

更令我们意外的是，有一对儿新人选在花卉棚室里举办婚礼，大宴宾客竟在花卉间摆了四五十桌酒席。这种婚宴场地的选择，真是独具慧眼。同时，也看得出北极花谷独辟蹊径的经营之道，非同凡响。为使北极花谷更具强大的生命力，年轻却老道的艾书记，十分注重企业的文化内涵，盛情邀请大庆的作家、诗人、书画家、摄影家来采风，为企业搞出更多的文学艺术作品，并为北极花谷的“四厅、四室、一长廊”命名，以产生极具影响力的文化效应，给北极花谷插上文化艺术的翅膀，振翅高翔。

做一回赏花人，尤其是赫赫有名的北极花谷的赏花人，总该有所收获，有所感悟吧。

面对花儿绽放出的生机和缤纷的色彩，我总觉得用文字描述是那样的笨拙，那样的苍白，像失去水分一样，蔫不唧地打不起精神。有些花朵颜色奇特，又错综繁复，像是几种颜色调合而成，你根本就叫不准究竟是什么颜色。正如宋代诗人杨万里《咏杏》诗中所言：“道白非真白，言红不若红。请君红白外，别眼看天工。”是啊，天地造物，大自然自有如此神工。

花，需要人的呵护，人，需要花的滋养；如此说来，便是“人花互补，相得益彰”。或在山岭之上，或在荒野之中；抑或是在湖泊湿地之上，或在园林花圃之中，花花草草无处不在。但每种花都有其鲜明的个性和不可模仿、不可替代的特质。比如，花的色彩、花的姿态、花的形状、花的味道、花期的长短，花序的排列等等，都各有姿容，各有千秋。真可谓一花一世界，实在不错。

人们熙熙攘攘的都来看花，包括我在内，很多人还是没准备好自己的眼睛。试想，当你赏花归去之后，有多少好花在你的人生中能留下痕迹？这就是我第一次来北极花谷赏花的一点感悟。

在返程的大巴车里，我还是用心揣摩“花谷”二字：“花恋幽谷，谷藏幽香”，此之谓“花谷”也。

北极花谷，好响亮的名字。

秋雨潇潇正洁寺

时光匆匆，把秀丽的景色缩印在记忆的底片里，渐渐地凝固了鲜活，消逝了动感，久而久之，便成了载入史册的一段段往事。在旅游升温，采风频繁的今天，远近的旅游也多少去过，每年的采风也曾经有过；偏偏一个边远的杜尔伯特县的正洁寺，何以让我魂牵梦绕，非要为他写上一段文字呢？

今年深秋，不知是受了哪股气流的影响，雨水频频，连绵多日。就连预先筹划的《纵游大庆》编辑部组织大庆作家采风团赴杜尔伯特县采风活动，也能和潇潇秋雨不期而遇，赶了个正着。

受杜尔伯特蒙古族自治县旅游局局长李宜之先生的盛情邀请，编辑部定于10月16日，带大庆作家采风团去杜蒙采风一天。时值寒露节气已过，霜降将至，正是一年一度秋冬交替的干旱季节。可是，今年却一反常态，16日早四时许，便下起蒙蒙秋雨。按照预定的时间，早7点，大庆的作家和摄影家们，便顶着寒风细雨，来到编辑部门前的大巴车上。见面打招呼时都说，秋后没大雨，一会儿准晴天。就这样，带着天气必晴的信念，大巴车准时上路，开出了大庆市区，奔驰在茫茫荒野的秋雨之中，朝着杜尔伯特县驶去。

大巴车约莫跑了一小时，我们就发现了前面山岗上的正洁寺。透过车窗上模模糊糊的雨帘，正洁寺的轮廓越来越清晰。那宽宽大大的寺院，展示着佛家气度与胸怀的博大；那高峻的殿堂，昭示出藏传佛教的威严。在一处岔路口旁，李宜之局长的小轿车正停在那里接应。临近寺院时发现，正洁寺尚未全部竣工，高大壮美的山门已是主体成型，细小的局部尚未完工，依旧被密密匝匝的脚手架围裹着；长长的院墙已修起三面，还有一面尚未修建。但是，这些都不太影响正洁寺的整体感观。进入寺院后，刷刷的秋雨仍在下着，大殿前大理石铺就的广场，被雨水冲洗得分外洁净，像一面宽大明亮的镜子，倒映出正洁寺大殿的雄伟壮丽。顶着凉瓦瓦的秋雨，我还是仔细地观赏着这座大殿，总觉得与其他寺院大殿迥然不同：既没有琉璃瓦铺顶，又没有飞檐

秋雨潇潇正洁寺

斗拱之类。后来听寺院人解释才知道，正洁寺是座藏传佛教寺院，建筑风格和型制，多是仿照西藏布达拉宫建造的。哦，原来如此。

换了拖鞋，走进大殿，立即被融入了肃穆庄严的佛教氛围之中；在一排高大的佛像前，一位脸白清瘦的僧人，头戴“耳麦”，不紧不慢，语调和缓地为我们讲诉佛祖释迦摩尼的简要一生。他讲得很耐心，我们听得很专注。我在想，通过释迦摩尼创立的佛教可以看出，任何对人类有益的教派的创始人，大多都有非凡的经历，都有一种永不泯灭的精神作为支撑，都有一种平常人高不可及的境界永驻于心，这才能让广大的信徒们虔诚膜拜，终生追随。

…………

趁着大伙儿都在二楼听讲解，我一人悄悄爬上三楼。见三楼的佛台上还有没安顿好的佛像，就随意转了一圈儿，来到窗前，轻轻推开窗子，雨中的凉风瞬间扑了进来，顿觉清新凉爽。我知道此刻的正洁寺里，一定没有第二人像我一样推开窗子，来注视着殿前广场上那不急不缓的秋雨。我喜欢这一时刻的正洁寺，祛除了世俗的繁华与虚荣，经秋雨的精心清洗，回归到日常的圣洁与静寂。在这样阴冷潮湿的秋雨里，它还是对所有人敞开着，接纳着。包括只是来采风的我们。

走出大殿，走下台阶，我让海龙在大殿前为我拍张照片。我对海龙说，留张照片，证明我来过正洁寺。

身在佛寺，讲究佛家的“缘分”和“随缘”，这让我想起曾经上学时课本里的“偶然”与“必然”；这样一个三十多人采风团的相聚，同乘一辆大巴车，同赴正洁寺，共听一位僧人师父讲经布道，这全是人生的偶然或缘分。而恰恰是这样的偶然和缘分，会聚在一起，丰富了我们个体的生命，也丰富了作家和摄影家们的艺术创作。

剪不断的雨帘，依然垂挂。当我走出正洁寺时，蓦然回首，觉得秋雨里的正洁寺，似乎增添了一层悠远的神秘。整个寺院，在层层叠叠乌云的笼盖下，使人心里慢慢浮起雾一样的忧伤与惆怅；在潇潇秋雨中，让我对洒在这里的那份冷清，那份孤寂，隐隐生发出说不清的怜悯与眷恋……

是啊，有故事的景区，才是美好的、记忆的景区。当然，也包括寺庙，如西湖断桥的雨中，许仙借伞；再如普救寺西厢下院张生跳过的粉墙等等。在这一点上，对于需要在生活中提取营养的作家们，都有毋庸置疑的共识。

距离去杜尔伯特蒙古族自治县采风已过去半个月了，至今，我依然收藏着对正洁寺的一份情谊，经由偶然得来，便更显出几分珍贵。

2012 年 10 月 27 日

林都伊春行

终于有了机会，大庆市写作协会组织部分作家去林都伊春采风，并通过大庆外贸旅行社走团。孙总编点将，让高添经理带队，《纵游大庆》摄影师于兵、发行部主任李连武和我这个主编，随团前往。才有了这次难得的林都伊春行。

这次出行，叫采风叫旅游都行，叫游山玩水也准确。我们是7月21日6点半从大庆出发，载着30多人的豪华大巴车，精神振奋地穿行在哈大高速公路上。两个小时后，在临近松花江北岸时，大巴车掉头转入哈伊高速公路，跨呼兰、过绥化、穿庆安，一路风尘仆仆，穿越五百里平原，直抵林都伊春第一县——铁力。

四个多小时的大巴车行，让我们昏昏欲睡。连武首先亮开嗓子喊："快看，前面就是一道道高山峻岭了。"他指着车窗外，"山下那座城市就是铁力，我们到铁力了。"原来，连武的老家就住在铁力县城里，后来到伊春市外贸工作，最后调到大庆外贸公司。从他脸上可以看出，回到家乡的心情该是多么让人激动。接着，连武又讲起他家乡铁力的山水故事和马鞍山的传说。一车人撇开沉闷，开始复苏和活跃。随着连武地不断讲述，大巴车也急速地向伊春市的方向不知疲倦地狂奔……

来去一共4天，行程安排得满满当当。当大巴车扎进伊春市里的时候，高经理立即找准了地接导游安排的酒店，一顿过了时的午餐，吃得格外香甜。饭后登车，风风火火地赶往汤旺河的漂流码头。

一、汤旺河漂流

浩浩荡荡的汤旺河，在伊春市境内流长443千米，注入松花江下游，是全市700多条河流中的最主要河流，是伊春市的母亲河。在流经城区的河岸上，有一处雕塑，是一座圣洁的女性全身雕像，象征着母亲。汤旺河的漂流码头，设在伊春市郊外的荒野地段。时值盛夏，来此漂流的人很多，漂流码头上，拥塞着大小车辆和嘈杂的人群。旅游团队伍被挤散，导游没了下落。要在岸边找到一只皮划艇，也十分艰难，大有你抢我夺之势。就连得到一双桨，也变得很不容易。我在岸边找来一只缺气的皮艇，施秀华帮助补了气，又在别人丢弃的破桨中捡了两支桨，这时，于兵不知从哪儿弄来两件新的救生衣，于是，我和于兵两人组合的漂流便有了可能。手疾眼快事事领先的施秀华，早把一只完好的皮艇藏在河岸边，于是，撺掇我和于兵一同开漂。

汤旺河水流平缓，流速徐徐。河面宽时有二三百米，窄时也有百余米；听说最深处有三米多深，浅处也有一米多深。河水流速徐缓，皮划艇磨磨蹭蹭，老牛车般缓慢的速度，没办法，我和于兵只好操起桨来，奋力向前划动，一会儿的工夫，施秀华的皮艇便被远远地甩在后面，不见了踪影。向前望去，色彩艳丽的皮艇和游客身上橘红色的救生衣，在河面粼粼的碧波上荡漾，四周是青山环抱，中间是一湾绿水蜿蜒流去。此时，我心底油然涌出那两句豪放而又美妙动人的歌唱：“小小竹排江中游，巍巍青山两岸走。”可惜我没有好嗓音，不敢唱出来，若是著名歌唱家李双江也在此间漂流，只要唱上这两句，我敢保证，满河游客一定会沉醉其中，为之倾倒，不知身在何处了。

10公里的漂流水路，也可称得上是九曲十八弯了。我和于兵一路划来，仅用了一个半小时，便到终点——东升岛登陆了。在我们团队的30余人中，我俩漂出了第一名的好成绩。虽说不发奖牌，但也标秉出我们强健的身体和高超的划船技术。我们带着疲劳，也带着初游的兴奋，登上了大巴车。此时，大巴车也似乎有些倦意，慢悠悠地钻进火红的晚霞里，向着伊春市上甘岭林业局溪水园附近的宾馆驶去。

二、夜宿溪水园

在溪水美味园餐厅吃过晚饭后，我们被领到附近灯火通明的世外桃源木楼别墅安排住宿。还是我和于兵，被分到二楼南侧的一个双人间。木楼别墅从外面看，是用圆木搭成的，走进楼里，从地面、楼梯、扶手、墙壁等等，都是用带有好看木纹的木板拼装而成。既体现了林都的朴素自然，又展示了独具特色的建筑风格与艺术性的装饰。边休息还兼具艺术享受，真是难得的下榻之所。当我们放好物品稍加洗漱之后，又听说有篝火晚会。这个意外机会可不能错过。于兵赶紧收拾好相机，我们急忙赶往篝火晚会现场。

一阵清脆悦耳的歌声，袅袅漫过围墙，向四周的山水间飘散，向深蓝色的夜空升腾。我们寻声找去，通过一扇宽大的院门，便进入院落式的篝火晚会现场。我一直以为我的方向感很强，院落的西面，是一个舞台朝东的宽大舞台，在彩灯和聚光灯的照射下，更增添了几分少有的华丽；院落的其余三面，都安置有座椅和长桌，供参与者休息、餐饮和观赏晚会节目；院落中央，架起一堆圆锥形的小木杆，当时已燃起旺盛的篝火。在主持人的报幕下，歌者一个接一个地跳上舞台，有的委婉缠绵，有的声嘶力竭，在强烈高亢的音响伴奏下，让人很难听清歌词。出乎意料的是，还有几位印度友人被请上舞台，为大家演唱。此时，篝火正红，很多观众也来了情绪，下场助兴，翩翩起舞。我们旅游团的高添、桥侠、秀华、连武等人，也下场舞蹈，推波助澜。尤其是印度友人的一曲《流浪者之歌》，用印度语演唱，把整场篝火晚会推向了高潮。当那堆篝火只剩下炭火和袅袅青烟时，也已是曲终人散了。留下的只能在记忆里，还有于兵的相机里。

所有的劳累，终归要靠睡觉来补偿。那晚，睡得很实成、很香甜。

三、晨游溪水园

翌日，早四时许，睡眼惺忪，天已大亮。拉开窗帘，向窗外扫了一眼，满目鲜绿。起床后，稍加洗漱，于兵背了相机先出去了。我也赶紧收拾一下，随后赶了出去。

溪水园公园的大门隐在树丛里，远处很难发现，好在有一块儿巨石立在门旁，上面刻了书法家的题字，以此作为公园入口的见证。我是无意中走过来的。见连武他们正在门口拍照，就凑着热闹赶了过来，与他们一起进了早晨没人收门票的溪水园公园。走上用木板铺装的林间栈道，穿林的微风拂面而来，令人顿觉清爽。林间，各种树木参差不齐，错落无序，搭枝接叶地生长着，栈道只能绕开树木，蜿蜒伸展，通往幽静的、密不可知的山林深处。只走出百十米远，就听见溪水哗哗的流淌声和着清脆的鸟叫，汇成一首山林晨曲，在欢迎着我们。边向前走，边寻声望去，见一弯溪水，在山石的缝隙间，蹦跳着，穿行着，左折右拐地在栈道下冲了过去。溪水清澈透明，被繁茂的树木映照得微绿，流在石上，可一眼见底。这时，你也许会突然想起王维《山居秋暝》的诗句："空山新雨后，天气晚来秋。明月松间照，清泉石上流。"我想，这溪水的源头，准是一个泉眼，汩汩地喷涌个不停。

沿着栈道继续前行，一路走来，一路拍照；晨光熹微，穿过稠密的树叶，筛落在林间的草地上，让绿色多了几分青翠。在一处小景点前，我们终于追上了于兵。这个景点是栈道旁的一块三米多宽、两米多高的巨石，走下栈道，跨过溪水，我们在巨石前观赏辨认刻在上面的两句诗，大致是："小溪清水平如镜，一叶飞来细浪生。"那深深的刻痕里，有涂了红色的漆料，笔迹更显苍劲。与周边的栈道、溪水、树木和野花绿草相互映衬，为这一景点增添了难得的文化氛围，使这深山老树更显古朴珍贵。于是，我们几人一起合照，又各自分照，眼看要到吃早餐的时间了，才乘兴而归。

四、嘉荫界江游

7 月 22 日，吃过早餐后，我们乘车一路向北，朝着"恐龙故乡"的嘉荫县驶去。两个多小时后，大巴车开进了嘉荫县。在街道两旁，不时有壁画和雕塑的各种恐龙，在车旁闪过。"神州第一龙故乡"的条幅，随处可见。

大巴车最终停在了黑龙江边的小广场上。导游小王宣讲了乘船游界江的注意事项后，大家一窝蜂地涌向江边，登上 01 号游船，开始了 40 分钟的界江游。

黑龙江嘉荫江段，江面较为开阔，约有三四百米，江流也随之变得平缓。天气尚好，风平浪静。游船驶离码头后，先是朝上游逆流而上，航行了两公里后，掉头返航。顺水行舟，船速加快。同时，也改了航线，超过了主航道，跑到俄罗斯一侧的江面上来了。我问船长，超过主航道可以吗？船长回答说这是游船。显然，已经习惯了。对岸，是俄罗斯的一个小村庄，船长说那只有四五户人家。旁边是瞭望铁塔，铁塔附近的江面处停泊着两艘巡逻快艇，像被主人遗弃了一样，显得格外清冷。和平友好的界江，祥和安宁的界江，锐减了双方边界的刀光剑影，增进了两岸边民的贸易往来；如果有人问我，游完界江黑龙江之后有何感想？我会毫不迟疑地告诉他：和平是福，安宁是福。

接近晌午，在将要上车离开嘉荫县城前，林甸县老张买的两套书吸引了我。他见我爱不释手的样子，就领我跑了二三百米远，在一家国营新华书店里，买到了《曾国藩全集》（四本）和《中国古代散文选集》（四本）两套特价的精装书。原价二三百元一套的书，变特价为三十五元一套，几乎便宜近十倍。老张说在大庆根本见不到这样的特价书。嘉荫买书，纯属顺手牵羊的意外之举，带着这份好心情，我们乘车赶往下一个景区——茅兰沟。

五、茅兰沟览胜

听说茅兰沟有“北方九寨沟”之称，这陡增了我们全团的游兴。

茅兰沟国家森林公园，位于嘉荫县向阳乡五家店林场，距县城 67 公里，距黑龙江边 15 公里，面积 60 平方千米，平均山高约 80 米，最高山峰约为 200 米，河谷总长 15 公里。据有关资料记载，茅兰沟是“猫狼沟”的谐音。在以往的年月里，由于此处涧深林密，沟谷幽静，常有狼熊虎豹等多种野兽出没，险象环生，大多当地人也望而却步，因此得名猫狼沟。后来改为现名。

据有关专家鉴定，茅兰沟是由于地壳变迁时褶皱断裂所形成的构造深谷，大自然的鬼斧神工，造就了这里丰富多彩的特殊地貌，是我国东北地区极为罕见的天然奇观。

当我们的大巴车驶进茅兰沟景区时，人还没下车呢，雨先下了起来，虽说只是蒙蒙细雨，但大多数人都是有备而来，带雨披的、拿雨伞的，看来，这“闲置忙用”还颇有道理。在通往景区的一段路上，小木屋式的摊床一家挨着一家，足有百余家，在路边一字排开，卖的多是石制或木制的工艺品和玩具。我给两个孙子和一个外孙女买了三个木制小玩具，还买了一件薄薄的塑料雨披。别看我年龄大，却比不上施秀华，不买雨具不说，还愣是在女摊主手里借来一把雨伞，不得不让我心悦诚服。

进入茅兰沟之后，开始是从高处往下走。木头搭的栈道，长蛇一样地蜿蜒而下，插向谷底。雨中的栈道，虽有些湿滑，但我们走得谨慎，却也安然下到谷底。三十来人的旅游团，行进在两米宽的栈道上，难于首尾相顾，我们不约而同的七人，也许是都想多拍几张照片，竟在无意中成了全团的“后卫队”。

沟底有清澈的溪水，潺潺地向前流去，给沟谷增添了幽雅清秀。顺着沟边，或是石阶，或是栈道，狭窄而又曲折地依附在陡峭险峻的石壁上；又往前走了一段，攀上一道高坡，举目四望，由蒙蒙细雨催生的云雾，似薄薄的白绢，波动缭绕在苍峰翠岭之间，顿使游人产生登临仙境之感。

在群山环抱的河谷中，有一座突兀而立的巨峰，格外抢眼，如出鞘的宝剑，直指苍穹；气势高峻，挺拔恢弘，俊美中透出一股浩然英气，俨然一位高傲的太子模样，人们称之为“太子峰”。峰上还并排长着两棵形神相似的松树，如同相依相偎的一对儿姐妹，故称“姊妹松”。绕过树旁的巨石，前面有一处秀水，横亘眼前。贴近岸边，见一巨石孑然而立，上刻“仙女池”三字。但见，池水清秀，似一块硕大的明镜，镶嵌在四壁丛山的河谷之中。四周峰峦和古树名木，尽映其中，一副天然画卷，美不胜收。原来，茅兰河在这里回转 270 度，河水从山梁和陡峰相接的石缝中流出，形成高约三米的瀑布，汇合一处，形成此潭。这里有个传说：在很久以前，有位仙女私自下凡，为避暑热，来此游玩沐浴。王母得知后，查找至此，怕人间凡夫俗子偷窥仙女玉体，便顺手点出四壁屏障，以隔凡人视线。王母带走仙女后，便留下此处的“仙女池”。

离开仙女池，一路向前，正当“山重水复疑无路”时，隐隐传来水落深涧的轰鸣声。寻声过去，是“路转溪桥忽见”，眼前又一胜景悬挂于半山之间。原来，这里是茅兰瀑布，落差 10 余米，宽 7 米，冬夏长流，四季不竭。尤其雨季，溪水丰盈，从高崖飞流直泻，砸向崖脚，涛声滚滚，水花四溅，在阳光映照下，折射出艳丽的彩虹，横架青山之间，景色十分诱人。茅兰瀑布下，水碧潭幽，清可见底，潭边立一石，上刻“黑龙潭”。靠近潭边，可见游鱼在水中嬉戏。掬一抔潭水品尝，顿觉清爽甘冽，神情振作。

茅兰沟一游，我对摄影师有了更深刻的认知，他们千辛万苦地捧着相机，只能为别人留下影像，自己却难进镜头。摄影师于兵，就是这样始终为大家忙碌着，辛苦着。感动之余，我不能不在这里为他写上一笔。

乘着晚霞，乘着大巴车，我们依然返回了溪水园驻地。大家虽然很累，但茅兰沟之旅，却让人大饱眼福，大呼过瘾，真正不虚此行。

六、雨后溪水园

7月23日，我们起得挺早。坐在床上，撩开窗帘，透过窗玻璃望去，才知道昨夜下了一场雨，屋檐在今晨滴水，敲击出断断续续的尾声。那山，就在眼前，被密密匝匝的绿树覆盖着。那厚厚实实的绿色，唯这山里独有，唯这山里浓重；我想了老半天，刚刚被雨水洗过，还是用“青山滴翠”来形容最为确切。我敢说，没到过林都伊春的人，根本无从想象那种让人赏心悦目的绿。

再把目光移向远处，远山被云雾罩着，披了一层传说中的神秘。雾气昭昭的，那绿也渐渐变得模糊起来，像从天上抛下一片薄薄的白纱，瞬间披上了山顶。宾馆附近，是一片开阔的豆地，齐刷刷的豆秧铺出一片平坦。豆地的边缘是一片树丛，其间镶嵌着一座起脊的红砖瓦房，高高的烟囱上，有袅袅炊烟扶摇直上，给眼前的景物点缀出鲜活的灵气。可别小看这一缕炊烟、一幢小屋，那可是绘画写生者眼里的神来之笔。我情不自禁地赞叹——林都伊春，好一幅小兴安岭的写生画卷啊！

七、游石林公园

旅游，有时为了多看景点，几乎是疲于奔命。

7月23日早9点多，我们就来到了伊春市的小兴安岭石林国家地质公园。一路小雨陪伴，下车时，都亮出了早有准备的雨伞和雨披，一队五颜六色的，在导游的引导下，顺园门鱼贯而入。

这里是小兴安岭的花岗岩石林，位于小兴安岭腹地的伊春市北部，距市区约为7公里，总面积约8平方千米，是我国目前发现的较古老的花岗岩石林地貌景观，据有关资料介绍，距今已有2亿多年。

进园之后，我们走的一会儿是栈道，一会儿是石阶；时而跨越幽谷，时而攀附陡壁；当我们来到一线天时，只见两块巨石高耸相依，中间只有一条狭小的缝隙。导游告诉我们，体重超过150斤的不要从这里过。我暗自庆幸，前几天称过体重，是148斤，完全符合过“一线天”的标准。在湿滑的拥挤中，我进入了“一线天”，侧着身子挪到最窄处时，只好踮起脚尖儿，还得直劲儿往起提气，收紧肚子，连挤带蹭地免强过了“一线天”。那些身体超重的旅友们，只好望之兴叹，悻悻然绕了过去。

继续前行，那一块块奇形怪状的巨石，那一座座拔地而起的石峰，迎接着一个又一个的日出日落，迎候着一群又一群的游人。在这长长的密林幽谷地带，有百余座石峰峭崖，形态各异，千姿百态。或如雄狮盘卧，或如虎跳深涧；或如擎天玉柱，或如利剑指天；有似佛祖坐禅，有似道长观天。其中，有一处峭壁两侧巨石极为有趣，右侧巨石像一个张着大口的龙头，左侧巨石像一只凤头，若把“龙凤呈祥”刻在中间，那可是天衣无缝了。于兵为大家拍了照片，留下了难忘的瞬间。

八、五营风景区

7月23日午饭后，仅用一个小时就赶到了五营风景区。这里说的风景区，其实就是五营国家森林公园。它坐落在小兴安岭南麓的汤旺河流域。1998年被列为国家级自然保护区和国家级森林公园。

公园里，到处是高大伟岸的树木。有的已挂上了“树牌”，有的用铁网护住底部树干。连武说，那是“黄菠萝”树，树皮可以入药，且很珍贵，怕游人剥树皮，才用铁网围住。经“坐地户”连武的指点，我们认识了三大针叶的贵重树种：红松、黄花松、云杉；认识了三大硬阔树种：水曲柳、胡桃楸和黄菠萝。这些树种因应用价值较高，而有“绿色黄金”之美誉。我们边走边看，边看边学，又认识了山野菜老桑芹和药材刺五加（也叫五加参）。既赏美景，又长见识，这才叫双赢呢。

我们四五个人因贪恋景色，又贪恋照相，还是被30多人的队伍远远地甩在后面，后来，竟找不到队伍的行踪，只好中途返回停车场。景区里的公厕不多，停车场旁正好有两个，本公厕不分男女，谁进去就随手插门即可。凡事都讲个女士优先，两位女旅友用完之后，我和于兵各进一个厕所。来时没发现附近有别人，我就没插厕所门。正当我蹲在那里方便时，厕所门“哗”的一声被拽开了。我惊慌抬头的一瞬间，见是一位40多岁的女子。那女子见有男人蹲在里面，先是一惊，随即用力一摔，边关门边说：“进厕所怎么不插门呢？”我依然蹲在厕所里，无言以对，只怪自己太随意了，才惹下这一出难看的场面。当我走出厕所后，于兵早在跟前等着呢，他说：“我刚才对那女子说了，等会儿你蹲进去，让我张大哥开门再看你一眼，不就两下扯平了吗？”听了于兵这番话，在场的几位都哄堂大笑。顿时，旅途的疲劳也随笑声一起，向山林里飘散。

在五营国家森林公园里，留给我印象较深的是攀上观涛塔，当登上最高点时，搜肠刮肚地想起杜甫的两句千古绝唱：“会当凌绝顶，一览众山小。”眼前，群山重重叠翠；身边，涛声阵阵入耳。千里碧海，苍茫起伏，让人大展襟怀，放眼天际。只怪我才疏愚笨，始终也没想出用什么好句子来描述当时的情景，抒发自己的情感。

接着，又游了松乡桥、森林浴场、刘少奇号森林小火车。尤其是到了“天赐湖”景点，我们几位旅友来了兴致，贪看那由山泉汇集而成的清澈透明的湖水，在微风的轻拂下荡漾起层层涟漪，还有那青山绿树的倒影，在湖中轻摇慢荡。湖岸上的鲜花竞相绽放，不时送来缕缕芳香。漫步湖岸，晃若走进人间仙境。最后，还是找到了湖边“天赐湖”的石碑，大家围着石碑照了一张相，留作永久的回忆。

九、地名的印象

7月24日，是我们旅游团返程的日子。早饭后，大巴车把我们拉到伊春市里，先后进了两处销售当地山产品的小商场。大家对山里的特产很感兴趣，木耳、榛蘑、蕨菜、老桑芹、椴树蜜、核桃、榛子、松子等等，个个精挑细选。

一个好端端的旅游团，霎时变成了“抢购团”。

在大伙儿去参观市里的石雕和木雕广场时，高添经理领着连武、学聪和我，找了一家大超市，按人头儿买了中途吃的、喝的等方便食品，搬到了大巴车上。大约10点钟，全团人都上了大巴车，带着对林都伊春的留恋，带着四天里的一幕幕记忆，大巴车驶出了伊春市区。沿着哈伊高速，一路狂奔。

坐在大巴车里，仰躺在座椅的靠背上，闭了眼，慢慢地回想着……

从7月21日到24日，短短四天的林都伊春游，留给我的是永远抹不掉的印象，那些有趣的地名和景区名，细琢磨起来还真有意思：伊春、上甘岭、五营、老钱柜、茅兰沟等等，真称得上是一地一故事，一景一传说。

先说伊春。林都伊春，在小兴安岭腹地的汤旺河流域，是我国较大的林区城市。伊春是满语译音，其含义是“衣料毛皮”。相传，这里是女真族的发祥地之一。辽金时期，伊春境内居住着许多女真人，他们在小兴安岭的大森林里，以打猎、采集、捕鱼等生产，作为生活来源，守卫着这片肥美的山林土地。今日伊春，行政区域面积3.28万平方千米，总人口约135万，包括汉、满、回、朝鲜、鄂伦春等22个民族；今日伊春，是黑龙江省对外开放的重点旅游区，被列为黑龙江省特种旅游基地，有8条旅游线路和3大旅游区。2001年，伊春市被命名为“中国优秀旅游城市”，并举办了两届生态旅游节。被誉为“中国林都”，又以“红松故乡”和“恐龙故乡”而驰名中外。

说一说上甘岭。乍听起来有点儿发蒙，明明是抗美援朝时的朝鲜战场，怎么跑到咱伊春来了呢？后来一打听才知道，当年参加抗美援朝上甘岭战役的英雄们转业来到地方，在咱伊春的一个林区工作，为了记住志愿军战士们的英雄事迹，发扬当年的革命精神，就给这个林业局起了个“上甘岭林业局”的名字。

说一说五营。所谓五营，就是五营林业局。经人介绍得知，在抗战时期，小兴安岭的深处，有咱东北抗联的根据地。当地年老的知情人都能讲出几段山林深处的抗日故事。据介绍，抗战时期，在这片山林里，建有咱东北抗联的密营，有五个营在这里驻守，不断向山外周边地区的日伪军据点发动袭击，打得日伪军防不胜防。中华人民共和国成立后，建林业局时，为发扬抗联的优良传统，牢记先辈们的光辉业绩，因此，起名叫“五营林业局”。

再说“老钱柜”。7月24日早起游溪水园公园时，在山下的油漆路边发现的。在油漆路南的一小块开阔地上，耸立着一座高大的纪念碑，正面是“老钱柜战迹地”六个大字，背面是碑文。原来，在抗战时期，这里曾是日伪军的军需库，存有大量的钱、粮等军用物资。当时，李兆麟将军得知情况后，立即带领抗联部队，夜袭敌仓库，击毙较多日伪军，缴获全部军需物资。武装了抗联部队，壮大了抗联的军事力量。

…………

这些地名有故事，更有意义。假如有人问我，伊春之行有啥收获？我会不假思索地坦诚相告：四天的林都伊春行，填补了我人生中的一部分空白。

扎兰屯日记

人们都知道呼伦贝尔是风景优美的大草原，可又有多少人知道，它还是风景如画的雪乡呢。在2012年的岁尾，终于来到了呼伦贝尔的掌上明珠——扎兰屯。

当火车呼啸着离开大庆市区，扑入视野的便是茫茫雪野，一望无际的银装素裹。仅用三个小时的车程，我和摄影师滕海龙，就来到了扎兰屯成吉思汗宾馆里“2012年第四届扎兰屯金龙山滑雪节”的报到处。按照“滑雪节活动指南”上的安排，我俩入住了贵宾楼603室。二楼餐厅的自助午餐，既丰盛又有地方风味。

一、开幕式前的花絮

温馨的客房里，午睡是香甜的。醒后，却不知海龙的去向。大约等了一个小时，他才带着一身寒气，带着一脸兴奋，回到房间，绘声绘色地讲起他去附近吊桥公园所见到的景物。他还补充说，怕惊动我香甜的午睡，才没敢叫醒我。为了弥补我的遗憾，我们商定还要抽空去一趟吊桥公园。

下午四时至六时的呼伦贝尔扎兰屯冬季旅游产品推介会，在贵宾楼八楼会议室开得简捷而又生动。之后，一楼的招待晚宴也搞得隆重热烈。扎兰屯市委书记任宇江致祝词之后，宴会厅里的气氛越发浓烈。随着杯光交错，欢声四起，文艺演出也应时拉开帷幕。女声独唱《请到扎兰小城来》，那优美而又带有民族风格的歌声，让嘉宾们倍感亲切；接着是笛子独奏《塞上铁骑》，如果你只闻其声，不见其人，根本无从想象演奏者竟能是一位女士。那自如娴熟的演奏技巧，带给你耳目一新的艺术享受；还有马头琴齐奏《万马奔腾》；尤其是男生独唱《我爱五指山，我爱万泉河》，这首脍炙人口，唱遍大江南北的优秀歌曲的曲作者，竟然是扎兰屯人。这不得不让我们被扎兰屯的人杰地灵所折服……

二、吊桥公园的情结

当晚宴结束时，已七点半了。由于是阴天，使夜色变得更加浓重。我让海龙带上相机，同去游览扎兰屯的夜景。

走出宾馆，沿主街向左走，几十米远的路边，有一座二层小楼，走到近前，借助路灯才看清楚，门前木制的大牌匾，上刻着“扎兰屯历史博物馆”八个大字，再看落款处，是叶选平题。继续前行，是吊桥公园的大门。拐进去之后，路面积雪很滑，走得十分小心谨慎。对着大门不远处，立着一块巨石，上刻“吊桥公园”四个字。海龙说，巨石后面便是穿公园而过、南北走向的雅鲁河了。沿河边没走多远，就听见“哧溜、哧溜”滑冰的声音。我很惊奇，这么晚了还有人滑冰吗？海龙说，今天下午他来拍片时，这里滑冰的人很多。我想，扎兰屯的年轻人不仅仅爱雪，对冰上项目也是如此痴迷，看来是“冰雪不分家”啊！

当我俩绕过河边的老榆树，走上了具有百余年历史的吊桥。只见桥两端各有两根高大的立柱，桥两侧各有一根粗壮的铁索连接桥两端的立柱，悬空的木板桥面，通过很多根拉链，连接在上面两根大铁索上。走上去的时候，有些颤微微的摇晃，但不强烈。过了吊桥仅三五十米，又一块巨石迎面矗立，近前一看，是叶剑英的一首七绝《扎兰屯》刻在上面。对此，我在冥思苦索，一个不足五十万人口的县级市，是什么魅力，能把当时的国家领导叶帅吸引至此呢？同时，又是何原因，使父子俩都来为扎兰屯题字写诗留下墨宝呢？如果将来有机会再来扎兰屯，我一定会想办法弄个水落石出。

在返回的时候，我们在河边东岸，又瞻仰了苏联红军烈士纪念碑。在夜色的笼盖下，没有看清碑名和碑文，也只好做罢。转回宾馆时，已是九点半了。

翌日早饭后，离出发还有一个小时，我和海龙趁此机会，又走了一趟吊桥公园，虽然是走在飘舞的落雪之中，但是一切都那样清晰，那样净洁；那些题字和纪念碑更是显得庄重肃穆。在赶回宾馆时，路过扎兰屯历史博物馆时发现，这幢小楼是自治区重点文物保护单位，是20世纪早期苏俄中东铁路沿线扎兰屯建筑群中的典型建筑，是当时扎兰屯的铁路俱乐部。它始建于1905年，时至今日，已经历了一百多年的沧桑风雨，具有较高的艺术价值与历史文化价值。也正是因为扎兰屯市有厚重的历史文化和中东铁路文化的沉积，才有今日的闻名遐迩吧。

三、飞雪激情的开幕式

雪还在下，大巴车开出市区，便穿行在崇山峻岭的雪野之间。由于山道曲折陡峭，雪天路滑，前面领路的警车缓缓而行，因此，距市区8公里的路，竟用了40分钟。当我们左拐右绕疑无路之时，有人指着车窗外喊：快看，右面山上的滑雪道。大家不约而同地望了出去，在前面1公里远的高山上，洁白的雪道似一条宽大的银帘，从天而降，铺向人间。

下车后，我们穿过接待大厅，直奔屋后开幕式的场地。开幕式的主席台，背靠接待大厅，面对滑雪场，主席台前两侧各有二十多面大红鼓，由身着迷彩服装，手持系红绫带鼓槌的女鼓手"咚咚"擂响，煞是威风。台前二十多米处，是一排飘动的10个红色的大氢气球，迎风猎猎，鲜艳夺目。少时，各户外俱乐部、体育俱乐部、省地滑雪队、各有关体育学院滑雪队20多个代表队聚集在主席台前，身着各色滑雪服装的健儿们异彩纷呈，把开幕式的会场点缀得分外妖娆。当内蒙古自治区、呼伦贝尔地区、扎兰屯市的各界领导登上主席台后，有代表性的讲话刚刚结束，在掌声、锣鼓声、鞭炮声的欢乐浪潮中，2012第四届扎兰屯金龙山滑雪节宣布开幕。与此同时，早已准备在高山之巅雪道顶端的滑雪健儿们滑动雪板，手擎红旗，身轻如燕，飘然而下，箭一般地从主席台旁飞驰而过，赢得一阵阵喝彩，掌声和锣鼓声不断。

在涌动的人群里，我怎么也找不到海龙，无奈，只好沿着滑雪道向山上找去。终于，在半山腰的雪场上，发现他正趴在雪道旁，伸出相机，为飞驰而过的滑雪者拍照呢。近前细看，他身上的羽绒服，已被汗水浸透了。看来，要想拍到一张好照片，确实真不容易，如果不是在现场，这种辛苦哪能体验得到呢？

高山滑雪刚刚进入高潮，U型槽里的单板表演也已拉开帷幕，只见穿着花花绿绿的滑雪服、戴着滑雪镜的运动员，从U型槽的顶端开始，在左右的槽壁上上下翻转，一忽儿像哪吒探海扎到谷底，一忽儿又如雏燕凌空，翻飞在雪壁之上；真是技高胆大、花样迭出、惊险不断、刺激连连，令观看者大为惊叹。当这些表演者滑过身旁时，我们才发现，他们大多不过是十几岁的孩子，竟有如此的胆量和技艺，令人赞叹不已。

开始时，我和海龙都在U型槽下端，为了多拍几张好片子，我俩就沿U型槽左侧的雪道向上攀去，攀爬到中间很累，停下来向下一望，顿时心生胆怯。心想，这样立陡的雪道又高又滑，怎么下得去啊？真的有些后悔了，本不该逞强上这么高的。实在无奈，只好硬着头皮向下迈了一小步，脚下一滑，立即停了下来，不敢再动。一旦滑倒滚下去，后果不堪设想。我俩是上不去，又下不来。这时，一位滑单板的小姑娘在旁边经过，看出了我们的窘境，就告诉我俩，侧着身子，把脚横过来，迈小步，踩在雪地摩托压起来的雪印上，就能防滑，就能下去了。按照她说的办法一试，真灵，所幸，横着脚倒小步，虽说慢了些，但必竟能下到平缓处。我对海龙说，这回长了记性了，上山容易下山难，有雪的山路更是如此。等我俩回到接待大厅前，回头向滑雪场一看，整个雪场一片沸腾：专业队的精彩表演，正进入高潮；大众滑雪比赛，鏖战正酣；单板的U型槽的表演赛，又增添了队伍；初学滑雪者，挪动着企鹅一样的脚步，也心有不甘……

在回程的大巴车里，我在想：对我来说，参加滑雪节的开幕式是第一次，看专业队高山滑雪表演是第一次，尤其是看U型槽单板滑雪，更是第一次。我在心里也默默地感谢扎兰屯，能给我这么多第一次赏心悦目的机会。对此，我必须写一篇日记，把它镌刻在心里。

秀美壮丽的扎兰屯，我一定找机会再来看望你。

2012年12月20日

镜泊冰瀑　天下奇观

在咱东北，只要冬天下雪，在黑龙江的大地上，到处都是雪乡。当你走完其中著名的雪乡，游览冰雪景观之后，如若问你，印象最深、最吸引眼球的是哪里？相信你一定会毫不犹豫地回答——镜泊雪乡的冰瀑奇观。

在镜泊雪乡的独特景观里，住着一位传说中的红罗仙女，也许是她念了什么迷魂的咒语，产生了强大的吸附力，在冬至节气的前三天，把满满一大巴车的大庆人，结结实实又风风火火地吸了过去。穿过千里寒风，跨越一路陌生，载着一车追随者的虔诚与仰慕，载着一车七个半小时的焦急与劳累，终于，使盼望变为聚焦，镜泊雪乡的山野，敞开浩大旷远的胸怀，热切地接纳着这些与冰情雪趣结缘的远方客人。当镜泊山林的积雪上悄然染上一抹淡淡的橘红时，镜泊湖旅游大巴车，带着一路的风尘和辛劳，把我们送进了华灯初上的镜泊湖宾馆。

我和摄影师于兵，住进“观瀑榭”二楼5201室，按领队的要求，放下背包，洗了把脸，就赶紧穿堂过院，赶到前楼宴会大厅。六个圆桌，早已放好餐具和名牌，大家看牌落座，倒也井然。

由于时间紧，内容多，主持人很有办法，把晚宴和旅游产品推介会捆在一起，同步进行。镜泊湖管委会党委书记致欢迎词之后，管委会旅游局长进行旅游产品推介，紧接着文艺演出就闪亮登场。演着演着，镜泊湖管委会的领导各桌敬酒，频频举杯，欢声阵阵，宴会大厅里一片沸腾。

晚宴结束后，为了不影响明日的行程，按着预先的安排，接下来是去看冰瀑。坐了一天的车，真是又乏又累，但是，想起临行前孙总在编辑部讲的“牡丹江旅行社经理来信儿了，说今冬的镜泊冰瀑最壮观，比往年都好。”这番话，无疑是给我额外添加了兴奋剂，再乏再累，也要坚持去看冰瀑。

除了偶有路灯闪过之外，车窗外像涂了一层铅灰色的油漆，一切都被浸泡在夜的黑暗之中。车转了几个弯，我就失去了方向感，晕头昏脑地下了车后，发现前面有一堵雪墙，上面刻写着邓小平的题字“镜泊胜景”。洁白的雪墙，反衬着鲜红的大字，许多人都在这里拍照留念，于兵也为我拍了一张。

借着路灯的指引，来到木板栈道上，没走几步向前一看，前面雾气蒙蒙的，什么也看不清。突然，唰的一道灯光，从对面射了过来，这才发现，栏杆外面是黑洞洞的深渊，一团团雾气是从这里升腾而来。随着灯光的调整，顺势向对面的峭壁上一望，眼神立马就不够用了。只见在峭壁顶端垂挂下来的冰柱，又粗又长，一直伸向落差有二十多米高的潭面上，冰柱排列的横幅宽度，也有约三百多米。这样奇美壮观的景象，实属罕见。在周边泛着微光的雪野的衬托下，加之几处彩色灯光的相互辉映下，冰瀑晶莹剔透，冰凌交错。一根根冰凌粗细不均，产生对比之美；长短不齐，产生错落之美。随着灯光黄、粉、蓝、绿的不断切换，那一排排冰凌犹如珍珠或翡翠穿成的珠帘，悬挂在潭边的峭壁上。

在冰瀑的下面，是黑龙潭的一泓碧水，在这哈气成霜、滴水成冰的季节里，仍然是碧波荡漾，流淌依旧。潭水生成的雾气，有时像一层薄薄的白绢，覆盖在水面上不停地轻轻抖动；有时像过眼烟云一般，袅袅娜娜地向夜空升腾。

镜泊冰瀑　天下奇观

偶有夜风拂过，那雾气忽东忽西，飘游不定。看着看着，眼睛发花，有些模糊，也许是酒力微醉，渐渐有了一种幻觉，仿佛自己也随雾气飘动，脱离凡尘，置身仙境，随仙人们游览天宫的琼楼玉宇，并迷醉于其中……当于兵喊我时，才缓过神来。

夜观吊水楼冰瀑，时间较短（导游只给半小时时间），只能居高临下，远远望着黑龙潭边的凉亭和小拱桥，却无暇一顾，这也正是集体观光旅游的弊端所在。坐在回程的大巴车里，我在想，沉迷于景色之中，是一种神游。在精神层面上，与那些心向往之的人物与事物，做一种意识上的沟通，也是一种难得的情致。在同一时间、同一景区里，或目光聚焦景物，或触景凝神冥思，通过一双眼睛，把影像摄入大脑，思维深处便是千丝万缕，人与人之间便有了不同的异彩纷呈。

回到镜泊湖宾馆的房间里，于兵累急了，倒头就睡。这时的我，累也消了，困也散了，吊水楼冰瀑的每一根冰凌，似乎都挂在了我的心里。躺在床上，沉静下来才细心地体味出，镜泊冰瀑的美是奇异的美，是高雅的美，是气质的美。在这个能孕育神话、童话、佳话的地方，如不亲临其境，实在难有这样诚挚的感慨，这样诚挚的认可。

2013 年 1 月 15 日

乐山妩媚　乐水漂流

大庆人爱旅游。

大庆人旅游有特点：专爱挑选国内大的景区景点旅游；国内游够了，再游周边的越、老、柬，新、马、泰等国。越游心越野，总觉不过瘾，于是，一抬腿上了飞机，一溜烟儿似的飞了一圈欧、美、澳……实在没处去了，回过头来，才想起看一看、游一游家门口的、大庆周边的和省内的所谓“小景致”。

结果呢？不看不知道，一看真奇妙。我们开启了一趟历时两天的、有金代五国城遗址的依兰县之旅：第一天的巴兰河漂流览胜，第二天的月峰山攀岩探幽，让参与其中的大庆作家、艺术家们，像当年哥伦布发现美洲新大陆一样，发现了旅游新天地，开了“北国第一漂”的新眼界。正所谓乐山妩媚，乐水漂流。装了满满当当一脑子的新感受，令人欣喜不已。

此次大庆作家、艺术家赴依兰采风，也是事出有因：半月前，依兰县工商联副会长、旅游娱乐漂流行业会长、卓越企业管理咨询有限公司总经理宋岩先生来大庆旅游局搞旅游产品推介，受到《纵游大庆》杂志总编孙鸣雁先生的盛情宴请。相逢何必曾相识，况且旅游景区、旅行社和旅游杂志，同属旅游业，本是一家，更是一见如故。

席间，酒过三巡之后，自然转入旅游的话题。宋总经理简要介绍了巴兰河漂流：以起步早、景色美、河道宽、落差好而著称，已叫响“北国第一漂”的品牌，成为依兰旅游的龙头项目。同时，还介绍了他的特色养殖“冷水鱼”和最近从国外引进的新品种白点鲑。接着，宋总经理向孙总编发出去巴兰河漂流的邀约，孙总编欣然应允……

按着约定的时间，端午节前的最后一个周末（6 月 8 日），迎着早霞，披了一身橘红的大巴车，载着 20 多人的采风团，载着欢声笑语，载着对巴兰河漂流的急切企盼，一路风尘地赶往依兰县。在一个美好的季节里，去一个美好的地方，但是，更美好的是在不到10天的时间里，又能见到盛情邀请我们的总经理宋岩先生，心情能不急切吗。

憨厚质朴又热情好客的宋总经理，早就等在进县城的路口，满面春风地迎候着来自油城大庆的朋友们。在宋总经理的引领下，大巴车和全体成员乘上摆渡大船，抵达松花江北岸；在烟筒山附近的山庄里，摆下了丰盛的午宴，宋总把他培育的新品种冷水鱼和国外进口品种鱼白点鲑，也经精心烹制，端上餐桌，令我们大饱口福。

午饭后，我们立即乘车赶往巴兰河漂流码头，分5组，乘坐5个橡皮艇，开始了浩浩荡荡的巴兰河漂流……

巴兰河，以河水清澈而闻名，是名副其实的清澈见底；以湾多流急而著称，河湾密布，水流湍急，能漂出精彩，漂出刺激。蓝天上，有鸥鸟矫健的翔舞；浪花里，飞旋出时代赋予的音韵；碧波下，时而有锦鳞怦然跃动；峰峦的倒影中，是满目青翠浓郁的辉映。暮春时节的巴兰河，青山妩媚，千姿百态；那氤氲的雾气，裹着青草野花的馥郁，裹着悠闲淡雅的心情，使人与自然融为一体，身心与之一起脉动。仰仗着巴兰河水的清洌甘甜，这里的每一亩绿地，每一段道路，每一片丛林，每一座山峰，都充满着鲜有的生机与神奇，都充满着难得的灵性与诱惑，足以构成一幅色彩斑斓又风光旖旎的画卷。

沿着巴兰河漂流而下，经过两岸的烽火岩、布达拉宫、铁岭劲松、九女浴湾、情侣滩、神龟望北斗等著名景点，在27公里的漂段内，历经18湾、18滩的激流险滩。一路漂来，热心好客的宋总经理，抛开繁忙的工作，驱车在岸上，一路陪伴，足见其对大庆人情感的真挚。漂流结束时，大家都意犹未尽，恋恋不舍地离开了终点码头。

晚餐有烤全羊和当地山野菜为主打菜肴，很有地方风味。酒后，燃起熊熊篝火，在音乐声里，也燃起了大家对白天漂流的回味。这种回味的甜美，一直延续进三更的梦境。

第二天早饭后，改乘宋总庄园的小型汽车去攀援月峰山。山不在高，有仙则名。月峰山虽然不高，但因是当年抗联的密营，而名声远扬。沿着栈道和陡壁上的羊肠小道，一路攀爬而上，观看了半山腰山洞里的抗联六军医院。山坳里，有抗联的军马场。附近有一凉亭，亭内有一口水井，旁边立牌，上写“抗联井”。井虽不深，但井壁上的苔藓，足以印证它的年龄。继续向上攀登，又发现“中共北满省委临时会议室”。在这里做的决定和发出的战斗指令，使日伪军一次次遭到重创。条件艰苦，环境恶劣，方显抗联战士英雄本色。他们的民族气节，爱国精神，被一代代国人所仰慕。

月峰山上景点很多，也很独特。有“苍鹰戏狮”“神龟戏顶”“老虎嘴”“月亮门”“一线天”等。最后，我们终于攀上了千余米高的月峰山顶峰。鸟瞰脚下，峰峦叠翠，深谷纵横。在顶峰的凉亭里，宋总经理指着对面山上的4块巨石说，这座月峰山也叫“四块石”，就是根据对面山上那四块石头起的名。大家这才明白“四块石”的由来。是啊，满目青山绿水，满耳松风鸟鸣，徜徉其间，隔绝了尘世的喧嚣，尽情地享受大自然的无私馈赠，是何等的舒心惬意啊！

下山的路走得较慢，有一种说不出的眷恋，羁绊着下山的脚步。在这巴兰河春水激荡之时，在月峰山上柱青天、下接地气之间，寄情于山水，似乎不吟咏几句古诗词，便觉无以为抒怀了。于是，想起辛弃疾的两句：“我见青山多妩媚，料青山见我应如是。”又想起：“沧浪之水清，可以濯我缨。”人过中年，心情由绚烂归于平淡，逐渐地移情于山水田园的自然风光，古人如是，今人又何尝不如此呢？杜甫有诗云：“在山泉水清，出山泉水浊。”我的两次进山，去年的汤旺河与此次的巴兰河两次漂流，便有了深切的感受。

乐山之妩媚，乐水之漂流。凭借古城依兰的独特魅力、凭借灵山秀水的峻拔与飘逸、凭借宋总的精明干练与仗义豪爽，定能赢得稠密的人脉，定能聚集起沸腾的人气。因此，“秀美巴兰河，北国第一漂”的品牌，将会越传越远，越叫越响，越漂越红火。

2013年6月27日

情系乌兰浩特

从乌兰浩特市回来已有十多天了，可是，心里总也撇不开、放不下，在那里度过了短暂的三天时光。记挂于心的是乌兰浩特恢宏大气又清新亮丽的市容市貌、是城市周边鬼斧神工又旖旎多姿的山水风光、是浓郁质朴而又独具特色的蒙古族风情、是悠久凝重而又丰富厚实的蒙古族历史文化，尤其是兴安盟教育科研所李金山主任和企业家吴斯俊两位挚友兄弟般的情谊，让我们一行四人感激不已，永难忘怀……

说起这次乌兰浩特旅游，确是有点儿由头：我们四人能聚在一起并出去旅游，缘于要编写一本书。之所以选择去乌兰浩特，是因为那本书的内容全与蒙古族有关，还是缘于这本书。这本书就是由肇源县蒙古族联谊会出品、由白万胜秘书长主编的《肇源县蒙古语地名释义》。

一

9 月 7 日，清晨的阳光格外耀眼，亮艳了我们脸上的喜色，在肇源县蒙古族联谊会秘书长白万胜的带领下，津友、王志和我一行四人，乘坐出租车，一路顺风，经一个多小时的车程，便来到了松原市火车站。乘上从长春开往乌兰浩特的高铁，开启了为期三天的内蒙古乌兰浩特之旅。

从松原市乘高铁动车，一路向西，经白城市，仅用三个多小时，就到了内蒙的乌兰浩特市。出门在外，入住的宾馆便是最好的根据地了。白大哥以前来过乌兰浩特，想找到他原来住过的宾馆，一路走来，沿街打听，谁也说不准鑫钰宾馆在哪个位置，还有人一杆子支到呼和浩特市，说那里有个鑫钰宾馆。我们几人都是满脸的茫然，真有山重水复疑无路的感觉。后来，打了个出租车，司机师傅说，听说有个钰鑫宾馆，不知是不是你们要找的地方。

这时，白大哥才恍然大悟，说："对对，是钰鑫宾馆，是我记错了，把名字记颠倒了。"这时，我们都乐啦，这回可是"柳暗花明又一村"了。结果出租车没开出多远，就找到了这家宾馆。

当天午饭，大家一致同意吃点儿当地特色的东西，于是，选择了荞面饸饹。找过了几家饭店，都没有荞面饸饹，我们三人想放弃了，可是王志兄弟说啥也不肯，说非要找到有荞面饸饹的饭店，否则就不吃午饭了，他刚说过这话没几分钟，真就找到了有荞面饸饹的饭店了，大家都挺高兴。几碟小菜，几杯小酒，尤其是酒后吃的荞面饸饹，觉得新鲜味美，吃得过瘾。

午饭后，稍事休息，就急不可耐地开始了下午的参观旅游。我们最先来到了内蒙古民族解放纪念馆。可惜的是，为迎"国庆"和"十九大"的召开，馆内正在重新装修，暂不开馆。接着，又用手机联系五一会址、乌兰夫办公旧址等，几处展馆回答都是在闭馆装修。无奈，我们也只好望馆兴叹，怅然若失。好在不远处，我们又找到了兴安博物馆，像是得到了补偿一样，赶紧进馆。手机、相机和一双不够使的眼睛，这回可派上了大用场；从进馆开始从头至尾，我们看了拍，拍了看，对每件藏品都觉得异常珍贵，都觉得新鲜。

兴安博物馆始建于 1987 年，2010 年迁入新馆址。新馆位于内蒙古兴安盟的政治、文化中心乌兰浩特市，东眺历史沧桑的洮儿河，又毗邻雄伟壮丽的市政广场。新馆建筑面积为 16000 平方米，共有三个展厅。一是历史展厅，面积为 3200 平方米，以《北国苍龙——大兴安岭文化带上的历史长歌》为题，以新颖的立意，新锐的视角，展示了自新石器时代至明清时期，约八千年来大兴安岭地区北方民族的发展史。这里，展示着珍贵的文物藏品 1200 件（套），分成氏族先民、东胡族、鲜卑族、契丹族、蒙古族和明清北方民族六大单元。二是石佛遗像展厅。该展厅向人们展示了各历史时期的石雕佛教造像百余尊。三是临时展厅。该展厅作为专题展览的阵地，可为盟内各机关、团体和收藏爱好者提供便利条件。

兴安博物馆里的藏品尤其以辽代和元代文物种类居多，独具特色，其中多件文物为国内孤品，是展示、弘扬、传承兴安文化的大型综合性博物馆。

让我们感到意外的是，在兴安博物馆旁边的广场上，还陈列了两架老式飞机、一辆坦克、两架高射炮，虽已锈迹斑驳，仍不减当年的威武雄姿。这回我们四人的手机、照像机都派上了用场，留下了珍贵的瞬间。

紧挨着广场旁的是古玩藏品一条街，进了两家店铺，只是走马观花的浏览。那些陈列有序的古玩、文物，大多都具有蒙古族特色，只怪我们都是外行，不能辨真伪，谁也不敢贸然开口问价，只当开开眼界，饱一饱眼福而已。

白大哥的表弟叫吴斯俊，蒙古族，五十多岁，身材魁梧，相貌堂堂，为人豪爽，仗义疏财，是乌兰浩特市著名的企业家，偕夫人设晚宴款待了我们。席间，唠起家常才知道，吴先生竟然是我们肇源县福兴乡弥勒屯人。四岁时搬家离开福兴乡，辗转来到乌兰浩特市，由于忙于生计，加之前些年的交通不便，在近半个世纪的时间里，仅有几次回肇源福兴乡祭祖。有今日机缘，才知道津友竟与吴先生原来曾是同乡。感情升格了，酒也自然要多喝。喝到兴奋时，早已得到信息的白大哥的老朋友李金山先生，从招待客人的酒桌上抽身来看望我们。他是兴安盟教育科研所主任，也是蒙古族人、他个头儿高挑，胖瘦适中，英俊潇洒，谈吐非凡。席间的相互祝酒，谈及蒙古族历史片断与乌兰浩特市的历史，在李主任身上，更多地透露出他那儒雅的文人气质与资深的学者风度。

我们越说话题越多，越唠扯得越远，大有一见如故之感。直到夜幕沉沉方散。

二

9 月 8 日，按照昨天的商定，早餐后，我们带着和天气一样晴朗的心情，乘出租车赶往罕山公园。罕山公园建于1980年,因其建于乌兰浩特市区北侧，故为北山公园；1987 年进行了大规模的修建，因建在罕山之上，又改为罕山公园；在园内的最高处，也就是罕山之巅，建有成吉思汗庙，最后又定为成吉思汗公园。该园依山傍水而建，风景秀丽又气势宏伟，占地面积 60 公顷。

在成吉思汗公园门前的大广场上，两侧有高大苍翠的云杉和樟松等树木，完全称得上是绿荫环绕。广场的左侧，在绿树的掩映之下，有一尊十余米高的成吉思汗骑着战马的雕像，巍然耸立。公园的大门北侧，在一高大雄伟的石贴面的高墙上，“成吉思汗公园”六个大字熠熠生辉，格外醒目。一位中年女士从旁边拦了过来，说：“你们要买门票。”我问老年人还要票吗？她说65岁以上半票，70岁以上免票。白大哥说他今年70岁。这时，津友从旁边赶紧解释说：“我们是蒙古族联谊会的，来这里进行考察。”看门的女士可能看出我们是外地人，发了一回慈悲：“行啦，就免了你们的门票吧。”这虽说是件小事，却也反映出乌兰浩特市人民待人诚恳又热情。

进了公园大门之后，一条中轴线上的大道是用大理石铺砌的，足有十余米宽，直通山顶；随着山势的抬升，大道时而台阶，时而平台。据说，上山的台阶是81级，是有寓意的，只怪我记忆差，给忘了。在进门不远处，中轴大道右侧便有一条新颖别致的成吉思汗箴言长廊，长廊里立有长长的一面碑墙，上面镌刻着蒙汉两种文字，内容大致全是成吉思汗的箴言。长廊前并排立有四根方柱，方柱上依次写有“庙殿”“箴言长廊”“马厩遗址”“出土文物”这四个部分的景区名称，上有箭头指示出具体方位。

当我们走出长廊时，正赶上有位20多岁的女导游，引领着四位颇有风度的文化人，边解说边走了过来。这可是难得的机会，我们几人一嘀咕，立刻跟上前去，也享受一回有导游解说服务的待遇。私下里也“咬耳朵”说：“有蹭吃蹭喝的，今天我们是蹭听的。”说完，我们几人窃笑不已。

沿中轴线台阶而上，右侧的景观依次是：“一代天骄”雕塑，成吉思汗跨战骑挥舞战刀，所向披靡；“九骏图”雕塑，这是成吉思汗最喜爱的一群战马，披洒长鬃，高扬长尾，煞是威猛狂烈；“古榆神树”，是一棵上百年树龄的老榆树，树冠呈椭圆扇形展开，如亭亭华盖，投下五六十平方米绿荫，树枝上系有无数条红、蓝、黄、绿各色彩绸，装饰出古榆神树的神奇与灵性；贴近成吉思汗庙殿的最后一处景观，是“敖包”。敖包有三层，约有十余米高，每一层都经幡招展，彩带飘飘，点缀出庄严与神圣。

在罕山的山颠之上，中轴线的顶端，耸立着气势雄伟的成吉思汗庙。庙宇始建于1940年。从正面仰望此庙，呈“山”字型。走进正殿，大殿正中有16根粗大的红漆明柱，撑起又圆又大的穹顶；四周绘制出反映成吉思汗丰功伟业的精美别致的图案；大殿的中央，威严矗立着一尊2.8米高的成吉思汗的铜像；两侧偏殿陈列着历代的兵器、服装、瓷器等多种可以假乱真的复制品。从公园正门到庙宇的大殿，有宽 10 米、长 158 米，用花岗岩大理石铺砌成的 81 级台阶；成吉思汗庙堂是融蒙、汉、藏三个民族的建筑风格于一体，采取中国古代汉族建筑中惯用的中轴对称布局手法，建筑主体圆顶方身，绿色圆顶，方体白墙，又具有典型的蒙藏建筑风格与特色。

大殿后面是小型的碑林，碑文多是国家政要、区、市领导或名人所题。浏览了碑林之后，在一堵矮墙边发现了一条小蛇，体长约有 40 多厘米，我们要给它拍照，等了好几分钟，它都不离开墙根儿。后来，它发现了我们，转头钻进洞里。我想，有蛇的地方，应该是自然生态保护较好的地方；用佛家的话说，也是有灵性的地方；也许是成吉思汗神灵的护佑，才使得这条蛇安然生长在这个地方。

下山的时候，我们撇开中轴线大道，从另一侧观赏了三处景观：先是一座旗坛。坛上有四根旗帜一样的标致，前面置有香炉，作祭祀用；接着是两匹骏马的雕塑。前面的石板上刻有两行字：“溜圆白骏是白色健壮的骏马，是受过成吉思汗禅封的神马。”最后是一处小展厅。展厅里多是图片，是国家领导人来本庙参观的照片和文字说明。看来，成吉思汗庙在人们心目中的位置自是不言而喻的。

走出成吉思汗庙的大门，庙前广场的右侧，在绿树掩映之中，有两座蒙古包，吸引了很多游人。在蒙古包的右前方，顺石阶而下，顿觉眼前一亮，一泓湖水，荡漾在我们眼前。在湖的右岸边，有一条大理石栏杆的小石桥，蜿蜒着伸向湖中的“吟碧亭”。在婆娑岸柳和湖光碧波的映衬下，“吟碧亭”更显得秀美亮眼。给人一种置身于江南风光中苏

情系乌兰浩特

州园林般的感觉。湖岸的另一侧，立着一块巨石，我们走到正面才发现，巨石上镌刻着湖的名字——敖嫩湖。

三

我们正贪恋这里的湖光山色时，白万胜大哥在北面的广场上喊了一声："快过来吧，去吃午饭啦。"原来，吴斯俊总经理早在那里等着我们呢。于是，我们一同乘车，前往科右前旗李主任预定的大酒店。俗话说"人熟为宝"实在不错，有万胜大哥与李主任和斯俊的感情，又有昨晚酒宴上交流的基础，这酒，越喝越来劲儿，这话，越唠越知心；酒浓烈，燃起的感情就更浓烈；大有相见恨晚之感。我们 6 人，个顶个喝得是"脸红耳热心花放"。

午宴结束后，李主任有事回单位了。并约定明天六点准时到宾馆，送我们去高铁车站。吴斯俊总经理陪我们沿街观赏科右前旗美丽整洁的街景。当

与友小聚

我们走到归流河畔时，吴总经理介绍说，河边是一处公园，这公园名字叫“扎萨克图公园”。公园里的风景树种类很多，有一些是我们根本就叫不上名字的，还有许多草坪和花坛，种类繁多的奇花异草，好多都是初次得见，甚觉奇异。还有曲廊木桥、橡皮水堤、图案式的甬道、木制凉亭、各种雕塑……公园在河边，规模不是很大，却是内容丰富，布局精巧，独具匠心。公园里，还有人在河边垂杆钓鱼。这时，有几声雁叫，吸引了我的目光，有一排雁阵，整齐划一，鸣叫着掠过头顶。看了一会儿，猛然间有了点儿灵感，便吟出一联：“雁阵唱长天之高远，锦鳞潜秋水之茫然。”也许有些拙劣，见笑了。

回到乌兰浩特市的钰鑫宾馆，略作休息，吴斯俊总经理又打来电话，邀我们去酒店吃晚饭，白大哥以“还没醒酒和太累了”为理由，婉然谢绝了。

翌日，六时整，李主任准点赶到宾馆，拉我们去吃早餐，并争抢着付款，让我们感激不已。

在火车站告别时，期待的目光是共同的，李主任期待我们明年春暖花开时再来乌兰浩特；我们期待李主任与斯俊早日前往肇源，观赏我们西海公园的夏日荷花，品尝我们肥美的松花江鱼。我们都有一句共同的心里话：“李主任和斯俊与我们的感情之深，亲兄弟也不过如此。”

三天的乌兰浩特之行，有较多的意外收获，当然也小有遗憾，没有参观内蒙古民族解放纪念馆、五一广场、葛根庙、乌兰夫办公室旧址、森林公园等，尤其是没有去一趟阿尔山，这让我们后悔不已。留一份遗憾，留一份情思，也许是件好事，弥补这些遗憾的办法，就是择机再来一趟乌兰浩特市。高铁列车在不知不觉中启动了，望着渐去渐远的乌兰浩特市，我心里空落落的，像是有什么东西丢在了乌兰浩特……

2017 年 9 月 20 日

长白山游记

三弟休半个月带薪假，与我商量出去旅游。我们把旅游目的地定在长白山，去长白山山顶看天池。

8 月 13 日清晨，我们乘坐长途客车从肇源出发，临近中午，便到了长春火车站。然后改乘高铁动车，穿龙嘉、过吉林、越蛟河，在敦化下高铁；换乘中巴，又穿山越岭 3 小时，终于来到了延边朝鲜族自治州安图县的二道白河镇。这里便是去长白山旅游的“大本营”了。

一路顺畅，多亏有三弟家的朝歌侄女。是她提前在网上购车票、安排住宿宾馆，我们只需按照她的“路线图”行事，一切就可无忧无虑，顺理成章了。

翌日清晨，一场意外的中雨将我们从梦中吵醒。冒雨能游长白山吗？在重重的顾虑中，我们还是下到一楼服务台，急着问个究竟。得到的答复是：早餐后听通知。雨，似乎越下越大，我们打伞冒雨到外面去找早餐店吃早餐。

早餐后，宾馆的接待大厅里，住宿的游客越聚越多。最后得到满意的通知：乘坐宾馆安排的小面包车，立即前往长白山景区。

顶风冒雨的出发了，车速并没受风雨影响，只用一个多小时，便来到了景区的停车场。这里，早已聚集了好多游客和好多车辆。雨还在下，没有停歇的意思。游客的游兴，绝没受到风雨的影响，举着雨伞或披着雨披，等候在休息区或购票区，吵嚷着，拥挤着。这时，同车来的人探回了消息：今日景区全天关闭。这信息无疑是当头一盆冷水，顿时浇灭了游客们的欲望。人们只好望山兴叹，就连小面包车也和大伙的心情一样，蔫了吧唧地返程了。

第三天（8 月 15 日）早晨，还是阴云密布，阴雨霏霏。看来，又是一天无可奈何的等待。临近中午，天色放晴，为缓解这无奈的等待，我和三弟只好在小镇街头散步。听当地人说，小镇西侧有美人松公园是个不错的小景点，顿觉心头一亮，立马赶了过去。原来，这美人松公园就是一大片郁郁葱葱的森林，木板搭建的栈道蜿蜒其间，连接着林间的广场、凉亭、绿地和奇形怪状的巨石。林中的树木有红松、落叶松、樟松、白桦等几十种。其中，最高大的红松直插云间足有六七层楼的高度，红色的树干，派生出葱绿的枝叶，相互衬托，显得十分俊美，也许，这就是“美人松”名字的来历吧。

走出公园，带着欣然的游兴，徜徉在小镇街头，整洁的街面，拂过林风的清新，雨后的凉爽，散淡了两天来的郁闷；巡街探巷，找了一家小酒馆，异乡风味的菜肴，加上二两当地小烧白酒下肚，真有些“不知何处是他乡”的感觉了。

第四天（8月16日），终于等来了艳阳高照，心情和天空一样晴朗。早饭后，我和三弟与天津的一对儿夫妇，被安排在一辆出租车里，心急车速快，不到一小时，就来到了长白山景区接待处的大广场。这回可热闹了，攒了两三天的游客聚在一个广场上，车声轰鸣，人声鼎沸，第一道入口处排起十几队长龙，似有见首不见尾的感觉。而且，过了第一道入口，还要排第二道入口。每道入口都用铁护栏隔成蛇形通道，像走迷宫一样，用了一个多小时才进入检票大厅。这里还是要排队，好在六七个检票口全开，减轻了拥挤。三弟好不容易挨到窗口，却被检票人员告知：“网上购的14日门票，因当天景区封闭，已被退回，你们需重新购票。”这下可傻了，顿时就蒙了。三弟张锐只好到咨询台说明情况，以求补救。咨询台说，三万张门票早已卖光，如果有在网上退票的，你们自己去抢一下吧。于是，张锐赶紧用手机联系女儿张朝歌，让她在网上重新抢购门票。我俩心里明白，这等于是在极其渺茫中，寻找那万分之一的希望。真就是“山重水复疑无路”了。那分分秒秒的煎熬，让人有些喘不过气来。10分钟之后，张锐的手机铃声响起，电话里传来惊喜，张朝歌说，已抢到第一张票了。并告诉我们再耐心等一下。又过了5分钟，在网上又抢到了第二张票。此时此刻，心情陡变，像坐过山车一样，又从低谷跃上了顶峰。真就是峰回路转，迎来“柳暗花明又一村”。手中有票，心里不慌，顺顺当当地通过了“绿色通道”检票口。放飞了心情，眼前的长白山显得更加巍峨，蓝天显得更加高远。

我们是从长白山北坡上山，景点较多，有地下森林、绿渊潭、U型谷、长白山瀑布等。来时的出租车司机说过，如果登顶看天池的人多，可先看其他景点，这样可节省时间，多看景点。此时，天池售票口的人群，足有近万人。我和三弟还是改了主意，先去看瀑布和U型谷。其实，去看瀑布的人也不在少数，随着滚滚人流，向另一侧山坡上攀行。走着走着，就见从山上冲下一股溪水，蜿蜒而来又曲折而去，清澈得可心。继续向上攀登，时而走栈道，时而跨桥梁，还有一处温泉汩汩涌出，冒着腾腾热气，令人称奇。越往上走山势越陡，后来，又登上了206级台阶，才看到了瀑布，悬挂在高山的豁口处。这是第二次看瀑布了，第一次是看牡丹江的镜泊湖吊水楼瀑布，奔泻壮观，气势恢宏；与之相比，长白山瀑布更显小巧玲珑，晶莹剔透，颇有几分“藏在深山人未识”的神秘之感。这也呼应了《长白山传说》书中记载瀑布传说的美丽与神奇。它的美丽在于晶莹剔透，它的神奇在于雄心博大，志向高远；长白山天池流下来的瀑布，就是第二松花江的源头。展开来说，第二松花江向北流经千里之后，在我家乡肇源县的茂兴镇南三岔河与从北向南流来的嫩江交汇，才形成了滚滚东流的松花江。由此说来，我家乡的松花江水有嫩江的一半，也有长白山瀑布的一半；脚下的溪水，竟是孕育我家乡万物的源头，这为我们前来拜谒长白山水，又增添了几分虔诚。此情此景，令我想起晚唐诗人李忱的《瀑布联句》：

千岩万壑不辞劳，远看方知出处高。
溪涧岂能留得住，终归大海作波涛。

离开瀑布和U型谷，已近中午。顾不上吃午饭了，急急赶往登顶看天池的售票处。一上午了，排队购票上山的人群，不但没有减少，反而逐渐增多。别无选择，赶紧排队购票，登顶看天池，这才是此次旅游的主题。从购票到坐上爬山登顶的小面包车，排了四次队，足足用了两个多小时。趁此机会，我们抽空儿吃了自带的午饭，安慰一下饥肠辘辘的肚子。当我们坐上登顶的小面包车时，心里顿生几分惬意。

9人乘坐的小面包车，一辆接一辆地蜿蜒在山路上，随着山势的变化，山路一会儿呈“S”型，一会儿又变成“O”型；山路左拐右拐，车里人左晃右晃；年轻人觉得好玩刺激，老年人却面带几分惊恐。在海拔千米以内的山坡上，长满了松树、白桦等几十种树木；在千米以上的山坡上，只有岳桦树，倔强地生长着；到了两千米以上的山坡，绿色的小草也逐渐稀少，接近山顶的停车场周围，便是寸草不生的沙石了。下了小汽车，人们一窝蜂地涌上近百米台阶的入口，台阶宽约三四米，在百米长的范围内，用绳索拦截成三段，采取按时间分段放行的办法，以缓解山顶天池边人多拥挤的压力。大约等到下午一点半左右，我和张锐终于登上山顶，放眼望去，在群峰的簇拥下，靓丽俊美的天池，令人颇为赞叹，颇感惊喜。偌大一泓池水，像一块碧蓝色的玉璧，镶嵌在长白山之巅。它的高度在海拔2500米以上，水深300米。尤其是每年夏秋两季，天南地北、国内国外的游客，趋之若鹜涌到长白山顶，带着朝圣般的心情，来拜谒天池。这一泓池水，与蓝天比照，蓝天没有它湛蓝的鲜艳；与玉璧比照，玉璧没有它剔透的晶莹。也许是我孤陋寡闻，还从未见过有如此澄澈、如此碧蓝的湖水。我不迷信，但却坚信：长白山天池的水，准是上帝赐予人间沾了仙气的圣水……

这时，我的照相机派上了用场，咔嚓咔嚓不停地按动快门，留下了天池的神圣与神奇，留下了天池永恒的瞬间；大多数游人都举着手机，找好角度，以天池为背景，或自拍或被拍，都忙得不亦乐乎。我们用了一个多小时的时间，从天池的北面，边看边拍，一直到天池的东北角，虽然又累又饿，游兴却丝毫不减……

我确信，能在响晴瓦蓝万里无云的天气里，登一回长白山顶，观赏一回难得一见的天池，是我们与天池的缘分，也是我们人生的福分。

2018年8月28日

DI LIU JI 第六辑

人／物／序／跋

注定为发明而生的人

——记中国杂技团总工程师、发明家王建民

这是2011年11月12日，晚上6点43分，我和老伴儿准时坐在电视机前，用遥控器调到中央电视台10套“科教”频道。怀着一种特殊的欣喜之情，盼望在荧屏上能看见多年不见的老友王建民。6点45分刚过，“我爱发明”栏目主持人出现啦，经过简单介绍，蓄着白胡须，留有满头银发的王建民，跃然于荧屏之上。我和老伴儿顿时一阵惊喜。

我长建民两岁，他今年59岁，眼看步入人生的第60个年头了，看上去稍有些苍老，也属正常。更何况他的勤奋和睿智，让他的大脑和整个身心，在民乐发明领域里，以及他的杂技事业里，如机器一般不停地旋转，研究——发明——再研究——再发明，时间对他尤为珍贵，无暇修边幅，也在情理之中。

随着荧屏上画面的移动，建民头部的轮廓也被放大。这里，你会看清，在他那灰色呢子帽的帽檐下，额头宽阔，面容慈祥，在专注的目光里透出机敏与智慧。接着，琴杆很高，在琴杆上端，安一个圆圆的蒙了一层塑料膜似的共鸣箱；琴杆下端的琴筒里镶着杠杆，直通上端的共鸣箱，这就是新发明的拉弦乐器——月胡，立即展示在观众面前。建民坐在椅子上，右手徐徐拉动较长的琴弓，左手握着琴杆，手指在两根琴弦上不停地串换把位，一曲《二泉映月》的悠美旋律，飘逸出荧屏之外。似一股清澈的泉水，静静地流入观众的心田。同时，也把我的思绪牵回到与建民同时参加工作的黑龙江省肇源县样板戏学习班时期……

一

那是1971年的夏天，在松花江上游，距江边仅有4公里之遥的肇源小县城里，在大十字街南侧的路东，有一座灰白色的小二楼。楼南侧的一个小门旁边，挂着一块白底黑字的大牌子，上面是“肇源县革命样板戏学习班”一行竖写的大字。就是在这个样板戏学习班招收学员的时候，我和建民鬼使神差地走到了一起。他来自离县城稍远一些的茂兴镇马克图村，我从县城北二十多里路的和平乡敏字村赶来考试。并且，我们两个人都是考乐队的，他吹笛子我拉二胡。更巧的是，在那期召收的学员里，好多人都被淘汰出局，只有我和建民被留了下来，在排演样板戏的乐队里，边学习边参加伴奏。

十八九岁的王建民，个子比一般人要高，手大脚也大，到后来的几年里，在县城的所有商店里，都很难买到他能穿的鞋了。他为人朴实，谦虚有礼，对单位年长的老同志或是比我俩先来的学员，全称呼“老师”。在乐队里我俩来得较晚，单位有些零活儿，或是需要跑腿学舌的事，都喊我们两人去办。我们俩经常待在一起，性格和得来，都老实巴交的，整天不说几句话。

王建民在乐队里是年龄最小的一个，可是练功却十分吃苦。无论春夏秋冬，也不分严寒酷暑，他的笛声，总像起床的铃声，把大伙儿提前叫醒。晚饭后，他一个人躲进空荡荡的剧场里，一练就是几个小时，他用笛声一直把大家送入梦乡之后，才悄悄地走进寝室，钻进凉瓦瓦的被窝里。几年之后，单位领导号召乐队人员“一专多能”。王建民在学好笛子的基础上，又学会了唢呐，还学会了洋乐器，长笛和短笛（使用五线谱）。并且，每样乐器，都达到了独奏的专业水平。后来，“肇源县革命样板戏学习班”的牌子被摘了下来。还是这个院落，还是原班人马，又换上了一块“肇源县文工团”的牌子，于是包括我和建民在内的这些人，摇身一变，就成了肇源县文工团的乐队演奏员了。

革命样板戏就此退出了当时的舞台，接下来，排演的是古装评戏，如《十五贯》《秦香莲》等剧目。同时，也排演一些小型的歌舞剧和器乐独奏及合奏类的节目。此时的王建民，除了早晚练功和白天正常上班之外，开始了他的发明，制做第一件乐器——口笛。在他制做口笛之前，大家都不熟悉口笛这种乐器，王建民自己花钱买来竹竿，用锯条锯断之后，在一节约有三寸长的竹竿上开始钻眼，然后用砂纸磨平，就试着开始吹奏。他双手捧着口笛，放在嘴上一吹，那清脆嘹亮的笛声，立即使大家伙儿感到惊喜。惊喜之余，大伙儿也都心里纳闷，这个小伙子从来没做过乐器，也没学过吹口笛，怎么拿起来就会做，做好了就会吹奏乐曲呢？正在大家在疑惑中还没找到答案的时候，王建民已把一首《苗岭的早晨》口笛独奏曲，练得滚瓜烂熟了。接着，他又为我们乐队的每个乐件都简单搞了一下配器，经过一天的反复合练，口笛独奏《苗岭的早晨》正式登台与观众见面了。每次演完这个节目，都会收到满堂喝彩，满堂掌声。他的发明制做与精彩的口笛独奏，为我们整个乐队乃至全团，赢得了荣誉，大家的脸上都有了光彩。

二

这时，坐在身旁的老伴儿见我走神了，紧忙推我一把，说：“快看呐，建民又换了一件乐器。我赶紧回过神来，听电视里的主持人介绍，王建民发明的另一件乐器叫“活塞笛”。接着，建民简单介绍了一下这件乐器的性能，并轻快地溜了一遍半音音阶。好家伙，这件乐器真的很不简单，它的滑音演奏效果比长号还好，短小精致的笛管里，却能奏出两个八度加四度的较宽的音域，不能不使人拍案称奇。我这个对乐器稍稍在行的人，还没看出个子午卯酉呢，一曲《骑兵马刀进行曲》的完美演奏，把这只新发明的“活塞笛”的性能和音色展示得淋漓尽致。音乐所能表现出来的意境，用任何语言表述都显得笨拙、苍白。音乐家们认同的这句话，文学家们大多也欣然接受。

看着荧屏上王建民专注地演奏着“活塞笛”的场景，我的记忆又一次闪回到当年的肇源县文工团……

大约是在1980年前后，肇源县文工团排练了一个大型话剧，叫《神秘的古城》，说的是我们的地下党，派一名干练的年轻人，以副官的身份，打入盘踞在古城里的国民党军队的团部，团部里有一名很有权力的女特派员，要看一看这位新来副官的枪法，命令士兵挂起一排气球，让副官用手枪射击。并且剧本规定，三枪打爆三个气球。这下可把导演难坏了，舞美设计没法弄，舞台电工被难住了，搞道具的更是傻了眼。正在大伙儿没了主意，乱作一团的时候，作为乐队演奏员的王建民却开了腔：“不就是打爆三个气球吗？我来试一试。”导演说：“后天彩排可得用上啊！”王建民只是默默地点了点头。这时，乐队的弟兄们都用异常的眼光看着他，大家的想法几乎是一致的——这回建民给自己找了个大麻烦。中午饭后我们照常午睡，建民却一个人钻进剧场里，孤零零地研究他的气球去了。晚饭后，依旧是他一个人，走进灯光昏暗的剧场，去搞他的爆破气球的发明。当晚，我们睡觉熄灯的时候，他仍在剧场，翌日早起时，他还没在寝室。是不是搞了一个通宵呢？怕影响他的潜心研究，我们谁也没敢去打扰他。当他带着满面倦容，进食堂吃午饭时，终于把喜讯告诉了我们，他成功了。

彩排开始了，建民在一根木杆上吊拴上五六个气球，用透明胶布把细细的漆包线粘在每个气球上，下面连接着木板的开关，演员在台上瞄准哪个气球开枪，建民就按木板上的哪个开关。只听“啪、啪、啪”三声枪响，建民操控的三个气球应声爆裂，纷纷落地，随之响起一阵热烈的掌声和叫好声。

正当大家为他的成功表示祝贺的时候，可是建民却跟没事人似的，蔫啦吧唧地去干他自己的业务了。从此，文工团的人都知道，这个老实巴交的年轻人，不仅精通演奏乐器，还能发明制造乐器，更让人意想不到的是，还能摆弄电，还能发明道具，不得不让人刮目相看了。

三

正当我们对王建民演奏的活塞笛意犹未尽时，荧屏的画面上突然切换出了王建民发明的又一件乐器——环型埙笛。在镜头前，王建民回答着记者的提问，他指着身旁的管状的门把手说：“这件乐器就是用这种材料做成的。”看来，这些平时看起来很不起眼儿的物件，到了建民手里，便成了宝贝，经过他的精心研制，竟能成为一件新式乐器，并能发出天籁之音，令人赞叹不已。

建民开始演奏这件乐器了，吹奏的曲子是《苏武牧羊》。那低沉浑厚的音色，显得那么悠远又那么苍凉；那如泣如诉的旋律，加之环型埙笛吹奏出的独特音色，引领你跨越时空，仿佛把你带回遥远的西汉王朝的年代，把你带到胡人那凄凉而又空旷的漠北大草原上。

看着建民手中那不起眼儿的用门把手做成的乐器，我又一次回想起，他在肇源县文工团时，研究装修收音机、电视机和电子遥控器时的情景……

我和建民都是来自农村的学员，要在文工团里住宿，在集体食堂里吃饭，并且我俩住的是乐队寝室铺挨铺，白天工作在一起，可以说是形影不离，从没见他在无线电上怎么用心，可是，竟然能为身边的同事们修理收音机、电视机。就连谁家的挂钟手表坏了，也都找建民给修理。建民这人厚道善良，有求必应，百求不厌，而且分文不取，白尽义务。这还不算，有时他还为别人带买零件，自己往里搭钱。这样的好心人实在难找。因此，只要一提起王建民，认识他的人，个个竖大拇指，都为他的人格魅力所折服。

四

荧屏上，王建民发明并演奏的最后一件乐器是新型的排箫。这个新型的排箫是用注射滴管和针管做成的，而且，这种新型排箫音域较宽，表现力丰富；他的音色，既有旧式排箫的特点，又有旧式排箫所不具备的木管乐器的柔和饱满的音色。同时，还能更方便地演奏出和声效果，把排箫的各种功能发挥到一个极致。

当一首新型的排箫乐曲进入尾声时，在那袅袅余音的烘托下，王建民新婚时的影像，又在我的脑海中渐渐地清晰浮现出来……

记得是在1976年秋天的一天，与我朝夕相处的王建民突然向我宣布，他最近打算结婚了。虽说建民与梁安娜谈恋爱时，他就把有些信息告诉了我，甚至有时还让我帮他拿主意；虽说他们两人谈恋爱的时间已是一年多了，而且当时也都属于大龄青年，但是，刚一听他的认真宣布，我还是感到有些突然。我接着问：“你哪天结婚？在单位结婚吗？咱们好准备准备，通知一下，好让大家来参加你婚礼啊！”王建民干脆地说：“什么也不用了，我结婚谁也不通知。”我问：“连我也不通知？”他没回答，只是朝我笑了笑。我当时以为他不想通知大伙儿参加他的婚礼是开玩笑。可是，过了十多天以后，我周日赶回农村老家，当周一回到单位上班时，他悄悄告诉我说：“我昨天结婚啦。”“啊？”我当时就愣神了，接着就是埋怨：“你真的连我也不告诉？不行，今天晚上非到你家去吃饭。”“行、行、行。”建民像亏了理一样，连连应允。我接着问："你家住哪呀？"建民说："就在小东门外路南头一家，新租的房子。"

傍晚下班后，我很高兴地来到王建民与梁安娜组成的新家。那是肇源县城小东门外，路南有个小院落，靠院子北侧有个坐北朝南的两间平房，东间开门进去是两家共用的灶房，西屋是房主居住，灶房北面有间小厦子，便是建民两口子的卧室兼客厅了。房子虽小，可是布置的却井井有条，很干净也很朴素。当晚的伙食是饺子。据我所知，我是参加他们婚礼的第一人，但也是最后一个人。记得当时我和建民的工资一样多，每月30元，除去在食堂吃饭，就所剩无几了。我把十元钱留给建民，作为贺礼，另外20元钱留着在食堂吃饭用。那时大家的日子过得清贫，实在没有办法。说到生活清贫，我又想起了王建民在生活上的小发明——巧用手摇风轮。在当时的肇源县城里，居民们做饭要用烧煤的灶子，最先进的办法，就是用手摇风轮吹风助燃，以达到做饭快又省煤的效果。我在建民家吃这顿饺子时，发现王建民摇的风轮，风力比较大，煮饺子时锅开得快。我就问他："你这个灶子真好烧，是谁搭的？"建民边摇风轮边告诉我："是我自己搭的。你看，这炉箅子要离锅底近一点，能翻动煤铲子为准。这样热量集中，能省煤。我还把炉箅子下面的铸铁风锅与连接风锅和手风轮的铁筒给省略了，在灶台下面的土墙上挖一个洞（类似老鼠洞），直接通到炉箅子底下的落灰膛，把落灰膛外面的小门用半块砖头堵住，一摇手风轮，呼呼的风就传到炉箅子上去了。这样既节省了风锅和铁筒，省钱又省得安装，还能使手摇风轮产生更大的风力，使灶火更旺。同时，还能省煤省时间。"他边摇着风轮烧锅，边为我详细介绍。还说："将来你家从农村搬进城里来，也不妨这样试一下。"

1976年秋天，我把爱人从农村接到县城里，借住着初中同学家的房子，那房子的结构和布局，同建民当年租的房子一样。搭灶台时，爱人说只借来一个手摇风轮，没有风锅和风筒。我说，不用那些东西。于是，就学着建民当年的做法搭起了灶子，点燃灶火一试，非常好烧。爱人乐啦，说王建民这人真有高招儿。

五

电视里“我爱发明”播放的王建民发明四种乐器的节目结束了，我立即关闭了电视，给建民打了个电话，说了一下看完他的发明成果的感受，但更多的是聊了一下各自的近况和对当年那些乐队哥们儿的回忆与关注。

在王建民的大半个人生旅途中，正好走了一个大大的圆圈，要想了解圆圈的起点，必须先从北京市说起……

王建民，1953 年出生在北京市的一个革命干部家庭里。他是早产儿，不足 8 个月就出生了。如果不是在北京，如果没有当时的家庭条件，能否有今天的王建民，就该打一个大大的问号了。由于先天的不足，童年的他体质非常不好，患有软骨病、佝偻病，一直要吃补钙的药，三岁后才会说话和站立，抵抗力弱，经常发烧感冒。父亲母亲都是早年投身革命，父亲 1936 年参加革命，是我党鲁豫一带派到敌占区的地下工作者，参加过抗日战争和解放战争，是为中华人民共和国的成立建立了功勋的革命干部。中华人民共和国成立后，父亲母亲被分配到国家林业部工作。王建民与哥哥都被安置在幼儿园里，无忧无虑地成长着。到了 20 世纪 60 年代，建民和哥哥已经进入哈尔滨市的小学读书，全家人日子过得也很安稳。

少年时的王建民就很乐于动脑筋，小学期间就自己组装矿石收音机、半导体收音机，制作模型的电动机、发电机。自己制作自动捕鼠笼、连发打黄豆的手枪。二年级时就将家里的三五牌的座钟偷偷拆卸并又组装上，把钟上的两个发音钢柱弄断了一根，上了中学后才向妈妈坦白实情。他还喜欢画画，把语文书文字边的书页上画上自己对课文理解的插图，得到老师的点名批评。他还为哥哥完成美术作业。他说，那时看到哥哥的画受到老师表扬并粘到走廊上展出，他特别的高兴！还经常到哥哥学校的走廊看自己的画，自我陶醉一番。三年级时他自学吹笛子，当把刚刚学会但还很不连贯的第一首曲子《北风吹》吹给妈妈听时，就得到了妈妈的肯定。后来他又拜师学习吹笛子，1968 年为迎接首批上海知青到黑龙江，他在哈尔滨火车站的站台上，为刚到黑龙江的上海知青演出笛子独奏。

1971 年夏季，肇源县革命样板戏学习班到农村各公社招收学员，王建民在茂兴镇参加考试，一曲笛子独奏，使主考人员大开眼界，于是王建民被带到县城里的样板戏学习班（即县文工团的前身）。后来，样板戏学习班摇身变成了文工团，此时，王建民的乐器演奏、音乐创作、道具制作的技能，得到了大幅度的提升，为文工团争得的荣誉也越来越多了。同时，又找到了终身伴侣梁安娜，娶妻生子，一晃十几年过去了。1987 年，他的不用电能的自动吸尘黑板擦等四项专利发明通过有关方面的审查，获得批准参加首届黑龙江省发明专利展览会并获奖。展览会上也有黑龙江省杂技团的作品参展，偶然间，他被黑龙江省杂技团相中，并主动提出将他调入黑龙江省杂技团。他重返哈尔滨，作为特殊人才连同爱人一起被调到了黑龙江省杂技团。他在舞台队，任总设计兼队长，爱人教杂技团学员的文化课。到了 20 世纪 90 年代，他的卓越才能被中国杂技团领导发现，并大为赞赏，于是，1994 年初，王建民又戏剧性地返回了他当年的出生地——北京，又一次作为特殊人才，连同爱人，被调到了中国杂技团。爱人被任命为教育培训处的副处长，他担任中杂艺委会副主任、总设计，一直工作到如今。他改革、创新、研发各种杂技、马戏、滑稽、魔术等的道具、训练器材，以及舞台机械、音响设备等大大小小，林林总总 600 余项。近年来，中国杂技团获得的多次重要的国际、国内杂技大奖中，他的创新道具在其中起到了极其重要的作用。有时道具本身还直接获奖。在中国杂技界和世界杂技界表现突出并引为关注。为国家争光添彩！他本人获得了“全国首届文化创新奖”第一名、“全国文化系统先进工作者”“中国杂技德艺双馨奖”“北京市德艺双馨奖”“文化部优秀专家”等许多奖项，还享受国务院特殊津贴奖励。

在发明领域里，他像一头韧劲十足的“老黄牛”，永不停歇地默默耕耘着。他的大脑像一座容量惊人的储存库，随时都可以取出一件件令人叹为观止的创新产品。在40年的艺术生涯和发明创造中，他完全可以称得上是“德艺兼优”的艺术家和发明家。

他是一个只想帮助别人，而且永远也不张扬不图回报的人；他是一个彬彬有礼懂得尊重别人，而且永远被别人所感激所敬重的人；他是一个不讲任何条件和代价，而且永远在默默钻研，注定为发明而生的人。中央和省市电视台以及报纸杂志、网络等新闻媒体，对王建民的报道已是铺天盖地。对王建民今后所秉持的理念和动态，我只想摘抄几句他的语录，谨记于此：

“我的目标就是不重复，我连自己都不重复，更不可能重复别人。”

“在世界范围内，不求第一求唯一；不求豪华求绝、妙。”

“一定要创新，创新就是生命。”

“最有价值的创新在于颠覆、脱胎、原创，地球上有的，就不是咱们应该干的。”

以上这几句话，有的饱含幽默，但他是认真的，掷地有声。熟悉和了解王建民的朋友、同事、同学、同行，以至广大观众或是读者，一定都拭目以待，盼望他能在发明创造的领域里，飞翔得更高，跨越得更远。

（结稿于 2011 年 11 月 20 日上午，大庆肇源）

故事聚焦蔡云楼

——记鲶鱼沟实业公司总经理蔡云楼

2013 年 9 月 5 日，农历癸巳年八月初一。上午，人有精神，就连手机的铃声也充满活力。说不到念不到的行程开始了，好友加昌邀我去一个偏僻而又神奇的地方——鲶鱼沟。

鲶鱼沟，是大庆市肇源县种畜场（原名为县畜牧场）所在地。该场相当于乡镇级单位。地处肇源县西北 65 公里的大草原上，北与大兴乡相连，东与头台镇接壤，南与超等乡毗邻，西与浩德乡交界。在种畜场场部所在地的村西南侧，便是我们此次要采访的鲶鱼沟实业公司的总部了。

来接我们的小轿车作为前导，紧随其后的便是省电视台的记者车，在秋高气爽的大晴天里，汽车也有了精神头，将近一个小时的车程，两辆小汽车就扎进鲶鱼沟实业公司院子里了。

总经理蔡云楼先生，已迎候在院子里。他个子不高，胖瘦适中，留有精明强干的寸头，在黑红色的脸膛上，一双明澈的眼睛，闪烁着睿智的光芒。他给人的印象是：亲切、随和、坦诚、扎实，既沉稳干练，又思维敏捷；他语言风趣，谈吐非凡，有较强的凝聚力和感召力。听他的讲述，你会觉得津津有味，像是品尝极具特色的精神大餐。

一、一渠引来百业兴

在蔡云楼的嘴里，有滔滔不绝的故事。他讲的故事，有声有色有味道，还有余韵，听了之后有嚼头。而且，蔡云楼本身就是故事。他创造的故事，带起十二个基层分场，安置两百余人就业，经营土地面积和水面超过一个普通的乡镇，他的分场横跨八个乡镇。

蔡云楼当过小学教师，任过派出所所长，在鲶鱼沟种畜场部做过行政干部。可以说他的这些工作岗位是吃官饭的，都是铁饭碗。然而，他总觉得这些捧铁饭碗的地方干得不舒心，有劲儿使不上，干得憋屈。于是，他选择了停薪留职，下海办实业，自己另起炉灶。他找到种畜场领导商量，承包了村西边的“西海”水面。

他先是筹集资金，找亲友借钱，吃过闭门羹，可也得到过好心亲友的帮衬，解了燃眉之急。他找了个合作伙伴，又买了简单的捕鱼工具，又雇来了鱼把头，经过近一个月毫无指望的煎熬，最终还是“苦心人，天不负”，出乎意料地挖到了第一桶金，捕捞出几百万斤鱼，让他有了喜出望外的九十多万元现金。当时是 1999 年。

他要把事情干大，他要把目光放远。他思来想去最后决定把心思全放在“水”上。1998 年的一场大洪水，使鲶鱼沟成了水乡泽国，转年他就发了“水财”，挖到了第一桶金。鲶鱼沟原本不靠江河，今后泡沼干涸，养鱼、种稻、收芦苇等，哪一样都没有指望。因此，必须在水上做文章，解决水源，保障供水。于是，他踏查水源，找到了嫩江南引水库“小拉哈泡”。经反复测量，决定投巨资开一条水渠，把小拉哈泡的嫩江水引到鲶鱼沟来，引到他承包的地面上来。有志者，事竟成，他成功了。他用引来的嫩江水，在无人问津的盐碱地上，种植了高产稻；他用引来的嫩江水，在盐碱地上开出了池塘，成功地养起了河蟹；他用引来的嫩江水，经营天然水面，形成自然繁育、自然生长的养鱼场；他用引来的嫩江水，以科学方法，浸泡盐碱地，使之成为天然芦苇荡……真就是“一渠引来百业兴”。

二、风味佳肴皆自产

在中午的餐桌上，省、市、县三家电视台的记者、大庆《百湖周刊》的记者，云集于此，外加我这个退了休的“散仙”，济济一堂。东道主蔡云楼老板为人朴实，美味佳肴，一道接一道被摆上餐桌。当每道菜冒着热气飘溢着香味，刚刚被端到餐桌上时，蔡老板便饶有兴趣地对这道菜的选料、清洗、改刀以及炸锅用油、火候把握、投料烹饪、佐料投放等烹饪流程，讲得有板有眼，头头是道。讲完后，让大家赶紧动筷先品尝一下。大多数菜肴都是蔡老板与厨师共同研究改进的。大家动筷一尝，果真是味儿不虚传，确实具有自家独特风味。令人叹服，赞许不已。

他先讲了爆炒大头菜。

把大头菜外层老叶扒掉，用里边鲜嫩的菜叶，改刀成方块型，清洗后捞出，放在竹帘子上淋干。干到用手抓起菜叶后，一松手，菜叶滑落时，松散干爽为好。然后开始炸锅，要把食用油烧得滚开，再倒进哈市正阳河酱油（其他酱油不可替代），大火烧至冒烟时，推入大头菜叶。随之加几种常用的佐料和盐，急速翻炒几下，便可出锅。这道菜吃起来味道清香本真，口感爽脆，色泽适中，白里透出酱色，正是蔡老板讲究的“色、味、香、型”。

最具代表性的，也是最有特色的一道菜是“熏大雁”。熏制好的大雁是酱红色的，被撕成碎块码放在大盘子里，随着释放出的热气，飘出雁肉特有的鲜香，吸入敏感的鼻孔，令人口角溢涎。

蔡老板告诉大家，为熏制出上好的大雁，他与厨师共用了将近一百只大雁，花费了大约半年的时间，终告成功。堪称东北菜系之一绝。

记者中有位自称美食家的，听了蔡老板的讲述，也稍显自惭形秽。看来，美食家不单单是会吃、会品尝，还要有会做、会理论、会研发新菜品的技能。

据说，平时蔡老板陪客是不喝酒的，今日客人，只是媒体记者和杂志编辑，并无高官富贾，蔡老板却一反常态，来了酒兴，频频举杯，这足以验证，蔡老板绝非“摧眉折腰事权贵”之辈，却有礼贤下士之大家风范。

酒喝到尽兴时，蔡老板又把筹备在大庆市开发区一处以“熏大雁”为主打菜品的特色绿色大酒店的项目和盘托出，并把鲶鱼沟实业公司的河蟹分场，本地猪养殖场、天然鱼场、大雁野生养殖场和棚室蔬菜等特色产品，作为大酒店的原料基地，可以自豪地说，餐桌上的每一道菜都是自产的天然绿色的上好食材。就连端上餐桌的白米饭都是自家在盐碱地栽培产出的弱碱性大米，口感松软，味道清香，堪称稻米中的上品。

笔者插话说：“祝愿蔡老板的河蟹‘横行天下’。”蔡老板风趣地说：“那你还得祝愿我的大雁‘飞遍全球’。总得有个上下联嘛。”此时满桌的笑声飞出窗外，在秋高气爽的蓝天下回荡。

三、芦荡秋水河蟹肥

午饭后，趁酒劲儿乘车赶往总部附近的一分场。

下午的阳光，显示着几分“秋老虎”的盛情，好在有湖面上掠过的微风，给我们带来些许清凉。一分场经营的水面是个上万亩的泡沼，俨然一个北方鲶鱼沟版的“白洋淀”。站在岸边望去，碧波随风涌起，大有“凌万顷之茫然”之状。一行约有十余人，分乘两条挂机铁船，悄然钻进稠密的芦苇与蒲草之间，真有些当年白洋淀上“雁翎队”的感觉。

秋阳洒在湖面上，水上泛起金箔一样粼粼的波光，顶光看过去，晃得人睁不开眼睛。在芦苇和蒲草的遮掩下，有一条专供行船的水道，似一条长蛇，蜿蜒地伸向远方，船开进去之后，左转右拐，如同钻进了迷宫，绕了好一阵子，才找到一处开阔的水面。有一条船，早已停在那里，船上的两个渔工，正在起“旋”（一种捕鱼的工具，渔民们也叫它“迷魂阵”），当把“旋堵”拎出水面时，堵兜里的鱼们甩动着尾巴，扑扑棱棱地拼命挣扎着。靠到近前才看清楚，有胖头鱼、草根鱼、鲤鱼和鲫鱼，胖头鱼和草根鱼较大，足有十来斤重，小一些的鲤鱼和鲫鱼也有三四斤重。我们的两条船赶紧围了上去，记者们纷纷举起相机、摄像机不停地拍摄。蔡老板告诉大家，这些鱼全是野生的。这里的湖水是从义顺乡的小拉哈泡引过来的，全是嫩江水，这鱼便是嫩江里的鱼。

渔工们把鱼放进鱼舱里，又去起“地笼”（也是一种捕鱼捉蟹的工具）。地笼里起出来的全是河蟹，这些乱挠乱爬的东西，让人见了有些生畏，不管怎样，还是被记者及时收进镜头。河蟹在北方比较少见，也算得稀罕物，大家颇感兴趣。蔡老板也看出大家的心思，叫大家回船上岸，又驱车赶往养蟹场。

在养蟹场的水塘旁边，是一排十多米长的棚子，里面有二十多名女工在挑蟹。他们把塑料箱里成熟的河蟹挑出来，装到塑料网兜里。见我们到来，养蟹场的领导立即赶了过来，向蔡老板汇报：“蔡总，今天上午发往哈尔滨的河蟹有五千多斤。”蔡老板点头赞许：“好，知道了。”

每个箱子里有三五十只河蟹，几千个箱子堆在车棚里，那么多的河蟹，都是女工们一只只精心挑选出来的，真就显示出她们手疾眼快的熟练程度。

我们又来到养蟹池旁，每个池子的四周都用小指粗的铁棍做立柱，用一尺多高的塑料布围挡起来，以防河蟹爬到外面。还真有几只河蟹像是为我们这些远道而来的客人做表演一样，从池子里爬上岸来，横行着爬到塑料布上，刚一立起来，就如同折饼子一样地翻倒在地，肚皮朝天，五对足乱蹬乱挠。好不容易又翻过身去，像挣脱罗网逃命一样，连滚带爬地逃回池水里，水边立即泛起一片浑浊。

我满脸疑惑地问蔡老板："这样的水池子也能养蟹？"蔡老板肯定的回答："完全可以，没有任何问题。"他接着又说："如今的盐碱地可派上了大用场，打上池子可以养蟹，开垦成水田可以种稻，而且亩产都在千斤以上。咱们可以马上去看一下。"我们在他的带领下去观赏他改良盐碱地的"杰作"。

四、盐碱地上稻花香

提起盐碱地，生活在松嫩平原上的人们无不摇头叹息，就连许多农业专家们也都对它无可奈何，屡试屡败。荒芜闲隙的盐碱地，雨水好的年头，能多长些碱蓬，雨水不好的年份，就连碱蓬也长不了几棵，很像是草原上的"白癜风"。

可以说，治理盐碱地，就如同啃一块"硬骨头"，别人啃不动，咱鲶鱼沟实业公司的蔡老板却易如反掌地啃下了这块硬骨头。他能在盐碱地上开出池塘，养殖河蟹大获成功，他能把嫩江水灌进盐碱地上，开发出芦苇荡，使千万顷芦苇获得大丰收。他也偷偷泄漏一点儿机密给我，他说，盐碱地直接灌水是长不出芦苇的，必须用五铧犁先深翻一遍，然后再灌水，芦苇的根系才能窜出盐碱层，长出水面形成茂密的芦苇荡。

盐碱地上开池养蟹和开发芦苇荡的成功，并没使他满足，他要实现一个更大的目标——盐碱地上稻花香。而且还要亩产超千斤。经过几年的艰辛探索，他终于成功了。2013 年的盐碱地种稻，亩产达到 1200 多斤，这个成果让他骄傲与自豪。

当我们驱车来到盐碱地上的稻田之后，齐刷刷卵黄的稻穗，随秋风荡起金色的波浪。紧挨稻田旁的依旧是一块未开垦的白花花的盐碱地，与金色的稻田形成鲜明的对比，让人感到惊讶。我问蔡老板：“这块稻田亩产能超过千斤吗？”他笑着说：“何止千斤，我们已经搞过测产，亩产可达1300斤以上。”在他的笑容里，饱含着自信，饱含着自豪。

对以上这些累累硕果，他似乎并没有满足，他还打算把盐碱地上盛产的水稻搞出绿色的弱碱性大米。用弱碱性大米做出的米饭，在口感上，在味道上都与普通大米做出的米饭有所区别。就是说，弱碱性大米，具有品质和营养上的独特优势。据此，我被他无休止的探索精神所折服，所钦佩。

看看时近黄昏，是大雁将要回窝的时候了，他又领我们奔向他的野生大雁养殖场。

五、晚霞似锦雁群归

看完盐碱地上种植的高产水稻，驱车只用了二十多分钟的时间，就来到了野生大雁养殖场。蔡老板看了看手表说：“快了，五点钟大雁就回来了，每天回窝的时间左右超不过10分钟。”记者们一看有了提前量，开始有条不紊地选择拍摄位置，支起三角架，放稳照相或摄像机，悠闲地等待着南面草甸子上的雁群归来。

这时，西边的天际燃起了艳丽的晚霞，把蓝天烧成了粉红色；蓝天下的一朵朵灰白色的云彩，染映成绛紫色，一眼望过去，像是一块硕大的彩色锦缎，悬挂在高远的天幕上。一阵凉爽的微风拂过，送来了大雁群嘹亮悦耳的鸣叫声，循声瞭望过去，有四面红旗在远处挥动。蔡老板告诉大家做好准备，雁群回来了。野生大雁养殖场的院子里，饲养人员早在一排排的槽子里放好饲料（是玉米面掺加粉碎的饲草粉），加清水拌均匀，正候着为雁群开晚餐呢。

就在我们东张西望，毫不留神的空当，有一群几十只大雁，扇动着强劲的翅膀，从我们头顶上十来米的空中飞翔而过，这从未有过的一幕让我们惊喜。南面大草甸子上的雁群数量最多，蔡老板说有四千余只，在四位牧雁人的催动下，有的在空中飞，有的在地面奔跑，正铺天盖地向我们所在的养殖场的大门口潮水般地涌了过来，雁阵浩荡，此起彼伏的鸣叫声会聚成气势磅礴的大合唱，边唱边拥堵在养殖场的大门口。记者们的相机忙，摄像机也忙，左拍右照忙个不亦乐乎。

养殖场的大门终于被牧雁人打开了，大雁们蜂拥而入，争先恐后地拥挤到“餐桌”上，互不相让地抢吃起来。四千多只大雁的阵势，四千多只大雁的集体“晚餐”，对于外来者都是头一次得见。也可以说是蔡老板策划并导演的又一大奇观。

我问蔡老板，这野外放养的大雁与家养的大鹅有什么区别。他说，家养的大鹅有背儿搂头，大雁没有；大鹅肚皮下有蛋包，大雁也没有；再者说，大雁可以在天上飞翔，大鹅永远也飞不起来。

蔡老板对大雁的细致观察，令人颇为赞赏。接着，他又给我们讲了一段养殖大雁的小插曲……

那是去年秋天，大约也是这个时候，养殖场的大雁飞走了二三百只。当时市场上的价格是每只接近一千元，几十万元的收入，转瞬之间飞上蓝天，化为乌有。这就提出一个课题：大雁的野外放养能否再坚持下去。蔡老板冥思苦想：在野外放养中，怎样才能留住大雁呢？使它们像喜鹊和麻雀一样，坚守在北方，不再是春来秋去的候鸟呢？于是他决心在养殖场全天候的蹲守。

通过将近一周的昼夜坚守，他发现了问题，得出一个结论：野外放养一天的大雁，傍晚回来后，每只大雁都必定会吃上一顿“晚餐”。如果有连续两天没吃到的，那么，这些没有吃到“晚餐”的大雁，就不想再回来了，而选择脱离雁群，单独出去觅食了。对此，蔡老板想出一个办法，每晚雁群回来，先不开院门，等大雁们都到齐了，才打开院门放进来，统一喂食，避免了先回来的吃饱了，后回来的没吃着。此后，基本上杜绝了大雁“外逃”的现象。

蔡老板颇有感慨地说，我们鲶鱼沟实业公司二百多号人，其中还有我的本家族和亲属。尽管这样，每次遇到难题，我必须亲自体查，亲自破解。如果没有亲历亲为的吃苦精神和毅力，就不是一个称职的老板。听了这几句掷地有声的话语，令人颇受震动。

在人类，从古至今，无论哪个行业，哪一项进步与成功，必然有循序渐进的一环紧扣一环的逻辑或吸引力，诱使一些有志于探索和发明者，不断释放出惊人的、超常的勇气，一步步地探索下去。然而，不管是哪一步的哪个环节，开始时总会是苦涩而又艰难的。不过，历经艰难求索，或许在一场剧烈的电闪雷鸣的凄风苦雨之后，求索者会在高悬于长空的彩虹之上，去接受历史馈赠的厚礼。

我想，在高悬于长空的彩虹之上，一定有蔡云楼老板的身影；在接受历史馈赠的厚礼中，一定有蔡老板丰厚的一份。

在此，赋诗一首，《题蔡云楼鲶鱼沟实业公司》，以作感怀：

气爽风清假日闲，鲶鱼沟畔问渔船。
芦花浩荡随风雨，盐碱闲荒垦稻田。
秋水蟹肥横霸道，晚霞雁阵唱长天。
云楼实业开新宇，南引江涛润故园。

来自“江东六十四屯”的蒙古人

——记原肇源县政协副主席吴凌

吴凌老人今年82岁。

我之所以要写一写这位老人，是因为他是一位蒙古人。而且，他过世多年的祖父、父亲，是来自黑龙江北岸的蒙古人，即后来人们常常提及的“江东六十四屯”的蒙古人。

吴凌老人的祖父，在黑龙江北岸的江东六十四屯中的补丁屯居住了多年，是当地镶黄旗和镶白旗两个屯落的头领。父亲吴锦华，是一位心地善良，靠自己精湛的缝皮鞋手艺养家糊口的手艺人。

清光绪二十六年，面对沦陷的国土，面对殉难的同胞，祖父这位清王朝江东六十四屯中补丁屯镶黄旗和镶白旗的头领，满腔怒火，烧干了泪水；咯咯作响的钢牙铁齿，咬碎了丧权辱国的奇耻，咬碎了同胞殉难的大辱；在死尸堆中爬起来，拖着遍体鳞伤的身躯，带领着全家老小，踏着同胞的尸体跳过江来。他创造了生命的奇迹，他展示了蒙古人的剽悍与血性，他见证了江东六十四屯沦陷的悲壮的民族历史。

一、童年时代　茁壮成长

1933年3月5日，在富拉尔基的一个缝皮鞋匠的家里，随着一声响亮的啼哭，一个幼小的生命降临于世。这个小生命，就是我们现在的主人公——吴凌。

在富拉尔基的居住时间并不很长，他们又举家迁往肇东市的昌五镇。之后不久，吴凌的父亲吴锦华，考入伪满郭尔罗斯后旗公署做雇员。父亲性格刚直不阿，仗义疏财，又乐于助人，深受邻里和同事们的爱戴和尊敬。后因年龄较大，不会日语，而离开旗公署。光复后，在街里开了个和平旅馆，以维持生计。

吴凌的母亲叫孙乃迁，高小毕业，在当时，尤其是在妇女行列里，文化水平是屈指可数的。母亲有文化，生活朴素，勤俭持家，又干净整洁，每年的扒炕抹墙一类男人干的活计，她都自己动手干，把一个多子女的大家庭安排得井井有条，人见人夸。

在这样一个有知识、讲民主、重家风、讲品德的家庭里，吴凌很小就养成了良好的思想品德，自立且勤于动脑动手。

在1940年前后，他进入了肇光小学、实验小学读书。读小学期间，是校内有名的品学兼优、尊重老师、团结同学的好学生。1945年，土改时任实小儿童团团长，带领小同学们手持红缨枪，站岗、放哨、查路条，干得有模有样。1946年，他高小毕业，当时本地没有中学，想读中学就要去江南扶余县。父母看他太小，放心不下，他便放弃了上中学的打算，进入本县的解放小学，一边复习，一边做代课教师。

二、走向社会　立业成家

1948年6月25日，学校介绍吴凌到县贸易公司做营业员，15岁的吴凌从此走上了工作岗位，开始了他的坎坷曲折、艰难漫长的社会大熔炉的锤炼。

1949年，他做了商店的收款员。4月，他光荣地入了团。1950年，他又调到茂兴商店做统计工作，并负责管理现金。上级给他指派了一辆马车，一个车老板，给他配发一条枪。他每个周末都要带着报表，押着现金，去一趟县城。他那16岁稚嫩的肩膀上，竟能担起成年人都为之心惊胆颤的重任啊。

1950年，由于吴凌的工作业绩突出，被评为全县二等劳动模范。1951年2月，他被调到县百货公司业务股做物价员，那可是全县第一任物价员啊。到了1952年，他又做了统计员，并担任了小组长。就在这一年，吴凌与李雅珍结了婚，组成了一个温馨和睦的小家庭。

1953年，他在统计工作中，针对当时沿用的苏联报表的不合理部分，进行大胆改革，设计出三种新报表。其中的《五日报表》在全省推广应用。为此，他出席了全省统计工作经验交流会，并在会上做了典型经验介绍。同年2月，他又被调到百货公司人事股做干事，兼任公司工会主席。1954年12月，又调回统计股任副股长。

1955年，县百货公司与纺织品公司分开，吴凌被分配到纺织品公司，仍做统计工作。正当此时，纺织品公司有一批毛毯在库里积压，卖不出去，领导发愁。吴凌得知此事后立即想出了好办法：把毛毯剪成长条，改制成时尚的围脖，放上柜台，顿时被一抢而空。由此，吴凌的聪明才智，不能不使人刮目相看。

1956年5月，他又调到商业局业务股当股长，兼县政府机关团委副书记、工会文教委员。翌年，商业局与服务局分开，他到服务局当秘书。

在他参加工作的10年间，他勤奋工作，业绩突出，一路绿灯，步步高升，他的聪明智慧，得到大家的认可；他的人格魅力得到认同。

三、天生我才　柳暗花明

1958年12月，吴凌凭着心灵手巧，能写善画的本事，被他的恩师关承阁点将，借调回县里搞展览馆布展，为他提供了能施展才华的工作机会。

提到吴凌写写画画的才能，要追溯到1948年。那时，他刚刚参加工作，因为宣传介绍商品的需要，他开始学习美术字，练习书法。后来又到县文化馆办的业余美术班学习绘画。当时，在文化馆教美术的老师就是关承阁。在启蒙老师关承阁的悉心指导下，吴凌进步很快，不久就成了全县有名的美术人才。对此，每当提及那段历史，吴凌总是念念不忘关老师的大恩。

说来也巧，或许是缘份。1962年3月，县评剧团团长杨柏，敢担风险，不怕非议，出以公心，毅然决然地把吴凌和关承阁，一起调进评剧团。关承阁负责编剧协助舞台工作，吴凌专职舞美设计，后又兼任艺术室主任，负责剧目生产的“派活儿”。两个人协作密切，配合默契，搞出一部大型评剧《根深叶茂》，参加省现代戏汇演，上演后轰动一时，演遍了兰西、白城、大安等地市，评过省评剧院演出的“坑儿”。

那时的下乡演出条件太差，经常是在房顶上、大粪堆上、胶皮车上进行演出。吴凌看在眼里，急在心上。1963 年，他开始研制 1 号流动舞台。当时省文化厅的门科长来肇源听说此事，问他需要多少钱？吴凌鼓起勇气要了 500 元，结果拨给他 1000 元。把吴凌激动得热泪盈眶。不久，在吴凌的辛勤努力下，1 号流动舞台终于建成了。1964 年，舞台模型在东北三省文化技术革命展览会上巡回展出。1965 年，实物的流动舞台又在全省农村文化工作会议上展出。之后，省文化厅领导又给他下达了新课题：在原有的 1 号流动舞台的基础上，改进提高，研制 2 号流动舞台。省文化厅的林福本处长直接主抓此事。1966 年 2 月，伴随着又一个新春的脚步，床式的 2 号流动舞台又宣告成功。这可是中国戏曲演出历史上从未有过的流动舞台，亘古未见的创举，多么辉煌的一页，多么振奋人心的业绩啊！ 1966 年 5 月，两个流动舞台模型一起送往北京，准备参加全国展出，这位具有蒙古人血性的男子汉，这位具有特殊钻研和发明才干的吴凌，又接连研制发明了一物多用的道具：一个写字台，可变成衣箱、把匣、灯光箱、小饭桌、小板凳、沙发、床、一头沉、三屉桌等 12 件道具，为下乡演出带来极大方便。他的这些发明创造，在全省许多剧团里得到推广，可发明者吴凌的名字，至今仍是鲜为人知。当时剧团领导要吴凌盖一个仓库加门脸的简易剧场，要吴凌当设计和施工管理，他在节约资金的前提下，把门脸盖成了轰动一时的二层小楼。多么令人钦佩的人才。

1970 年 2 月，吴凌一家被“下放”到兴安公社郊原大队第一生产队插队。这就是当时走“五七道路”的干部插队落户。郊原大队地处县城东门外，是离城里最近的穷村子。三间队房子破破烂烂，房门整天大敞四开；窗户是用塑料布钉的，被风刮开，呼呼哒哒的；另一扇玻璃窗被打碎了，用一捆谷草塞上堵着，这样的场景把吴凌惊呆了。心想，怎么能穷到这样呢？

“穷队吃粮靠返销”。生产队越穷，越是没人干活儿。说生产队来救济款了，社员挤了一屋子，一听说没救济款，是让大家修水渠，一哄声地全走了，只剩六七个人。见此情景，吴凌急在心里，回家同妻子商量，结果是吴凌和妻子带着两个女儿，一起来到工地上修堤坝。此事感动了队领导和社员们，在全队社员大会上，领工员连吵带骂：“人家吴凌全家图个啥？一不挣队上的工分，二不分队里的粮，全家帮咱们修河网，可咱队里人不去干活儿，心让狗吃了！”这时，有些社员受不住了，说：“得了，明天我们都去干还不行吗？”这一下全动员起来了，提前完成了修渠任务，县广播电台播放了这条新闻，这是郊原一队有史以来头一回上广播，受表扬。

插队期间，吴凌又搞了一项小发明。当时种玉米讲“一堆双株”，用三人划线，解决横竖成行和等距问题。吴凌为节省人力，发明了“五齿拉线耙子”，原来的三人划线可节省两人，只用一人划线就足够了。这一发明，提高工效 3 倍之多。他还注重推广新技术，带领大家修了三百多米的顺水渠；每天上工之前，带粪箕子捡一筐粪，社员不愿跟大粪车去街里掏粪，吴凌却不怕脏和累，主动跟车掏粪，赢得社员的一片赞誉；打一眼井浇灌，带领 15 名二线妇女包了四垧实验田，结果是谷子亩产 600 多斤，苞米亩产达一千多斤，这样的产量在当时北方是绝无仅有的。在他的带动和影响下，郊原一队面貌大转变，当年，马料留了双份，口粮每人 400 多斤，全分到各家，再不吃返销粮了。

吴凌和农民有着手足般亲情。在他插队的郊原村，有两个游手好闲的小青年，在他身体力行的感召和帮助下，一个成为种粮大户，一个成为生产能手。农民们有困难，他倾囊相助。春节前夕，他骑自行车下乡免费为农民们写对联和福字。他还筹集 3000 多元，为郊原村买了台打稻机，贫困户打稻子免费优先。如今的郊原村，水稻平均亩产超千斤，人均收入直线上升，已走上了致富路。乡亲们尊敬他，热爱他，离不了他；因为他岳父老家在郊原村，人们称他为“官姐夫”；他讲科技，帮大家致富，人们称他为“农业顾问”。吴凌也忘不了乡亲们，从 1970 年开始，每年除夕吃过午饭到年夜饭吃饺子之前，他都是骑自行车去郊原村，给父老乡亲们拜年。

无论何时何地，吴凌都是奋力拼搏，积极进取，不断创新，凭借他的聪明才智，凭借他的顽强毅力，他总是在探索，在发明，在创新。这也许正是他生命中最可贵的人生价值，也许正是蒙古族民族精神最优秀的所在。

四、书海扬帆　甘愿奉献

1972 年 7 月，县“五七”办通知吴凌回县里工作，被正式分配到新华书店。

当时，肇源县城郊乡渔场小学在全国出了名。外省市都来参观，都要赠礼品，或是木框大镜子，或是毛主席像。新华书店吴凌是搞美术的，因此，书店的美术社便应运而生。吴凌在书店美术社工作约一年半时间，确实是忙了一大阵子。可以说，参观者赠给渔场小学的赠品上，每一件都留下了他刻写的笔迹。所以，再忙再累他心里也乐，有一份自豪感。

1974年初，美术社归文化局直管了，吴凌又自然地回到书店。在书店业务工作中，他发现了一个问题：社会上好多儿童都爱来书店逛，爱看书，却买不起书。针对这一现象，吴凌便动起了脑筋，为了尽力满足社会上这些小读者的精神需求，他当即向书店经理请缨，建“少儿读物租书部”。用店里的旧木方、木板，他自己动手制作“小书架”“小柜台”“小板凳”，只用两天就办起了“少儿读物租书部”。有了这个租书部，书店很快就热闹起来，经省店检查非常满意，认为肇源县的小朋友们对看小人书已形成了良好的兴趣。孩子们租小人书，每本收租金1分钱，家长们满意，孩子们高兴。那个年代，能把孩子们引导到书本上来，这比什么都重要。出租的画册由90种发展到320种，5个月租书的儿童达1万多人次。省书店为此派专人来店视察指导租书业务。

1978年10月17日的《参考消息》，转载香港《争鸣》十号一篇题为《大陆看书难》的短文，吴凌看后很受教育，很受启示。由此便产生了“开架售书”的想法，于1978年11月25日搞了设计。当吴凌把这个方案送到书店经理面前时，经理非常高兴，说吴凌把工作做到了点子上。1979年3月25日，吴凌被县委组织部任命为新华书店副经理，之后的第七天，即4月1日，开架售书的方案开始实施，仅用28天就顺利竣工了。在开架售书的改革中，吴凌创制了“圆柱式转动书架”“活动拉匣”“玻璃升降式书橱”“样书展橱”“展架”等。样书平摆陈列，并套有塑料封皮，便于读者选购，又利于管理。并于竣工的当天开架售书。实行开架集书后，在读者中引起强烈反响，社会各界一致称赞。

1979年6月4日至6日，绥化地区店在肇源县新华书店召开了全区书店经理现场会议，推广肇源敞架售书，实行门市改革的经验。与会的有：省出版局张玉副局长、省新华书店张克山经理、省店调研科等6人；还有嫩江、松花江地区的代表。绥化地区店车仁智经理主持会议。6月28日，黑龙江省新华书店召开图书发行工作会议，省店胥副经理带队，与会 200 多人由哈尔滨乘车来肇源参观。全国总店副经理鲁明，还有上海、天津市店，辽宁、吉林省店，内蒙古区店等领导，对肇源店敞架售书经验，都给予了充分肯定。6 月 30 日，在全国图书发行工作总结大会上，省店做出决定，肇源实行图书门市改革有功，会议特邀吴凌到会，由省店张克山经理亲手发给吴凌奖金 100 元，以资鼓励。

肇源店敞架售书在全省推广之后，1981 年，圆柱式转动书架被新华书店总店编入《门市工作》一书（图书发行业务教材），1983 年，被上海新华书店编入《图书宣传工作》一书（图书发行业务教材），使圆柱式转动书架在全国书店系统得以广泛推广。

后来，肇源书店经理分工，由吴凌抓农村图书发行工作。在农村售书过程中，环境差，买书难的现象，使吴凌深受触动。他想，如果有一个宽敞的场地，再有一个方便携带、适合于流动展销的书架，那该多好啊。为方便农民买书，减少售书员的劳动量，吴凌开动脑筋，参照二十世纪六七十年代各机关收信的布兜子加细铁管组合方架设计的，书插进兜子里露出一半，便于辨认。展架携带方便，环境适应性强。流动展销书架刚刚制成，正逢省店调研科孙建华科长和绥化店车仁智经理前来检查工作，当发现书架模型后，大加赞赏，并要求抓紧制作，同时向省店领导作了汇报。

1981 年 7 月，省店召开了地、市级店经理会议，省店孙建华科长电话通知吴凌，要他带着展书架速到省店。吴凌只带一个展书架，到会场之后，他只用三分钟，就把书架组合成型了。各地市经理都围了过来看，都称赞做得好。当年 8 月 4 日，全国新华书店副经理郑仕德，从北京来哈尔滨市，张克山经理通知吴凌，带流动展销书架去哈市。郑副经理见了他带去的展书架非常满意，当即通知全国总店的《图书发行报》主编，让在头版留出个位置，报道吴凌制作的流动展销书架。8 月 13 日总店店刊第四十九期，以《肇源县店制成流动展销书架》为题，并附两张照片，在一版位置刊发，面向全国推广。可见全国总店对流动展销书架的重视程度。

肇源新华书店原是平房，1984 年 4 月，提出了建楼方案，6 月 10 日破土动工，建楼事项全由吴凌副经理负责。共用了 5 个月时间，一座营业面积 704 平方米的二层小楼宣告竣工。省里仅投资 16 万元，原房拆除作价 1 万零

7百元。这期间，到省里争取建楼款；找建筑质量最好的革志劳改厂建筑队伍；参与图纸设计；施工现场质量监督等各个环节，他都紧抓不放，每天不离工地。考虑到建楼资金紧张，五个多月施工的加班加点，吴凌经理一分补助费都没要；公家的东西，他一草一木都不沾。施工过程中，他没请对方吃过一次饭，倒是吴凌在工程队队长那里吃过一次饭。虽然这样，但工程质量都毫不含糊，县里建筑部门来检查质量时，对外来的工程队也不得不拍手称赞。

吴凌是个爱学习、善于思考的人。他不仅自己学习，也带领自己手下的一班人学习。当时书店职工26人，具有高中文化水平的21人。在吴凌担任经理以后，在人才培养上年年制定各种学习和培训计划。为保证学习质量，采取“请进来、派出去”的办法，获得了很好的效果。通过学习培训，书店的26名职工中，有初级职称的6人、中级职称的4人、省级业务能手1人、中专水平的达到3人、大专水平的达3人。由于培养出了众多人才，1992年4月，县工会把肇源新华书店评为“自学成才先进集体”，吴凌被评为学习标兵。在之后的两年时间里，培养的这些青年职工中，有3名被大庆市书店提拔为县区书店副经理。1989年4月，吴凌就已经被县科委晋升为三级美术师。1991年2月，肇源书店被绥化地区总工会授予“自学成才”先进单位，吴凌被评为“自学成才”先进个人。

1992年，吴凌在担任书店经理之后，积极参加县里的各种文体活动和大赛，先后获得过近10次大奖。从1986年3月至1992年年底，曾获得黑龙江省委、省政府命名的肇源新华书店为省级文明单位。这是我县第一家获得省级的“文明单位”。5年之后又获得省委、省政府命名的肇源新华书店为省级“文明单位标兵”称号。这也是肇源县第一个进入省级“文明标兵”的单位。

当时的肇源县是个只有43万人口的小县，一年销售图书200多万元，超过邻县指标的33%，这应当算是“奇迹”；从1982年以来，连年被评为省、地书店系统先进单位；1986年至1992年，分别获省“文明单位”和“文明单位标兵”称号；同时，书店党支部和工会也分别进入地区和省级先进行列。各项工作步步登台阶，年年上档次，这也应当算是“奇迹”。能创造这些奇迹，无疑是要有个好领班和一个好的带头人；这个走到哪里，就能让哪里“红火”，走到哪里，就能创造哪里“奇迹”的人，就是来自“江东六十四屯”蒙古人的后裔——吴凌。

吴凌尊师重教，甘愿为农村读书的孩子们做出奉献。从1983年起，他就提出了“定点、定线、送书到校”的举措。目的是服务社会，服务学校，同时能减轻学校来书店多次取书的差旅和包装费用，还能减轻学生的课本费。对这种举措，书店里的个别同志想不通，认为这样发行给书店增添了许多不必要的麻烦。当时宣传部的一位副部长也站出来反对。一个“一心为民、赤心报国”的好作法，却招来了政治上的打压，吴凌苦闷极了，几次流下伤心的泪水，在家里待了7天没上班。后来宣传部长和县委办主任都给予了支持，县政协也表示赞成此事，这才得以顺利开展下去。就这样，从1982年开始，一直到吴凌1994年离休为止，坚持12年，年复一年到县城各校、各乡镇中学、中心校送学生课本，足迹遍布全县二十多个乡镇（场）。在吴凌的带领下，书店积极为教学服务，十多年间共送课本千余万册，为学校节约资金5.5万多元。此事在省市报刊多次报道，并获省级文明单位称号。

1980年9月16日，吴凌被推荐为县政协第四届政协委员；1983年7月，吴凌被组织上任命为书店经理；1984年3月，在县政协五届一次会议上，吴凌被推选为县政协常委；1987年9月22日，在县政协六届一次会议上，吴凌当选为县政协副主席。于1997年9月，在县政协第九届换届时，吴凌从县政协副主席岗位上离休。

在任副主席期间和离休后，吴凌还对蒙古族工作尽力予以关注，并提出建议：一是针对三个蒙古族乡党委、政府挂牌子都用汉字的情况，提出应有蒙文的建议；二是针对肇源县蒙古族音乐、舞蹈人才几乎是后继无人的情况，提出应在三个民族乡中小学和县蒙古中学配备蒙古族音乐、舞蹈优秀教师，在音乐课中加强蒙古族音乐舞蹈课的建议；三是建议民委应该多发现多宣传蒙古族等其他少数民族优秀人才和工作中涌现出的先进人物与模范。

提出这些建议后，收到了很好的效果。时任民委主任的白万胜，在后来很多场合都激动地感慨，吴凌主席对蒙古族工作是有贡献的！他提出的好多切实可行的建议，大多都被采纳，如浩德、义顺、超等三个蒙古族乡挂牌子，用蒙、汉两种文字书写的问题已得到解决，关于为蒙古族音乐舞蹈课提供优秀人才问题亦得到解决。

自从吴凌担任了肇源县新华书店经理以后，在他的组织和带领下，积极参加县里大型文化体育活动。在县文化部门组织的元宵节灯展上，参展作品获三等奖；县总工会组织的演唱会和舞蹈大赛中，书店获先进单位奖和表演奖。

在吴凌的倡导下，每年元旦都会组织全体职工，并邀请家属参加书店座谈会、联欢会等活动。尤其在联欢会上，职工和家属共同唱歌、跳舞、玩游戏、搞娱乐竞赛；从1990年至1994年，接连搞了五届。通过此项活动，凝聚了人心，激发了工作热情；同时，也唤起了家属的支持与同情，使书店成为团结和谐的大家庭。

在吴凌的积极组织和带领下，从1990年全县三十届体育运动大会开始，直到1994年的五年时间里，书店共参加了五届全县体育运动大会，每次参加都要为大会增光添彩，都要为大会表演太极拳、太极剑等节目。由于书店体育活动搞的好，所以，县领导把书店列为晋级全国武术之乡的接受检查单位。1990年5月16日，县里接受中央体育检查团在街头检查晨练，书店是全县唯一的受检单位，由吴凌汇报了活动情况，检查团十分满意。1992年11月25日，全国武术之乡检查验收团来我县，由省、市、县有关领导陪同，书店又是首当其冲的受检单位。吴凌代表书店进行汇报，听完汇报后，全体职工进行表演。接着，检查团在书店会议室对肇源县武术之乡检查验收进行小结。会上，一致认为肇源新华书店开展创建武术之乡活动已达标，书店具有代表性，提升了达标水平，认定肇源县为全国武术之乡。吴凌背后吃的辛苦和付出的心血，却鲜为人知。

肇源民意乡大庙村的衍福寺，始建于清代，是我省一座藏传佛教寺院。现存的寺中的双塔和影壁，是我省绝无仅有的、非常有价值的文物。在20世纪60年代初到90年代初的三十余年时间里，维修过三次。每次维修都离不开吴凌。他不但要干实际工作，参与维修和彩绘，还要跑省城、进北京，请教高人，解决维修中的难题，学习掌握古建筑维修技术，考证塔身的文字。在此过程中，他忍饥挨饿，顶风冒雨，千里奔波，不辞辛劳。如今，双塔耸立，影壁壮观，每年夏秋时节，游客络驿不绝。其中，有谁知晓当年维修者的艰辛呢？吴凌等人只能又一次地做了幕后英雄。

五、桑榆非晚　蔚霞满天

1997 年，吴凌离开了县政协副主席的岗位，也离开了肇源县新华书店经理的岗位。韶华虽逝，壮心犹在，他依然要在生命的轨道上不懈地追求，艰辛地探索。他对家乡肇源县的奉献是炽热的，是无私的；尽管他已离开了眼前的工作岗位，但他心中的工作岗位却越来越明晰，越来越稳固。他坚信，家乡的父老乡亲需要精神食粮，党和政府会给他奉献社会的权利，服务人民大众的机会。

肇源县抗洪纪念塔建于 1999 年 8 月，它是肇源县人民为纪念 1998 年战胜松嫩两江特大洪水而修建的。它坐落在通江路与老国堤交叉处的南侧。当时，副县长曲连贵找到吴凌，他们一起去到现场勘查定位，并向吴凌提出了设计要求。当吴凌的塔型设计被县领导确定之后，由水利局负责修建，仍由吴凌负责设计、施工；其实县领导也心知肚明：把重要的任务交给重量级的老干部，他们是一百个放心。可对于吴凌来说，他又接了个倍受全县人民瞩目的“大活儿”。于是便不能有丝毫懈怠，每天骑自行车到现场，时而顶风冒雨，时而酷热难当，连续奋战了将近半年。1999 年 9 月动工，2000 年 7 月末竣工。对这项工程，县领导满意，全县人民也满意。巍峨耸立的抗洪纪念塔，造型美观，气势雄伟，内含丰富，展现了肇源县人民的抗洪精神，是肇源松花江畔又一道亮丽的风景。

从 2003 年起到 2009 年，吴凌连续七年被县委宣传部和县文化局聘请，参与元宵节人民广场灯展布展工作。有的彩灯还拿到大庆展出，并且获了大奖。2005 年，由吴凌设计并制作的“世纪龙门”彩灯，运到大庆参加市里组织的五区四县灯展。市评审领导一看非常满意，当时拍板，定为一等奖。这个彩灯每晚围观欣赏的人最多，评价也最高，一时间成了市灯展的中心。2004 年，吴凌制作的衍福寺双塔灯，在大庆展出，获一等奖；莲花仙子灯获二等奖。连续七年肇源广场元宵节灯展，吴凌都穿着加厚的棉衣棉鞋，和布展的年轻人一起，顶风冒雪，忍受严寒，从不叫苦怕累。此时的吴凌，已是年过七旬的老人啊，这种精神，这份执着，这颗甘愿奉献服务社会的热心，是何等地令人钦敬啊！

2007 年春夏之交，县文化局领导来请吴凌，为立“白金宝遗址”国家级文物保护单位石碑，由吴凌帮助立碑的选址，并负责石碑设计及立碑的施工。吴凌二话没说，愉快地接受了任务。在立碑施工过程中，吴凌对质量要求十分严格，两位技工师傅乐了，说：“你这老头，比给你家盖房子还认真呢！”吴凌说：“这可是国家级标识，百年大计，质量第一。”

2008年5月，吴凌又参加了大庆市湿地节肇源取圣水现场舞台、取水船、取水容器的设计与制作工作。当时，在筹备会上，众说纷纭，他力排众议，设计出莲花取水船，取水容器为出土文物陶罐（自己仿制），新颖别致的舞台，得到了领导的认可。大庆电视台、百湖台编辑、导演两次来肇源检查湿地节三岔河取圣水现场安排落实情况时，都表示满意。由于吴凌的辛勤努力，大庆湿地节肇源现场取圣水活动举办得圆满成功，吴凌当之无愧地受到县领导的表扬。

从1998年第一届莲花节开始，1999年、2002年、2008年这四届莲花节，每届的展馆设计、布置，甚至有些制作，县领导都请吴凌出马挂帅，心里才觉得托底。面对领导的重托，吴凌也决不马虎，决不负众望，以他精湛的技艺，以他严慎的作风，以他坚强的毅力，凭着一颗永远不老的心默默地奉献着。其实，吴凌从县政协副主席岗位离休时，就已是64岁了。按常人惯例，干了一辈子工作，离休了也该好好休息一下，衣食无忧的他，也该在家享享清福了。可他感觉自己的身体还很强健，待不住，手上有好多技能还没派上用场，还能为社会、为百姓做些力所能及的贡献。

为此，他又重新寻找角度，确定新的目标，投身社会，积极进取，不计较个人名利得失。当然，这也包括他积极参与的四届莲花节。1998年7月29日，由于在大庆·肇源首届莲花节筹备工作中成绩突出，吴凌被肇源县委、县政府评为先进个人标兵，并授予奖状，颁发了证书。

在吴凌刚离休的时候，看到很多离退休干部闲下来无事干，整天地打扑克、打麻将。于是，在他的大力倡导和组织下，成立了全县第一支老年干部秧歌队。他担任队长和文体活动负责人，不长时间，发展到50人。吴凌带领这支秧歌队，在街里、广场经常演出，有时也到农村演出；在98抗洪期间，他又带着这支秧歌队慰问解放军，欢送解放军。同时，他还组织部分离退休干部练太极拳、太极剑、太极扇等；参加大庆市第七届武术比赛，受到好评，由此，吴凌又担任了县太极协会会长。

在吴凌的组织和带领下，经常开展文化、娱乐、体育等有益健康活动，给社会各界增添了一份高雅情趣，给肇源城区增添一道亮丽的风景。后来，县民政局申请办证，正式成立肇源县老年协会，吴凌又担任了会长。1999年9月1日，吴凌被大庆市老龄委、老干部局、关工委、民政局、劳动局、共青团、总工会、妇联授予全市老有所为贡献奖。2008年12月，大庆市关工委、教育局、共青团、妇联举办的全市“老少同乐，共建和谐”活动中，吴凌的书法作品《八荣八耻》获二等奖、《活到老学到老》获三等奖。同时，吴凌还担任县老年大学书法班班长，在2008年和2009年的迎接全国诗词学会和楹联学会领导视察验收时，展示了老年大学书法班的书法作品，受到验收团的称赞，为肇源县赢得了荣誉。2009年10月，省委组织部授予吴凌全省离退休干部先进个人荣誉称号。

吴凌是当之无愧的德艺双馨的典范。他常常这样想：每个人都以自己的行动书写着自己的历史。他的历史，尽管年轻时书写的比较苦涩，比较艰难，但在中年后期和晚年都欣逢盛世，书写得惬意、舒心、幸福、真诚、美好。

是啊，老骥伏枥，志在千里。2013年，80岁高龄的吴凌，经党组织的批准，光荣地加入了中国共产党。何等惊人的毅力，何等振奋人心的消息！

东隅已失，桑榆非晚。在2014年到来之际，吴凌又开始为入驻柏寿老年公寓的老年人忙碌起来。他提出了一个更有新意，更具时代潮流的想法：文化养老。于是，他义务地担任了柏寿老年公寓的总顾问，协助院长王丹，组建了柏寿老年公寓党支部，建立了公寓的图书阅览室、活动室，组织策划元宵节篝火晚会，开办诗歌朗诵会，组织书法绘画展览等活动。让来这里养老的老年人，在浓郁的文化娱乐活动中，颐养天年，过得开心、舒心，在文化的熏陶中欢心。

吴凌，如今已是82岁高龄的老人，却依然身体硬朗，精神矍铄，他正以新的、刚健的步伐，朝着他心中的目标奋力前行。

有位作家说：多少年来，有些人始终存在着模糊认识和大汉族主义，殊不知许多汉人并不是汉族，而是蒙古族后裔，就连最南方的广东人，也是南蒙古人的后代。我赞同这位作家的说法。让我们为忽必烈的后代吴凌骄傲吧！让我们为来自江东六十四屯的蒙古人吴凌自豪吧！他的坚韧顽强，他的忠贞炽热，他的技艺精湛，他的人格魅力，不仅是蒙古族的光荣，更是我们中华民族的光荣。

（本文所有资料均为吴凌本人提供）

2015 年 3 月 15 日

肇源文学创作的奠基人

——记国家级著名作家袁文波

写下这个题目之后，我就有些心虚发毛，当时的心情用“诚惶诚恐”这个词来形容最为恰当。这个原因也很简单，好写文章的人事儿多，想的也多，万一文章写砸了，对于我这个名不见经传的小作者来说，倒也无所谓，顶多是文化圈子里的直性人贬损我几句，那也无关紧要。最让我担心的是怕因为作者的手笨笔拙，对袁文波老师的人品、文品把握得不准，展示得欠佳，以偏概全，有损袁文波老师的形象，留下缺憾。因此，思谋已久，未敢轻易动笔。

事有凑巧，9 月 25 日是我国“神州七号”发射升空的大喜日子。午后早早下班回家，准备吃过晚饭后收看“神七”发射电视现场直播。这时，电话铃响了，接起来一听，原来是《今日肇源》报社首席记者周慧生打来的，他说：“袁文波老师从哈尔滨回来了，我们在‘星期六酒店’二楼餐厅，还有几位你都熟悉，你快来吧，来了就知道了。”撂下电话，我顾不上太多，赶紧奔酒店去见袁老师。

一路走来，边走边想，袁老师的身影便浮现在脑海里：他个子不高，长得敦实，朴实憨厚中经常透出几分慈祥的微笑。他心直口快，敢说敢当。虽说是文人，却有路见不平拔刀相助之侠气。他那美妙俊逸的文风和淳朴高洁的人品，深受人们的尊敬和爱戴。他的追随者很多，是当时文学爱好者心中的偶像。只是当时尚无“粉丝”一词，如有的话，那我们这群人定是“铁杆粉丝”无疑了。

在“星期六酒店”的二楼小餐厅里，美酒佳肴，一桌热腾腾的丰盛酒菜；师生挚友，一屋子热腾腾的真挚感情。大家伙儿围坐在袁老师身旁，如众星捧月。东道主周慧生格外兴奋，举起酒杯，开宗明义：前些年，靠着袁老师的辅导和栽培，我父亲写了一些曲艺作品，受我父亲的影响，我也喜欢搞曲艺创作，去年大庆市搞“砚青杯”曲艺创作大赛，我还获得了一等奖，并代表获奖者在颁奖大会上发言，袁老师是我父亲的老师，我仰慕已久。这时，县电视台著名男主播丛秀军抢过话头儿：“袁老师是你父亲的老师，那你应该管袁老师叫师爷了。”年轻人的一句玩笑，却让一向谦虚的袁老师赶紧接过话茬儿，连声说：“不对，不对，不能这么叫。”其实，现在的年轻人，在场面上通过这样的玩笑，也表达着对长者的崇敬之情。县电视台刘大鹏台长虽然与袁老师接触不多，但刘台长的父亲刘德明老师是原三中的校长，和袁老师是老相识，有了这层关系，话也越唠越亲切。

我和春国大哥自不必说，都是袁老师的学生，又在一个单位工作过，他是我们的直接领导，当时在一起工作时无话不谈，今日借着酒劲儿，讲起以往，我们更是无拘无束，倍觉亲热。

我们边吃边唠，提到了袁老师早年的获奖作品。他创作的独角戏《过生日》和《爱马驹的人》，在20世纪60年代初，由中国唱片出版社出版唱片，发行全国。其中，《过生日》在1963年全省地方戏调演中获优秀创作奖，《爱马驹的人》获东北区（三省）二人转专场演出创作奖；单出头《五分钱》被《中国青年》转载后，改成小戏在《萌芽》上发表。

酒喝到兴头儿上，我们又提到了袁老师在肇源从事文化工作的26年间，用辛勤的汗水和心血，培养出一批批的专业和业余作者。自从他1958年秋天被分配到县文化馆工作，当了一名创作辅导员之后，他就一心朴实地抓群众业余创作。从此，他不管刮风下雨，酷暑严寒，星期礼拜，从不休息，整天背着一个旧书包，穿一双旧布鞋，走村串户到作者家中去辅导，可以说足迹踏遍了全县的每个角落。并集中办了20多期创作学习班和诗歌展览。抓起了一支500多人的业余创作队伍，其中，部分作者发表了小说、诗歌、戏剧和曲艺等数百篇创作。同时，编辑丛书多本，有20多名作者的节目，在省电台录音播放。他又结合创作辅导实践，撰写了《集中烧火，随时添柴》《怎样抓群众业余文艺创作》和《二站文化大队创作组》的经验文章，分别发表在《北方文学》及《群众文化工作》的小册子上。1975年被邀请出席全省地市文化局长创作大会代表，并在会上作了经验介绍。多年来，由于袁老师披星戴月的勤奋工作，使肇源县的文艺创作盛况空前，取得了丰硕的成果。报纸上有名，电台里有声，他本人经常被邀请去外地介绍创作经验，请他去外市县的创作学习班上讲课。

由于他的能力和业绩特别突出，连续多年被评为先进工作者，又于1971年光荣地加入了中国共产党。不久，又被提升为县文化馆副馆长、副书记，县文工团第一副团长。1980年2月，被吸收为省作家协会会员……

劝酒声不断，说笑声不断。酒越喝越兴奋，越兴奋唠的话就越多、越长。我和春国大哥共同回忆起袁老师一手培养起来的几位得意弟子，也可以说是文化精英，他们早已走出肇源县，有的在省市报社或杂志社当编辑或主编；有的到外市县当文联主席或秘书长；有一些在本县进入政界，当了中层领导。正是：秋阳度金色，桃李正芬芳。袁文波老师以呕心沥血的吃苦精神，为肇源县的文化事业做出了卓越的贡献，被理所当然地写进《肇源县志》，成为肇源县20名当代人物之一……

回忆至此，我对春国大哥说："今天才捋出个头绪，袁老师是当之无愧的肇源文学奠基人，你说对吧？""太对了！肇源文学的奠基人非袁老师莫属。"春国大哥回答得格外爽快。其他几位年轻人，也异口同声，拍手叫好。

我暗自庆幸，有今天这么好的激情垫底，有袁老师在座，能为我提供他的自然简历和创作简历，《肇源文学创作的奠基人》这篇文章，我写定了。

由于过度兴奋，酒也喝多了。不过，我还能把袁老师送回住处，还算我有几分清醒。

翌日，我向袁老师要了他的个人小传和创作简历，读过"苦难童年"和"蹉跎岁月"两节之后，我流下了心酸的泪水。当时我想，苦不堪言的程度也无非如此吧。他就像贫瘠土地上的一颗羸弱的幼苗，在疾风骤雨里顽强地坚挺着。可以说是：泪水淬火的坚韧，苦难磨砺的意志；终于，他以惊人的耐力与顽强征服了苦难，踏上了人生的坦途。正所谓：宝剑锋自磨砺出，梅花香自苦寒来。

在他的创作简历中写到：袁文波，曾用名小园、帆影，肇源人。1935年出生，中共党员。黑龙江省艺术研究所研究员。历任黑龙江省地方戏编辑、地方戏学会秘书长、《中国曲艺志·黑龙江卷》副主编。多次在省政府文艺创作大赛、社科联专著论文评选、省地方戏调演、小品大赛等工作中担任评委。现任国际交流出版社顾问编委、《发现》杂志社副理事长、中国城市文化中心高级创研员、中国艺术研究院创作委员、中国曲艺家协会和散文诗学会会员。省作家协会、戏剧家协会、曲艺家协会会员或理事。

他出版的作品有：两部散文诗集、两部二人转作品集、两部专著、短篇小说集等。从1958年至今，在国家、省市级报刊发表各种文艺作品专集、理论文章近千篇。

他撰写的《中国戏曲志·黑龙江卷》大事记，获文化部、国家民委、艺术科学规划领导小组、中国剧协授予的国家重点科研项目奖；撰写和编辑的《中国曲艺志·黑龙江卷》大事记，曲种和报刊专著部类获国家重点科研成果奖；《二人转艺术论》获黑龙江省首届文艺精品工程奖。他的创作被写进多家辞书大典和《黑龙江文学通史》第四卷。

著名评论家杨光祖，在他的《作家的胸襟与作品》中写道："病蚌得珠的体验是一个作家成熟的必经过程，也是产生优秀作品的前提。"他又说："优秀的文学作品源自作家的气象。没有大的气象就没有杰出的文学作品。孟子说吾善养我浩然之气，正是这个道理。"当我们看到袁文波老师的那些高档次显赫的头衔，那些重量级的著名力作和那些国家级与省市级的荣誉奖项时，让肇源县的文化人和熟悉他的家乡人感受到一个真真切切的袁文波。可他在成绩面前一向是低调的，好像这一层层光环似乎与他无关，依然默默地耕耘在文学的园地。正如杨光祖所言："技法可以通过练习而得到，可那种感觉、情感、境界，却不是可以通过苦练而获得。他需要的是万卷书，需要的是万里路，更需要自己对人生、生活的独特而深刻的感受与体悟，需要一颗伟大而博爱的心。"又说："文学，从本质上说是作家精神的燃烧，是作家与时代一起燃烧，是作家给人类提供的精神食粮。"

走向省城，又走向全国的袁文波老师，是肇源县人民的骄傲，是肇源县人民的自豪；肇源文学的奠基人非他莫属，当之无愧。

2008年10月10日于家中

慈爱花开百姓家

——记陈绍敏、张亚丽夫妇收养智障聋哑人事迹

现如今好人多，好事善事也就多。今天，笔者记叙的是绽放在寻常百姓家的慈爱之花，飘散着芬芳的正能量，令世人爱慕敬仰。

这户寻常百姓是肇源县新站镇新站村的村民，丈夫叫陈绍敏，妻子叫张亚丽。两口子都是土生土长的当地人。有古驿站沃土的滋养，有嫩江水的哺育，塑造了他们纯洁善良、乐善好施、不求回报、不图名利的高尚品德和情操。随春风播真情，伴雨露洒慈爱；在漫长的 11 年时间里，他们默默无闻地做着一件令所有人感动的慈爱之善事，收养一个身世不清，来历不明，流浪乞讨于新站镇的智障聋哑人。事情的缘由，还要随着笔者的采访来一幕一幕地揭示……

4 月 30 日早晨，肇源县电视台记者程加昌打来电话，说要去新站采访一位多年来一直收养残疾人的好心人，问我能否随同前往。我始终是由衷地敬慕做慈善、献爱心的人，机会难得，满口应允。

在副镇长李佳的陪同下，我们驾乘一路春风，50 分钟车程后，便走进了新站镇政府办公楼。经镇里联系，上午 10 点多，我们就已坐在陈绍敏家的炕头上，与陈绍敏的老伴儿张亚丽唠起家常……

老两口子住的是起脊的三间砖房，院子很规矩，院子角落停着一台四轮车。女主人张亚丽 55 岁，丈夫陈绍敏 56 岁，都是汉族，出生在新站镇，是名副其实的站人后裔。他们有两个儿子，都早已娶妻生子，分家另住在楼房里，几乎常年外出打工；另有一个孙子、孙女，在读小学；老两口的生活来源，主要是出租 20 多亩地，每年收入 8000 元，有一台电瓶车，每年在镇里拉旅客，能挣 15000 元左右，两项合计是 20000 元出头，此外再没有其他经济收入。靠着勤劳节俭，小日子过的也很平和安稳，其乐融融。

聊着聊着，男主人陈绍敏领着收养的陈铁柱就回来了。

陈铁柱是聋哑人，生活在无声的世界里，个子矮一些，根据面相推测，大约有 40 多岁的年龄。略黑的脸膛上，长着一双小眼睛，瞅人的时候，只是傻笑。他不仅聋哑，而且还患有较严重的智障，智力水平仅与三岁儿童相仿。

随着我们提到的话题，陈绍敏开始讲述起收养这个智障聋哑人的经过。

“那是 11 年前，大概是 2003 年的冬天，我与父亲承包了镇里的一段街道的卫生保洁工作。一天上午，我们爷俩儿正在往车上装垃圾，就见有个经常在街上流浪乞讨、翻垃圾箱找东西吃的智障聋哑人走了过来。只见他脸上沾满了黑乎乎的油腻，只有一双眼睛，才能辨认出他是个活人。他连冻带饿身子有些发抖，他凑过来胆怯地拿起铁锨，有气无力地帮我们往车上装垃圾。过了一会儿，看他饿的实在不行了，我父亲赶紧给他买了几个馒头和一袋榨菜，让他吃了一顿饱饭，吃完之后，又帮我们干起活来。从这以后，他接连四五天都来帮助干活，只求得吃顿饱饭。父亲见他实在可怜，就说这是个无人收养的残疾人，只能翻垃圾箱找吃的，多可怜啊，我们收养他吧。于是，就把他领回家中。”

陈绍敏的老伴儿张亚丽接过话茬儿，讲述了陈铁柱刚来家中的情景……

“当时他来的时候，穿了一件破棉袄，破的不像样子，棉花都飞出来了。俩只手和脏兮兮的手套冻在一起，好不容易才缓下来，手脚上都起了冻疮。头发长的挺长，都擀毡了。他自己什么都不能说，我只好像侍候孩子一样，给他洗头发、洗脚。洗澡时发现，他身上长了许多风湿疙瘩，又买了治风湿和冻疮的药，给他治冻疮和风湿疙瘩，然后给他换了一套新衣服，这才像个人样。他的风湿疙瘩治好了，到现在也没犯过。他是个智障聋哑人，从哪来的、今年多大、姓什么、叫什么，他自己都无法说清，我们家里人谁也不知道。既然已经收养了，就是我们家的人了。于是给他起了个名字叫陈铁柱，就希望他不得病，健健康康的像个铁柱子。”

接着，张亚丽又告诉我们说：“陈铁柱也能干些零活儿，但要用别人领着。他来到我家之后，跟着我丈夫收了七八年的垃圾。现在，已有三年不收拾垃圾了，他就在家干点零活。他是个聋哑人，不会说话，又听不见别人说话，与他交流只能靠手比画。有一次他犯疯病了，用铁锨在一个中年妇女的背后拍了一下，那妇女就到医院住院检查，检查后啥病没有，经派出所调解，连住院费一共赔给妇女5000元钱。还有一次他犯病发脾气，把我的大腿都踢青了，他犯病的时候都不敢惹他，只能哄他。有时，他走出去了，长时间不回来，我们全家就得出去找，什么时候找回来，什么时候才算完事。有的亲属或邻里也有不理解我们的，有的说养他干啥？一犯病就得像哄孩子一样哄着，哄不好还闹事。还不如养头猪呢。不论别人说什么，我们都不往心里去，既然已经收养了，那就养到底吧。”

随着我们话题的深入，一个个鲜活的生活场景，陆续地向我们展开……

陈绍敏、张亚丽夫妇，自从收养了陈铁柱之后，像照顾自己孩子一样，默默无闻地侍候他。夏天，怕他热着，让他住在一间晒不着太阳的凉爽的小屋里；冬天，怕他冷着，在锅炉旁搭一张床，让他住着。张亚丽是新站诗词社的会员，她与诗友们集餐时，把吃剩下的好菜带回家来，给陈铁柱吃。两口子怕他吃不饱饭，为他买了一个大号的饭碗，比普通的碗大两倍。在日常生活中，丈夫陈绍敏为铁柱剃头、刮胡子；妻子张亚丽为铁柱洗头、洗脸、剪手指甲、脚指甲，这些事铁柱自己都做不了，他的手指回弯不灵便。

老两口的慈爱之举，感动了亲属和周围的人们，也感动了诗词社的诗友们，大家纷纷写诗、写联、写词来赞颂他们。

在老两口子善心慈爱的影响下，他们的两个儿子和儿媳也都关心照顾陈铁柱，逢年过节来父母家聚餐，儿子和儿媳们都能照顾陈铁柱，为他盛饭添菜，从不拿他当外人；老两口的孙子已经9岁了，是新站小学三年一班的学生，在他幼小的心灵里，就已播下了慈善的种子：每次家里吃好东西，他总是先给铁柱拿一份，就连他在食杂店买回来的小食品，也要分一半给铁柱吃。他还对爷爷奶奶说：“你们谁也不能把他送走，等你们老了，我来养活他。”这样乐善好施、讲究慈爱的家风，已经得到了晚辈的传承，并发扬光大。

张亚丽不但积极参加诗社活动，书写慈爱的人生，还组织起了近30人的老年秧歌队。她自掏腰包，花了400多元买了一套音响，在自家院子里接上电灯，做为扭秧歌的场地，给周围老年人搭建了健身娱乐的平台。更让人们意想不到的是，每当傍晚秧歌队扭起来的时候，我们可亲可爱的陈铁柱，竟能跟在队伍的最后，亦步亦趋地扭动起来，扭出了他说不出的知足，扭出了他无法用语言表达的幸福。

是啊。11年啦，4000多个日日夜夜，老两口子含辛茹苦、默默无闻地抚养着毫无血缘关系的陈铁柱，并不是单纯地对一个人的慈爱善举，通过他们的这种行动，能送人间以温暖，能为苦难以承担，能还社会以和谐。慈爱之花释放的正能量，定会飘香千里，溢进万家。

2014 年 5 月 3 日

《四季词 60 首》序

——为弥福荣老师《四季词 60 首》作序

闲看东风梳岸柳，细听夜雨催新芽。正当冰消雪化，春江泛波之时，弥福荣老师的《四季词 60 首》即将问世。诸文友闻之，皆大欢喜。

先生毕生从教，同业之中堪称佼佼者。先生原在大庆让胡路区教育界工作，退休之后，离开油城，返回故乡肇源县。移避市井喧嚣，免除劳心费神，偏居江畔一隅。朝看江风帆影，闲来岸畔垂钓；随手采菊东篱，夕归酒旗飘摇。“大隐”也好，“小隐”也罢，只图落得个“超然物外”，儿孙绕膝，颐养天年。闲暇中，或以景叙事，或借物抒怀，情辞豪放，感喟百端。

在 60 首词中，内容涉猎之广泛，驾驭技法之娴熟，都可谓匠心独具，功底诣深。

悉心研释词稿，不难发现，先生的词作富于变化，力求新奇。这固然与他的气质和修养有关；与他的广闻博识，去芜存精有关；与他的同中见异，别开生面有关。这里，还包含着他的两种能力，即“知变”和“善变”。所谓“知变”，是指认识能力；所谓“善变”，是指表达能力。有了这些，写作时才能呼风风至，唤雨雨来；才能要新有新，求奇得奇，变得自然，变得巧妙。由此生发出新的意境和新的格局，把读者带进超凡脱俗的境地，感受艺术熏陶，置身美的享受。

先生在四十多年任教期间，于不同年代先后在国家和省市级报刊上多次发表诗词作品。此次出书，既有旧作，也有新篇，荟萃成集。

“莫道桑榆晚，蔚霞尚满天”。谨祝《四季词 60 首》能驾乘江风，响彻行云，化雨润物，拓铺词坛锦绣。

2007 年 2 月 25 日

《远去的帆影》序

——为赵成悦大伯《远去的帆影》作序

在即将迎来“奥运年”钟声之际，给我又一个意外惊喜，赵大伯要出书了。

年近八旬的老人，能笔耕不辍，积多年文章以成集，实属不易。堪称晚辈之楷模，足令人以颙望。

张锐将文集大样交我，说赵大伯视力欠佳，让我和杨勖、加昌进行编辑校对，我等欣然接受。其一，这是一次学习机会，实能受益匪浅；其二，也算为赵大伯出书尽了一份微薄之力，深感欣慰。岂知，又说让我写序，作为晚辈，为长辈出书写序，不免有些诚惶诚恐，但细细想来又觉无法推辞，通读文集之后，有感而发，写一篇心得体会，也算是向赵大伯交的一篇作业吧。

在赵大伯早年的人生中，可谓艰难坎坷，命途多舛。八岁丧母，又家境贫寒，尽管如此，他还是在童年的逆境中，刻苦拼搏，早年立志。勤奋上进，学业优异，名列榜首。在打短工中，吃苦耐劳，忠诚可靠，后被提携重用。这样艰辛的经历，砥砺出他坚韧的性格和顽强的意志，坚持学习，业余写作，默默笔耕。

赵大伯的文章多是他的亲身经历，或是亲闻亲见，有感而发，透视出浓郁的乡情、亲情、友情。写作对象多是选择家人及亲属、同学或同事、邻里或同乡；有些虽然是着眼于小花、小草、小摆设的陈述，但是，读后掩卷深思，都足以能起到净化心灵、启迪人生、催人奋进的潜移默化之功效和美的享受。文章结构严谨、层次清晰、语言流畅、朴实平和，读来使人亲切，有如身临其境之感。整部文集，无处不是赵大伯真切的情感和心声：有对历史沧桑及人世悲欢的抒写、有对祖国锦绣河山的描绘、有对新时期、新生活、新风貌、新变化的感慨与歌颂……可以说题材广泛、内容丰富、思想深刻、意境新美、韵味醇厚。

文如其人，实在不错。通读饱含深情的篇篇文章，鉴证着赵大伯的高尚情操和品格魅力：秉君子之功德，持志士之善举；思为国之尽力，报对党之忠诚。1983 年光荣加入中国共产党，一段段特殊的经历，丰富着他的人生。于是，世态炎凉，人间万象，洒泻笔端，跃然纸上。已是 79 岁的老人了，所幸晚年得福，目睹新世纪日新月异之巨变，对故地重游的殷殷之念；对家乡新貌的拳拳之情，读来让人感叹唏嘘。

读完赵大伯的整本文集，不觉已是戊子年元宵节了。在瑞雪迎春、祥和喜庆的节日里，翘首蓝天，春阳乍暖，让和煦的惠风，带去我们对赵大伯的诚挚问候和由衷的祝福。

写于戊子年元宵节

新芽刚破土　阳光正明媚

——写在“肇源站人文化研究”开局之年

松嫩平原西部的大庆地区，十年九春旱早已是惯例。恰好在今春的“谷雨”之后，却意外地降了一场罕见的春雨。这场春雨，喜滋滋地催生了亮眼的新绿和勃勃生机。这正是十二五开局之年的好兆头，也是大庆市肇源县站人文化研究开局之年的好兆头。

雨露滋润，万物萌生。“站人文化研究”这棵刚刚破土而出的新芽，正沐浴明媚阳光，日渐茁壮，翘首蓝天。

透过苍茫的古道风云，隐约可见，有清朝康熙年间的阳光，半明半暗地照在千里迢迢的古驿路上；隐约可见，有站丁身穿“号坎”，策马扬鞭，风驰电掣地趟起一路烟尘，奔赴边关；隐约可见，如同筋络般的古驿路，把一个个驿站像穿佛珠一样，连接成串……

大庆市肇源县之所以首开站人文化研究之先河，其优势是得天独厚的。首先，在黑龙江省的60多个市县中，共有边台驿站30多个，其中，仅在肇源一县之内，就有茂兴、古龙、新站、头台、二站、三站这六个边台驿站，论数量和规模，都可居全省之首；其次，当时的茂兴站为本省首站，负责管理下10站，地位显赫，根基深厚；第三，肇源县站人众多，形成了独具特色的生活习俗，影响之大超出本县，流传久远延续至今。椐有关史料记载：当年，在肇源境内最早建立了茂兴和古龙两个驿站，后因间隔较远，又在两站之间增设了新站。再后来，在建立头台站、二站、三站、四站和五站时，所需站丁均由茂兴站和古龙站拨出。如二站张姓站人，多来自茂兴张氏家族；三站的尚姓站人，多来自古龙尚氏家族；肇东四站的赵姓站人，多为茂兴赵氏家族的分支。而且，在半封闭的生产和生活环境里，逐渐形成了唯站人所独有的饮食、服饰、民居和礼仪等等各种习俗。甚至连个别的语言发音，都与周边汉人语音有所区别，并能沿袭不断，传流至今。

我一直对淡漠或反对站人文化研究的人怀有一点儿偏见和异议，认为那是对历史的不公和对一种特殊的地域性文化的排斥；我一直相信站人文化的影响力和经久不衰的生命力无可置疑，它的存在和价值绝不能以某个人的意志为转移；我一直相信广大站人的后裔和热爱站人文化的人，决不会抱残守缺，保守封闭。只有摒弃那种有碍于学术研究的狭隘意识，才能广泛吸纳，博采众长，相互借鉴，兼容并蓄，以使站人文化研究有一个良好的发端，有一个坚实稳固的根基。

借助于十二五开局和建党九十周年的春风，仰仗润物无声的春雨，加之热心于此项研究的专家学者与志士仁人，凝合众智，施肥培土，站人文化研究这棵幼苗在不久的将来，势必长成枝繁叶茂的参天大树，结出站人文化研究的丰硕成果。

物质不灭，精神永存。

站人文化，作为一种精神符号，在伟大的中华史册里，必将占据不可磨灭的、丰满厚重的一页。

2011 年 4 月 23 日